Lotte Minck

Einer gibt den Löffel ab

Lotte Minck (*1960) ist von Geburt halb Ruhrpottgöre, halb Nordseekrabbe. Nach 50 Jahren im Ruhrgebiet und etlichen Jobs in der Veranstaltungs- und Medienbranche entschied sie sich, an die Nordseeküste zu ziehen. Erst kürzlich überkam sie heftiges Heimweh nach dem Ruhrpott, als sie nach Jahren auf dem Land zum ersten Mal in einen echten Stau geriet, der aus mehr als sieben Autos vor einer Ampel bestand und sich diese Bezeichnung dank einer halben Stunde totalen Stillstands redlich verdient hatte. Ihre Heldin Loretta Luchs und alle Personen in Lorettas Universum sind eine liebevolle Huldigung an Lotte Mincks alte Heimat.

Ruhrpott-Krimödien mit Loretta Luchs bei Droste:

Radieschen von unten

Einer gibt den Löffel ab

An der Mordseeküste

Wenn der Postmann nicht mal klingelt

Tote Hippe an der Strippe

Cool im Pool

Lotte Minck

Einer gibt den Löffel ab

Eine Ruhrpott-Krimödie mit Loretta Luchs

Droste Verlag

Figuren und Handlung dieses Romans sind frei erfunden. Ähnlichkeiten mit lebenden Personen sind rein zufällig und nicht beabsichtigt.

Bibliografische Informationen der Deutschen Nationalbibliothek
Die Deutsche Nationalbibliothek verzeichnet diese Publikation in der Deutschen Nationalbibliografie; detaillierte bibliografische Daten sind im Internet über http://dnb.d-nb.de abrufbar.

2. Auflage 2016

Umschlaggestaltung: Droste Verlag unter Verwendung einer Illustration von Ommo Wille, Berlin
Satz: Droste Verlag
Druck und Bindung: GGP Media GmbH, Pößneck
ISBN 978-3-7700-1491-0

www.drosteverlag.de

Kapitel 1

Ein aufregender Tag, an dem alles einfach super ist (na ja – fast alles)

Der hippe Medienbranchen-Berufsjugendliche mit der Nerd-Brille und dem angegrauten, gekonnt zerstrubbelten Haar hieß Stefan. Der Hosenboden seiner Jeans hing irgendwo zwischen Oberschenkeln und Kniekehlen. Obwohl, eigentlich hieß er *der Stefan,* denn so hatte er sich mir vorgestellt: »Ich bin der Stefan. Wir duzen uns doch?«

Und die junge Frau in seiner Begleitung: »Ich bin die Miriam.«

Wie auch immer – ich war und blieb schlicht Loretta. Ohne Artikel.

Der Stefan klappte das Display aus, warf einen prüfenden Blick darauf, startete den Camcorder und nickte seiner nicht minder hippen, von Kopf bis Fuß in Schwarz gekleideten Kollegin zu. »Von mir aus können wir.«

»Super.« Die Miriam lächelte mich beruhigend an. »Einfach ganz natürlich reden, als wäre die Kamera gar nicht da. Und nicht in die Kamera gucken – sieh mich an. So wird das später für die Sendung auch gemacht. Also, Loretta – erzähl mal ein bisschen von dir. Wie alt bist du, was machst du beruflich … Alles, was du von dir erzählen möchtest.«

Wir saßen am Küchentisch: die Miriam und der Stefan auf der einen Seite, ich gegenüber. Die tief stehende November-Nachmittagssonne leuchtete mir direkt ins Gesicht. Zwischen uns standen unsere benutzten Kaffeetassen und Kuchenteller. Von meinem köstlichen Apfel-Schmand-Kuchen, den ich zur Feier des Tages gebacken hatte, war gerade noch die Hälfte übrig; die Sahneschüssel hatte der Stefan eben ausgekratzt. Die beiden waren völlig ausgehungert gewesen, denn ich war nicht ihr erster Termin und würde nicht der letzte sein. Die Miriam und der Stefan klapperten im Auftrag der Produktionsfirma die Verrückten ab, die unbedingt an der Sendung »Gib mir den Löffel!« teilnehmen wollten. Sie inspizierten die Wohnungen auf Fernsehtauglichkeit und nahmen für die Produktionsfirma ein Castingvideo auf.

Ich liebte diese Sendung. Jede Woche traten fünf neue Kandidaten gegeneinander an und kämpften um den Wochensieg. Nacheinander empfing jeder die anderen bei sich zu Hause zu einem Drei-Gänge-Menü, das von den Gästen bewertet wurde. Während der Koch des Tages in seiner Küche schuftete, stromerten seine Besucher durch Wohnung oder Haus und sahen sich um. Zu meiner Verblüffung gab es Kandidaten, die nichts dagegen hatten, wenn sogar in ihre Nachttischschublade geguckt wurde – vor laufender Kamera. Bereits in meinem ersten Gespräch mit der Produktionsfirma hatte ich diesen Punkt angesprochen, aber der Redakteur wusste mich zu beruhigen: Ich allein entschied, welche Räume meiner Wohnung besichtigt und welche Schubladen oder Schranktüren geöffnet werden durften.

Besonders liebte ich die Wochen, in denen der Titel besser »Gib mir Saures!« lauten sollte, wenn ehrgeizige Teilnehmer dabei waren, die ihren Konkurrenten absichtlich wenig Punkte gaben, um die eigenen Gewinnchancen zu erhöhen. Dabei ging es um nichts als die Ehre, eine alberne Urkunde und einen golden lackierten Holzkochlöffel. Jede Kindergartengruppe könnte in einer Bastelstunde Hunderte davon produzieren.

Mir ging es um überhaupt nichts. Ich wollte Spaß haben und war neugierig darauf, wie die Produktion wohl ablaufen würde.

Diana ging es um den Schutz ihrer Privatsphäre, wie ich umgehend erfuhr, als ich ihr beim Essen begeistert von meiner Bewerbung erzählte. Sie ließ fassungslos die Gabel sinken, auf die sie gerade ein Stück Blumenkohl gespießt hatte, und starrte mich an, als hätte ich den Verstand verloren.

»Ich will nichts damit zu tun haben!«, fauchte sie. »Und meine Zimmer sind tabu! Was ist bloß in dich gefahren?«

»Du hast doch selbst gesagt, ich soll mich bewerben!«, feuerte ich zurück.

»Das war doch nur ein Scherz! Ich kann doch nicht ahnen, dass du das ernst nimmst.« Sie runzelte die Stirn. »Das ist unsere gemeinsame Wohnung. Wieso hast du nicht vorher mit mir darüber gesprochen, wie ich den Gedanken finde, dass das Fernsehen kommt und in jede Ecke filmt?«

»Das entscheide ich als Gastgeber, was die filmen dürfen und was nicht«, trumpfte ich auf. »Du musst also nicht befürchten, dass irgendwer deine blöden Schlüpfer in die Kamera hält. Stell dich nicht so an.«

Sie schnappte nach Luft, beherrschte sich aber. »Trotzdem, Loretta. Ich fühle mich übergangen. Damit will ich nichts zu tun haben.«

»Das habe ich schon beim ersten Mal verstanden. Und ich kann mir vermutlich die Frage sparen, ob du Lust hast, mir beim Kochen zu helfen?«

Statt einer Antwort stieß Diana ein spöttisches Schnauben aus.

»Und wenn es klappt, dass ich mitmache – *falls* es klappt –, wird hier einen Tag lang gefilmt, das ist alles«, erklärte ich in der Hoffnung, sie zu besänftigen.

»Falls es klappt? Natürlich werden sie dich nehmen. Du bist nicht auf den Mund gefallen, du kochst genial, und unsere Wohnung ist der Knaller. Die wären ja blöd, wenn sie dich ablehnen würden.«

Oho – hatte sie sich etwa wieder beruhigt? Aber nein, ich hatte mich zu früh gefreut.

»Eben. Das Kind ist längst in den Brunnen gefallen. Ein einziger Tag – das wirst du aushalten, Diana.«

Wieder dieses Schnauben. »Klar, tausend Leute in der Bude, und bis tief in die Nacht hinein wird gefilmt. Und was mache ich? Du bezahlst mir ein Hotelzimmer, meine Liebe«, zischte sie und stieß mit der Gabel nach mir.

Das Blumenkohlröschen löste sich von den Zinken, überquerte in einer eleganten Flugbahn den Tisch und klatschte auf mein rechtes Brillenglas, wo es dank der Soße für einen kurzen Moment kleben blieb, bevor es sich langsam löste und mir auf den dunkelblauen Wollpullover fiel, über meinen Busen abwärts kollerte, wobei es eine Hollandaise-Schmierspur hinterließ, und schließlich in meinem Schoss landete.

»Das geschieht dir recht!«, prustete Diana angesichts meiner verblüfften Miene, und alles war wieder gut.

Nun ja, gut ist möglicherweise etwas übertrieben, aber immerhin piesackte sie mich in den nächsten Tagen nicht andauernd damit, während ich auf den Anruf der Redaktion wartete, ob ich zu denen gehörte, die ins Casting kommen.

Und jetzt war ich im Casting, blinzelte in die Kamera und fragte mich, welcher Teufel mich geritten hatte, mich als Kandidatin zu bewerben. Alles war rasend schnell gegangen: die Anzeige in der örtlichen Tageszeitung, dass noch Leute gesucht wurden – die Telefonnummer der Produktionsfirma – ein mehr als spontanes Telefonat – eine Woche später: Auftritt die Miriam und der Stefan.

Natürlich stand zu diesem Zeitpunkt noch längst nicht fest, dass ich dabei sein würde, denn die beiden Medienbeauftragten mir gegenüber waren mit dem Auftrag unterwegs, 30 Kandidaten zu besuchen und zu filmen.

Ich hatte sie durch die ganze Wohnung geführt, und sie hatten die Größe meiner Küche wohlwollend zur Kenntnis genommen. Über ihre Frage, ob ich hier auch den Tisch für meine Gäste decken würde, hatte ich bis zu diesem Zeitpunkt noch nicht nachgedacht. Wenn ich für Freunde kochte, fand ich es nett, mit ihnen quatschen zu können, während ich in den Töpfen rührte. Solange ich am Herd stand, deckten sie den Tisch oder schnibbelten Tomaten und Gurken für einen Salat.

Aber würde ich das Essen anrichten wollen, während mir fremde Gäste dabei auf die Finger sahen? Die Wohnung war ja groß genug, um den Esstisch in einem anderen Raum aufzustellen.

Nachdem die Besichtigung beendet war und wir Kaffee und Kuchen genossen hatten, war es Zeit für das Casting-Interview.

Ich räusperte mich und zauberte mir ein strahlendes Lächeln ins Gesicht. »Ich bin Loretta, Loretta Luchs, 37 Jahre alt, Single.«

»Das machst du super«, sagte die Miriam. »Wohnst du allein hier, Loretta?«

»Nein, ich teile mir die Wohnung mit meiner besten Freundin, Diana. Seit ein paar Monaten. Vorher …« Ich brach ab.

»Vorher?«

»Tut nichts zur Sache. Vorher habe ich mit jemand anderem hier gewohnt.«

»Aha. Was machst du beruflich, Loretta? Super Name, übrigens. Hört man nicht oft.«

Damit hatte sie mich kurz aus dem Konzept gebracht. Beinahe hätte ich mich verplappert und die Wahrheit über meinen Beruf gesagt. Aber ich kriegte gerade noch die Kurve. »Danke für das Kompliment. Ich arbeite in einem Callcenter. Inbound.«

»Inbound? Was heißt das?«

»Dass ich nicht irgendwelche Leute anrufe, um ihnen etwas anzudrehen. Ich arbeite an einer Hotline.«

»Verstehe. Denkst du, wir dürfen dich bei der Arbeit filmen? Das wäre super.«

Klar – Dennis, mein Chef, würde vor Begeisterung Luftsprünge machen, wenn ich mit einem Kamerateam bei seiner Sexhotline anrückte! Und unsere Kunden erst! Mann, was würden die staunen über die strickenden Hausfrauen, Studentinnen und Rentnerinnen in bequemen Klamotten, die in einem Raum mit 20 Kabinen saßen und sich als Domina in Lack und Leder, feurige Latina im Winz-Bikini oder Schulmädchen im ultrakurzen Faltenrock ausgaben! Köstlich! Ich krümmte mich innerlich vor Lachen und hoffte inständig, dass ich meine Gesichtszüge unter Kontrolle hatte.

»Das geht leider nicht. Unser Kunde ist eine große Behörde. Da habe ich mit sensiblen, geheimen Kundendaten zu tun. Völlig ausgeschlossen«, sagte ich mit sorgfältig dosiertem Bedauern in der Stimme. »Ist das Voraussetzung für die Teilnahme?«

Die Miriam schüttelte den Kopf. »Da wird uns schon etwas einfallen. Dir traue ich zu, dass du auch ohne deinen Arbeitsplatz genug zu bieten hast. Ich finde dich super. Du hast doch bestimmt ein Hobby.«

Genau – als Hobby überführe ich nämlich Mörder, dachte ich sarkastisch, und ich bringe mich selbst in Gefahr dabei, weil ich total wahnsinnig bin.

»Ich fotografiere gern«, sagte ich.

Ihr Blick ging zu den großformatigen Bildern an der Wand. Fotos, die ich im Schrebergarten gemacht hatte: Blüten, auf denen Bienen, Schmetterlinge oder Hummeln saßen, dekorativ getrocknete Samenstände im Herbst, Heckenrosenzweige voller Hagebutten. Im Wohnzimmer hingen riesige Abzüge aus meinem letzten Urlaub an der Nordsee: nassglänzendes Watt, Dünen, Strand und Wellen.

»Die hast du gemacht? Super! Da haben wir doch schon was. Perfekt.« Sie wandte sich an ihren Kollegen. »Hast du die Fotos gefilmt? Auch die in den anderen Zimmern?«

Der Stefan nickte. »Klar. Super.«

Bitte, gebt mir doch für jedes ›Super‹, das euch aus dem Mund fällt, einen Euro, dachte ich, dann kann ich mir heute Abend ein nagelneues Auto kaufen.

»Jetzt erzähl uns doch mal, warum du dich bei uns beworben hast, Loretta«, sagte die Miriam.

»Das habe ich ganz spontan gemacht. Ich mag die Sendung. Ist doch witzig, mal selbst dabei zu sein.«

»Denkst du, du kannst gewinnen?«

Ich schüttelte lachend den Kopf. »Nö. Wettbewerb ist mir schnuppe. Ich möchte Spaß haben und nette Leute treffen. Mich amüsieren diese von Ehrgeiz getriebenen Kandidaten, die unbedingt glänzen wollen und dann bei den anderen besonders mäkelig sind. Das finde ich affig. Ehrlich gesagt freut es mich dann, wenn bei denen alles schiefgeht.«

»Super. Weiß du schon, was du kochen willst? Du musst vier Menü-Vorschläge einreichen. Mit Rezepten.«

Ja – und genau das war der Haken an der Sache. Ich kochte immer spontan, variierte gern, probierte Neues aus. Ich blätterte zwar leidenschaftlich gern in meinen zahlreichen Kochbüchern, um mir Anregungen zu holen, arbeitete am Herd aber selten die Rezepte buchstabengetreu ab. Ich konnte aus der Hüfte problemlos vier verschiedene Drei-Gänge-Menüs zaubern, aber dafür die Rezepte aufzuschreiben, würde mir sehr schwerfallen.

»Ich koche ja eher so freestylemäßig«, antwortete ich zögernd. »Das Rezept kenne ich erst, nachdem das Essen fertig ist.«

Die Miriam winkte ab. »Ach, das kriegst du hin. Und du kannst dich beruflich so freimachen, dass du alle Termine wahrnehmen kannst? Alle Interviews, die schon tagsüber stattfinden? Du weißt schon – wenn du das Menü erfährst und kommentierst. Oder wir dich über den Abend zuvor befragen. Wir versuchen zwar, das zeitlich möglichst exakt zu planen, aber es klappt nicht immer alles, wie und wann wir wollen. Und abends musst du um spätestens sechs beim Gastgeber sein.«

»Klar, das kriege ich hin. Wann wird denn gedreht?«

Sie sagte mir den geplanten Produktionstermin – eine Woche Anfang Januar –, und ich nahm mir vor, Dennis gleich morgen darauf vorzubereiten, dass ich vielleicht eine Woche Urlaub benötigen würde.

Der Stefan sah auf die Wanduhr und klappte den Camcorder zu. »Miriam, wir müssen los.«

Ehe die Miriam antworten konnte, hörten wir einen Schlüssel in der Wohnungstür: Diana. Sie kam in die Küche gefegt und bremste abrupt, als sie den Besuch sah. Langsam zog sie sich die Pudelmütze vom Kopf. Eine Flut güldener Locken ergoss sich über ihre Schultern und umrahmte weich ihr hübsches Gesicht. Der Stefan reagierte so, wie beinahe jeder Mann auf Dianas Anblick reagierte: Er starrte sie offenen Mundes an.

»Darf ich vorstellen: Diana, meine Mitbewohnerin. Und das sind Miriam und Stefan.« *Die* Miriam und *der* Stefan, hätte ich beinahe gesagt, aber ich verkniff es mir.

Diana nickte nur eine stumme, schmallippige Begrüßung, und die Miriam zwitscherte: »Super, dass wir dich noch kennenlernen, wir wollten gerade los. Du hilfst der Loretta doch bestimmt in der Küche, wenn sie bei uns mitmacht. Das wird super. Warte, wir filmen dich kurz, dann …«

Diana hob abwehrend die Hand. »Wenn ihr mich filmt, verklag ich euch.«

Die Miriam fuhr zurück. »Was? Aber …«

Meine beste Freundin und Mitbewohnerin schüttelte ihre Locken und grinste. »Kleiner Spaß. Aber ich möchte tatsächlich nicht gefilmt werden, Herrschaften. Weder jetzt noch sonst wann. Das überlasse ich unserer Loretta hier.«

»Ja, dann … dann gehen wir mal.« Die Miriam holte den Stefan mit einem Rippenstüber aus seiner Erstarrung. »Du hörst dann von uns, Loretta. Du warst super. Wenn es nach mir geht, bist du dabei.«

Diana saß auf der Arbeitsplatte und futterte Apfelkuchen, während ich das Geschirr abspülte.

»Na, die beiden waren aber suuuuper«, sagte Diana. »Echt super, du. Ich wette, er hat die Jeans aus dem Kleiderschrank seines Sohns geklaut. Aber der wird es nicht merken, denn er trägt sie nicht mehr, weil sie längst unmodern sind.«

»Was du schon wieder hast.«

Sie hob die Augenbrauen. »Ich bitte dich – der war mindestens Ende 40.«

»Na und? Du stehst auf Blümchenkleider, und Stefan zieht sich eben gern an wie ein Teenager. Kann dir doch egal sein.«

»Ich fand ihn affig. Allein diese Brille!«

Ich drehte mich zu ihr um. »Diese Brille? Ich trage ebenfalls eine schwarze Hornbrille, falls du das noch nicht gemerkt haben solltest«, sagte ich beleidigt.

»Aber du tust es nicht, weil es gerade hip ist, Nerd-Brillen zu tragen. Du trägst sie, weil sie dir gefällt. Und das schon, bevor sie modern wurden. Das ist ein feiner, aber wichtiger Unterschied.«

»Da haste aber gerade noch die Kurve gekriegt, meine Liebe.« Ich widmete mich wieder dem Spülen.

»Und diese Schnepfe in Schwarz fand ich auch affig. Obwohl sie dir ziemlich ähnlich sah.«

»Bist du betrunken? Wo sah die mir denn ähnlich?«

»Klein, kurze Strubbelhaare, Nerd-Brille. Wenn man euch so nebeneinander sieht … ein Kopp und ein Arsch.«

Ich schnappte empört nach Luft, und Diana kicherte.

»Reg dich nicht auf, ich will dich nur ärgern. Trotzdem – typische Vertreter ihrer Branche. Klischees auf zwei Beinen«, sagte sie und nahm sich ein weiteres Stück Kuchen.

»Falsch. Sie entsprachen zufällig *deiner* Klischeevorstellung von Vertretern dieser Branche.« Mit der Spülbürste spritzte ich Schaum nach ihr, und sie kicherte wieder.

»Nachdem wir das geklärt haben – wie war das Casting?«, fragte sie dann.

Ich zuckte mit den Schultern. »Nett. Und interessant. Sie haben sich alles angeguckt und gefilmt, mich vor der Kamera interviewt … alles Weitere entscheidet die Produktionsfirma, nachdem sie sich dort insgesamt 30 solcher Videos angeguckt haben.«

Diana hüpfte von der Arbeitsplatte, ließ ihren Teller ins schaumige Spülwasser gleiten und nahm ein Geschirrtuch vom Haken, um abzutrocknen. »Du möchtest wirklich gern mitmachen, nicht wahr?«

Ich nickte. »Ja, das möchte ich. Vorhin, als ich da vor der Kamera gesprochen habe, dachte ich für einen Moment, dass es eine total bescheuerte Idee war, mich zu bewerben. Aber jetzt … jetzt habe ich doch Blut geleckt. Ich kann ein bisschen Spaß und Ablenkung gut gebrauchen.«

Sie wusste, wovon ich redete: Keine vier Monate zuvor hatte ich unbedingt schlauer als die Polizei sein wollen und war in die Hände von Personen geraten, denen … nun, denen ein Menschenleben nicht viel bedeutete. Die Erlebnisse einer bestimmten Nacht bereiteten mir noch immer nächtliche Albträume, obwohl ich zweimal wöchentlich zur Therapie ging, um das erlittene Trauma zu bewältigen.

Diana sah mich liebevoll an. »Ich drück dir die Daumen«, sagte sie, und ich wusste, sie meint es ernst.

Kapitel 2

Gesine-Sieglinde Müller-Westerholt lässt nicht locker, und Loretta knirscht mit den Zähnen

Am nächsten Morgen – noch vor Schichtbeginn – stand die nächste Therapiestunde an, bei Frau Müller. Nein, ich sollte korrekt sein: bei Frau Dr. Gesine-Sieglinde Müller-Westerholt. Für mich Frau Müller, wie sie mir zu meiner Erleichterung gleich bei unserer ersten Begegnung gesagt hatte.

Kommissarin Küpper, die nicht nur die leitende Ermittlerin bei den Vorfällen in der Schrebergartenkolonie *Saftiges Radieschen*, sondern gleichzeitig das Patenkind meines guten Freundes Erwin war, hatte mir den Platz bei Frau Müller vermittelt. Freundlicherweise hatte die Therapeutin ihren Terminkalender für mich erweitert und empfing mich morgens um acht, eine Stunde vor ihrem üblichen Arbeitsbeginn.

Mit Frau Müller konnte ich alles besprechen, was mich quälte – und das war eine ganze Menge. Nicht nur die Vorkommnisse im Schrebergarten hatten mich traumatisiert und mein Leben gehörig durcheinandergebracht. Parallel dazu war meine langjährige Beziehung zu Tom in die Brüche gegangen – und auch daran hatte ich zu knacken.

Die Therapiestunde begann stets damit, dass Frau Müller mich fragte: »Gibt es etwas Bestimmtes, über das Sie mit mir reden wollen?« Auf ihrem Schoß lag der Block, auf dem sie sich während unserer Gespräche mit einem edlen Kugelschreiber Notizen zu machen pflegte, manchmal zu fast allem, was ich sagte, an anderen Tagen schrieb sie nur wenig mit.

Sie saß in einem bequemen Sessel, ich ebenfalls. Der Blick durch die bodentiefen Fenster des freundlich und unaufgeregt eingerichteten Raumes ging in einen kleinen Hinterhofgarten mit Ziergehölzen und modernen Gartenlaternen. Die kahlen, mit Raureif überzogenen Äste glitzerten in ihrem Licht, denn die

Sonne war noch nicht aufgegangen. An den Wänden des Zimmers hingen ruhige Landschaftsfotos, hier und da stand eine hochgewachsene Topfpflanze, ein schöner Kelim bedeckte den gewachsten Dielenboden, Standleuchten sorgten für angenehmes Licht.

Frau Müller sah mich durch ihre randlose Brille freundlich an. Alles an ihr war von schlichter Zurückhaltung: Kleidung, Frisur, Ausdrucksweise. Sie sprach mit weicher, leiser Stimme und war – das wusste ich von Kommissarin Küpper – auf Traumapatienten spezialisiert. Also war ich hier genau richtig, und ich fühlte mich in diesem Raum und bei ihr sicher und geborgen.

Frau Müller überließ es stets mir, einen der Sessel auszuwählen – je nachdem, ob ich nach draußen, auf das riesige Foto eines lichtdurchfluteten Frühlingswaldes oder zur Gruppe aus unterschiedlich großen Birkenfeigen mit dem leise plätschernden Zimmerbrunnen in ihrer Mitte sehen wollte. Heute hatte ich mich für den Blick in den glitzernden Garten entschieden.

»Demnächst werde ich vielleicht bei einer Fernsehsendung mitmachen«, sagte ich.

Frau Müller verzog keine Miene. Natürlich nicht – das tat sie nie, sie hielt sich mit Reaktionen zurück. »Interessant. Eine Quizsendung?«

Ich schüttelte belustigt den Kopf. Das fehlte mir noch: ich auf dem heißen Stuhl in einer Show, in der ich um Geld spielte! In meinem Hirn würde gähnende Leere herrschen, komplette Amnesie, dessen war ich mir sicher.

»Nein, ich habe mich bei ›Gib mir den Löffel!‹ beworben. Gestern waren zwei Leute von der Produktionsfirma bei mir, um mich zu interviewen und die Wohnung zu begutachten. Alles wurde gefilmt.«

»Und wie war das für Sie?«

Ich dachte nach, dann zuckte ich mit den Achseln. »Ich war ganz entspannt.«

»Sehr gut. Warum haben Sie sich bei der Sendung beworben?«

»Keine Ahnung. Das war ganz spontan. Ich las einen Aufruf in der Zeitung, ich habe überhaupt nicht darüber nachgedacht.«

»Hm.« Sie schrieb etwas auf, dann sah sie mich an. »Ich möchte meine Frage wiederholen: Warum haben Sie sich beworben?«

Und schon ging es los: Mit Larifari-Antworten wie *Keine Ahnung* ließ Frau Müller sich nicht abspeisen, nein, sie würde keine Ruhe geben, bis wir der Sache auf den Grund gegangen waren. Es hatte schon Sitzungen gegeben, bei denen ich mich schwarzgeärgert hatte, bestimmte Themen angesprochen zu haben. Besonders, wenn es um Tom ging. Warum haben Sie dies getan, warum haben Sie das getan, wie waren Ihre Gefühle dabei … Bohren, Bohren, Bohren. Mühsam lernte ich, dass das, was ich für Gefühle hielt, oftmals nur Bewertungen waren. Wenn ich auf eine Frage nach meinen Gefühlen mit *mies* oder *beschissen* antwortete, ging es prompt zur Sache. Mies war kein Gefühl, mies war eine Bewertung. Wie ich mich fühle, signalisiert mein Körper. Wie ist die Atmung? Verliere ich die Kontrolle über mich, über meinen Körper? Schießt bei bestimmten Themen Adrenalin durch meine Adern und beeinflusst meine Reaktion?

Ich spürte, wie sich bei mir Widerstand aufbaute, und ich musste den Drang bekämpfen, bockig meine Arme zu verschränken und die Unterlippe schmollend vorzuschieben – allzu deutliche Körpersprache. Ich wollte nicht darüber nachdenken, warum ich mich beworben hatte.

»Merken Sie, wie Ihr Körper reagiert?«, fragte sie. »Meine Frage ist Ihnen unangenehm. Warum ist das so?«

Grrrrr … Ich hätte schreiend rausrennen können. Soviel dazu, wie geborgen ich mich bei ihr fühlte …

Als ich verbissen schwieg, sagte sie: »Für alles, was Sie tun oder entscheiden, gibt es einen Grund. Selbst wenn er aus Ihrem Unterbewusstsein kommt. Lassen Sie uns herausfinden, warum Sie bei dieser Sendung mitmachen wollen. Sie werden fünf Tage lang täglich im Fernsehen zu sehen sein, richtig?«

Wenn es für mich unbequem wurde, verwandelte sich die nette Frau Müller, bei der ich mich doch eigentlich so wohlfühlte, in die ›nervige Psychotante‹, die mir tierisch auf den Keks ging.

Natürlich war ich wie ein offenes Buch für sie. »Befürchten Sie, ich könnte denken, dass Sie sich ins Rampenlicht drängen? Nach Aufmerksamkeit suchen?«

Widerwillig nickte ich. »Vielleicht.«

»Kann ich verstehen, Frau Luchs. Immerhin haben Sie mir erzählt, wie unangenehm Ihnen die Öffentlichkeit war, der Sie vor einigen Monaten unfreiwillig ausgesetzt waren.«

Mir traten Tränen in die Augen. »Das war schrecklich.«

Allerdings – das war es. Die Zeitungen schrieben über die Morde, und sie schrieben über mich, auch wenn ich in der Berichterstattung immer nur *Loretta L.* war und mich verbissen geweigert hatte, mich fotografieren zu lassen. Hundertmal täglich verfluchte ich die Tatsache, dass ich keinen Allerweltsnamen wie Sabine oder Birgit hatte. Wer hieß schon Loretta? Außer mir, meine ich? Jeder, der meinen Namen kannte, wusste, dass es in den Berichten um mich ging. Jeder quatschte mich darauf an und wollte die Geschichte von mir hören. Diese ekelhafte Mischung aus Sensationslüsternheit und Pseudo-Mitleid widerte mich an. Und wenn man erlebt hatte, was mir passiert war … darüber wollte ich mit niemandem sprechen. Und schon überhaupt nicht immer und immer wieder.

Außer mit Frau Müller, denn aus diesem Grund war ich hier.

Ich seufzte. »Also gut. Finden wir heraus, warum ich mich bei der Sendung beworben habe.«

Frau Müller lächelte. »Versuchen wir es. Steht es schon fest, dass Sie teilnehmen werden?«

»Nein. Das entscheidet die Produktionsfirma, wenn sie alle Castingvideos gesichtet hat.«

»Wie viele sind das? Wissen Sie das?«

»Insgesamt 30. Die beiden Mitarbeiter, die gestern bei mir waren, sagten allerdings, dass ich gute Chancen hätte.«

Frau Müller schrieb etwas auf, dann fragte sie: »Hat es Sie gefreut, dass die Leute Ihnen gute Chancen attestiert haben?«

»Ja, sie haben damit gesagt, dass ich interessant bin.« Ich lächelte verlegen. »Die beiden sind immerhin vom Fach.«

»Aha.« Wieder schrieb sie etwas auf den Block. »Das ist ein interessanter Punkt: Bedeutet Ihnen dieses Kompliment von den Fachleuten, wie Sie sie nennen, mehr als von jemand anderem? Ihrer Mitbewohnerin, zum Beispiel?«

»Ich … ich weiß nicht. Ja, vielleicht. Immerhin treffen die durch ihre Tätigkeit viele Menschen. Jeden Tag begutachten sie mehrere potenzielle Kandidaten für die Sendung. Manche sind langweilig, andere nicht.« Ich verstummte.

»Und deshalb können sie besser beurteilen, ob Sie ein interessanter Mensch sind, Frau Luchs?«

Hm – jetzt, wo sie es aussprach, wurde mir klar, wie bescheuert das klang. Und genau das war Frau Müllers große Kunst: dass sie mich dazu brachte, den Blödsinn zu erkennen, mit dem ich mir manchmal das Leben schwermachte.

»Die Meinung der anderen sollte mir egal sein«, murmelte ich. »Wäre ich selbstbewusst und mit mir zufrieden, wäre mir das Urteil zweier wildfremder Leute vollkommen schnuppe.«

Frau Müller nickte. »Zeugt es Ihrer Meinung nach von Selbstbewusstsein, dass Sie sich bei dieser Sendung beworben haben?«

Ich zuckte mit den Schultern. »Finde ich nicht.«

»Aber Sie werden fünf Tage lang gefilmt und dann im ganzen Land im Fernsehen zu sehen sein.«

»Schon, aber ich werde vor der Kamera etwas machen, das ich gut kann: kochen und reden.«

Sie sagte nichts, sondern hob nur die Brauen.

»Also fühle ich mich sicher und damit selbstbewusst«, fuhr ich fort, als ich kapierte, worauf sie hinausgewollt hatte. »Trotz der Öffentlichkeit habe ich keine Angst, die Kontrolle zu verlieren. Ich kann ganz ich sein, ohne mich verstellen zu müssen.«

»Genau. Ist es Ihnen wichtig, zu gewinnen?«

»Was denken Sie?«, fragte ich zurück.

Frau Müller lächelte. »Was ich denke? Sie wissen, dass Sie von mir darauf keine Antwort bekommen, Frau Luchs.«

»Natürlich weiß ich das. Nein, es ist mir nicht wichtig, ob ich gewinne. Glauben Sie mir das?«

»Glauben Sie sich das?«

Auf jede meiner Fragen antwortete sie mit einer Gegenfrage – daran sollte ich mich eigentlich allmählich gewöhnt haben. Aber man kann es ja mal versuchen … Ich hätte sie wirklich zu gern mal ausgetrickst.

»Ja, das tue ich. Konkurrenzkampf interessiert mich nicht, dazu fehlt mir der Ehrgeiz. Und es ist verschwendete Energie, finde ich. Ich möchte nette Leute kennenlernen, sie bewirten und von ihnen bewirtet werden. Darauf freue ich mich.«

»Gut.« Sie nickte und ließ mir ein wenig Zeit, nachzudenken. Dann fuhr sie fort: »Und jetzt noch einmal die Frage: Warum haben Sie sich beworben?«

»Weil ich Spaß haben möchte. Weil ich neugierig darauf bin, wie diese Woche wird. Und weil ich endlich etwas anderes zu erzählen haben möchte als …«

Ich brach ab und starrte sie an. Sie erwiderte ruhig meinen Blick, sagte aber nichts.

»Das ist es in Wirklichkeit, oder?«, fragte ich leise. »Endlich ein anderes Gesprächsthema, und zwar eines, das so spektakulär und spannend ist, dass ich über die andere Sache nicht mehr reden muss. Eines, das wirklich das Potenzial hat, meine Rolle in der anderen Sache zu überstrahlen, das mir die Hoffnung gibt, dass die andere Sache vergessen wird.«

Ich brach in Tränen aus. Sie beugte sich vor und reichte mir die Box mit den Papiertaschentüchern, die stets auf dem Tisch zwischen den Sesseln bereitstand. Ich heulte, weil mir bewusst wurde, wie sehr ich noch belastet war. Und weil ich erkannte, dass ich Frau Müller wirklich brauchte.

Aber irgendwann würde ich mit ihrer Unterstützung bestimmt auch in der Lage sein, meine Erlebnisse in der Schrebergartenkolonie nicht mehr *die Sache* zu nennen.

Als ich von Frau Müllers Praxis zum Callcenter ging, genoss ich die kalte Novemberluft und hoffte, dass sie die Spuren meines Weinkrampfes verschwinden lassen würde. Sollte meine Nase noch rot und geschwollen sein, konnte ich es zudem lässig auf den eisigen Wind schieben. Diana hatte mir angeboten, mich abzuholen, aber ich mochte es, ein paar Schritte zu laufen, wenn ich aus der Therapiestunde kam. So konnte ich mich noch ein wenig sammeln und in Ruhe über das nachdenken, was dort passiert war, bevor ich mein Headset aufsetzte und mich dem ersten Kunden des Tages widmete. Dabei hatten Sorgen und Probleme nichts zu suchen, und da es durch die Gespräche mit Frau Müller bei mir oft genug ans Eingemachte ging, brauchte ich den Spaziergang dringend, um mein Gleichgewicht wiederzufinden.

Ich schlug den Kragen hoch, vergrub die Hände in den Jackentaschen und stapfte unverdrossen gegen die Böen an, die mich mit Wucht von vorn trafen.

Wie meistens nach einer Sitzung mit Frau Müller war ich zwar erschüttert und nachdenklich, aber gleichzeitig auch erleichtert und befreit, als ich mich von ihr verabschiedete. Sie hatte mich weinen lassen und keine Fragen mehr gestellt; dafür war ich ihr dankbar. Die Erkenntnis, warum ich mich bei ›Gib mir den Löffel!‹ beworben hatte, war mit Wucht über mich hereingebrochen. Es war keineswegs so, dass ich jetzt an meiner Entscheidung dazu zweifelte oder sie hinterfragte, aber es war ein gutes Gefühl, den Grund dafür zu kennen.

»Na, wie war es bei Frau Meier-Wienerwald?«, rief Diana mir entgegen. Sie stand vor dem Eingang des Callcenters und wartete auf mich.

»Müller-Westerholt, Diana. Sie heißt Gesine-Sieglinde Müller-Westerholt.«

Mit dieser Antwort folgte ich unserem mittlerweile fest etablierten Ritual. Sie verballhornte den Namen meiner Therapeutin, den sie natürlich kannte. Ihr Ideenreichtum dabei nötigte mir echte Hochachtung ab. Ich konnte mich nicht erinnern, dass sie sich schon einmal wiederholt hätte. Außerdem erfüllte das kleine Spielchen stets seinen Zweck: Es lenkte mich ab und brachte mich zum Lachen. Diana kannte mich gut genug, um meine Gemütsverfassung immer zu erkennen – ihr hätte ich niemals weismachen können, nicht geweint zu haben.

Sie winkte ab. »Los, erzähl schon! Was hat Gondola-Shanaya Muli-Wachtendonk zu deiner zukünftigen Vielleicht-Fernsehkarriere gesagt? Ich will alles wissen.«

»Später.«

Sie hakte mich unter, und wir gingen kichernd hinein.

Der Alltag hatte mich zurück, und ich durfte gespannt sein, wie viele Namensvariationen Diana sich für meine Therapeutin noch ausdenken würde.

Kapitel 3

Mach die Augen zu und denk an England
(viktorianische Empfehlung vor der Hochzeitsnacht)

Beinahe alle Arbeitsplätze waren bereits besetzt, als Diana und ich hereinkamen. Die Stimmen meiner Kolleginnen und vereinzelten Kollegen füllten den Raum. Sie gurrten und säuselten, flüsterten lockend oder stöhnten leidenschaftlich, während sie den Kunden am anderen Ende der Leitung dabei halfen, die Erfüllung ihrer sexuellen Fantasien zu erleben. Diana war die einzige Vollzeit-Domina bei der Hotline – ausgerechnet sie, die engelhafte Diana! Obwohl ich es täglich live erlebte, fand ich es immer wieder faszinierend, wie sie es allein durch ihre Stimme schaffte, das Bild einer strengen Herrin in Lack und Leder entstehen zu lassen.

»Und du?«, hatte sie geantwortet, als ich es ihr einmal gesagt hatte. »Du bist viel besser als ich. Mein Talent ist höchst einseitig, ich kann nur die Domina. Aber neben mir sitzt mal eine heiße Sambaschnecke, mal eine Hausfrau, von der Sekretärin oder dem französischen Zimmermädchen ganz zu schweigen. Völlig unterschiedliche Persönlichkeiten, die allein durch deine Stimme in der Fantasie der Anrufer entstehen.«

Ich fuhr den Rechner hoch und loggte mich an meinem Telefon ein. Kaum hatte ich mein Headset aufgesetzt, als es auch schon klingelte. Auf dem Monitor öffnete sich ein Fenster und zeigte mir den Namen des Anrufers, *HerrLehrer98.* Die Zahl hinter seinem Pseudonym sagte aus, dass er der 98. Mann in unserer Datenbank war, der gern mit Herr Lehrer angesprochen werden wollte, was wiederum etwas über die Fantasiebegabung unserer Kunden aussagte.

HerrLehrer98 war einer von der Sorte, mit denen das Gespräch nach festen Regeln ablief. Mir war lieber, wenn zwar Eckdaten feststanden, die Interaktion sich aber spontan entwickelte – das war einfach spannender und machte mir mehr Spaß. Ich verstand mich als Akteurin in einem Improvisations-Hörspiel und mochte es, meine Kreativität herauszufordern. Mein Ehrgeiz, auch Stammkunden immer neue Erlebnisse zu verschaffen, hatte mich bei den Anrufern zu einer der beliebtesten Mitarbeiterinnen gemacht. Ich mochte meine Arbeit, denn ich wusste nie vorher, was der Tag mir bringen würde. Aber um Missverständnissen vorzubeugen: Kein einziges Gespräch hat mich je sexuell angetörnt, aber ein wenig Abwechslung und Kreativität an einem langen Arbeitstag konnten wahrlich nicht schaden.

Mit *HerrLehrer98* war es allerdings wie in einer Endlosschleife: Er war Lehrer, ich war Schülerin, wir waren nach Schulschluss allein in einem Klassenzimmer. Es war wie bei einer Schallplatte mit Sprung – wir spielten jedes verdammte Mal exakt dieselbe Szene durch. Bei unserem ersten Kontakt hatten wir uns darüber unterhalten, welche Fantasie er mit mir erleben wollte, und das von ihm gewünschte Lehrer-Schülerin-Szenario war nichts Ungewöhnliches. Aber dann sagte er, meine Rolle solle die einer 11-jährigen Schülerin sein, und ich hatte nach Luft geschnappt. Als er meine Ablehnung spürte, hatte er das Alter auf 16 hochkorrigiert und gesagt, er hätte sich vorher nur versprochen.

Nun mag man über die moralische Reife eines Mannes diskutieren, den es nach Unzucht mit Abhängigen verlangt, aber das war nur eine Variante dieses Spiels, das andere Männer zwischen Chef und Sekretärin, Hotelgast und Zimmermädchen oder Polizist und Raserin spielen wollten. Darüber hatte ich nicht zu befinden. Aber bei Unzucht mit Kindern hörte der Spaß für mich auf.

Ich atmete tief durch, nahm das Gespräch an und säuselte: »Hallo, Herr Lehrer.«

Er kam sofort zur Sache. »Du weißt hoffentlich, warum du nachsitzen musst?«

»Ja, Herr Lehrer. Ich habe meinen Platz nicht aufgeräumt und Müll zurückgelassen.«

»Und?«

»Und ich habe während des Unterrichts geschwatzt.«

»Genau! Du hast wieder einmal den Unterricht gestört!

Glaubst du, ich stehe zum Spaß hier? Nein, ich will euch Gören etwas beibringen!«, bellte er so laut, dass ich eilig am Headset die Lautstärke nach unten korrigierte.

»Ich weiß, Herr Lehrer.«

»Offensichtlich weißt du das nicht, sonst müsste ich mich nicht immer wieder über dich ärgern.«

In Gedanken sprach ich jedes Wort mit. Ehrlich, selbst wenn man mich mitten in der Nacht aus tiefstem Schlaf wecken würde, könnte ich den Dialog fehlerfrei runterbeten. An dieser Stelle hatte ich betreten zu schweigen, bis er weitermachte.

»Und was ist mein Motto?«, verlangte er schließlich herrisch zu wissen.

»Kein Schmutz, kein Lärm«, erwiderte ich demütig.

»So ist es. Kein Schmutz, kein Lärm, so hat man es gern. Wiederhole das!«

»Kein Schmutz, kein Lärm, so hat man es gern.«

»Geht doch. Warum kannst du es dir dann nicht merken, hm? Los, an die Tafel. Und jetzt schreibst du: Kein Schmutz, kein Lärm, so hat man es gern. Oben anfangen. So lange, bis ich sage, dass du aufhören kannst.«

In seiner Fantasie ging ich zur Tafel, und sie war weit hochgeschoben.

»Bitte, kann ich die Tafel herunterziehen? Ich komme kaum oben dran, Herr Lehrer.«

»Streng dich an.«

Ich musste mich also auf die Zehenspitzen stellen und mich weit nach oben strecken – und was passierte dabei mit meinem kurzen Faltenröckchen? Eben.

Ich reckte und streckte mich also, beschwerte mich lauthals darüber, dann brach mir auch noch die Kreide ab. Der von Sekunde zu Sekunde schwerer atmende *HerrLehrer98* sah sich leider gezwungen, mich für meine Widerborstigkeit zu bestrafen.

»Ich glaube fast, du machst das extra«, knurrte er.

»Und wenn? Was wollen Sie dann machen?«, musste ich laut Drehbuch frech zurückgeben.

»Das wirst du schon sehen. Komm her! Zieh dein Höschen aus!«

Und dann legte er mich, also seine Schülerin, übers Knie und versohlte mir den nackten Hintern. Ich klatschte rhythmisch in die Hände und flehte bei jedem ›Schlag‹ lauter um Gnade. In Gedanken zählte ich mit: Genau 25 Schläge auf den nackten Hintern, dann hatte er genug. Dass ich wieder ein artiges Mädchen war, durfte ich ihm dann beweisen, indem ich mich mit seinem Dingdong beschäftigte, bis von ihm schließlich das kam, was das Ende nicht nur meiner kleinen Session mit *HerrLehrer98*, sondern im Optimalfall jeder Interaktion mit einem Kunden bedeutete:

»Uuuuuunnnnghhhhh.«

Danke fürs Gespräch, Herr Lehrer.

In meiner Frühstückspause ging ich zu meinem Chef, um ihn auf meinen eventuellen Bedarf an einer Woche Urlaub im Januar vorzubereiten.

»Schon wieder?«, maulte er prompt, als ich mein Ansinnen vortrug.

»Schon wieder? Das letzte Mal war im Juli!«, gab ich zurück. »Ich weiß, dass du es nicht magst, aber es muss sein.«

Er seufzte und tippte auf seiner Tastatur herum, um die Urlaubspläne aufzurufen. »Wann denn genau?«

»Das … äh … das weiß ich noch nicht genau. Wahrscheinlich in der ersten Januarhälfte. Und vielleicht brauche ich die Woche auch überhaupt nicht.«

Noch während ich sprach, wurde mir klar, wie dämlich sich das anhörte. Ich brauche unbedingt Urlaub, aber nur vielleicht, und wann genau, weiß ich auch nicht … Was sollte mein Chef damit anfangen? Aber mir blieb nichts anderes übrig, sonst müsste ich meine Bewerbung bei der Sendung zurückziehen.

Prompt lehnte er sich in seinem Chefsessel zurück, wippte damit vor und zurück, während er mich durchdringend anstarrte. »Wie bitte? Kannst du mir erklären, was ich jetzt eintragen soll?

Wenn jeder von meinen insgesamt 45 Leuten so ankäme, um mich nach Vielleicht-Urlaub ohne genaue Zeitangabe zu fragen, würde hier das totale Chaos …«

»Genialer Pullover«, unterbrach ich ihn, ehe er sich in Rage reden konnte. »Und der Gürtel – Hammer.«

Dennis Karger stand modisch auf die 70er-Jahre und kleidete sich gern wie ein Zuhälter aus der Zeit, selbst seine Vokuhila-Frisur mit den mächtigen Koteletten war authentisch. Während er im Sommer hemmungslos und ohne Rücksicht auf seine Umwelt seine Leidenschaft für Hemden mit riesigen Kragen und psychedelischen Mustern auslebte, trug er im Winter knallenge Rollkragenpullover im Rippenstrick unter einer – falls möglich – noch engeren Lederjacke aus cognacfarbenem Leder. Ich unterstellte ihm, dass seine Hemden maßgeschneidert waren, aber seine Schlaghosen und vor allem die Pullover konnte er nur secondhand finden, dessen war ich sicher. Vermutlich hing seine Telefonnummer an den Pinnwänden sämtlicher einschlägiger Läden im Ruhrgebiet.

Sein Pullover war rehbraun, und darüber trug er um die Hüfte ein dunkelbraunes Monstrum von geflochtenem Gürtel, dessen untertassengroße Schnalle mit Sicherheit tödliche Wunden zufügen konnte. Dennis war eitel, und mit einem Kompliment für sein Outfit konnte ich ihn immer kriegen.

So auch diesmal. Er sah selbstgefällig an sich herunter und sagte: »Der Gürtel ist wirklich der Hammer. Ich bin dafür bis nach Düsseldorf gefahren.«

»Super. Um auf meinen Urlaub zurückzukommen …«

»Genau. Also: Was hat es damit auf sich? Warum kannst du mir keinen genauen Termin sagen?«

Ich rang kurz mit mir, dann erzählte ich ihm, worum es ging.

Seine Reaktion kam unerwartet: Er war begeistert.

»Echt? Du machst bei ›Gib mir den Löffel!‹ mit? Wahnsinn! Meine Freundin guckt das jeden Tag, aber sie traut sich nicht, sich zu bewerben. Du musst unbedingt vorbeikommen und alles erzählen.«

»Noch bin ich nicht dabei. Ich hatte ein Casting, und jetzt entscheidet die Produktionsfirma.«

Nun war er erst recht neugierig. »Casting? Erzähl mal.«

Bisher hatte ich vor seinem Schreibtisch gestanden, jetzt zeigte er auf den Besucherstuhl. Zögernd setzte ich mich. Eigentlich hatte ich nicht vorgehabt, meine gesamte Frühstückspause in seinem Büro zu verbringen.

Ich berichtete ihm also von der Miriam und dem Stefan, wobei Dennis mich ständig mit Zwischenfragen unterbrach.

Schließlich kam ich zum Ende. »... und deshalb weiß ich noch nicht genau, wann.«

Er unterbrach mich mit einer lässigen Handbewegung. »Ist doch kein Ding. Ich trage optional mal zwei Wochen im Januar ein. Natürlich wirst du genommen. Die wären ja blöd, wenn nicht. Du bist witzig, charmant, klug und hast die schönste Stimme, die ich kenne.«

Ach ja?, dachte ich verdutzt. Du findest mich witzig, charmant und klug?

»Vielen Dank, aber eine schöne Stimme ist vielleicht nicht gerade ein Kriterium, nach dem die Auswahl getroffen wird, Dennis.«

Das brachte ihn zum Lachen. Als er sich wieder beruhigt hatte, sagte er: »Glaub mir, Loretta: Deine Stimme wird eins der Kriterien sein, todsicher. Jedenfalls dann, wenn Männer das entscheiden. Oder wissen die vielleicht, wie gut du kochst?«

»Nein, natürlich nicht. Ich könnte denen sonst was erzählen.«

»Siehst du? Guck dir die Allerwelts-Langweiler an, die sonst meist Kandidaten sind, da sind bunte Vögel doch die Ausnahme. Die Leute, die das produzieren, werden jubeln, wenn sie dein Video sehen. Und warum? Weil du anders bist, ungewöhnlich und spannend. Ich verwette meinen Escort, dass du genommen wirst.«

Huch? Dennis setzte sein heiß geliebtes Gefährt ein? Ich durfte mich geschmeichelt fühlen.

Diana blickte von ihrer Illustrierten auf, als ich mich wieder neben sie setzte. Sie vertrieb sich die Zeit mit Lesen, während der Kunde, den sie gerade am Telefon hatte, sich daran ergötzte, von ihr mit eisigem Schweigen bestraft zu werden. Drehbuch: Er bettelt darum, dass sie mit ihm redet – sie sagt kein Wort. Zehn Minuten lang, manchmal länger. Verrückt.

Sie griff nach ihrem Notizblock, malte ein Fragezeichen aufs erste Blatt und hielt mir den Block entgegen.

Ich hob beide Daumen: *Ja, Dennis spielt mit.*

Ihr Mund formte ein tonloses »Wow!«, dann schrieb sie: *Hässlichen Pulli gelobt?*

Ich kicherte und schüttelte den Kopf, nahm den Block und kritzelte darunter: *Den Gürtel!!!*

Sie steckte sich den Finger in den Hals und tat so, als müsste sie sich übergeben. Dann presste sie schnell beide Hände auf den Mund, um nicht laut loszulachen.

Ich loggte mich ein, und sofort erschien der nächste Anrufer auf meinem Monitor: *CharmingBusinessman.* Ich checkte rasch sein Profil: Geschäftsmann auf Reisen, First-Class-Hotel in Paris, das kokette Zimmermädchen kommt herein, als er gerade die Dusche verlässt. Hingerissen von seiner virilen Attraktivität, bettelt sie geradezu darum, ihn verwöhnen zu dürfen. Eine ganz alltägliche Szene also, wie sie ständig in First-Class-Hotels passiert …

Nach Feierabend standen Diana und ich noch mit Doris vor dem Callcenter, gegen die Kälte eingepackt in dicke Jacke, Schal und Mütze. Vergeblich, muss ich dazusagen, denn die eisige und feuchte Luft des Novemberabends kroch uns trotzdem in die Glieder. Mich zog es auf dem schnellsten Weg nach Hause und ins Warme, aber Doris hatte uns aufgehalten.

»Du machst bei dieser Sendung mit?«, fragte sie aufgeregt. »Du hast gar nicht erzählt, dass du dich beworben hast!«

»Dafür habe ich ja Diana, das wandelnde Informationsleck«, erwiderte ich und warf meiner Mitbewohnerin einen strengen Blick zu. Sie ignorierte mich geflissentlich und konzentrierte sich intensiv auf die Glut der Zigarette, die sie in der zitternden Hand hielt. »Eigentlich wollte ich das noch für mich behalten, bis feststeht, ob ich überhaupt dabei bin.«

Doris' Augen glitzerten mit ihrer silbernen Steppjacke und den dazu passenden Lurex-Leggings um die Wette. Wie üblich war sie gekleidet, als wäre sie auf dem Weg in eine 80er-Jahre-Disco. Bei der Wahl ihrer Outfits und ihren gewagten Frisuren hielt sie sich keineswegs an die nach wie vor herrschende Meinung, dass man mit über 70 allmählich zu gedeckteren Farben greifen sollte – und das war gut so. Doris war ein bunter, funkelnder, fröhlicher Paradiesvogel und würde das hoffentlich noch viele Jahre bleiben.

»Weißt du schon, was du kochen willst?«, fragte sie.

Ich schüttelte den Kopf. »Darüber denke ich erst nach, wenn ich eine Zusage habe. Ich habe dann noch Zeit, vier Vorschläge einzureichen.«

»Vier Vorschläge? Ich dachte, das Menü hat drei Gänge.«

Ich seufzte. »Vorschläge für vier Menüs mit jeweils drei Gängen, wie ich auch erst gestern erfahren habe. Und vom ausgewählten Menü dann noch die Rezepte.«

»Rezepte? Du?« Sie legte mir mitfühlend die Hand auf den Arm, denn sie kannte meine Art zu kochen: immer locker aus der Hüfte und stets experimentierfreudig. »Ich helfe dir dabei. Aber wieso vier Vorschläge?«

»Damit wollen sie verhindern, dass es an drei Tagen hintereinander Rinderrouladen mit Klößen oder Entenbrust mit Rotkohl gibt. Ich kann aber mein favorisiertes Menü angeben. Das darf ich kochen, falls es keine Überschneidungen mit den anderen gibt.«

»Hm-hm.«

Sie hatte noch etwas auf dem Herzen, wollte aber nicht so recht damit raus, das sah ich ihr an. Sie grinste beinahe verlegen und murmelte wie zu sich selbst: »Ich würde ja zu gern mal sehen, wie die Dreharbeiten so ablaufen …«

Aha – darum ging es also.

»Ich könnte nachmittags eine Hilfe beim Kochen gebrauchen. Wenn du also Lust hast …«

Doris' Gesicht strahlte vor Freude, verdüsterte sich aber wieder, als Diana gespielt empört rief: »Waaas? Das hast du mir schon versprochen!«

Ich boxte sie gegen den Arm. »Du kannst es einfach nicht lassen, oder?« Dann wandte ich mich an die enttäuschte Doris. »Diana würde sich eher beide Arme abhacken. Natürlich bist du dabei, wenn du magst.«

Ein Auto fuhr auf den Vorplatz, und der Fahrer ließ eine gellende Melodiehupe erschallen. Doris drehte sich um und stöckelte auf den Wagen zu. »Erwin! Eeeeerwin! Ich komm ins Fernsehn!«

Ihr Gatte kurbelte die Seitenscheibe herunter und streckte seinen Minipli-Kopf aus dem Fenster. »Wat? Ins Fernsehn? Wieso dat denn, Täubchen?« Er winkte Diana und mir zu. »Hallo, ihr beiden! Schönen Feierabend!«

Wir winkten zurück, und Diana murmelte: »Da hast du aber jemanden sehr glücklich gemacht!«

»Hoffentlich klappt es auch …«

Doris erreichte den Wagen und beugte sich zu Erwin, um ihn mit einem Kuss zu begrüßen. Dann umrundete sie die Motorhaube, während sie glücklich plapperte: »Die Loretta macht bei dieser Sendung mit, die wir uns jeden Tach angucken, und sie hat gesagt, ich darf ihr helfen! Und dabei werd ich gefilmt! Wat soll ich denn bloß anziehen? Und zum Friseur muss ich auch …«

Sie stieg ein, die Beifahrertür klappte zu, und mit einer erneuten Vorführung von Erwins nervtötender Hupe fuhren sie los.

Kapitel 4

Vorsicht! Bissiger Humor!
Betreten auf eigene Gefahr!

Während der nächsten zwei Wochen wartete ich darauf, dass die Produktionsfirma sich endlich bei mir melden würde. Ständig checkte ich mein Mailkonto und mein Handy auf Nachrichten, und in meiner Freizeit zog ich mir jede Kochsendung rein, die ich im Fernsehprogramm finden konnte – allen voran natürlich »Gib mir den Löffel!«. Bisher war die Sendung für mich reine Unterhaltung gewesen, aber ab sofort schenkte ich meine ganze Aufmerksamkeit den Details. Wenn ich eine Folge verpasste, sah ich sie mir im Internet an: Was kochten die Kandidaten? Wie waren die Tische dekoriert, wie das Essen angerichtet? Was kam bei den Gästen an, was nicht? Konnte man als Gastgeber mit einem Unterhaltungsprogramm während der Pausen zwischen den Gängen punkten?

Nur bedingt, wie ich feststellte.

Nicht jeder Gast ließ sich gern dazu nötigen, den örtlichen Schuhplattlern zu applaudieren, wahlweise ein Bild mit Fingerfarben zu malen oder sich aus einem Fundus absurder Karnevalskostüme lustig zu verkleiden und den Rest des Abends in der Kluft zu verbringen. Mein persönlicher Favorit war die beste Freundin eines Gastgebers, die sich als Amateursopranistin entpuppte und die gequält lächelnden Gäste mit ihrer ganz persönlichen Interpretation der Rachearie der Königin der Nacht aus Mozarts Zauberflöte traktierte. *»Der Hölle Rache kocht in meinem Herzen«*, kreischte sie wie eine Katze mit brennendem Schwanz – ohne zu ahnen, dass sie den Gefühlszustand ihres unfreiwilligen Publikums damit ziemlich exakt beschrieb. Die Folge: Punktabzug. Nicht einmal das beste Menü der Welt hätte diese Tortur vergessen lassen können.

Neben meinem Bett stapelten sich Kochbücher und Dutzende Hochglanzmagazine mit schicken Fotos von bildschön angerichteten Tellern zu einer beeindruckenden Skyline. Ich beschäftigte mich nur noch mit Rezepten, Garpunkten und Falttechniken für Servietten. Sollten sie wie das Opernhaus in Sydney aussehen oder doch lieber wie Lotosblüten?

Gespannt verfolgte ich eines Abends die Dokumentation über eine Schule, in der Weltklasse-Butler ausgebildet wurden. Ein Fachmann referierte streng, dass es als unfein und unhygienisch galt, eine Serviette beim Falten Dutzende Male anzutatschen. Sie durfte an einer Ecke mit den Fingerspitzen berührt und genau einmal zusammengeschlagen werden. Das hatte echten Stil – und nicht etwa diese affigen Origami-Kunstwerke, die auf so manchem Platzteller prunkten. Puh, Glück gehabt.

Und dann, eines Tages, kam er endlich: der Anruf von der Produktionsfirma.

»Du bist dabei«, sagte der Produktionsleiter, der sich als Marco vorgestellt hatte. »Kannst du es einrichten, dass du übermorgen Nachmittag zu Hause bist? Ich käme dann vorbei, und wir können alles genau besprechen.«

»Donnerstag? Da habe ich frei«, sagte ich betont gelassen, weil ich unbedingt cool wirken wollte.

»He, freust du dich überhaupt nicht?«

Ich fragte mich, welche Reaktionen er gewöhnt war. Kreischen, Jubel, hyperventilierende Menschen?

»Klar freu ich mich. Aber ich bin jetzt doch überrascht.«

»Tatsächlich?« Er klang ehrlich erstaunt. »Also, eins kann ich dir verraten: Beim Sender waren sie einstimmig für dich, und das kommt nicht allzu häufig vor.«

Diana freute sich für mich, mein Chef trug sofort meinen Urlaub ein, und Doris flippte schier aus. Bis zum Drehtermin blieben uns gerade mal zwei Wochen Zeit, um alles zu organisieren.

»Sobald dieser Marco da war, treffen wir uns bei mir«, sagte sie in einem Ton, der keine Widerrede zuließ, als ich ihr am nächsten Tag im Callcenter die frohe Botschaft verkündete. »Dann besprechen wir alles. Wir müssen straff planen, du hast eigentlich nur die Tage zwischen Weihnachten und Neujahr, um einzukaufen.«

Als es Donnerstagnachmittag bei mir klingelte, klopfte mein Herz. Als es plötzlich konkret wurde, war ich doch aufgeregt.

Marco war ungefähr in meinem Alter, blond, bärtig und attraktiv. Er wirkte abgespannt, lächelte aber freundlich, als er mir die Hand zur Begrüßung entgegenstreckte. »Schön, dich kennenzulernen, Loretta. Bisher kenne ich dich ja nur vom Video.«

In der Küche blickte er sich neugierig um.

»Willst du dir zuerst die Wohnung ansehen?«, fragte ich ihn, aber er schüttelte den Kopf.

»Später. Darf ich dich um einen Kaffee bitten?«

»Espresso?«

»Göttlich.« Er ließ sich seufzend auf einen Stuhl fallen.

Ich deutete auf den Teller mit Schokoladenplätzchen, die ich vormittags gebacken hatte. »Greif zu.«

Bis der Espresso fertig war, ließ ich ihn in Ruhe; er schien einen Moment für sich zu brauchen.

»Danke«, sagte er, als ich unsere Tassen an den Tisch brachte und mich ihm gegenübersetzte. »Und danke, dass du mich nicht mit Fragen bestürmt hast.«

»Warum sollte ich? Du wirst mir schon alles erzählen, was ich wissen muss.«

Er fuhr sich mit der Hand durch die Haare und stöhnte. »Ich wünschte, alle Kandidaten wären so wie du. Ich habe heute schon drei Besuche hinter mir, ich kann dir sagen …«

Er trank ein paar kleine Schlucke Espresso, dann holte er aus seiner Umhängetasche einen Schnellhefter, der sich öffnete, als er ihn auf den Tisch legte. Ich erhaschte einen Blick auf ein Blatt mit fünf Fotos. Von meinem eigenen war ich so abgelenkt, dass ich mir die anderen vier nicht ansehen konnte, bevor er die Mappe rasch zuschlug. Nur der vage Eindruck einer weißhaarigen Frau blieb haften.

»Ups, die darfst du nicht sehen«, sagte er, »das sind deine Mitkandidaten. Noch sind die ein Geheimnis. Du eröffnest übrigens die Woche.«

Ich ballte triumphierend die Faust. »Yessss!«

Aus der Sendung wusste ich, dass es bei den meisten Kandidaten nicht als erstrebenswert galt, als Erster kochen zu müssen. Als Gastgeber des ersten Abends tappte man völlig im Dunklen. Gab es Vegetarier in der Runde? Allergiker? War jemand Laktose-intolerant? Gab es Abneigungen gegen bestimmte Lebensmittel, die dir das komplette Menü ruinieren konnten? Machst du vielleicht Lachs, und jemand in der Runde entpuppt sich als pathologischer Fischhasser, weil ihm als Kind mal eine Gräte in den Hals geraten war? Wie viele Alternativen zum Menü sollte man in petto haben, falls man sie brauchte?

Mit alldem machte ich mich nicht verrückt. Zur Sicherheit würde ich, wenn ich mein Favoriten-Menü kochen durfte, noch jeweils eine Hähnchenbrust, ein Stück Fischfilet und einen Block Tofu im Kühlschrank bereithalten. Das musste reichen. Falls nicht – Pech gehabt. Mir ging es um eins: Wenn ich am ersten Abend kochte, konnte ich den Rest der Woche genießen und hatte den Stress hinter mir. Auf mich warteten dann vier entspannte Abende mit Drei-Gänge-Menüs. Am Wochenende vor dem Montag konnte ich alles vorbereiten und die Wohnung wienern. Sicher, ich musste bereits am Samstag alles außer den paar Lebensmitteln, die ich in Begleitung der Kamera besorgen wollte, eingekauft haben, aber die Getränke würden auf jeden Fall kalt genug sein, wenn sie zwei Tage im Kühlschrank gestanden hatten.

Marco zog einen großen Umschlag, der mit meinem Namen beschriftet war, aus seiner Tasche, dem er weitere Papiere und ein kleines Kuvert entnahm. Er schob mir einige zusammengeheftete Seiten zu. »Der Vertrag. Hast du ihn schon gelesen?«

Hatte ich, denn sie hatten ihn mit bereits am Tag zuvor als Datei geschickt.

»Hab ich. Aber eine Frage habe ich noch. Warum dürfen wir keine Fotos machen?«

»Mit dem Vertrag erhalten wir die Bildrechte für alles Material der fünf Drehtage. Wie die Tische dekoriert sind, wie die Menüs aussehen, zum Beispiel. Um zu verhindern, dass vor der Ausstrahlung Informationen über die Runde im Internet oder in der Presse landen, gibt es diesen Passus. Wenn ihr während der Drehtage Fotos wollt, könnt ihr mir eure Kamera geben. Ich werde sie machen und entscheiden, welches Motiv okay ist.«

»Du liebe Güte. Befürchtet ihr, dass die Einschaltquoten einbrechen, wenn vorher bekannt wird, wie ich den Tisch dekoriert habe?«

Er grinste und zuckte mit den Schultern. »So sind die Regeln. Unterschreibst du?«

»Klar.« Ich setzte meinen Namen unter den Vertrag und bekam dafür das kleine Kuvert.

»700 Euro«, sagte er. »Dein Spielgeld.«

Ich nickte und schob das Kuvert beiseite, ohne hineinzusehen.

Marco musterte mich und schüttelte den Kopf. »Du bist wirklich anders. Ich glaube, ich habe noch keinen Kandidaten erlebt, der nicht sofort den Umschlag aufgerissen hätte, um die Scheine zu zählen.«

»Freu dich nicht zu früh. Du glaubst doch nicht, dass du aus dieser Wohnung kommst, bevor ich das kontrolliert habe!«

Er lachte und studierte ein weiteres Blatt. »Hier ist dein Menü: Kartoffelsuppe, Lammfrikadellen mit Gratin und Wirsing, Trifle. Einverstanden?«

»Hab ich denn eine Wahl?«, gab ich zurück. »Ist aber mein Wunschmenü. Ich bin froh, dass die Redaktion mir nicht eins aus den vier Vorschlägen zusammengewürfelt hat.« Das konnte vorkommen, wie die Miriam und der Stefan erzählt hatten. Fürchterliche Vorstellung, ein Menü kochen zu müssen, das aus Komponenten besteht, die nicht zusammenpassen.

»Also, wir brauchen schnellstmöglich die Adressen und Ansprechpartner der Läden, in denen du einkaufen willst«, sagte Marco. »Wir setzen uns dann mit ihnen in Verbindung und fragen nach, ob wir dort drehen dürfen.«

Ich war überrascht, und er fuhr fort: »Wir können denen nicht einfach unangekündigt auf die Bude rücken. Im ungünstigsten Fall wird das als Hausfriedensbruch empfunden, und ein erboster Ladenbesitzer setzt uns vor die Tür. Die meisten sind zwar überglücklich, dass sie mit ihrer Metzgerei oder ihrer Karottenboutique ins Fernsehen kommen, aber wir haben auch schon Absagen gekriegt. Außerdem müssen sie jemanden auswählen, der dich bedienen wird. Der- oder diejenige bekommt für den Dreh auch ein Mikro angesteckt, sonst kriegen wir die Tonaufnahme nicht hin. Wirst du eine Küchenhilfe haben?«

»Meine Freundin und Arbeitskollegin Doris. Brauchst du ihre Adresse? Sie muss doch bestimmt auch einen Vertrag unterschreiben, oder?«

»Das machen wir am Drehtag. Könnte ja sein, dass bei ihr etwas dazwischenkommt und dir dann jemand anderer hilft.«

Das würde nicht passieren, das stand mal fest. Doris würde sich zur Not auch im Ganzkörpergips vor die Kamera schleppen.

Er schob mir ein Blatt über den Tisch. »Das sind deine vorläufigen Termine für die Woche. Montag stehen wir um acht vor der Tür, und du wirst uns nicht mehr loswerden, wahrscheinlich bis nach Mitternacht. Darauf solltest du dich einstellen. Ein Tipp: Mach nicht den Fehler, den ganzen Tag über nichts zu essen, es wird anstrengend, körperlich und mental. Versuche wenigstens, ordentlich zu frühstücken. Die Interviewtermine der nächsten Tage sind unter Vorbehalt zu verstehen. Dafür haben wir nur ein Team, und das muss nacheinander mit euch drehen. Da kann es immer zu Verschiebungen und Verzögerungen kommen.«

»Macht nichts«, sagte ich, während ich den Terminplan studierte. »Ich habe mir Urlaub genommen.«

»Hervorragend. Die Redaktion braucht alle Rezepte, die werden nach der Sendung ins Internet gestellt. Das hat also noch ein wenig Zeit, aber je eher du das erledigst, desto besser. Du weißt, wie du die Redaktion erreichst?«

»Steht alles in der Mail, die ich bekommen habe.«

»Okay.« Er stürzte sich auf die Plätzchen und aß mit Appetit.

Der arme Kerl ist wirklich hungrig, dachte ich. »Soll ich dir eine Kleinigkeit machen? Einen Teller Nudeln? Ich hab auch ein paar Frikadellen im Kühlschrank.«

Er winkte lachend ab. »Danke, wirklich nicht. Dann komme ich hier heute nicht mehr weg, so müde, wie ich bin. Außerdem habe ich noch einen Kandidatenbesuch vor mir. Ich hoffe, derjenige ist nur halb so angenehm wie du. Ich bin heute schon derart zugelabert wor…« Er brach ab und biss sich auf die Unterlippe.

Ich grinste. »Ups? Hätte da jemand beinahe über die anderen Kandidaten gesprochen?«

Er rieb sich müde die Augen. »Daran erkennst du, wie kaputt ich bin: Ich werde unprofessionell.«

»Ich denke, es liegt daran, dass du gerade Haschkekse gegessen hast«, sagte ich todernst.

Schlagartig war er hellwach und starrte erst die Plätzchen, dann mich aus entsetzt aufgerissenen Augen an. »Wie bitte?«

Ich lehnte mich grinsend zurück. »Wollte dich nur wecken. Hat geklappt.«

»Allerdings. Puh. Du solltest ein Warnschild an der Wohnungstür anbringen. *Vorsicht! Bissiger Humor! Betreten auf eigene Gefahr!* So etwas in der Art.«

»Dann freu dich schon mal auf meine Küchenhilfe. Doris schießt ihre Scherze mit der Panzerfaust ab.«

Marco sah mich ernst an. »Ich glaube, auf den Dreh bei dir können wir uns freuen. Das sage ich nicht häufig.« Er blätterte durch die Papiere auf dem Tisch. »Wir haben alles, oder?«

»Mich darfst du nicht fragen. Wohnungsbesichtigung?«

Wir verließen die Küche, und ich deutete auf Dianas Schlafzimmertür, die der Küchentür schräg rechts gegenüber lag. »Tabu. Das Schlafzimmer meiner Mitbewohnerin. Dieses Zimmer existiert nicht.«

»Notiert.«

Die Tür links daneben stand halb offen, und wir gingen hinein. »Offiziell Dianas Bereich, praktisch unser zweites Wohnzimmer. Wird auch als Gästezimmer genutzt. Hier dürfen wir rein, und hier kann auch geraucht werden.«

»Alles klar.«

Wir gingen weiter, warfen eine Tür weiter einen Blick ins Bad, passierten die Wohnungstür auf der linken Seite, dann mündete der Flur in das große Wohnzimmer, von dem aus eine Tür in mein Schlafzimmer führte.

Marco drehte sich einmal um sich selbst und nickte zufrieden. »Bestens. Wir brauchen drei oder vier unterschiedliche Ecken, in denen wir die Interviews drehen beziehungsweise wo die Stöbereien stattfinden. Du entscheidest, wo deine Gäste sich umsehen dürfen. Du kannst auch eine Kiste oder Ähnliches vorbereiten, in der Fotos oder so sind. Das heißt: Du gibst vor, wozu sie dich dann befragen werden.«

»Bestens. Ich möchte übrigens auch nicht, dass in meinem Schlafzimmer gefilmt wird.«

»Wie gesagt: Du entscheidest. Könnten wir es denn nutzen, um das Equipment zu lagern? Wir haben eine Menge Zeugs dabei.«

»Einverstanden.«

Er machte ein paar Fotos mit einer kleinen Digitalkamera, dann gingen wir zurück in die Küche. Auch hier fotografierte er in jede Ecke.

»Schön hier, Loretta. Nicht so geleckt wie diese modernen Einbauküchen. Die hier hat Atmosphäre, ist einladend und gemütlich.«

»Ich steh nicht so auf Einrichtungen, die aussehen, als wären sie eine komplette Doppelseite aus einem Möbelkatalog. Du weißt schon: Sofa, Vorhänge, Bilder, Teppich, Schrankwand, Zierkissen – alles passt zusammen und kann als Set bestellt werden. Hat ungefähr so viel Individualität und Seele wie ein Geldautomat.«

Er zog seinen wattierten Anorak an und packte seine Unterlagen in die Tasche.

Als wir an der Wohnungstür standen, sagte er: »Ich finde es schade, dass ich nicht ein bisschen mehr Zeit habe, ich fühle mich wirklich wohl bei dir. Deine Gäste dürfen sich freuen. Und wir sehen uns in zwei Wochen. Hast du noch irgendeine Frage?«

»Ja. Wie viele Kandidaten richten ihre Küche nagelneu ein, weil sie an der Sendung teilnehmen?«

Marco lachte auf. »Du würdest nicht glauben, wie oft uns der Küchenbauer entgegenkommt, wenn wir anrücken. Bekloppt.«

»Na so was. Dann bin ich ja mal gespannt, wie weit ich mit meinen 700 Euro komme.«

Er lachte immer noch, als die Haustür hinter ihm ins Schloss fiel.

Kapitel 5

Dessertgabeln, Buttermesser und ein »Maumpimff« …, was braucht man wirklich?

Doris hatte angekündigt, dass es bei ihr nichts zu essen geben würde, da sie vor unserem Treffen mit Erwin unterwegs war. Nanu – Doris würde nicht ganz groß auftischen? Das kam ungefähr so häufig vor wie ein Schneesturm im Hochsommer. Also gönnten Diana und ich uns nach Feierabend endlich mal wieder einen Döner bei unserem Lieblingstürken, bevor wir zu ihnen fuhren.

Als wir in die schmale Vorortstraße einbogen, erkannten wir ihren Bungalow schon von Weitem, denn sie hatten weihnachtlich geflaggt. Lediglich zu sagen, dass sie *geschmückt* hatten, wäre die Untertreibung des Jahrzehnts – ich hatte kurz die irrationale Idee, dass wir irgendwo falsch abgebogen und aus Versehen in Las Vegas gelandet waren. Hunderte Lichterketten zeichneten jede Kontur des Hauses, jeden Fenster- und Türrahmen sowie die Kante des Flachdaches nach, ein bunt leuchtender Schlitten mit Weihnachtsmann und sechs Rentieren thronte oben auf dem Haus, an den Zweigen der Tannen im Vorgarten funkelten bunte Glitzerkugeln und künstliche Kerzen. In jedem Fenster blinkten farbige Sterne, grüne Weihnachtsbäume und weiße Schneekristalle.

»Früher wurden von räuberischen Küstenbewohnern nachts auf diese Art Schiffe an gefährliche Klippen gelockt, an denen sie zerschellen sollten«, sagte Diana beeindruckt, »wir sollten hoffen, dass Flugzeuge diese Lichtinstallation nicht für einen Teil der Landebahn halten und in den Garten donnern.«

»Das machen sie für die Kinder. Früher für die Enkel, jetzt für die Urenkel«, erwiderte ich.

Diana kicherte. »Urenkel – von wegen. Doris findet das toll, und Erwin erst recht. Sie sind halt unsere beiden Kitschkanonen. Ich bin gespannt, wie es innen aussieht.«

Wir sollten nicht enttäuscht werden: glitzernde Girlanden und anderer Weihnachts-Firlefanz, wohin das Auge blickte. Eiszapfen aus Schaumstoff an jedem Regalbrett, Kunstschnee an den Fensterscheiben, Rentiere, Weihnachtsmänner in allen Größen, Schüttelkugeln mit Schneegestöber über winzigen winterlichen Dörfern, Engel mit Kerzen in den Händen. Die opulente Dekoration schaffte es sogar, dass Doris mit ihren Tonnen funkenden Modeschmucks geradezu schlicht wirkte. Selbst Erwins Goldzahn schien verblasst.

Wenn Doris ankündigte, dass es ›nichts zu essen‹ geben würde, bedeutete das lediglich, dass wir keine Hausmannskost serviert bekamen, wie wir nun herausfanden. Die Schüsseln mit Kartoffelchips und gesalzenen Erdnüssen, die Pyramiden selbst gebackener Plätzchen und die Nikolausteller mit Mandarinen, Schokolade und Nüssen, die auf dem Couchtisch auf uns warteten, waren für sie also ›nichts zu essen‹, interessant. Ich nahm mir vor, mir ihre Sicht der Dinge zu eigen zu machen und zukünftig kein schlechtes Gewissen mehr zu haben, wenn ich mit einer Tüte Erdnussflips vor der Glotze hockte.

»Greift zu, Kinder«, forderte sie uns auf, nachdem sie uns mit Getränken versorgt hatte und wir es uns gemütlich gemacht hatten. Erwin, ihr geliebter vierter Gatte, sah mich wohlwollend an. »Du bringst mein Täubchen also ins Fernsehen? Sie macht sich schon ganz verrückt mit Friseur und Klamotten kaufen.«

»Ich will doch die Schönste sein«, sagte Doris.

»Das bist du auch im Kartoffelsack und mit Glatze, mein Täubchen.« Erwin nahm ihre Hand und sah sie liebevoll an.

Ich schluckte. Immer wenn ich die beiden miteinander erlebte, wurde ich sentimental. So viel Zuneigung und Zärtlichkeit, das war schwer auszuhalten, wenn man, wie ich, an einer miesen Trennung zu knabbern hatte.

Diana merkte es mir an und ergriff das Wort. »Loretta hat jetzt alle Informationen, die wir brauchen.«

Wir? Ich staunte nicht schlecht. Aus *Ich will nichts damit zu tun haben und ziehe ins Hotel* war plötzlich *Wir* geworden. Meine Freundin, Arbeitskollegin und Mitbewohnerin Diana schaffte es immer wieder, mich zu überraschen.

»Erzähl mal«, forderte Erwin mich auf, und ich berichtete von Marcos Besuch. Geschmeichelt, wie ich war, ließ ich auch die Komplimente nicht unerwähnt, die ich von ihm bekommen hatte.

Doris spitzte den Mund. »Wie alt, wie groß, verheiratet?«

»So alt wie ich, einen Kopf größer als ich, Bart. Nett und attraktiv.«

»Sieh an, sieh an. Und macht Komplimente. Der steht auf dich.«

»Unsinn. Das sagt der bestimmt zu jeder Kandidatin.«

»Ich bleibe dabei: Er steht auf dich. Und es wird langsam Zeit, dass du dich wieder für Männer interessierst.« Doris warf ihrem Erwin einen verliebten Blick zu. »Wenn ich aufgehört hätte, mich für Kerle zu interessieren, hätte ich dieses Sahneschnittchen bestimmt übersehen. Will ich gar nicht drüber nachdenken.«

»Vielleicht ist ja einer der anderen Kandidaten Lorettas Traumprinz«, warf Diana ein.

In Wirklichkeit hörte es sich an wie *»Himeimpfff hemampfff mafinampff mometapff maumpimfff«* oder so ähnlich, denn sie arbeitete sich gerade systematisch durch Doris' Vorrat an Kokosmakronen und sprach mit vollem Mund.

»Ich werde darauf achten. Und wenn einer tatsächlich mein *Maumpimpfff* sein sollte, schlage ich erbarmungslos zu. Ich könnte mir für die Sendung ein T-Shirt bedrucken lassen: Suche *Maumpimpfff*«, schlug ich vor. »Das liefert auf jeden Fall Gesprächsstoff.«

Diana gluckste mit hochrotem Kopf und presste sich beide Hände auf den Mund, um Schlimmeres zu verhindern.

»Und von den Leuten, die dann alles filmen, kennst du noch keinen?«, fragte Erwin.

»Marco wird dabei sein«, sagte ich und ignorierte geflissentlich, dass Doris ihre Lippen zum Kussmund spitzte. »Ach so, und diese Miriam auch, die beim Casting schon bei mir war. Sie hat gestern angerufen und wollte wissen, ob ich noch Fragen habe.«

»Sieh da, deine Zwillingsschwester.« Diana grinste. »Hast du mir gar nicht erzählt.«

Ich rollte mit den Augen. »Wie auch immer. Wir sind ein bisschen ins Quatschen gekommen, und sie hat mir ganz stolz erzählt, dass sie es sich schon lange wünscht, beim Dreh dabei sein und die Interviews machen zu dürfen. Offenbar ein überaus begehrter Job. Und heiß umkämpft.« An Diana gewandt, fügte ich hinzu: »Und du hör auf mit dem Zwillingsschwester-Quatsch.«

»Ein Kopp und ein … Autsch!«

Ich hatte sie gegen den Oberarm geboxt, um sie zu stoppen. Keine Ahnung, warum mich das so nervte. Sollte ich vielleicht mal mit meiner Therapeutin besprechen.

Doris musterte uns mit dem wohlwollenden Blick einer Großmutter, die ihren putzigen Enkelchen dabei zusieht, wie sie Faxen machen. Dann aber tippte sie streng mit einem Kuli auf den Block, den sie mit an den Sofatisch gebracht hatte. »Konzentration, Mädels. Die erste Liste.«

»Die *erste* Liste?«, fragte ich verblüfft. »Wie viele Listen brauche ich denn deiner Meinung nach?«

»Wir werden sehen. Zuerst Geschirr und Deko. Was wirst du kochen? Wie seid ihr ausgestattet?«

»Mein Menü beginnt mit einer Kartoffelsuppe, dann folgen Lammfrikadellen, Kartoffelgratin und Wirsing mit Gorgonzolasoße, zum Schluss ein Trifle mit … weiß noch nicht … Himbeeren oder Erdbeeren, denke ich.«

Doris schrieb mit, dann zögerte sie und sah mich fragend an. »Treiffel? Nie gehört.«

»Schreib Schichtdessert. Trifle ist das englische Wort dafür. Eigentlich drei Schichten: knusprige Kekskrümel, eine Creme aus Mascarpone oder so, dann noch Früchte. Das möchte ich in einem hohen Glas servieren, damit man auch von außen die Schichten erkennen kann. Dazu kleine Löffel mit langem Stiel. Das werde ich abends frisch machen, damit der Keks nicht weich und feucht wird.«

»Hohe Gläser«, murmelte Doris beim Schreiben, »lange Löffel, okay. Hauptgang. Wirsing mit Gorgonzolasoße – im Servierring angerichtet?«

Ich schüttelte den Kopf. »Das macht doch jeder. Ich werde den Wirsing im Ganzen kochen und dann Spalten herausschneiden, als würde ich die Filets aus einer Orange trennen. Sieht auf dem Teller genial aus, richtig edel. Dazu ein Klecks Gorgonzola. Den mag nicht jeder, deshalb möchte ich ihn nicht mit dem Wirsing vermischen.«

Erwin nickte anerkennend. »Ganz schön clever, Frolleinchen. Wie biste drauf gekommen?«

»Kochsendung. Ich persönlich bin ja eher für Wirsing durcheinander. Das Gratin mache ich so, wie es sich gehört: Die Tunke muss völlig von den Kartoffeln absorbiert werden, damit es schnittfest wird. Dafür brauche ich also auch keinen Servierring.«

»Und die Frikadellen?«, fragte Doris.

»… sind halt Frikadellen«, vervollständigte ich. »Kein Schnickschnack, kein Blattgold.«

»Alles klar. Für die Kartoffelsuppe brauchste Suppenteller und gut is. Oder willste Suppentassen nehmen?«

Ich schüttelte den Kopf. »Teller finde ich besser.«

»Stück Brot dazu?«

»Klar!«, jauchzte Diana. »Kohlenhydrate-Festival bei Loretta. Auf dass an diesem Abend jeder mindestens drei Kilo zunimmt. Wir empfehlen: Nudeleinlage für die Kartoffelsuppe. Und pro Person zwei Mettwürstchen.«

»Nu werd mal nich keck.« Erwin drohte Diana scherzhaft mit dem Zeigefinger. »Hat noch keinem geschadet, mal wat Ordentlichet und Bodenständiget zu essen. Nich so 'n Firlefanz wie Salatblatt an halber Karotte. Wenn ich schon die Kinderportionen seh, die da immer aufgetischt werden: So 'n Minifitzelchen Fleisch, drei Erbsen und vierzehn Reiskörner. Dat würde ich aus Versehen einatmen, dat schwör ich dir.«

»Na, die Gefahr, dass deine Liebste dir mal so was auftischt, besteht wohl nicht«, sagte ich, »und das ist auch ganz gut so.«

»Mach doch lieber ordentliche Hausmannskost«, setzte er nach.

»Die Frikadellen sind schon gewagt«, erwiderte ich. »Ich höre sie schon meckern, dass ich ihnen Pommesbudenfraß anbiete.«

»Dann zeich mir mal 'ne Pommesbude, wo du Lammfrikadellen kriegst«, rief Erwin entrüstet. »Dat soll'n die mal wagen! Dann füllste die mit Schnaps ab, und ich sach den Kumpels von der Verkehrspolizei Bescheid.«

»Wie angenehm, einen Expolizisten im Freundeskreis zu haben«, schnurrte Diana. »Man kann Nervensägen besoffen machen und dann eine Polizeikontrolle bestellen, um ihnen richtig Ärger zu bescheren. Darüber müssen wir uns bei Gelegenheit mal unterhalten, Erwin. Ich sehe dich plötzlich mit ganz anderen Augen!«

Erwin und Diana lachten sich schief und überboten sich gegenseitig mit absurden und gemeinen Ideen, wie man Feinde so richtig mit Schmackes bestrafen könnte, wenn man nur die richtigen Kontakte aktivierte.

Die enge Freundschaft zu ihm war auch ein Ergebnis der Vorkommnisse im Schrebergarten; er hatte mir buchstäblich das Leben gerettet. Zurzeit – das wusste ich von Doris – dachte er darüber nach, sein Fachwissen professionell zu nutzen und sich als Privatdetektiv selbstständig zu machen. Von seinem harmlos und gemütlich wirkenden Äußeren mit Minipli, Goldkette und Wohlstandsbauch sollte man sich tunlichst nicht täuschen lassen: Sein Geist war wach und flink, und wenn es darauf ankam, war er schnell und gefährlich wie ein Panther – ich hatte es selbst erlebt.

Doris versuchte, seine und Dianas lautstarke Albereien zu ignorieren, und wandte sich wieder an mich. »Wie sieht es bei euch mittlerweile mit Geschirr aus?«

»Hat sich nichts geändert in letzter Zeit.«

Das bedeutete: Diana und ich verfügten über ein wildes Sammelsurium einzelner Geschirr- und Besteckteile, nichts passte zusammen oder ergab ein Ganzes. Auch wenn ich versuchte, das zu meinem persönlichen Stil zu erklären, würde es einfach nicht schön aussehen. Und witzig erst recht nicht, nur blöd. Diana hatte für sich selbst nie Wert darauf gelegt. Bei mir war es so, dass Tom, mein Ex, bei seinem heimlichen Auszug alles mitgenommen hatte, was er tragen konnte beziehungsweise vermutlich für seine neue Wohnung brauchte. Ich blieb auf ein paar Besteckteilen und angeschlagenen Tellern, Gläsern und Tassen sitzen. Eigentlich machte es

Diana und mir nichts aus und unseren Essensgästen auch nicht. Ein gutes Essen schmeckt auch von Papptellern gut, und einem leckeren Wein ist es egal, ob er aus einem ehemaligen Senfglas getrunken wird.

»Kann ich dir alles leihen«, sagte Doris.

»Ich habe 700 Euro Budget. Davon leiste ich mir auf jeden Fall Geschirr. Ich hab schon was Schönes im Auge, in Maigrün. Ganz schlicht. Kuchenteller, Suppenteller und große, jeweils sechs Stück, zusammen für 50 Euro.«

»Gläser? Was hast du an Getränken geplant?«

Erwin schaltete sich bei dieser Frage wieder ein. »Na, Bierken! Bei dem deftigen Essen?!«

»Ja, das habe ich vor«, sagte ich. »Dazu passt am besten ein schönes, kaltes Pils. Aber Wein werde ich auch anbieten. Mineralwasser sowieso.«

»Also mindestens dreierlei Gläser«, konstatierte Doris. »Plus ein anderet Glas für den Aperitif. Und Gläser für deine geschichtete Nachspeise.«

Doris, die eine große Familie hatte, verfügte über jahrzehntelange Erfahrung im Ausrichten von Feiern wie Taufen, Hochzeiten, Geburtstagen und Beerdigungen. Davon durfte ich jetzt profitieren. Wenn eine von uns wusste, was auf einen ordentlich gedeckten Tisch gehörte, dann sie. Ich hatte nicht einmal gewusst, dass es so etwas wie Buttermesser überhaupt gab – in ihrem circa 2.500-teiligen Besteck existierten gleich 24 Stück davon, falls es mal eine große Tafel zu bestücken galt. Messerbänkchen, Vorlegebesteck, Dessertgabeln – nicht zu verwechseln mit Kuchengabeln –, winzige Soßenkellen … Diana und ich staunten nicht schlecht, als Doris die Schubladen ihrer imposanten Wohnzimmerschrankwand für uns öffnete.

Im Folgenden stellten wir fest, dass unser Haushalt weder über eine Tischdecke noch über Stoffservietten verfügte. Bisher hatten wir weder das eine noch das andere vermisst. Platzteller oder Tischsets? Fehlanzeige. Kerzenhalter? Öööööh … Eine Schürze mit Latz? Natürlich besaß ich keine.

Aber ich wolle mich doch beim Kochen, während die Gäste schon anwesend waren und ich mich bereits aufgebrezelt hatte, nicht bekleckern, ermahnte Doris mich mit streng erhobenem Zeigefinger, von den drohenden Fettspritzern beim Frikadellenbraten ganz zu schweigen!

Am Ende der ersten Etappe hatten wir zwei Listen: die erste mit den Dingen, die ich kaufen musste, und eine zweite mit allem, was Doris mir für den großen Tag borgen würde. Um die Tischdecke hatte es eine längere Diskussion gegeben: Einkaufsliste oder Leihliste?

»Aber es ist doch Quatsch, dafür Geld auszugeben!«, rief Doris und öffnete eine Doppeltür an ihrem Wohnzimmerschrank.

Wir blickten auf zwei akkurate Stapel blütenweißer, gestärkter Damasttischdecken, die aneinandergelegt vermutlich die Fläche mehrerer Fußballfelder bedecken würden.

»Danke, das ist lieb von dir, aber für meinen Tisch stelle ich mir etwas in Farbe vor. Vielleicht lila«, sagte ich.

»*Lila?* Und *grüne* Teller?«

Doris blieb glatt die Spucke weg. Ausgerechnet ihr, dem Paradiesvogel! Aber offensichtlich gab es selbst für sie gewisse Grenzen: Auf einen für Gäste gedeckten Tisch gehörte weißer Damast, basta.

»Täubchen, da haste mal ausnahmsweise nix zu melden«, rügte Erwin mit liebevoller Strenge. »Lorettas Tach, Lorettas Tisch. Ende der Diskussion.«

Doris zog einen Flunsch. »Aber wie hübsch so ein Tisch in Weiß und Grün aussehen würde, überleg doch mal! Dazu vielleicht Schneeglöckchen ...«

»Keine Blumen!«, unterbrach ich sie.

»Keine Blumen?«

Jetzt war sie endgültig fassungslos.

Ich ließ mich nicht beirren. »Keine Blumen. Warte es ab, der Tisch wird klasse aussehen.«

»Wenn du das sagst ...«

Sie wirkte ein wenig eingeschnappt. Aber ich würde mich nicht ihrem Geschmacksdiktat beugen. Weiße Tischdecke und Blumen – das konnte schließlich jeder.

Kapitel 6

*Amseln wissen, was schmeckt –
aber was sagt meine Tischdekoration über mich aus?*

Wieder einmal eine dieser Fragen, die mich zwangen, über mich nachzudenken. Oder über das, was ich wollte oder nicht wollte. Und warum ich es wollte. Frau Müller-Westerholt hatte gerade von ihren Notizen hochgeblickt und gefragt: »Ist es Ihnen wichtig, eine Tischdekoration zu präsentieren, die nicht jeder hat, Frau Luchs?«

Verdammt!

Wann würde ich es endlich kapieren: Sie würde jeden meiner Beweggründe hinterfragen. Punkt. Das war leider lästig. Und anstrengend.

»Nein, natürlich nicht. Dann würde ich … keine Ahnung … Packpapier auf den Tisch legen und die Dekoration mit Wachsmalkreide aufmalen. Oder vielleicht das Essen in selbst geschnitzten Holzschalen mit einem groben Löffel servieren und eine absurde Zurück-zur-Natur-Geschichte dazu erfinden, um möglichst exzentrisch zu wirken.«

Ein schnelles Lächeln erschien auf ihrem Gesicht und verschwand gleich wieder. »Sondern? Was ist Ihnen wichtig?«

»Mein Tisch soll dem entsprechen, was ich als schön empfinde. Ich kann zum Beispiel diese Sarggestecke auf weißen Tischdecken nicht ausstehen.«

Frau Müller-Westerholt sah mich neugierig an. »Sarggestecke? Was meinen Sie damit?«

»Diese langen Blumengestecke, die in der Tischmitte stehen. Tot und steif, absolut gruselig. Als hätte der Florist sie aus Versehen an die falsche Adresse geliefert. Ich finde, die sehen immer aus, als gehörten sie eigentlich auf einen Sarg.« Unwillkürlich schüttelte ich mich.

»Hatten Sie schon immer eine so heftige Aversion gegen derartige Gestecke?«

Ich wusste, worauf sie hinauswollte. War meine allzu nahe Begegnung mit dem Tod, die ich im Sommer hatte, der Grund für meine Abneigung?

Nach längerem Nachdenken schüttelte ich den Kopf. »Ich mag Blumen als Dekoration. Am besten selbst gepflückt. Sträuße mit Gräsern, Zweige mit Blüten. Aber ich kann es nicht leiden, wenn sie so akkurat gesteckt oder gebunden sind, dass sie wie tot aussehen.«

Ich seufzte und blickte aus dem bodentiefen Fenster in den verschneiten Garten. Ausnahmsweise war ich mittags hier und sah ihn nicht, wie sonst immer, im Licht der Gartenlaternen. Die makellos weiße Schneedecke auf dem gepflasterten Bereich war bis auf eine Spur von Katzenpfoten unberührt. Eine Amsel saß auf dem Ast einer Heckenrose und pickte an einer Hagebutte. Durch ihr Gewicht und ihre Bewegungen wippte der dürre Zweig und ließ feinen, pudrigen Schnee von der Pflanze rieseln. Die knallroten Hagebutten leuchteten in dem Schwarz und Weiß des winterlichen Gartens wie kleine Glühbirnen. Es war, als blickte ich auf ein wunderschönes, gemaltes Bild.

»Frau Luchs?«

Beinahe widerwillig wandte ich ihr den Kopf zu. »Der Garten ist so friedlich«, sagte ich.

Sie nickte. »Ich möchte gern noch einmal auf Ihre Kollegin Doris zurückkommen. Fühlten Sie sich von ihr bevormundet, als sie mit Ihnen diese Listen erarbeitet hat?«

Ich zuckte mit den Schultern. »Ich weiß es nicht. Sie wollte helfen. Die Sache mit der Tischdecke fand ich allerdings tatsächlich ein wenig übergriffig.«

»War Ihnen die Situation unangenehm?«

»Ja. Ich habe gemerkt, dass ich drauf und dran war, nachzugeben und diese blöde Tischdecke anzunehmen.«

»Warum war das so?«

»Darüber habe ich später auch nachgedacht. Ich glaube, ich wollte sie einerseits durch meine Ablehnung nicht kränken, weil sie doch so hilfsbereit ist, und andererseits …« Ich brach ab.

»Andererseits?«, fragte Frau Müller-Westerholt nach, als ich weiter schwieg.

Ich gab mir einen Ruck. »Vielleicht ist mir Harmonie wichtiger, als meinen Willen durchzusetzen. Ganz allgemein.«

»Was befürchten Sie als Reaktion, wenn Sie Ihren Willen durchsetzen?«

»Na, Doris könnte mich für undankbar halten. Sie hilft mir, und ich suche mir aus, was ich von ihr annehme. Besteck und Gläser ja, aber die Tischdecke verschmähe ich.«

»Haben Sie Doris um ihre Hilfe gebeten?«

Ich schüttelte den Kopf. »Sie hat sie mir angeboten. Was macht das für einen Unterschied?«

»Nun, wenn ich jemanden um Hilfe bitte, fühle ich mich demjenigen gegenüber normalerweise stärker zu Dank oder Nachgiebigkeit verpflichtet, oder?«

»Könnte sein. Aber da differenziere ich nicht.«

»Haben Sie mal darüber nachgedacht, dass Doris sich Ihnen gegenüber zu Dankbarkeit verpflichtet fühlen könnte?«

Ich starrte sie verblüfft an. »Warum das denn?«

»Immerhin bekommt sie durch Sie die Gelegenheit, hinter die Kulissen dieser Sendung zu sehen. Und sie kommt selbst ins Fernsehen.«

»Aber das ist doch nicht mein Verdienst!«

»Aus Doris' Sicht schon.«

Interessant. So hatte ich es noch nicht betrachtet. Hatte sich Doris deshalb so stark eingebracht, weil sie sich bei mir bedanken wollte?

»Sie meinen, ich müsste Doris' Ärger nicht befürchten, weil sie mir dankbar ist?«

»Ich meine, Sie müssen nicht um ihre Freundschaft werben, Frau Luchs. Sie *sind* Freundinnen. Sie sollten sich klarmachen, dass es nicht darum geht, alles richtig zu machen, was immer das im Einzelfall bedeutet. Sie sind liebenswert, so wie Sie sind – und nicht erst dann, wenn Sie die vermeintlichen Erwartungen anderer erfüllen.«

»Die wahrscheinlich sowieso nur in meiner Fantasie existieren«, murmelte ich.

Mein Blick schweifte wieder hinaus in den Garten. Die Amsel saß noch immer in der Rose und genoss ihren fruchtigen, vitaminreichen Snack. Wie gut, dass die Natur auf diese Weise eingerichtet hatte, dass Tiere auch in der kalten Jahreszeit etwas fanden, das ihnen das Überleben sicherte. Ein deutlicheres Sinnbild für den Kampf gegen den Tod konnte ich mir nicht vorstellen. Ich lebe noch – das würde mein Tisch erzählen. Und wenn nur ich diese Nachricht verstand, reichte es vollkommen.

»Hagebuttenzweige«, sagte ich, »ich werde mit Hagebuttenzweigen dekorieren.«

Abends saß ich mit meinen Listen am Küchentisch. Diana war im Callcenter, denn sie sparte auf einen neuen Rasenmäher für den Schrebergarten und nahm jede Schicht, die sie kriegen konnte.

An den kommenden Feiertagen würde ich arbeiten, denn im Gegensatz zu den Schulferien brummte das Geschäft während der Weihnachtszeit nicht nur im Einzelhandel, sondern auch bei uns. All die einsamen Männer, denen jetzt besonders auffiel, dass sie niemanden hatten, sehnten sich nach Gesellschaft und Zärtlichkeit, und sei es nur telefonisch. Viele wollten sich sogar nur unterhalten. Ihnen reichte es bereits, sich mit einer angenehmen weiblichen Stimme zu unterhalten, einer Frau, die sich liebevoll danach erkundigte, wie es ihnen ging.

Während dieser Tage leisteten wir ganz klar seelsorgerische Arbeit an der Hotline, was nicht bei allen Kollegen beliebt war. Dennis hatte sowieso Probleme mit den Dienstplänen, weil die Mitarbeiter mit Familien über Weihnachten schlicht andere Prioritäten hatten, als zu arbeiten. Also zahlte er doppeltes, nachts sogar dreifaches Gehalt, und ich nahm es gern. Genau wie Diana. Wir arbeiteten dann tagelang durch – auch deshalb hatte Dennis sich meinem Urlaubsbegehren gegenüber wohl so wohlwollend gezeigt.

Es war kurz vor Weihnachten, und wegen der Festtage musste ich alles sorgfältig planen, wann ich was einkaufte oder bei Doris abholte.

Einige Punkte waren bereits abgehakt: Ich besaß zum Beispiel mittlerweile eine fliederfarbene Tischdecke, die aussah, als wäre sie aus Leinen. Angeblich sollte sie Flüssigkeiten abweisen, stand auf der Verpackung. Als wäre das nicht schon schrill genug, hatte ich mir dazu eine farblich passende Schürze gegönnt – jawohl, das gab es tatsächlich: passende Schürzen zu Tischdecken.

Wie ein Kind über einen Rummelplatz war ich andächtig und staunend durch die Wäsche-Abteilung eines großen Kaufhauses gestreift. Ich konnte mich gerade noch zusammenreißen, bevor ich in einen fliederfarbenen Rausch geriet und mein ganzes Budget für passende hübsche Geschirrtücher, Topfhandschuhe, Stuhlhussen und ähnlichen Blödsinn ausgab. Aber ich blieb stark und beschränkte mich auf Tischdecke, Schürze und rote Stoffservietten, die ich falten würde, wie der Butler-Guru es mich gelehrt hatte.

Nur aus Neugier besuchte ich noch die Haushaltswaren-Etage und flippte beinahe aus, als ich dort entdeckte, dass es selbst Töpfe, Pfannen, Kochlöffel, Siebe und alles Erdenkliche mehr in allen Farben des Universums zu kaufen gab. Wie überall kämpfte ich mich auch hier durch Menschen, die auf der Suche nach Geschenken waren. Sie argumentierten miteinander, stritten, tätigten verzweifelte, sinnlose Käufe, nur um irgendetwas übergeben zu können, das als Geschenk eingepackt war. »Hömma, hat die Omma einklich 'n Reiskocher?« – »Wat soll die Omma denn dammit? Die weiß doch gannich, wat dat is!« – »Na und? Dann können wir dat Ding wenigstens abstauben!« oder »Wir brauchen wat für Onkel Jupp! Wie wär's mitten elektrischen Korkenzieher?« – »Aba der trinkt doch bloß Schnaps und Pilsken!« – »Egal, fällt dir vielleicht wat Besseret ein? Also. Wir nehmen dat jetz und gut is.«

In der Schlange an der Kasse ging es weiter. Im Schweiße ihres Angesichts verbrauchten die Damen vom Verpackungsservice quadratmeterweise potthässliches Geschenkpapier und Schleifenband, das sie im Akkord zu Löckchen drehten. »Machense mir zwei goldene Schleifken drauf, Frollein? Dat is nämlich für meine Tante Matta. Erbtante, wissense? Bisschen Schickimicki für gute Stimmung.«

In einem mit Deko-Schickschnack vollgestopften Laden fand ich die Blockkerzen samt Untertellern, außerdem maigrüne Platzteller aus Pappmaché. Offensichtlich hatte niemand sie gemocht, denn sie standen in einem turmhohen Stapel auf einem Angebotstisch und kosteten sagenhafte 50 Cent pro Stück. Meine Tafel nahm allmählich Form an. Die Hagebuttenzweige würde ich aus Dianas Schrebergarten holen – perfekt. Immer vorausgesetzt, die Vogelwelt würde sich gnädig zeigen und an den Zweigen ein paar Früchte für mich übrig lassen.

Ich griff spontan zum Telefon und wählte Doris' Nummer.

»Schneider«, bellte Erwin markig ins Telefon.

»Loretta hier. n' Abend.«

»Mädchen! Wat machen die Vorbereitungen für den großen Auftritt? Allet im grünen Bereich?«

»Sowieso. Nicht zuletzt dank deiner Holden. Die Listen sind Gold wert. Schon einiges abgehakt.«

»So ist's brav. Bei Listen macht meinem Täubchen keiner wat vor. Davon konnte selbst ich noch lernen. Willste sie mal sprechen?«

»Nur, wenn ich nicht störe.«

»Ach wat – du doch nich. Ich geh sie mal holen. Tschüssi.«

Der Hörer wurde abgelegt, und ich hörte Weihnachtsmusik dudeln. Mindestens 10.000 Geigen, garantiert von James Last dirigiert, säuselten mir die Melodei vom Tannenbaum mit den grünen Blättern ins Ohr. Schritte näherten sich.

»n' Abend, Loretta. Was kann ich für dich tun?«

»Nichts, ich … äh … sag mal, Doris, habe ich dich beleidigt, als ich deine Tischdecke nicht wollte?«

»Wat? Deswegen rufst du an?«

»Ja, ich habe darüber nachgedacht, und du warst doch so nett zu mir. Deine Tischdecken sind schön, aber ich habe mir halt etwas anderes vorgestellt. Ich möchte nicht, dass du denkst, ich finde deine Decken hässlich.«

Gut, dass Frau Müller-Westerholt mich nicht hört, dachte ich, die würde mir jetzt die Ohren lang ziehen, aber nach allen Regeln der Kunst. Wo wir heute doch so schön an diesem Thema gearbeitet haben!

»Darfste ruhig hässlich finden«, sagte Doris munter, »kann ich prima mit leben.«

»Tu ich doch gar nicht!«

»Ist ja gut, ist ja gut. Schätzchen, hör zu: Ich war nich sauer deswegen. Dat wär doch schrecklich, wenn alle Menschen genau dat Gleiche schön finden würde, oder? Total langweilig. Stell dir nur mal vor: Dann wären alle Weiber hinter meinem Erwin her!« Sie lachte herzlich und fuhr fort: »Aber ich hab dich verunsichert, und dat tut mir leid, wirklich. Ich bin zu weit gegangen, und deshalb is der Erwin reingegrätscht und hat gesagt, dat mich dat nix angeht, wie du deinen Tisch deckst. Recht hat er gehabt. Ich und meine große Klappe. Ich soll erst denken und dann quasseln, das sagt er immer wieder.«

»Nein! Du sollst genauso bleiben, wie du bist«, schniefte ich, »du sollst dich nicht ändern! Nie!«

Prompt fing sie auch an zu heulen. »Ach Liebchen, dat ist jetzt aber süß von dir …«

»Wat is hier denn los?«, hörte ich Erwins Stimme aus dem Hintergrund.

»Nix, Loretta und ich flennen nur ein bisschen, weil wir uns so lieb haben«, schluchzte Doris. »Aber du kannst mir mal ein Taschentuch bringen, Schatz.«

Sekunden später schnäuzte sie sich ohrenbetäubend, während Erwin die Szene mit »Versteh einer die Weiber« kommentierte.

Nachdem Doris und ich alles geklärt hatten, konnten wir endlich zu den wirklich wichtigen Dingen des Lebens übergehen. Sie amüsierte sich königlich über meine kindliche Verwunderung darüber, welche Überraschungen die bunte Welt der Wäsche- und Haushaltswaren für mich bereitgehalten hatte.

»Würd' ich glatt ein' anner Kirsche kriegen«, erwiderte sie. »Wer braucht denn so wat?«

»Für jeden Mist findet sich ein Käufer, sonst gäbe es ihn nicht«, sagte ich.

»Da sachsse wat, Schätzeken. Jedem Tierken sein Pläsierken«, vollendete Doris unseren kleinen philosophischen Diskurs in reinstem Ruhrpott-Slang.

Wir kicherten, dann fragte sie: »Wieder allet in Ordnung mit dir? Allet geklärt zwischen uns?«

»Natürlich. Ich war einfach verwirrt.«

»Warste heute bei deiner Frau Müller-Lützgendorf?«

»Hm.«

»Ich weiß ja nicht, ich weiß ja nicht. Mein Erwin sagt ja, dat tut dir gut. Aber manchmal denke ich, die bringt dich nur durcheinander.«

»Nein, das tut sie nicht. Sie bringt mich dazu, über Dinge nachzudenken, die ich … wie soll ich sagen … sonst einfach tue. Ohne zu wissen, warum. Manchmal ist es wichtig, herauszufinden, warum man etwas tut. Und dann mache ich merkwürdige Anrufe. So wie jetzt.«

»Jederzeit, Schätzchen, jederzeit.«

Kapitel 7

Das Mantra des Tages:
Du wirst dich daran gewöhnen …
du wirst dich daran gewöhnen …

Schlag 6 Uhr war ich hellwach. Noch zwei Stunden, dann würde das Kamerateam bei mir auf der Matte stehen.

Ich duschte, zog mich an und kochte mir einen Espresso. Ich hätte gern etwas gegessen, aber daran war nicht zu denken – auch wenn Marco mir dringend dazu geraten hatte, damit ich abends nicht schlappmachte. Er dürfte oft genug erlebt haben, dass aufgeregte Gastgeber mit leerem Magen blass wurden, die Augen verdrehten und in ihrer Küche lang auf den Boden schlugen.

Na und, dachte ich, dann sinke ich eben bei Profibeleuchtung dekorativ in Ohnmacht. Kollaps, Drama, Chaos in Lorettas Küche. Und hektische Wiederbelebungsmaßnahmen statt Vorspeise, das hatte doch was.

Ich holte meine Checklisten von der Arbeitsplatte und setzte mich an den Esstisch. Die Hardware-Liste war komplett abgehakt, die von Doris geliehenen Gläser warteten blank poliert auf ihren Einsatz, und die neue Tischdecke, an der verschüttete Flüssigkeiten angeblich spurenlos abperlen sollten, lag bereit. Ich hatte mich nicht getraut, es auszuprobieren; hinterher stand ich blöd da, weil das kostbare Tuch aus der Raumfahrttechnik einen fetten Fleck hatte. Aber vielleicht war es auch kein Produkt aus der Raumforschung, sondern aus Lotosblättern geklöppelt? Ich würde es wohl nie erfahren.

Ich trank den Espresso in kleinen Schlucken und ging zum gefühlt 736. Mal die Liste mit den Arbeitsabläufen durch. Zuerst die Kartoffelsuppe ansetzen, dann den Hauptgang vorbereiten, das Dessert würde ich erst abends machen, das ging schnell und musste frisch zubereitet werden. Irgendwann zwischendurch …

Das Klingeln des Telefons unterbrach meine sowieso überflüssigen Grübeleien. Ich hatte den Handapparat mit in die Küche genommen. Wer rief denn bitte um diese Zeit hier an? Marco, um mir zu sagen, dass alles abgeblasen war? Auf dem Display sah ich, dass es Doris war. Ich nahm das Gespräch rasch an, um Diana nicht zu wecken, die im Zimmer gegenüber der Küche noch schlief.

»Guten Morgen, hier ist deine Kaltmamsell! Alles gut beim Fernsehstar?«, zwitscherte sie mit einem Enthusiasmus in der Stimme, den ich zu dieser frühen Stunde an jedem anderen Morgen als diesem schlicht unangebracht gefunden hätte.

»Alles gut. Ich sitze am Küchentisch und gehe noch mal die Listen durch.«

»Kindchen, das ist doch Quatsch. Du kannst alles noch so gut planen, und dann wird doch bestimmt alles anders. Mach dir keine Sorgen, ab heute Mittag bin ich ja bei dir.«

»Und darüber bin ich heilfroh. Du kannst mich runterholen, wenn ich ausflippe.«

»Nee, dann mache ich einfach einen Striptease oder erzähle Anekdoten von der Arbeit. Wie das geht, einem Kerl einen zu blasen, der am anderen Ende einer Telefonleitung ist.«

Ich hielt innerlich die Luft an, denn dazu war sie glatt imstande, das wusste ich.

»Doris, bitte, kein Wort über den Job«, sagte ich drängend, »wir arbeiten in einem ganz normalen Callcenter an einer Hotline. Keine weiteren Auskünfte. Sensible Kundendaten und so. Hab ich dir doch erklärt. Dennis rastet aus, wenn wir …«

»Schon gut, schon gut«, unterbrach sie mich lachend. »Ich wollte dich nur ärgern. Keine Angst, ich werde mich nicht verplappern. Hoch und heilig versprochen. Sonst lädst du mich noch aus, und ich verpasse die Chance, ins Fernsehen zu kommen. Das riskiere ich nicht.«

Ich hörte im Hintergrund Erwins Stimme und dann, wie das Telefon an ihn übergeben wurde.

»Morgen, Loretta«, sagte er, »ich möchte dir viel Glück und viel Spaß wünschen.«

»Danke, Erwin. Das wird bestimmt lustig.«

»Bist du sicher, dass du nicht noch einen Küchensklaven brauchst? Ich kann astrein Zwiebeln würfeln. Und umrühren kann ich auf Weltmeisterniveau«, flachste er.

»Das reicht mir als Qualifikation. Bleib auf Abruf. Ich komme darauf zurück, wenn ich dein Täubchen wegen ungebührlichen Benehmens vor der Kamera aus der Wohnung werfen muss«, flachste ich zurück, und er grölte vor Lachen.

Wir verabschiedeten uns, dann gab er den Hörer an Doris zurück.

»Wir sehen uns um zwölf«, sagte sie. »Schnall dich an, ich gehe vorher zum Friseur. Ich werde dir die Show stehlen.«

»Tu dir keinen Zwang an. Bis später.«

Ich legte auf und sah auf die Uhr. Sieben. Noch eine Stunde. Während des Telefonats war Diana an der Küchentür vorbeigeschlurft und ins Bad gegangen. Jetzt erschien sie, in einen dicken Bademantel eingewickelt, in der Küche.

»Mit wem hast du denn schon telefoniert?«, nuschelte sie. »Seit wann bist du überhaupt wach?«

Obwohl sie bereits geduscht hatte, schien sie noch halb zu schlafen – kein Wunder nach unserer Aktion gestern Nacht.

»Das war Doris. Und ich bin um sechs aufgewacht.«

»Ach du Schande. Ich mach mich mal fertig.«

»Kaffee, Tee, Schnittchen?«

Sie drehte ab und sagte über die Schulter. »Nix. Ich frühstücke in der Stadt.«

Einige Minuten später tauchte sie wieder auf, gestiefelt und gespornt. Sie umarmte mich, wünschte mir viel Spaß und gutes Gelingen, und dann war sie auch schon weg.

Mit jeder Minute, die verging, stieg meine Aufregung. Ich ging ruhelos durch alle Räume, kontrollierte zig Mal, ob alles aufgeräumt und staubfrei war, und schaute alle paar Minuten auf die Uhr. Ich war gerade im Bad, um den Sitz meiner Frisur zu kontrollieren, als in der Küche das Telefon klingelte. Nach einem Sprint olympischen Formats meldete ich mich keuchend.

»Hier ist Marco. Ich habe dich hoffentlich nicht aus dem Bett geworfen?«

»Nee«, japste ich, »ich war nur ein paar Zimmer weiter. Du kennst ja meine Wohnung.«

»Sag mal, Loretta, wir stehen vor der Tür. Dürfen wir schon hochkommen?«

Natürlich durften sie, und das Chaos begann.

Stimmen und Gepolter im Treppenhaus. Marco, mit Klemmbrett, dirigierte. »Das Equipment kommt in Lorettas Schlafzimmer, links herum und dann die letzte Tür rechts. Zur Küche rechts-rechts.«

Diverse Menschen beiderlei Geschlechts kamen herein, nickten mir zu, murmelten »Morgen« oder »Hei« und schleppten Taschen, Koffer und Gerätschaften, die sich später als Stative für Scheinwerfer entpuppen sollten, an mir vorbei und verschwanden damit in meinem Schlafzimmer. Sie kamen wieder heraus und gingen noch einmal nach unten, um weitere Taschen, Koffer und Gerätschaften zu holen.

Eine Frau, die Marco als Betty vorstellte, blieb oben. Betty war ungefähr in meinem Alter, hatte eine praktische Kurzhaarfrisur und trug zum Sweatshirt eine weite Jeans. Sie entpuppte sich als Kamerafrau, die zuerst die Küche sehen wollte.

»Schön viel Platz hier, super«, sagte sie anerkennend, als sie den Ort des Geschehens begutachtete. Dann wandte sie sich mir zu. »Lass uns ein paar Dinge besprechen, Loretta.«

Marco gesellte sich wieder zu den anderen, die ich im Ostflügel der Wohnung herumlärmen hörte.

»Kann ich dir etwas anbieten?«, fragte ich, als sie am Tisch Platz genommen hatte.

Betty schüttelte den Kopf. »Wir sind bestens versorgt, danke. Du brauchst dich um unsere Verpflegung nicht zu kümmern, wir haben alles dabei, auch Getränke. Du hast heute genug um die Ohren.«

Ich setzte mich zu ihr.

»Also, Loretta, hast du schon einmal vor der Kamera gestanden?«

Ich schüttelte den Kopf. »Nur, als deine Kollegen zum Casting hier waren.«

Sie lächelte. »Heute ist es anders: Viel Licht, große Kamera. Ich werde an deinen Fersen kleben und möchte alles filmen, was du tust. Die Kamera wird nicht ständig laufen, also möchte ich dich bitten, mir Bescheid zu sagen, wenn du beim Kochen etwas Entscheidendes machst. Ein Beispiel: Wenn du fünf Zwiebeln schneiden willst, werde ich die erste aufnehmen, damit ich das als Bild habe. Dann höre ich auf. Aber ich möchte weiterfilmen, wenn du danach die Zwiebeln zum Andünsten in die Pfanne gibst, dann sagst du mir Bescheid. Kriegst du das hin?«

»Kein Ding«, antwortete ich im Brustton der Überzeugung – und in seliger Unkenntnis davon, was dies wirklich für den Vorgang des Kochens bedeutete.

»Super.« Sie lächelte beruhigend und routiniert zugleich.

Mir war klar, dass sie diesen Vortrag schon ungezählte Male gehalten hatte. Beinahe täglich traf sie auf neue, aufgeregte Gastgeber, die zum ersten Mal in ihrem Leben vor der Kamera standen, da war es ihre Aufgabe, ruhig zu bleiben und professionelle Zuversicht auszustrahlen. Darin war sie perfekt, wie ich feststellte.

»Du musst bitte darauf achten, dass du der Kamera möglichst nicht den Rücken zudrehst«, fuhr sie fort. »Du hast eine lange Arbeitszeile, also werde ich neben dir stehen, falls möglich, manchmal auch hinter dir und über deine Schulter filmen, in einen Topf hinein, zum Beispiel. Wenn du dann etwas aus dem Schrank oder aus dem Kühlschrank holen willst, wende dich zuerst mir zu, dann laufe ich rückwärts mit der Kamera vor dir her. Während du kochst, stellt der Interviewer – er heißt Horst – dir Fragen. Bitte sieh ihn bei deiner Antwort an und schau nicht in die Kamera. Wenn du währenddessen etwas schneidest, versuche, seitlich an der Arbeitsplatte zu stehen, sodass du Horst halb zugewandt bist. Perfekt ist es, wenn du deine Arbeit dabei nicht unterbrichst.«

»Wird gemacht«, sagte ich lahm. Mir begann zu schwanen, dass ich nicht einfach kochen konnte wie immer. »Das hört sich kompliziert an.«

»Du wirst dich ganz schnell daran gewöhnen. Und bei dir ist viel Platz. Letzte Woche haben wir in einer Küche gedreht, die so winzig war, dass ich durch die Tür filmen musste, denn im Raum war nur Platz für eine Person. Arbeitsplatte, Spüle, Herd und Kühlschrank waren an drei Seiten ringsum aufgebaut, und der Fußboden in der Mitte hatte die Fläche eines mittelgroßen Tisches. Mir beim Agieren nicht den Rücken zuzudrehen, war fast unmöglich. Statt von der Arbeitsplatte zum Herd nur eine kleine Bewegung nach rechts zu machen, musste die Ärmste sich einmal um sich selbst drehen. Horst stand hinter mir und hat seine Fragen über meine Schulter gebrüllt, und für die richtige Blickrichtung bei den Antworten haben wir der Gastgeberin einen roten Klebepunkt auf die Mikrowelle gepappt, mit dem sie gesprochen hat. *Das* war kompliziert. Für dich wird das ein Spaziergang, vertrau mir.«

Marco kam in die Küche, im Schlepptau einen Mann um die 50, ebenfalls mit dem offenbar unverzichtbaren Accessoire, einem Klemmbrett. »Seid ihr soweit?«

»So gut wie«, erwiderte Betty und wandte sich wieder an mich, während die beiden Männer sich zu uns an den Tisch setzten.

»Den hier«, sagte Betty und klopfte auf die Tischplatte, »müssen wir etwas anders positionieren, mehr mittig im Raum. Ich stehe mit der Kamera beim Essen an einem Kopfende, du sitzt am anderen.«

Ich nickte. »Hatte ich sowieso vor, damit ich bequem an jeden Platz komme, wenn ich serviere. Willst du mit dem Rücken zum Fenster stehen?«

»Nicht nötig. Dann ist es dunkel, und du hast Gardinen, die wir zuziehen können, es gibt demnach keine Reflexion im Glas.« Sie stand auf. »Also dann bis später.«

Sie ging aus der Küche, und Marco fragte: »Alles geklärt? Ist nicht so schlimm, wie es sich anhört. Jetzt erklärt Horst dir noch ein paar Dinge, und dann können wir loslegen. Ich bin hinten, falls ich gebraucht werde.«

Aha – mein »Ostflügel« hatte sich in »hinten« verwandelt, gut zu wissen. Von dort hörte ich Stimmengewirr, Gelächter und Geräusche, die nach Arbeit klangen.

Ich blickte Horst an, der mit seinen angegrauten Zottelhaaren und seinem T-Shirt mit der überaus passenden Aufschrift *Ich bin ganz Ohr* ein wenig wie ein übrig gebliebener Hippie wirkte.

»Also los – ich bin ganz Ohr«, sagte ich, und er reckte grinsend einen Daumen hoch.

»Ich werde dir den ganzen Tag mit Fragen auf die Nerven gehen, Loretta. Sehr schöner Name, übrigens. Betty hat dir ja bestimmt schon erklärt, dass du nicht in die Kamera gucken sollst. Sieh bitte immer mich an, wenn du antwortest. Und wiederhole bitte meine Frage bei deiner Antwort.«

»Hm. Hast du ein Beispiel für mich?«

»Sicher. Wenn ich dich frage *Warum hast du dich beworben?*, antwortest du nicht mit *Weil ich scharf auf die Urkunde bin*, sondern *Ich habe mich beworben, weil ich scharf auf die Urkunde bin.* Das hat etwas mit der Nachbearbeitung des Materials und dem späteren Schnitt zu tun.«

»Verstehe. Ich hoffe, das kann ich mir merken.«

»Klar. Du wirst dich schnell daran gewöhnen.«

Interessant – wieder etwas, an das ich mich angeblich schnell gewöhnen würde. Schon jetzt standen mehrere Dinge auf der Liste: wie zu gehen und wohin ich zu schauen hatte, wie ich die Antworten formulieren sollte … Abzuwarten blieb, wie schnell dieser ominöse Gewöhnungsprozess vonstattengehen würde. Aber wahrscheinlich diente diese Formulierung dazu, nicht nur den Gastgeber, sondern auch das Team selbst zu beruhigen. Wie ein hypnotisches Mantra: *Du wirst dich daran gewöhnen … du wirst dich daran gewöhnen …*

»Noch etwas«, fuhr er fort, »du musst beim Kochen nicht beschreiben, was du tust. Die Kamera filmt ja, dass du Kartoffeln schälst oder Gemüse schnibbelst. Wenn ich dazu etwas wissen möchte, frage ich dich danach.«

»Verstanden, Sir. Weiter.«

Wieder grinste er breit und reckte den Daumen. »Wir fangen gleich damit an, dass wir bei dir klingeln und du uns die Tür aufmachst. Ganz wichtig ist, dass du immer in der Einzahl mit uns sprichst, also nicht *Da seid ihr ja*, sondern *Da bist du ja.* Du kennst die Sendung; wir haben einen Off-Kommentator, wie du weißt. Später, im fertigen Film, wirkt es dann, als würdest du ihn bei dir begrüßen. Er stellt dir die Fragen – mich und das Team gibt es nicht.«

»Ach? Dafür seid ihr aber ganz schön präsent.«

Er zwinkerte mir zu. »Du weißt doch: Hollywood und die Illusion, die auf Zelluloid erschaffen wird. Dafür sind eine Menge Leute nötig, um es wie zufällig aussehen zu lassen.«

Ich winkte lässig ab. »So ist unsere Branche halt.«

Horst lachte und stand auf. »Ich schicke dir Bülent, er wird dich verkabeln. Und dann geht es los.«

Er ging hinaus, und ich atmete durch. Wir hatten noch nicht einmal angefangen, und mir schwirrte bereits der Kopf von den vielen Informationen, die auf mich eingeprasselt waren.

Bülent kam in die Küche gefegt, ein kleiner, drahtiger Jungspund mit wirrem pechschwarzem Haarschopf und dunklen Bartstoppeln.

»Tach, Loretta, ich bin Bülent. Ich bin für den Ton zuständig. Du bekommst jetzt dein Mikrofon.«

Er stellte ein schwarzes Köfferchen auf den Tisch und klappte den Deckel auf. Darin stand ein eckiges Gerät mit fünf Schiebereglern über fünf Drehknöpfen, unter denen unbeschriftete Klebeetiketten angebracht waren. Bülent zog einen schwarzen Filzstift aus der Hosentasche und schrieb *Loretta* unter den ersten Knopf ganz links. Dann holte er aus einer Umhängetasche einen flachen Sender, an dem mit einem Kabel ein Ansteckmikrofon verbunden war.

»Aufstehen«, kommandierte er, allerdings nicht unfreundlich, und ich gehorchte. Er ging hinter mich und zog mein Shirt etwas hoch. »Den Sender klipse ich an den Hosenbund«, erklärte er, was er tat, »sag mir unbedingt Bescheid, wenn du zum Klo musst, dann mache ich den Sender ab.«

»Hihihi, damit ihr nicht mithört?«

»Nee, damit der Sender nicht ins Klo fällt, wenn du die Hose runterziehst. Das Mikro kommt an den Halsausschnitt. Kannst du es mal annehmen?«

Ich spürte, wie seine Hand mit dem Mikro unter meinem Shirt zu meinem Nacken wanderte und griff über die Schulter nach hinten, um es ihm abzunehmen. Er kam um mich herum und klemmte das winzige Mikrofon fest. »So, perfekt. Tonprobe.«

Er drehte den Knopf über meinem Namen nach rechts, und ein kleines rotes Licht ging darunter an. Dann schob er den dazugehörigen Regler aus der Nullposition etwas höher und setzte den Kopfhörer auf, den er um den Hals getragen hatte. »Sag mal was.«

»Was soll ich denn sagen?«, fragte ich blöde.

»Reicht schon«, gab er zurück. »Funktioniert. Wir können loslegen.«

Wie aufs Stichwort materialisierte Marco in der Küchentür.

»Showtime«, sagte er.

Meinen Gedanken flogen zurück in die Schrebergartenkolonie, zu einem Nachmittag, als ich dort ein großes Schauspiel abgezogen hatte, aber ich hatte mich schnell wieder unter Kontrolle.

»Showtime«, erwiderten Bülent und ich nahezu lippensynchron.

Kapitel 8

Shopping mit Fernsehteam und ein Wiedehopf, der Loretta die Show stiehlt

Ding Dong!

Ich riss mit Schwung die Tür auf, blickte – über das ganze Gesicht strahlend – an der Kamera vorbei zu Horst und rief: »Da bist du ja! Komm rein, ich zeige dir die Wohnung!«

Dann drehte ich mich um und marschierte voraus zum Wohnzimmer, wo ich die Kamera erwartete, anmutig die Arme ausbreitete und verkündete: »Das ist mein Wohnzimmer!«

Betty schwenkte die Kamera auf ihrer Schulter von mir weg durch den Raum, dann setzte sie das Monstrum ab und sagte: »Super, Loretta. Das haben wir im Kasten.«

Nun, so reibungslos lief es natürlich nicht auf Anhieb – das war bereits der sechste Versuch. Dreimal hatte ich mich bei der Begrüßung versprochen: Zweimal »Da seid ihr ja!«, und als ich das mit der Einzahl beim dritten Mal endlich hingekriegt hatte, folgte prompt: »Kommt, ich zeige euch die Wohnung.« Beim vierten Durchgang hatte die Tür so viel Drall, dass sie mir seitlich gegen den Kopf knallte, woraufhin ich sie beim nächsten Versuch in Zeitlupe öffnete.

War alles nicht so einfach in der Traumfabrik.

Im Wohnzimmer stellte ich mich neben meine Fotos und erzählte was, dann stellte ich mich neben die Bücherregale und erzählte was (»Klar habe ich die Bücher alle gelesen!«), dann stellte ich mich neben den DVD-Stapel und erzählte was. Und immer so weiter, war mit zunehmender Routine dann gar nicht mehr so schwer. Und sie hatten recht gehabt: An die Kamera gewöhnte ich mich tatsächlich sehr schnell.

Als wir mit dem Wohnzimmer durch waren (zuletzt: Loretta auf dem großen Sofa, »Hier serviere ich den Aperitif!«), warf ich

Dummkopf einen Blick in mein Schlafzimmer, das sich in eine chaotische Mischung aus Pfadfinderlager und Technik-Arsenal verwandelt hatte und das zudem als Team-Kantine diente – mit Vorräten an Getränken, Obst und Süßigkeiten, die für eine Kinderparty mit 150 Gästen gereicht hätten. Hastig machte ich die Tür wieder zu und nahm mir vor, den Anblick schnellstmöglich zu vergessen.

»Keine Sorge«, sagte Marco, der meinen schockierten Blick aufgeschnappt hatte, »wir machen das jeden Tag. Wir werden nicht einmal ein Bonbonpapier zurücklassen.«

Ich beschloss, mich darauf zu verlassen.

Danach zogen wir in die Küche um. Kameraschwenk durch den Raum, dann ich am Herd, an der Arbeitsplatte und am Esstisch – und siehe da: Alles klappte wie am Schnürchen.

»Jetzt wird es aber Zeit«, sagte ich abschließend und tippte mit schelmischem Blick auf das Ziffernblatt meiner Armbanduhr. »Ich muss schließlich noch einkaufen.«

Wir quetschten uns in einen Transporter und fuhren zum Bio-Gemüseladen meines Vertrauens. Die Verkäuferin erwartete uns bereits und flatterte vor Aufregung. Ich sah sofort, dass sie deutlich aufgerüschter war als sonst: die Haare frisch gelegt, das Make-up auffallend, lackierte Fingernägel. Während ich lässig – schon ganz Profi – herumstand und auf meinen Einsatz wartete, bekam sie ein Mikrofon und ein kurzes Briefing. Einige wie zufällig anwesende Kunden rotteten sich außerhalb der Kamera zusammen und sperrten neugierig Augen und Münder auf.

Es konnte losgehen: Auftritt Loretta.

»Guten Morgen, Frau Reinerts!«

»Guten Morgen, Frau Luchs! Was kann ich für Sie tun?«

»Ich habe heute Freunde eingeladen und brauche Kartoffeln. Für die Vorsuppe und für das Gratin zum Hauptgang. Was würden Sie mir empfehlen?«

Frau Reinerts stürzte sich in einen Vortrag über unterschiedliche Kartoffelsorten. Ihren Monolog drehten wir dreimal, weil die Ärmste sich vor Nervosität immer wieder verhaspelte.

Es zog sich endlos hin, denn Betty musste jede Einzelheit filmen, gern aus drei verschiedenen Perspektiven. Für das, was unter normalen Umständen keine fünf Minuten gedauert hätte, benötigten wir eine halbe Stunde. Aber irgendwann hatten wir es geschafft, und das Gemüse lag dekorativ in meinem Einkaufskorb.

»Tschüs, Frau Reinerts!«

»Tschüs, Frau Luchs! Viel Erfolg heute Abend!«

Als wir dann wieder draußen vor dem Laden standen, sah ich durch die Schaufensterscheibe, dass die Schaulustigen drinnen geschlossen zu meiner vor Stolz glühenden Wirsingfachverkäuferin wogten und sie mit Fragen bestürmten.

Das Spielchen wiederholte sich in der Metzgerei und danach im Fischladen, wo ich die Garnelen besorgte. Um kurz vor zwölf waren wir endlich fertig und rasten zu meiner Wohnung zurück.

Mir war keine Atempause vergönnt, denn als wir vorfuhren, stand Doris bereits vor der Haustür und wartete.

»Ist das deine Schnibbelhilfe?«, fragte Marco ungläubig angesichts der farbenfrohen Gestalt und rieb sich buchstäblich die Hände, als ich nickte.

Doris war in einen langen purpurnen Plüschpelzmantel gehüllt, unter dem orangefarbene Stiefeletten hervorblitzten. Um den hochgeschlagenen Kragen hatte sie einen rot-pink gestreiften Schal geschlungen, die feinen Lederhandschuhe waren ebenfalls pink. Ihr Friseur hatte ganze Arbeit geleistet: Die Farbe ihrer Haare erinnerte an die Warnwesten von Männern, die auf der Autobahn arbeiten. Die Seiten waren straff zurückgekämmt, der Oberkopf hochtoupiert und mit glitzernden Haarspangen festgesteckt. Sie sah aus wie ein durchgeknallter Wiedehopf.

Als sie oben ihren pompösen Mantel ablegte, kamen darunter schwarze Leggings und ein königsblauer Pullover zum Vorschein, außerdem hatte sie augenscheinlich ihren gesamten Modeschmuck angelegt. Es gleißte, funkelte und klimperte überall an ihr. Sie sah spektakulär aus, aber Bülent legte ein Veto gegen ihre lang schwingenden Ketten und die bei jeder Bewegung klirrenden Armreifen ein. »Das geht leider mit dem Mikro nicht«, erklärte er bedauernd, »das kriege ich beim besten Willen nicht rausgefiltert.«

Die Ringe an jedem ihrer Finger durften bleiben, ebenso die riesigen goldenen Kreolen, die sie in den Ohren trug.

Bülent verkabelte uns, dann sprachen wir kurz durch, wer was machen sollte.

Doris wurde mit den Kartoffeln an den Tisch verfrachtet, und Horst informierte sie, wie die Kartoffeln hießen, um das Gespräch in Gang zu bringen.

»Wat? Adretta? Hört sich an wie ein Haarspray aus der DDR«, legte sie los, während sie mithilfe meines Sparschälers die Knollen in affenartiger Geschwindigkeit von ihrer Schale befreite und sie in einen Topf mit Wasser fallen ließ. *Frrt, frrt, frrt, frrt, plunsch, frrt, frrt, frrt, frrt, plunsch, frrt, frrt …* »Und die andere heißt Belana? Mein Holder, der Erwin, der guckt immer so 'ne Weltraumserie, und da gibt et eine Alienfrau, die hat so Runzeln auf der Stirn, eine Klonginin oder so ähnlich …«

»Klingonin«, soufflierte ich.

»Kann auch sein. Die heißt jedenfalls Belana. Irre, die heißt wie 'ne Kartoffel. Wenn ich dat meinem Erwin erzähl!«

Als ich mich mit dem restlichen Gemüse zu ihr an den Tisch setzte, sah ich aus dem Augenwinkel Marco, der feixend in der Tür stand und sich diebisch freute, dass ihm mit Doris eine echte Alleinunterhalterin in die Sendung geschneit war. Und sie tat ihm sogar den Gefallen, mit deutlichem Ruhrpott-Einschlag zu reden – mehr als sonst, wie ich wusste. Wenn sie wollte, sprach sie reines Hochdeutsch.

»Ihr beide seid also Freundinnen«, sagte Horst, »ungewöhnlich.«

Doris musterte ihn aus schmalen Augen. »Wieso ungewöhnlich? Weil ich orangene Haare hab und Loretta schwatte? Dat soll et mittlerweile schon öfters geben, dat Freundinnen unterschiedliche Haarfarben haben, junger Mann. Und irgendwann wird dat ganz normal sein, und keiner dreht sich auffe Straße mehr nach uns um.«

Ich nickte. »Wir stehen dazu. Uns ist klar, dass gemischt-haarfarbige Freundschaften in der Öffentlichkeit noch immer zu Gerede führen, aber das ist uns egal.«

Natürlich wussten wir, dass er auf unseren Altersunterschied von 30 Jahren hinauswollte, und natürlich sprach er das Thema an.

Doris' Augen wurden noch schmaler. »Wat glaubst du denn wohl, wie alt ich bin?«

Horst grinste nur, und ich wusste, der Kommentator würde später so etwas wie »Ööööóh … äääh … höchstens 42 …?« sagen.

»Eine echte Lady ist ohne Alter, junger Mann. Das sollten Sie in Zukunft beherzigen, wenn Sie Konversation mit einer Dame machen«, erklärte Doris würdevoll, und ihr Hochdeutsch war lupenrein.

»Sind wir jetzt per Sie?«, fragte Horst.

Doris drohte ihm mit dem Sparschäler. »Hasse noch mal Glück gehabt, Jungchen. Beim nächsten Mal hat dat Föttchen Kirmes.«

Ganz offensichtlich wusste Horst nicht, was das bedeutete, also erklärte ich: »Dann versohlt sie dir den Hintern.«

Um ein bisschen Schwung in die Szenerie zu bringen, sollte ich den Standort wechseln und etwas anderes machen, also begann ich damit, das Lammhack zu verarbeiten.

Brötchen einweichen, Schalotten in winzige Würfel schneiden, Petersilie hacken, während ich mit Horst redete – das fiel mir mittlerweile ganz leicht. Als ich das Hack aus dem Kühlschrank holte, kam Leben in Doris, die eine Weile brav die Klappe gehalten und die Kartoffeln für das Gratin in dünne Scheiben geschnitten und in eine Auflaufform geschichtet hatte.

»Die Seelen toter Lämmchen sollen dich nachts heimsuchen und bei dir spuken, du Lämmchen-Killerin!«

»Wie bitte?«, gab ich zurück. »Und das von einer Kaninchen-Mörderin?« Ich wandte mich an Horst. »Diese Frau da hat Karnickel im Garten, süße, puschelige, großäugige Schmusetiere! Und dann bist du bei ihr zum Essen eingeladen und sitzt auf der Terrasse, da sagt sie so etwas wie *Ich muss mal eben rein und Mucki umdrehen!* Und du brauchst eine kurze Zeit, bis du kapierst, dass der Mucki, der im Backofen liegt und umgedreht werden muss, gestern noch fröhlich durch sein Freigehege gehoppelt ist!« Anklagend zeige ich auf Doris. »Diese Frau hat kein Recht, mich Lämmchen-Killerin zu nennen!«

Horst flippte fast aus vor Begeisterung. Leider hatten sie Doris' Bemerkung nicht auf Film, also noch einmal alles von vorn. Doris war in Hochform und bekam vom Team Szenenapplaus, als alles im Kasten war.

Allein durch sie wird die Sendung zum Knaller werden, dachte ich, wahrscheinlich denkt Marco schon darüber nach, wie er mich loswerden und Doris zur Gastgeberin des Abends befördern kann …

Ich gönnte ihr die Aufmerksamkeit, denn das gab mir die Gelegenheit, ein wenig durchzuschnaufen. Als die Frikadellenmasse fertig war, stellte ich sie in den Kühlschrank. Dann bereitete ich die Sahnesoße für das Gratin zu, während Doris neben mir stand und die Kartoffelsuppe ansetzte, indem sie zuerst routiniert das Gemüse anschwitzte, bevor sie die Kartoffelwürfel und heiße Brühe hinzufügte. Dabei schwatzte sie ohne Punkt und Komma über traditionelle Rezepte aus dem Ruhrpott.

»Also, ich hätt ja Stielmus gemacht. Nach 'm Rezept von meine Omma. Oder Möhren durcheinander. *Dat* is typisch Ruhrpott. Schöne Braatzkartoffeln – dat kann nich jeder. Oder nee: Pfefferpotthast! Dicke Bohnen mit Speck! Reibeplätzkes!« Sie redete sich in Rage. »Mein Erwin frisst mir ausse Hand, wenn ich Reibeplätzkes mach!«

»Das tut er doch sowieso. Dafür braucht es keine Reibeplätzchen«, brummte ich.

Doris kicherte wie ein Teenager. »Und wenn et Himmel und Erde gibt! Oder 'n ordentlichet Stück Panhas! Warum machst du nicht Braatzkartoffeln und Panhas, Loretta. Oder mit lecker Stampfkartoffeln. Ein paar Essiggürkchen dazu – perfekt! Dat macht den Erwin völlich willenlos.« Sie wandte sich mir zu. »Wennde zehn Punkte willz, musste die anderen willenlos machen. Mit Himmel und Erde. Oder eben Panhas, dat funktioniert beim Erwin einwandfrei.«

»Vermutlich werde ich nicht vier Erwins am Tisch sitzen haben, so lieb mir das auch wäre. Es ist leider nicht jedermanns Sache, gebratenes Schweineblut zu essen«, erwiderte ich.

»Wat soll daran verkehrt sein? Ist meines Wissens nach noch keiner von gestorben. Aber Falscher Hase wär doch schön.«

»Sagt die Frau, die echte Karnickel isst.«

»Jetz hör aber auf. Wär doch die Idee! Du hast doch Hack da, machste Falscher Hase draus. Mit 'nem Ei inne Mitte, wie sich dat gehört.«

»In dem Fall wohl eher Falsches Schaf«, gab ich zurück.

»Nee, du nennst et dann Falsche Wachtel, weisste, irgend sowat Hochgestochenes!«

Wir kreischten vor Lachen und hatten die Kamera vollkommen vergessen.

Die Vorbereitungen waren abgeschlossen, nachdem Doris Quark mit Mascarpone cremig gerührt und mit frischem Orangensaft und abgeriebenen Zitronenschalen aromatisiert hatte. Ich würfelte die Erdbeeren, gab dann ein wenig Zucker und Zitronensaft darüber, um sie zu marinieren. Die Suppe konnte ohne mich weiterköcheln, das Gratin musste nur noch in den Backofen geschoben werden, den Wirsing und die Frikadellen würde ich erst nach der Vorspeise zubereiten.

Zeit, den Tisch zu decken.

Doris und ich zerrten an dem Monstrum herum und positionierten es so, wie Betty erbeten hatte. Dann breitete ich die fliederfarbene Hightech-Tischdecke darüber aus, und Doris pfiff anerkennend durch die Zähne.

»Schicket Tuch.«

»Allerdings. Angeblich perlt Flüssigkeit davon ab. Spurenlos.«

»Red keinen Stuss. Schon ausprobiert?« Noch während sie fragte, war sie bereits auf dem Weg zur Spüle, um ein Glas Wasser zu holen. Die Kamera schwenkte ihr hinterher.

»Lass das!«, quiekte ich, als sie sich anschickte, die Probe aufs Exempel zu machen.

Die Kamera hatte uns im Visier.

»Och, Mööönsch«, quengelte sie wie eine 5-jährige, »los, wir nehmen eine Stelle, wo dat keiner sieht, wenn et nicht klappt.«

»Wo soll das sein?«

»Na, irgendwo, wo ein Tischset draufkommt. Sieht doch keiner.«

Sie wartete meine Antwort nicht ab, sondern goss am Kopfende ganz langsam etwas Wasser auf die Tischdecke. Alle hielten den Atem an, als die Flüssigkeit auf dem Tuch eine walnussgroße, bebende Perle bildete. Sie verharrte dort und zitterte leicht vor sich hin, ohne in den Stoff einzuziehen.

»Die musst du mir unbedingt leihen«, sagte Doris in vorzüglichem Hochdeutsch fasziniert in die ehrfürchtige Stille hinein, »dem Erwin fallen die Augen raus, wenn ich ihm seinen Korn einfach auf den Tisch kippe!«

»Nur, wenn ich dabei sein darf«, gab ich zurück. Ich wischte mit der Hand über die Wasserbeule auf dem Tischtuch, und sie zerfiel in zahllose kleine Perlen, die fröhlich herumkollerten. Wenn ich jemals Hightech gesehen hatte, dann jetzt. Fantastisch.

Ich fand den Tisch wunderschön, als wir fertig waren: kahle Zweige mit Hagebutten in der Mitte, die maigrünen Platzteller, rote Stoffservietten, die grünen Pressglaskelche mit dem eingravierten Blumenmuster, glänzendes Besteck, hellgrüne Stumpenkerzen auf roten Glastellerchen.

Doris wurde vor laufender Kamera feierlich verabschiedet, dann verkündete ich: »Jetzt mache ich mich frisch, und dann können meine neuen Freunde kommen.«

Es war 17 Uhr, noch eine Stunde. Das Team verabschiedete sich, um etwas essen zu gehen.

Die Wohnung wirkte verlassen, als ich allein zurückblieb. Ich stellte mich unter die Dusche und kämpfte dagegen an, im Stehen einzuschlafen. Ich zog eine frische Jeans und ein rotes T-Shirt an, dann trödelte ich unschlüssig herum, weil ich nichts mit mir anzufangen wusste. Noch eine halbe Stunde. Ich legte mich aufs Sofa und schlief umgehend ein.

Kapitel 9

Drei Fremde, ein unerwarteter Freund – und ein Suppenlöffel, der Fahrstuhl fährt

Es klingelte, ich öffnete die Wohnungstür, Betty stand neben mir und filmte. Das Auftauchen der Crew hatte mich aus tiefstem Schlaf geweckt, aber jetzt war ich knallwach.

Von einer Kamera verfolgt, kam eine junge Frau die Treppe hinauf. Sie hatte platinblonde, beinahe hüftlange Haare und war geschminkt wie eine Revuetänzerin. Als sie vor mir stand, überragte sie mich um Kopflänge.

Ich streckte die Hand aus. »Willkommen. Ich bin Loretta.«

Sie klimperte mit den falschen Wimpern. »Hallo. Jacqueline. Nenn mich Jacqui. J-A-C-Q-U-I. Dschaahki, nicht Dschäckie.«

Ui – diesen kleinen Vortrag hielt sie aber nicht zum ersten Mal. Jacqui also. Hätten wir das auch geklärt. Ich bat sie hinein, und die Kameras wurden abgesetzt.

»Super«, sagte Betty. »Und jetzt kommst du mit Jacqui ins Wohnzimmer.«

Sie ging uns voraus, und ich erlitt einen Anfall heftigen Fremdelns gegenüber diesem Mädchen neben mir, das gleichmütig den Wildledermantel auszog und an den Garderobenhaken hängte. Dann begutachtete sie sich mit teilnahmslosem Gesichtsausdruck im mannshohen Spiegel und strich über ihre irritierend unecht wirkenden Haare, die wie glattgebügelt aussahen. Jacquis – bis auf die beachtlichen Brüste – zierliche Figur wurde von einem schwarzen, ultrakurzen Strickkleid straff umspannt. Sie balancierte auf schwarzen Lackpumps mit zentimeterdicker Plateausohle und Absätzen, deren Höhe ich nicht einmal schätzen konnte. Ohne die Dinger war sie vermutlich kaum größer als eine Parkuhr. Sie würdigte mich keines Blickes.

»Ihr könnt!«, rief Betty, und Jacqui setzte sich so schnell in Bewegung, dass ich kaum hinterherkam. Klomp, klomp, klomp machten ihre Schuhe auf dem Dielenboden, als hätte sie Backsteine untergeschnallt. Sie stelzte vor mir her den Flur entlang und ging mit wiegenden Hüften auf Betty zu, wobei sie ihre Mähne mit einer routinierten Kopfbewegung nach hinten warf. Ich bat sie, auf dem Sofa Platz zu nehmen, und sie glitt mit einer fließenden Bewegung auf das Sitzpolster. Erst jetzt bemerkte ich, dass sie Netzstrümpfe trug. Auch nicht schlecht.

»Jacqui, darf ich dir einen Aperitif …« Ding Dong! »Oh, ich muss zur Tür, bin gleich wieder da.«

Betty folgte mir zurück zur Tür.

»Noch dreimal, das Ganze«, raunte sie mir zu, »dann hast du es überstanden.«

Diesmal erwartete mich ein mittelgroßer, stämmiger Mann mit Halbglatze. Er war um die 50. Linkisch hielt er mir einen kleinen Strauß Blumen entgegen.

»Herzlich willkommen, ich bin Loretta.«

»Danke für die Einladung«, sagte er, »ich bin Herr … äh … Karlheinz.«

Genau so sah er auch aus – wie einer, der sich nicht gern mit Fremden duzt. Und wie ein Karlheinz. Oder so, wie ich mir einen Karlheinz vorstellte: dunkelblauer Anzug, weißes Hemd, gestreifte Krawatte, polierte Halbschuhe. Er war etwas größer als ich, was allerdings nicht schwer war. Ich führte ihn ins Wohnzimmer, und ihm quollen angesichts der Erscheinung auf dem Sofa beinahe die Augen aus dem Kopf.

Ich stellte die beiden einander vor und hastete los, weil es erneut klingelte. Tür auf, Auftritt Isolde: walkürenhafte Statur in dunkelrotem Brokatmantel, schwarzer Samtturban, unter dem weiße Haare hervorlugten, Lippenstift in der Farbe des Mantels, tiefe Stimme. Unter dem Mantel trug sie ein stahlgraues, wallendes Ensemble aus Leinen, dazu klotzigen Silberschmuck. Auch sie überreichte mir Blumen: drei einzelne, reinweiße Callablüten, deren Stiele eng mit schwarzem Bast umwickelt waren. Genau wie sie selbst – kein Schnickschnack.

Ab ins Wohnzimmer, vorstellen, zurück zu Tür.

Ich kreischte, als ich sah, wer die Stufen hochkam.

»Frank! Das gibt's doch nicht! «

Frank Kropka, den ich seit meinem Sommer im Schrebergarten bestens kannte, grinste breit. »Is dat 'ne Überraschung oder wat? Ich dachte heut, ich seh nich richtich, als ich deinen Namen les! Die Loretta! Konntes ja nur du sein – wer heißt denn sonz noch Loretta? Wie geil is dat denn?«

Er zog den Parka aus, und ich atmete innerlich auf, denn er war für seine Verhältnisse mit knallgrünem Kapuzenpulli und Jeans schlicht gekleidet.

Im Sommer hatte ich es zum Teil nicht fassen können, wie er selbst seine Shirts und Bermudashorts in schreienden Farben aushielt, ohne zu erblinden. Seit er mit Bärbel, die ebenfalls eine Parzelle in der Kolonie hatte, zusammen war, hatte sein Kleidungsstil sich deutlich verbessert. Nein, sagen wir: verändert. Dass er sich verbessert hatte, war meine ganz persönliche Meinung. Nach dem Ende der Gartensaison hatten wir uns nur selten gesehen. Ich wusste, dass er mit Bärbel und ihren Kindern über Weihnachten und Neujahr in den Urlaub gefahren war. Nur so war zu erklären, dass es keine Gelegenheit gegeben hatte, einander von unserer Teilnahme bei der Sendung zu erzählen.

Mit Franks Auftauchen sanken meine Chancen, die Woche zu gewinnen, drastisch, denn er war ein meisterhafter Koch. Dafür stiegen die Chancen, dass es sehr viel Spaß machen würde.

Wir umarmten uns und gingen, nachdem Betty sich neu positioniert hatte, ins Wohnzimmer zu den anderen.

»Ich bin so froh, dass du dabei bist«, flüsterte ich ihm zu, und er drückte unauffällig meinen Arm.

Er setzte sich zu den anderen aufs Sofa, nachdem er jeden Einzelnen mit Handschlag und kleiner Verbeugung begrüßt und sich ihnen vorgestellt hatte.

Dann schenkte ich den prickelnden Himbeerwein ein und gab meinen Gästen je ein Glas. Ich hob meins und sagte: »Ich freue mich, dass ihr meiner Einladung gefolgt seid. Ich wünsche uns allen einen schönen ersten Abend.«

Wir stießen an und tranken, dann kam wieder mein Einsatz: »So, jetzt lasse ich euch allein und gehe in die Küche. Gibt es irgendetwas, auf das ich achten muss? Ist einer von euch Vegetarier?«

Innerlich kniff ich die Augen zusammen und hielt die Luft an, während ich äußerlich entspannt auf die Antwort wartete.

Alle schüttelten den Kopf, und ich schwirrte erleichtert ab.

Betty und Horst begleiteten mich in die Küche.

»Siehste, war doch gar nicht so schwer«, sagte Horst.

»Wie geht es weiter?«, fragte ich.

Ich hörte, dass die Wohnungstür geöffnet wurde und mehrere Leute die Wohnung betraten.

»Das ist das zweite Team«, erklärte Betty. »Die machen gerade Interviews mit deinen Gästen, der erste Eindruck und so. Und wir machen das jetzt auch.«

»Aber die Vorspeise …« Ich zeigte auf den Topf mit der Suppe. »Ich muss doch …«

Horst schüttelte den Kopf. »Zuerst der erste Eindruck.«

Betty schulterte die Kamera, und ich stellte mich mit dem Rücken zur Arbeitsplatte in Positur. Die beiden Scheinwerfer wurden eingeschaltet und tauchten den Raum in gleißendes Licht.

»Also, Loretta, fang an. Was hältst du von Jacqui?«

Tja, was hielt ich von Jacqui … Sie war eins dieser Püppchen, denen ich bisher nur während meiner Tätigkeit als Verkäuferin in einem Jeansladen begegnet war – allerdings war sie die Luxus-Version. Ihr Outfit hatte eine Menge Geld gekostet, das hatte sogar ich sofort erkannt. Ich fand, sie war der lebende Beweis dafür, dass man auch in teuren Klamotten billig aussehen konnte. »Wir haben uns ja gerade erst kennengelernt«, antwortete ich. »Bisher finde ich alle sehr nett.«

»Was sagst du zu Karlheinz und Isolde?«

»Ich bin gespannt darauf, während der nächsten Tage mehr über die anderen zu erfahren«, sülzte ich, ohne rot zu werden, denn das galt einzig für Isolde, wenn ich ehrlich war.

Karlheinz löste überhaupt nichts in mir aus, nicht einmal Neugier. Aber vielleicht tat ich Jacqui und ihm unrecht? War Karlheinz in Wirklichkeit ein Freigeist, der auf Punk-Konzerte ging, und Isolde führte ein lahmes Leben zwischen Häkeldeckchen und Porzellanpuppensammlung? Erstaunlich, welche Urteile – oder Vorurteile – die äußere Erscheinung von Menschen auslöste, wenn man nach einem kurzen ersten Eindruck ein Statement über sie abgeben sollte.

»Und Frank?«, fragte Horst weiter. »Ihr kennt euch?«

Von ganz allein breitete sich ein Lächeln auf meinem Gesicht aus. »Frank kenne ich seit dem Sommer, er und seine Partnerin sind gute Freunde von mir. Es ist absoluter Zufall, dass wir uns in den letzten Wochen nicht gesprochen haben. Umso schöner war vorhin die Überraschung, dass er dabei ist.«

»Dann kann Frank uns ja sicherlich einiges über dich verraten«, sagte Horst, und mir wurde übel.

Am liebsten wäre ich aus der Küche gestürmt, hätte mir Frank gegriffen und ihn darauf eingenordet, was er sagen durfte und was nicht. Leider redete er sehr gern und sehr viel. Und leider dachte er nicht immer nach, bevor er die Worte aus seinem Mund fallen ließ. Ich erschauerte, als ich daran dachte, wie verheerend mein erster Eindruck von ihm gewesen war: Ich hielt ihn für einen sabbelnden, selbstverliebten, hohlen Idioten, und erst nach und nach hatte ich meine Meinung über ihn geändert. Die gemeinsam erlebten Ereignisse im Schrebergarten hatten uns einander so nahe gebracht, wie ich es nie erwartet hätte. In allen Ehren natürlich, ehe hier Missverständnisse aufkommen …

»Aus Frank kriegt ihr nichts raus«, antwortete ich geheimnisvoll, »er ist ein Gentleman.«

Ich konnte nur inständig hoffen, dass ich damit recht hatte.

Endlich durfte ich mich meiner Vorspeise widmen. Ich wärmte die Suppe auf, gab Sahne dazu und pürierte das Ganze. Die bereits von der Schale befreiten Garnelen warteten darauf, mit etwas Öl in der Pfanne gebraten zu werden.

»Das würde ich gern erst machen, wenn die Gäste am Tisch sitzen und mit Getränken versorgt sind«, sagte ich, und Betty nahm die Kamera herunter.

Ich goss Mineralwasser in die Kelche, während Horst ins Wohnzimmer ging, um den Einmarsch der Gladiatoren zu organisieren. In letzter Sekunde dachte ich noch daran, die Kerzen anzuzünden, dann kamen meine Gäste auch schon in die Küche.

»Wunderbar«, dröhnte Isolde angesichts des Tisches. »Famose Farben, Loretta.«

Karlheinz stierte mit gerümpfter Nase auf die Dekoration, als erwartete er, dass jeden Moment Kakerlaken aus den Stoffservietten krochen, und Jacquis Gesicht war völlig ausdruckslos. Ich sollte bald erkennen, dass es das stets war, wenn sie gerade nicht gefilmt wurde. In dem hellen Scheinwerferlicht wirkte ihr Make-up wie eine grelle Kriegsbemalung.

Wie ich gehofft hatte, nahmen alle Gäste das angebotene Bier, nur Jacqui wollte weder Bier noch Wein, sondern blieb bei Mineralwasser. Sollte mir recht sein. Als alle mit Getränken versorgt waren und die Garnelen in die Pfanne kamen, lief die Kamera wieder. Ich füllte die Suppenteller, platzierte die gebratenen Garnelen und streute etwas Kresse darüber. Betty filmte einen der Teller, dann durfte ich servieren.

»Ein Toast«, verkündete Frank mit erhobener Biertulpe, als ich endlich am Tisch saß. »Auf unsere charmante Gastgeberin!«

»Auf unsere charmante Gastgeberin!«, wiederholten die anderen, und wir tranken.

»Lasst es euch schmecken«, sagte ich.

Zuerst aßen wir schweigend, bis uns auffiel, dass Horst wild gestikulierte – wir sollten uns unterhalten.

Isolde reagierte am schnellsten. »Ich frage mal euch alle, was ihr beruflich macht. Zuerst unsere Gastgeberin. Loretta?«

Also los, dachte ich, raus mit der Lüge, dann habe ich es hinter mir. Frank wird schon mitspielen. Ich begann zu schwitzen. War mir so heiß, weil mir die Frage unangenehm war – oder waren es die Scheinwerfer?

»Ich arbeite in einem Callcenter. An einer … Servicehotline. Ich nehme Anrufe entgegen und beantworte Fragen. Wirklich nichts Besonderes.« Ehe jemand nachfragen konnte, fuhr ich fort: »Ich gebe den Ball an den nächsten ab. Jacqui?«

Jacqui führte mit ihrem Löffel winzige Mengen der Suppe zum Mund, aß aber nicht wirklich – jedenfalls sah ich sie nicht schlucken – und ließ den Löffel dann wieder in den Teller sinken. Wie ein Pantomime, der den Akt des Essens simuliert. Absolut faszinierend. Sie hob träge die Lider und sah mich desinteressiert an. »Ich arbeite in einer Szene-Bar, die meinem Freund gehört. Aber nur nebenbei. Eigentlich bin ich Model. Und Schauspielerin.«

Ihr Blick glitt weg von mir, senkte sich wieder auf den Teller, und sie machte mit ihrer Ich-esse-ohne-zu-essen-Show weiter.

Aha. Hm. Unterhaltung ausgebremst. Ich war die Gastgeberin, also war es an mir, die Konversation in Gang zu halten.

»Und du, Karlheinz?«

Er schien leicht zusammenzuzucken. Wieder hatte ich den Eindruck, dass es ihm höchst unangenehm war, von uns geduzt zu werden und uns duzen zu müssen.

»Ich bin Leiter einer Abteilung im Finanzamt. Vollstreckung«, sagte er schließlich.

»Ach du Schande«, entfuhr es Isolde. Sie sah ihn von der Seite an, als wäre er der Teufel persönlich. »Ich sitze neben einem verdammten Kuckuckskleber! Das ertrage ich nur mit viel Alkohol. Loretta, wie viel Bier hast du im Kühlschrank?«

Frank, Isolde und ich lachten. Karlheinz beugte sich mit rotem Kopf tief über seinen Suppenteller. Jacqui ließ ihren Löffel weiter Fahrstuhl fahren, ohne dass die Suppe aussteigen durfte: rauf … runter … Mund … Teller … Mund … Teller …

Isolde stupste ihren Sitznachbarn gutmütig an. »Nicht böse sein, Karlheinz. Ich bin Freiberuflerin. Meine Kaste und dein Arbeitgeber sind traditionell verfeindet, das ist nichts Persönliches.«

Karlheinz schnaubte leise und fuhr stoisch damit fort, seine Suppe zu löffeln. Schweigen breitete sich aus.

»Freiberuflerin, Isolde?«, fragte Frank. »Was machste denn?«

»Ich schreibe. Ich arbeite als Journalistin und schreibe Bücher.«

»Wow!« Frank riss beeindruckt die Augen auf. »Ich bin schon froh, wenn ich ’ne Geburtstachskarte schaff. Bücher – Wahnsinn. Wat schreibse denn so?«

»Das erzähle ich morgen, wenn ihr bei mir zu Gast seid«, erwiderte Isolde. »Heute steht Loretta im Mittelpunkt.« Sie hob ihr Glas und prostete mir zu. »Vorzügliches Süppchen, meine Liebe. Und die Garnelen: auf dem Punkt. Wenn das so weitergeht, können wir allesamt einpacken.«

»Vielen Dank«, erwiderte ich geschmeichelt. »Aber eins sage ich euch: Wenn einer von uns gewinnen will, müssen wir zuerst Frank aus dem Weg räumen. Er wird uns alle an die Wand kochen.«

»Ach, lass doch, Loretta«, sagte Frank verlegen, freute sich aber sichtlich über mein Lob. »Ihr kocht bestimmt alle total super.«

Isolde kicherte. »Vielleicht solltest du trotzdem die nächsten Tage gut aufpassen, wer hinter dir steht, mein Freund. Ich bin ehrgeizig.«

Als alle mit der Vorspeise fertig waren, machte die Kamera wieder Pause, und die Scheinwerfer wurden ausgeschaltet. Ich konnte abräumen, sollte aber die Teller so, wie sie waren, auf der Arbeitsplatte stehen lassen, damit ich später ein Statement zum ersten Gang abgeben konnte.

Marco kam mit seinem Klemmbrett. »Leute, alle mal herhören! Loretta bleibt in der Küche, und die anderen gehen mit mir nach hinten, wo wir mit Team zwei weitermachen. Nehmt eure Getränke mit.«

Die Küche leerte sich, und ich blieb mit Horst und Betty zurück.

Horst lächelte mir zu. »Und? Wie ist dein Eindruck jetzt?«

»Isolde finde ich klasse, Frank sowieso. Karlheinz scheint sich in dieser Runde nicht besonders wohlzufühlen, und Jacqui … Sagt mal, habt ihr Jacqui essen sehen? Ich meine *richtig* essen? Schlucken und so?«

»Ist mir auch aufgefallen. Ich kann mir aber nicht vorstellen, dass es an deinem Essen lag«, sagte Betty. »Jacqui isst bestimmt nur Gurkenscheiben und Knäckebrot.«

»Aber warum macht sie dann in so einer Sendung mit?«, fragte ich.

Horst lachte. »Dafür kann es viele Gründe geben. Der eine will sich und sein Geschäft präsentieren, der andere möchte mal ins Fernsehen und seine tolle Küche zeigen. Und wieder andere hoffen, dass sie entdeckt werden. Du hast doch gehört: Sie ist Model und Schauspielerin.«

Das erklärte natürlich, warum sie sich vor der Kamera produzierte und in völlige Teilnahmslosigkeit versank, sobald nicht gefilmt wurde. Model und Schauspielerin – na klar. Und ich war die Kaiserin von China. Sie wollte in dieser Sendung auf sich aufmerksam machen, das war alles. Das könnte ebenfalls ihre Aufmachung erklären, aber vielleicht lief sie ja immer so herum, weil sie sich in Minikleid, Netzstrümpfen und nuttigen Schuhen schön fand. Meistens allerdings kleideten Frauen sich so, weil Männer darauf abfuhren – und dass Männer auf ein derartiges Outfit ansprangen, wusste ich. Genau so beschrieb ich am Telefon oft genug meine Kleidung, und die Kerle kriegten Schnappatmung. Wofür also wollte sie entdeckt werden? Für den Pornofilm?

Ich gab mir in Gedanken eine Ohrfeige.

Böse Loretta.

Kapitel 10

Galoppierendes Chaos in der Küche und kein *Porno-Dreh (auch wenn es so aussieht)*

Mit der Zubereitung des Hauptganges erreichte der Horror für mich eine ganz neue Dimension, denn die eigentlich routinierten Arbeitsabläufe wurden ständig unterbrochen. Mal filmte Betty, dann wieder nicht. Wie vorher besprochen, durfte ich nichts machen, ohne Bescheid zu sagen – was sich in der Realität als äußerst schwierig herausstellte.

Ein Beispiel: Ich begann mit den Frikadellen, und die Kamera war dabei, als ich die ersten zwei Exemplare formte. Dann machte ich ohne Kamera weiter, stellte die Pfanne auf den Herd und legte die Bratlinge ins brutzelnde Fett. Bei dem Geräusch sprang Betty, die am Tisch saß, auf.

»Haaaalt! Das muss ich filmen!«

Also schnell die Pfanne vom Herd, die Frikadellen wieder raus und auf einen Teller. Natürlich so, dass niemand später sehen würde, dass sie bereits angebraten waren. Pfanne sauber machen, wieder auf den Herd, Fett hineingeben, warten, bis es die nötige Temperatur hatte, Frikadellen in die Pfanne, währenddessen Horsts Fragen beantworten, nicht in die Kamera gucken, der Kamera nicht den Rücken zudrehen …

Der Wirsingkopf köchelte in einem großen Topf vor sich hin, das Gratin garte im Backofen, die Frikadellen brieten, ich rührte die Gorgonzolasoße an, die Scheinwerfer spendeten gleißendes Licht und … ich schwitzte wie beim Rasenmähen im Hochsommer. Es war unerträglich. Die Dunstabzugshaube anzustellen, war mir nicht gestattet, denn sie war alt und unmodern und machte Krach wie ein Flugzeug beim Start. Durch den Dampf aus den Töpfen beschlug meine Brille, und ich bekam allmählich Rückenschmerzen, weil ich ständig in völlig unnatürlicher, verdrehter Körperhaltung – der Kamera zugewandt – an Arbeitsplatte und Herd stand. Es fiel mir von Minute zu Minute schwerer, gut gelaunt und entspannt zu wirken, denn ich war es nicht. Zunehmend verzweifelt fragte ich mich, welcher Teufel mich geritten hatte, mich bei dieser Sendung zu bewerben und zu glauben, ich könnte das Ding mal eben locker mit Links wuppen.

Pustekuchen.

Endlich hatte ich das Essen serviert, und wir saßen alle am Tisch. Wieder kam die Unterhaltung nur schleppend in Gang, aber schließlich sagte Isolde: »Karlheinz und ich haben uns in deinem schönen Wohnzimmer umgesehen, Loretta. Mir sind die tollen Fotos aufgefallen. Sind die von dir?«

Ich nickte. »Ein Hobby. Ich habe die Kamera dabei, wenn ich unterwegs bin.«

»Die Gartenbilder sind wunderbar. Sie sehen beinahe schon professionell aus.«

Ich winkte ab und lachte. »Weit davon entfernt. Ich halte einfach drauf und sehe sie mir erst zu Hause am Computer genauer an. Der Ausschuss ist riesig. Aber durch Ausschnittvergrößerungen entstehen ganz gute Sachen. Hast du die Hummel auf der Dahlienblüte gesehen?«

»Allerdings. Man kann jedes Haar erkennen. Sehr, sehr gut.«

»Was verstehst du denn davon, Isolde?«, fragte Karlheinz.

Merkwürdigerweise klang er angriffslustig. Irgendetwas in seiner Stimme ließ mich stutzen. Ich musterte ihn unauffällig. War ich ihm schon einmal begegnet? Mir fiel nichts ein.

»Ich erkenne ein gutes Foto, wenn ich es sehe«, gab Isolde zurück.

»Jedenfalls würde ich mir kein überlebensgroßes Insekt ins Wohnzimmer hängen«, nörgelte Karlheinz.

Isolde lächelte sanft. »Deshalb ist es so schön, dass wir in einem freien Land leben: Jeder kann sich an die Wand hängen, was er möchte. Ich bin gespannt, was wir bei dir entdecken werden, Karlheinz.« Sie wandte sich wieder an mich. »Erzähle uns doch ein wenig mehr davon, was du beruflich machst.«

Innerlich zuckte ich zusammen und linste hinüber zu Frank.

Er war ganz und gar damit beschäftigt, zu essen. Ich bezweifelte sogar, dass er auch nur ein Wort von der Unterhaltung mitbekommen hatte.

»Nun, ich arbeite an einer Servicehotline und beantworte Fragen von Kunden«, sagte ich. »Mehr kann ich dazu nicht sagen, leider. Sensible Kundendaten und so. Mein Chef wäre nicht begeistert, wenn ich vor der Kamera darüber plaudern würde.«

Isolde pfiff durch die Zähne. »Hui, das hört sich aber geheimnisvoll an.« Sie hob ihr Glas und prostete mir zu. »Ich krieg schon noch raus, was du machst.«

Ich prostete zurück. »Nur über meine Leiche.«

Sie zuckte gleichmütig mit den Achseln. »Wenn's unbedingt sein muss …«

Themawechsel, dachte ich, die anderen beiden haben sich doch das Gästezimmer angesehen.

»Was hast du denn so entdeckt, Jacqui?«

Sie war gerade damit beschäftigt, im Wirsing herumzupolken, und hob träge ihren Blick. »Bücher.«

Sie versank wieder in ihrer Trance, und bleierne Stille breitete sich aus. Für Jacqui war das Thema erledigt, daran gab es keinen Zweifel.

»Deine vielen Kochbücher, Loretta«, sagte Frank. »Ich war ja schomma hier und kenne deine Bücherregale, aber Jacqui war echt beeindruckt. Oder, Jacqui?«

Sie blickte ihn ausdruckslos an. »Ja, ich war echt beeindruckt.«

»Liest du gern, Jacqui?«, fragte ich.

Ihr Blick ging zu mir, ganz langsam. »Natürlich. Wenn man Karriere machen will, muss man auf dem Laufenden bleiben.«

»Das hört sich spannend an«, gurrte Isolde. »Erzähl mal: Was liest du denn so?« Sie sah aus wie eine Katze, die eine Maus belauert. Hätte sie einen Schwanz gehabt, hätte er von rechts nach links gepeitscht.

Jacqui zählte uns eine Reihe von Magazinen auf, die ich samt und sonders nur vom Hörensagen oder aus den Auslagen der Kioske kannte.

Isolde nickte ernsthaft. »Interessante Lektüre. Es ist immer gut, sich weiterzubilden. Ich mag junge Menschen, die nach Wissen streben. Sie sind das Rückgrat unserer Nation.«

Ich beugte mich tief über meinen Teller, um nicht vor dem Angesicht ebendieser Nation die Fassung zu verlieren.

»Nur noch das Dessert, dann hast du es überstanden«, sagte Marco und lächelte aufmunternd.

Er lehnte im Rahmen der Küchentür und sah mir dabei zu, wie ich das benutzte Geschirr zusammenstellte. Mein Statement zum Hauptgang hatten wir bereits aufgezeichnet. Nun hatte ich eine kurze Pause, bevor es an die Zubereitung des Desserts ging.

»Es ist viel anstrengender, als ich dachte«, erwiderte ich. »Ich bin jetzt schon total fertig.«

»Ihr seid eine interessante Gruppe.«

Ich schnaubte. »Klar, alle stänkern sich an. Für euch ist das ein Fest, das ist mir klar. Außerdem besteht die Gruppe aus vier Menschen und einer Schaufensterpuppe.«

»Jacqui?« Er kicherte. »Die ist wirklich der Wahnsinn.« Er deutete auf ihren fast unberührten Teller. »Du weißt hoffentlich, dass das nichts mit deinem Essen zu tun hat?«

»Und wenn schon. Sieht trotzdem blöd aus.«

»Mach dir nichts draus. Bei den anderen wird es genauso sein.«

»Pfff. Ich bin gespannt, was es bei ihr zu essen gibt. Wahrscheinlich Gurkenscheiben und in Saft getränkte Wattebäusche. Und zum Dessert Magerquark mit Süßstoff.«

»Lass dich überraschen.« Er blickte auf seine Armbanduhr und löste sich vom Türrahmen. »Ich seh mal nach, wie weit die anderen sind. Bis gleich.«

Ich hörte, wie er die Tür zum Gästezimmer leise öffnete und hineinging. Seufzend betrachtete ich die Geschirr- und Topfstapel in der Spüle. Dann räumte ich einen Teil der Arbeitsplatte frei und wischte sie ab. Ich stellte alle Zutaten und die Gläser für das Dessert bereit. Erschöpft setzte ich mich an den Esstisch und wartete auf den letzten Akt des Tages.

»Und was machst du damit?«, fragte Horst.

Ich hielt einen Gefrierbeutel mit Mandelkeksen in der einen und einen kleinen Stieltopf in der anderen Hand.

»Ich dresche die Kekse zu Stückchen«, sagte ich und tat es.

Bamm! Bamm! Bamm! Es tat mir gut, den Topf auf den Beutel donnern zu lassen – allerdings musste ich mich bremsen, denn zu Staub zermahlene Mandelkekse nutzten mir nichts.

Ich holte die vorbereitete Creme und die marinierten Erdbeeren aus dem Kühlschrank, um dann die drei Komponenten immer abwechselnd in die Longdrinkgläser zu schichten: Creme, Kekskrümel, Erdbeeren, Creme, Kekskrümel, Erdbeeren. Als Dekoration einige Blättchen Minze – fertig.

Unendliche Erleichterung durchströmte mich, als wir wieder am Tisch saßen und mein Dessert löffelten.

»Die Erdbeeren schmecken ja köstlich!«, rief Isolde aus, nachdem sie probiert hatte. »Du hast sie mit Minze kombiniert – tolle Idee, die klaue ich dir!«

»Geschieht mir recht, ich habe sie nämlich selbst geklaut«, erwiderte ich und zeigte auf Frank. »Die habe ich im letzten Sommer bei ihm so gegessen.«

Frank und ich sahen uns an, als wir uns daran erinnerten, bei welcher Gelegenheit er mir Vanillepudding mit Minz-Erdbeeren serviert hatte und was direkt danach passiert war. Schluck.

Er fasste sich als Erster. »Ich fühl mich geehrt, Loretta«, sagte er munter, »dat is ein Kompliment für mich, dat ich dich zu so ’ne leckere Nachspeise inspe… enspi… angestiftet hab. Echt Schmackofatz.«

»Wirklich vorzüglich.« Karlheinz nickte anerkennend und kratzte sein Glas bis auf das letzte Fitzelchen Creme aus.

Also standen vier leere Gläser auf dem Tisch. Jacqui hatte immerhin die obere Erdbeerschicht abgetragen. Ich war gespannt, ob ich die Früchte nachher in der Serviette entdecken würde.

Als meine Mitkandidaten die Küche für die letzten Interviews des Tages verlassen hatten, war es bereits Mitternacht. Ich konnte vor Erschöpfung kaum noch klar denken, aber Marco nickte mir aufmunternd zu, als ich von Betty und Horst ein letztes Mal an die Arbeitsplatte gescheucht wurde.

»Der erste Abend ist vorüber, Loretta«, sagte Horst. »Wie ist dein Fazit?«

Ich zwang mir ein Lächeln ins Gesicht. »Es hat wahnsinnig viel Spaß gemacht! Natürlich war es auch anstrengend, aber es hat sich absolut gelohnt.«

»Und deine Gäste?«

»Leider hatte ich als Gastgeberin nicht viel Gelegenheit, mich mit ihnen zu unterhalten, aber das hole ich in den nächsten Tagen nach. Ich bin schon sehr gespannt, mehr über sie zu erfahren. Das wird interessant.«

Vielleicht finde ich ja sogar raus, ob Jacqui mehr als 14 Kalorien am Tag zu sich nimmt und woher ich diesen Karlheinz kenne, dachte ich.

»Morgen geht es zu Isolde. Was erwartest du?«

»Erst einmal habe ich keine Erwartungen. Ich lasse mich überraschen. Und ich bin sicher, sie wird uns überraschen.«

»Freust du dich aufs Bett, Loretta?«

Lächelnd deutete ich auf das Chaos auf der Arbeitsplatte und in der Spüle. »Ein bisschen was ist noch zu tun, sonst kriege ich Ärger mit meiner Mitbewohnerin.« Als hätte Diana ihr Stichwort gehört, wurde die Wohnungstür aufgeschlossen. »Und da ist sie auch schon.«

»Wir sind hier fertig«, bestimmte Horst.

Bülent kam und schob mein Oberteil ein Stück hoch, um mir das Mikrofon abzunehmen.

Diana erschien in der Küchentür und musterte die Szenerie. »Ich kann nur hoffen, dass ihr hier keinen Porno dreht«, sagte sie.

»Ich bin nicht sicher, was das heute war«, gab ich zurück. »Irgendwie pornös war es schon, aber immerhin haben wir die Klamotten anbehalten …«

»Dann vermute ich mal, die Tatsache, dass der Typ dir unter dem Shirt rumfummelt, gilt als künstlerisch wertvoll.«

»Selbstverständlich. Ist wichtig für die Geschichte.«

Ich stellte alle einander vor, und Diana kam herein und inspizierte die Dessertgläser. »Hm, das sieht lecker aus. Wen muss ich züchtigen, weil er es verschmäht hat?«

Betty, Horst, Bülent und Marco gackerten. Ich ging zum Kühlschrank, um Dianas vorbereitete Portion zu holen.

»Ooooh – du hast auch eins für mich gemacht?«

Sie setzte sich an den Tisch und löffelte mit großem Genuss. Horst, Bülent und Betty setzten sich zu ihr, während Marco mir beim Abräumen half.

»Wollt ihr auch mal probieren?«, fragte ich sie und stieß – wenig überraschend – auf breite Zustimmung. Klar, sie mussten ziemlich ausgehungert sein. Ich holte vier Müslischalen aus dem Schrank, füllte sie mit Krümeln, Creme und Erdbeeren und verteilte sie an die Crew. Marco lehnte an der Arbeitsplatte und aß im Stehen. Ich ließ heißes Wasser ins Becken und begann damit, die Gläser zu spülen.

Was ich heute noch erledigt bekam, musste ich morgen nicht mehr machen.

Diana sah hoch. »Kein Zuhause, Leute? Oder gefällt es euch bei Loretta so gut, dass ihr euch nicht losreißen könnt?«

»Ich muss mich für meine Mitbewohnerin entschuldigen«, sagte ich über meine Schulter, »sie ist im Wald bei Wölfen aufgewachsen. Höflichkeit ist nicht ihr Ding.«

Diana grinste und beschäftigte sich wieder mit ihrem Dessert.

»Leider wird in unserer Wohnung noch gedreht, meine Liebe. Keine Ahnung, wie lange das noch dauert.«

Sie verdrehte die Augen. »Du liebes bisschen. «

»Nicht mehr lange«, sagte Marco, »das sind die letzten Interviews für heute. Dann geht es vors Haus für die Punktevergabe. Das macht das andere Team. Währenddessen können wir hier oben schon zusammenpacken.«

Diana starrte ihn an. »Von euch sind noch mehr in der Wohnung? Was ist das hier – eine Hollywood-Produktion?«

Marco kam nicht dazu, zu antworten, denn Frank schoss in die Küche.

»Fertich!«, jubilierte er. »Ich wollt mal sehn, ob ich noch 'n bissken Schmackofatz abstauben kann!«

»Frank!«, kreischte Diana begeistert. »Was machst du denn hier?«

»Is dat 'ne Überraschung? Ich bin auch 'n Kandidat! Is dat irre, oder wat?«

Eine Stunde später waren sie noch immer nicht weg, aber immerhin war die Punktevergabe gedreht, und es wurde bereits zusammengepackt. Diana hatte sich in ihr Schlafzimmer zurückgezogen. Ich stand im Bad und starrte mich im Spiegel an. Die Erschöpfung hatte sich in meine Züge gegraben, wenn ich die Brille abnahm, kamen dunkle Augenringe zum Vorschein. Jeder Muskel tat mir weh, und der Schmerz in meinen Füßen war fast unerträglich.

Ich setzte mich auf den Klodeckel und atmete tief die frische, kalte Nachtluft ein, die durchs offene Fenster hineinwehte. Plötzlich hörte ich Stimmen. Im Zimmer nebenan, meinem Schlafzimmer, wurde geredet, und offenbar war auch dort das Fenster geöffnet. Marco und Horst unterhielten sich. Zuerst konnte ich nicht verstehen, was sie sagten, aber dann erhob Horst die Stimme.

»Ich sag dir, die kleine Hexe ist scharf auf meinen Job. Und ich bin nicht mehr der Jüngste«, rief er aus.

»Das bildest du dir ein«, erwiderte Marco.

»Was? Miriam gibt richtig Gas bei den Interviews!«, ereiferte sich Horst. »Bohrt nach, will ans Eingemachte, versucht die Kandidaten dahin zu bringen, über die anderen herzuziehen. Das ist einfach nicht mein Stil!«

»Und das ist auch gut so, Horst.«

»Ach ja? Dir muss ich doch wohl nicht erzählen, was nach Ansicht der Produktionsfirma beim Publikum ankommt. Harmonie? Oh nein! Die lieben es, wenn sich die Kandidaten gegenseitig die Augen aushacken, neidisch sind, taktisch vorgehen, um zu gewinnen.«

»Wenn die Gruppe so ist, dann ist sie so. Daran kann auch Miriam nichts ändern.«

»Sei doch nicht naiv, Marco! Natürlich kann sie das! Sie will sich durch bissige Fragen profilieren. Wir sind Freiberufler. Wenn ich ersetzt werden soll, kriege ich einfach keinen Auftrag mehr, so einfach ist das! Geht ganz schnell! Unter diesem Druck zu arbeiten, macht wirklich keinen Spa…«

Er verstummte, weil die anderen zurück waren, um weiteres Equipment zu holen und in den Produktionsbus zu laden.

»Streit im Paradies?«, fragte eine Frau, und ich erkannte Miriams Stimme. Ich hatte sie heute kaum gesehen, da ich ausschließlich mit dem anderen Team gedreht hatte.

»Alles bestens«, antwortete Marco munter. »Los, haut rein, damit Loretta endlich in ihr Bett kann. Und ich will, dass ihr dieses Zimmer picobello hinterlasst.«

Es war geradezu unheimlich still, als ich die Tür hinter Marco schloss, der noch einmal hochgekommen war, um sich zu verabschieden. Während die Crew alles in den Bus geschafft hatte, war es mir tatsächlich gelungen, alles zu spülen. Der Tisch stand wieder an seinem angestammten Platz; dabei hatte Diana mir noch geholfen.

Ich saß auf einem Stuhl und sah mich zufrieden um. Doris' Gläser waren bereits in der Transportkiste untergebracht, das Besteck war abgetrocknet und wegsortiert, die Teller standen im Abtropfgitter, Schüsseln und Töpfe kopfüber auf Geschirrhandtüchern – die würden von allein trocknen.

Zeit, ins Bett zu gehen.

Kapitel 11

Spanisch im Stadtpark und Klartext vorm Kiosk

Am nächsten Morgen war ich heilfroh, dass ich mich nachts noch zum Aufräumen aufgerafft hatte. Auf dem Tisch lag die Tageszeitung und eine Nachricht für mich: *Gruß von mir an Frau Maifels-Wellinghausen. Hahaha. Und viiiiiiel Spaß heute Abend!*

Ab sofort konnte ich den Rest der Woche genießen – ich hatte es hinter mir. Die Anstrengung des letzten Tages steckte mir deutlich spürbar in den Gliedern, immerhin hatte ich fast 20 Stunden lang durchgehend rotiert und unter Adrenalin gestanden. Auch nach der Dusche fühlte ich mich noch steif und unausgeschlafen, aber ich war gut drauf und freute mich sogar auf meine Therapiestunde. Ich setzte einen Espresso auf und blätterte im Stehen durch die Zeitung.

Ich wollte mich gerade mit meinem heißen, schwarzen Muntermacher an den Tisch setzen, als das Telefon klingelte. Frank.

»Hömma«, jubilierte es aus dem Hörer, »hasse astrein gemacht gestern! Zehn Punkte!«

»Obwohl ich die Minze in den Erdbeeren von dir geklaut habe? Nicht, dass die anderen uns noch Vetternwirtschaft vorwerfen.«

»Wat? Ich weiß gaanich, wat dat sein soll. Müssten wir dazu nich verwandt sein?« Er lachte sich kaputt, dann fuhr er fort: »Und wie finze die andern? Karlheinz? Oder diese Tschakki? Isolde find ich krass, echt. Aber klasse krass.«

»Ich auch. Jacqui … keine Ahnung. Es war irritierend, dass sie nichts gegessen hat.«

Irritierend war noch harmlos formuliert: Ich war stinkbeleidigt. Nur wenn Jacqui von Horst dazu aufgefordert worden war, weil sie beim Essen gefilmt werden sollte, war sie aus ihrer seltsamen Lethargie erwacht und hatte mikroskopisch kleine Stücke Wirsing oder ein Erdbeerwürfelchen über ihre bemalten Lippen wandern lassen.

»Dat war 'ne Frechheit war dat! Dein schönet Essen! Spielt die

Tschakki damit rum … also echt. Dat hätte ich mich an Mutterns Esstisch mal wagen soll'n – ohne Abendbrot ins Bett, ohne Widerworte! Aber du hättes die Tschakki mal beim Interview sehen soll'n …«, er senkte die Stimme, als hätte er Angst, sie könnte uns hören, »da war die plötzlich wie angeknipst, dat ganze Programm. Tittchen raus …«

»Frank!«

»Is doch wahr! Na gut: *Busen* raus, voll in Pose geworfen, Stelzen gezeicht, Schlafzimmerblick, dat ganze Programm rauf und runter. Dat sie deine Deko *nett* fand und dat du dich mitte Vorspeise sehr bemüht has, aber dat sie sich Lohkap ernährt …«

»Wie ernährt sie sich?«, fiel ich ihm ins Wort.

»Lohkap. Haben die Filmleute auch nachgefracht. Wenich Kohlehydrate, sacht Tschakki.«

Ah – *Low Carb.* Angeblich die Diät der Hollywoodstars. Also genau das Richtige für unsere Jacqui.

»Kein Wunder, dass sie um meine Kartoffelvariationen einen großen Bogen gemacht hat. Jede Menge Kohlehydrate.«

»Trotzdem unhöflich. Die kricht von mir 'nen Spezialteller: Nudeln mit Kartoffeln. Und als Vorspeise Reisnudeln.«

»Und zum Dessert schlage ich Milchreis vor.«

Wir gackerten eine Runde, dann fragte er: »Und wie sind die andern? Dieser Horst und die Frau anne Kamera?«

»Horst und Betty. Beide nett. Und das Team, mit dem ihr gestern gedreht habt?«

Besonders interessierte mich natürlich Miriam, zumal Horst sich von ihr so bedroht fühlte.

»Der Typ an der Kamera heißt Max, und die Miriam kennen wir ja schon vom Casting. Die gibt ganz schön Gas, die lässt echt nich locker. Die bohrt und bohrt und bohrt. Und die will immer wissen, wat du nich so doll findes. Harmonie is langweilich, hat se gesacht.«

Klar – durch Fragen, die zu bissigen Kommentaren führten, wurde die Sendung deutlich spannender, als wenn sich alle ganz lieb hatten. So konnte sie sich bei der Produktionsfirma für Horsts

Position empfehlen. Horst war der etablierte Routinier und sie das aufstrebende Talent, das an seinem Stuhl sägte.

»Na, dann bin ich gespannt auf die Interviews heute.«

»Übberings«, er senkte wieder die Stimme, als könnte uns jemand belauschen, »ich mach heimlich Fottos. Für uns.«

»Ist strengstens verboten, weißt du doch. Haben wir unterschrieben.«

»Keine Sorge – ich lass mich nich erwischen. Aber für so 'n kuscheligen Dia-Abend unter Freunden … Diana, Bärbel, Doris, Erwin, du, ich …«

»Könnte lustig werden. Wer weiß, was diese Woche noch so alles hinter den Kulissen passiert.«

»Genau. Hömma – wir beide haben doch später dat Interview zusammen. Soll ich dich abhol'n?«

»Nee, lass uns am Teamhotel treffen. Ich habe vorher noch Termine. Bis später.«

Frau Müller-Westerholt strahlte tatsächlich dezente Neugier aus, als sie mich begrüßte. Sie also auch! Weder als ich ihr von meiner Bewerbung erzählt hatte noch irgendwann danach hatte sie durchblicken lassen, ob sie die Sendung kannte – geschweige denn, ob sie ein Fan davon war.

Wir setzten uns – ich wählte den Blick auf das Wald-Foto –, und sie fragte: »Wie fühlen Sie sich heute, Frau Luchs?«

Ich reckte mich. »Ich bin erschöpft, aber ich fühle mich gut. Gestern war es sehr anstrengend. Ab heute kann ich den Rest der Woche genießen und mich bedienen lassen.«

»Wie war es für Sie, den ganzen Tag gefilmt zu werden?«

Ich dachte nach. »Die Kamera habe ich schnell kaum noch wahrgenommen. Eigentlich immer nur dann, wenn ich etwas wiederholen musste, weil sie es noch einmal aus einem anderen Winkel filmen wollten. Das war sogar ziemlich nervig, weil dadurch gewohnte Abläufe beim Kochen ständig unterbrochen wurden. Und sie haben nicht durchgehend aufgenommen. Ich musste immer Bescheid sagen, wenn ich etwas Wesentliches tun wollte.«

»Hat Sie das verärgert?«

Ich schüttelte den Kopf. »Nee. Aber es war anstrengend. Ich dachte, ich stehe in meiner Küche und werde halt beim Kochen gefilmt, aber so war es nicht. Ich hatte wenig Kontrolle darüber, was ich wann mache.«

Sie schrieb etwas auf den Block, dann fragte sie: »War der Kontrollverlust ein Problem für Sie?«

Wieder schüttelte ich den Kopf. »Eigentlich nicht.«

»Und uneigentlich?«, schoss sie zurück.

Das machte sie immer, wenn ich das Wort *eigentlich* benutzte.

»Uneigentlich hat es mich ein wenig genervt, aber ich habe mich ja freiwillig in diese Situation begeben. Natürlich war mir klar, dass ich als Teil einer Produktion nicht die Kontrolle haben würde. Also habe ich mitgespielt. Trotzdem war es doof, das Essen auf dem Teller anzurichten und dann warten zu müssen, bis ich servieren konnte, weil ein Scheinwerfer ausfiel. Dafür konnte niemand etwas, aber ich hatte Angst, das Essen wird kalt. Essen, das ich eigentlich heiß hätte auf den Tisch bringen können. Aber uneigentlich eben nicht.«

Sie lächelte vor sich hin, als sie einige Notizen machte. »Und wie sind die anderen Kandidaten? Finden Sie sie sympathisch?«

»Stellen Sie sich vor – Frank ist dabei! Darüber freue ich mich wahnsinnig.«

Natürlich hatte ich ihr von Frank erzählt, denn er war untrennbar mit der Sache im Schrebergarten verbunden.

»Wie ist das für Sie, dass jemand dabei ist, den Sie kennen?«

»Schön. Nicht lebenswichtig, aber angenehm. Gestern hatte ich allerdings keine Gelegenheit, privat mit ihm zu sprechen. Wenn wir nicht am Tisch saßen, wusste ich nie, wo die anderen gerade waren oder was sie machten, denn ich durfte nicht mitkriegen, was sie über mich sagen.«

Ich erzählte noch ein bisschen was über die anderen Kandidaten. Tatsächlich bildete ich mir sogar ein, ihre Mundwinkel amüsiert zucken zu sehen, als ich über Jacqui sprach. Aber vielleicht täuschte ich mich auch.

Mein Magen knurrte, als ich die Praxis verließ. Bis zum Interview mit Frank blieb mir noch eine knappe Stunde – zu wenig, um für einen Snack nach Hause zu fahren. Ich entschied mich, zum Treffpunkt zu laufen und mir unterwegs irgendeinen Süßkram zu kaufen. Da im Ruhrgebiet traditionell eine hohe Kiosk-Dichte herrscht, hatte ich beste Chancen, irgendwann an einer dieser kleinen Trinkhallen vorbeizukommen.

Die Medien bezeichneten die Gegend, durch die ich lief, gern als *Problemviertel.* Dort standen alte, verwahrloste Häuser, deren Außenmauern mit Graffiti beschmiert waren. Die Mieten waren günstig, weil noch mit Kohle geheizt wurde. Von den dort geparkten Autos hatte kein einziges weniger als 15 bis 20 Jahre auf dem rostigen Buckel. Wer es sich leisten konnte, zog hier weg – aber die meisten mussten bleiben, weil sie arbeitslos waren oder von einer Minirente lebten.

Schon von Weitem sah ich an der nächsten Straßenecke die üblichen Insignien der klassischen Klümpchenbude: Eiswimpel, Bierwerbung, auf dem Bürgersteig der Aufsteller mit dem Tagesangebot (Mettbrötchen 1,50 Euro), Stehtisch mit ein paar Gestalten, die dort auch im tiefsten Winter ihr Pilsken zischten und tagespolitische Ereignisse diskutierten.

Die drei Männer vor dem Kiosk musterten mich schweigend, als ich ans Verkaufsfenster trat und nach Müsliriegeln fragte. Der Verkäufer präsentierte mir eine kleine Auswahl, ich nahm zwei und bezahlte. Als ich mich umdrehte, sah ich ein paar Häuser weiter in der Querstraße eine dunkle Limousine vorfahren und am Straßenrand parken. Ich traute meinen Augen kaum, denn wer stieg aus? Karlheinz. Er holte einen Fotokoffer vom Rücksitz und verschwand in einem Hauseingang.

»Was macht der denn hier?«, entfuhr es mir unwillkürlich, und einer der Männer am Stehtisch sagte: »Der? Der is andauernd hier.«

»Kannze laut sagen, Kalli«, kam es aus dem Kioskfenster.

Die drei am Tisch warfen sich beredte Blicke zu und grinsten.

»Ach ja?«, fragte ich verblüfft. Was hatte Karlheinz, der Saubermann, denn bitte hier zu tun? Mit einem Fotokoffer?

Wieder diese Blicke, wieder dieses Grinsen.

»Dat is der Schuggadeddi von die Koslowskis ihre Kleine«, erklärte der Mann im Kiosk. »Der kommt öfters.«

»Und wenn der da war, dann kommt der Pit Koslowski, wat der Stiefvatta is, runter und schmeißt Runden«, ergänzte Kalli, der Wortführer am Tisch. Seine Kumpel nickten.

Sugardaddy? Das wurde ja immer spannender. »Die *Kleine* von den Koslowskis? Wie alt ist die denn?«

Kalli hob die Bierflasche, drehte sie auf den Kopf und sah mich treuherzig an. »Blöd. Mein Mund is total trocken.« Er hustete demonstrativ, und ich verstand.

»Eine Runde für die Herren. Sie sind natürlich auch eingeladen«, sagte ich zum Verkäufer, und innerhalb von Sekunden stand Nachschub bereit.

Kalli nahm einen großen Schluck. »Aaaaah. Sehn Se? Jetz is besser. Also, die Mandy müsste jetz wie alt sein? 11? 12?«
Die Herren debattierten eine Zeit lang hin und her, dann einigte man sich auf 12 Jahre, vielleicht auch 13, aber genau wisse man es nicht.

»Sie wissen doch, Frollein ... so wie die Gören sich heutzutage rausputzen und schminken ... Also wenn dat meine wär', die dürfte nich so rumlaufen. Aber der Pit, der sieht dat nich so eng.« Kalli zwinkerte mir zu. »Prost, Frollein. Auf Ihr Speziellet.«

Sie stießen an und leerten die Flaschen in langen Zügen.

Mir blieb keine Zeit, Frank von den Neuigkeiten zu berichten, denn ich wurde bereits ungeduldig erwartet. Ob wir Lust hätten, im Stadtpark statt im Hotel zu drehen, wollte das Team von uns wissen. Hatten wir. Piefiges Hotelrestaurant mit Milchkaffee vor der Nase war langweilig, Stadtpark mit glitzerndem Schnee unter stahlblauem Winterhimmel konnte interessant werden.

Wir positionierten uns auf einem Weg. Zur Begeisterung des Teams trug ich zur Feier des Tages meine geliebte karierte Trappermütze mit Schirm und Ohrenklappen, mit der ich wie ein amerikanischer Hinterwäldler aussah.

»Wie gefiel dir der gestrige Abend als Gastgeberin?«, fragte Miriam.

»Sehr gut. Ich glaube, meinen Gästen hat es geschmeckt«, antwortete ich so strahlend wie die Wintersonne.

»Obwohl Jacqui dein Essen kaum angerührt hat?«

»Ist mir nicht aufgefallen«, log ich frech. »Wenn sie es nicht mochte, ist das natürlich schade. Aber am ersten Abend kennt man die Geschmäcker seiner Mitstreiter halt noch nicht.«

»Das ist dir nicht aufgefallen? Dass ihre Teller noch voll waren, wenn du abgeräumt hast? Also, ich fände das ziemlich unhöflich. Immerhin hast du den ganzen Tag in der Küche gestanden, und dann so was. Das muss dir doch gegen den Strich gegangen sein.«

Da war sie: Miriam, der bissige kleine Terrier. Nicht mit mir, Puppe, dachte ich, das Spielchen spiele ich nicht mit.

»Ich kann es nicht jedem recht machen, oder?«, sagte ich gelassen.

»Aber sie hat dir bestimmt nur ganz wenige Punkte gegeben«, bohrte Miriam weiter. »Was, wenn dich das den Sieg kostet?«

»Der Sieg ist mir egal. Ich mache mit, weil ich Spaß haben will.«

Nun wandte sich Miriam an Frank. »Du bist doch mit Loretta befreundet. Was sagst du dazu, dass Jacqui Lorettas Essen verschmäht hat?«

»Lorettas Essen war astrein«, erwiderte Frank. »Tschakki hat wat verpasst. Selbst schuld.«

»Und wenn sie deiner Freundin Loretta extra wenige Punkte gegeben hat, um ihre eigenen Gewinnchancen zu erhöhen?«

Frank zuckte mit den Schultern. »Schlechtet Karma.«

»Du meinst also, das Schicksal würde sie dafür bestrafen. Glaubst du Jacqui übrigens, dass sie Model und Schauspielerin ist?«

»Wennse dat sacht, wird dat wohl so sein.«

Frank war erstaunlich einsilbig, fand ich. Fand Miriam wohl auch, denn sie runzelte die Stirn. Wir waren nicht so ergiebig, wie sie es sich erhofft hatte. Auch zu Karlheinz und Isolde lieferten wir keine Schmähungen ab, und schließlich gab sie auf. Sie reichte uns die zusammengerollte Karte mit Isoldes Menü – Premiere für mich.

Schon hundertmal hatte ich im Fernsehen dabei zugeschaut: Die Karte wurde nach und nach entrollt, erst das Motto des Abends, dann die Vorspeise, gefolgt von Hauptspeise und Dessert … Ich merkte, dass ich diesen Moment aufregender fand als den gesamten gestrigen Tag.

»*Muchos saludos de Barcelona*«, las ich vor, als die ersten Zentimeter sichtbar waren. »Ein spanisches Menü!«

»Was ist denn typisch spanisches Essen?«, fragte Miriam.

Frank und ich sahen uns ratlos an. Dann hellte sich sein Gesicht auf. »Ham die nich immer tausend Vorspeisen? So eingelechtes Gemüse und so? Sonz fällt mir nix ein. Dir, Loretta?«

Ich schüttelte den Kopf. Mit der spanischen Küche hatte ich mich noch nicht beschäftigt, besaß auch kein entsprechendes Kochbuch.

Wir durften den nächsten Abschnitt auf der Menükarte ansehen und starrten ungläubig auf vier Zeilen spanischer Zungenbrecher: *Bocaditos de Dátiles y de Ciruelas, Gambas al Ajillo, Queso de Cabra al Iado, Patatas arrugas con Mojo verde.* Aha.

»Wer liest vor?«, fragte Miriam, und ich radebrechte mich mehr schlecht als recht durch die mir fremde Sprache.

»*Gambas* sind Garnelen«, sagte ich dann, »*Patatas* sind Kartoffeln. Und dann hört es bei mir auch schon auf.«

Miriam blickte Frank auffordernd an, und er hob beide Hände. »Keinen Schimmer. Könnte sonz wat sein.«

»Zum Beispiel?«, hakte sie sofort nach.

Ehe Frank antworten konnte, ging ihr Blick über meine Schulter und wurde starr. Sie fuhr sich mit der Hand über die Kehle, und Max, der Kameramann, setzte die Kamera ab.

»Wo ist der Weeeeeg?«, erklang eine flehende Stimme hinter mir, die Frank und mich zum Umdrehen veranlasste.

Eine alte, gebeugt gehende Frau mit dunkler Brille kam auf uns zu. Sie trug eine Armbinde mit drei schwarzen Punkten und tastete mit einem Blindenstock suchend auf dem Weg herum. Dank starken Linksdralls kam sie immer wieder von ihm ab und prallte ins Buschwerk am Rand, woraufhin jede Menge Schnee von den

Zweigen rieselte und sie jedes Mal diesen flehenden Ruf ausstieß: »Wo ist der Weeeeg?« Hinter ihr her trottete ein zottiger Blindenhund, gefolgt von einem alten Mann, der einige Einkaufstaschen schleppte.

»Was zum …«, sagte der Kameramann und kämpfte sichtlich mit dem Bedürfnis, die skurrile Szene aufzunehmen. Als sie uns erreicht hatte, lief die alte Frau stracks auf einen Müllkorb zu, aber Miriams Assistent reagierte und zog sie auf den Weg zurück.

»Wer sind Sie?«, kreischte die alte Frau und riss sich los. »Wo ist der Weeeeg?«

Ich traute mich nicht, Frank anzusehen, denn ich befürchtete, dann lachen zu müssen. Dieses Schauspiel wirkte wie aus einem Monty-Python-Film, konnte einfach nicht real sein. Die seltsame kleine Karawane zog an uns vorbei: die blinde Frau, die bereits den nächsten Busch ansteuerte, dann der schnaufende Blindenhund, zuletzt der alte Mann mit den Einkaufstaschen.

»Ich kenn die«, flüsterte Frank mir zu. »Die wohnen bei mir umme Ecke.«

»Die Frau und der Hund?«, flüsterte ich zurück.

»Und der Mann. Die beiden sind verheiratet.«

Wie bitte? Die gehörten zusammen? Und er guckte seelenruhig dabei zu, wie seine hilflose Frau jeden Busch am Wegesrand mitnahm, ohne ihr zu helfen? Und was war das bloß für ein Blindenhund? Rätselhaft.

Wir folgten dem Trüppchen mit den Blicken, bis sie verschwunden waren. Aus der Ferne erklang es noch einige Male: »Wo ist der Weeeg?«

»Jemand sollte ihr ein Navi schenken«, sagte Max trocken und schulterte wieder seine Kamera. »Mann, das hätte ich wirklich zu gern gefilmt.«

Ich glaubte ihm aufs Wort. Vermutlich hätte er das auch getan, wenn Frank und ich nicht dabei gewesen wären. Und morgen hätte die Welt sich das kleine Drama im Internet angucken können. Drei Millionen Klicks in zwei Wochen – jede Wette.

Wir entnahmen der Menükarte, dass wir uns noch auf *Paella*

de Marisco und *Crema Catalana* freuen durften, dann wollte Miriam von uns wissen, wie wir uns die Dekoration vorstellten.

Frank mutmaßte wegen der Farben der spanischen Nationalflagge, dass alles in Rot und Gelb dekoriert sein würde, aber das konnte ich mir nicht vorstellen.

»Es wird dramatisch sein«, sagte ich. »Isolde wird uns umhauen.«

Mit diesem Schlusswort waren wir entlassen.

»Ich muss dir was erzählen«, zischte ich, packte Frank am Ärmel und zerrte ihn in den nächstbesten Seitenweg. Als ich uns außer Hörweite glaubte, blieb ich stehen.

»Wat is denn los, Loretta?«

Ich berichtete, was ich gesehen und erfahren hatte.

»Und dat ham dir diese drei Gestalten vor der Klümpchenbude erzählt?«, fragte er zweifelnd.

»Herrgott, Frank! Die hängen da bestimmt den ganzen Tag rum und kriegen alles mit, was passiert. Und der Verkäufer hat es bestätigt. Das scheint dort allgemein bekannt zu sein, dass Karlheinz bei dieser Familie ein und aus geht. Gegen *Bezahlung.*«

»Meine Fresse. Und wat meinze, wat der da macht?«

»Er hat einen Fotokoffer ins Haus geschleppt. Zähl eins und eins zusammen.«

»Du meinz, der alte Sack steht auf kleine Mädchen? Und macht Fottos? *Pornofottos?*«

Ich zuckte mit den Achseln. »Keine Ahnung. Aber irgendwas geht da vor. Finden wir es heraus.«

Kapitel 12

Wenn die Kastagnetten dreimal klappern oder Stierkampf im Penthouse

Wie recht ich mit meiner Einschätzung von Isoldes Abend hatte, wusste ich in dem Moment, als sie mir die Tür öffnete, mir ein feuriges »Olé, toro!« entgegenschmetterte und mich mit einem Stierkampftuch – einer Muleta, wie ich später erfuhr – in ihre Wohnung wedelte.

Isolde sah spektakulär aus: Zu schmaler schwarzer Hose und engem schwarzem Shirt hatte sie eine Matador-Jacke kombiniert, blutrot und mit opulenter goldener Stickerei. Das allein verschlug mir schon die Sprache, aber die Krönung – im wahrsten Sinne des Wortes – war ihre Kappe, eine von der Sorte, wie man sie von Stierkämpfern kannte: schwarz und mit diesen seltsamen, seitlichen Ausbuchtungen. Sie hatte ihr weißes Haar im Nacken zu einem Knoten gesteckt, den eine rote Rose schmückte.

»Wie schön du aussiehst!«, entfuhr es mir spontan.

Als ich sie umarmte, spürte ich die dicken, dreidimensionalen Verzierungen der Jacke.

Die drei anderen waren schon da, aber das wusste ich bereits, denn wir hatten uns mit Miriam und Max vor der Haustür getroffen und waren nach deren Plan nacheinander in den Fahrstuhl gestiegen und hoch zu Isoldes Penthouse gefahren.

Die drei Außenwände des Tanzsaal-großen Wohnzimmers waren komplett verglast und boten bei Tageslicht mit Sicherheit einen wunderbaren Blick über das halbe Ruhrgebiet. Jetzt blickte man auf ein endlos scheinendes, funkelndes Lichtermeer, so als läge uns der Sternenhimmel zu Füßen. Es stellte sich heraus, dass es sich bei ihrer Wohnung um die ehemalige Chefetage einer umgebauten Fabrik handelte, und wir waren angemessen beeindruckt. Die Einrichtung war schlicht und edel. Auf diversen Sitzmöbeln lagen Katzen; auf den ersten Blick entdeckte ich vier, die das Treiben um sie herum aufmerksam beobachteten. Alle vier waren normale gestreifte Hauskatzen – und nicht etwa von exotischer Rasse, wie ich es bei Isolde wohl erwartet hätte.

Meine Mitstreiter saßen bereits auf dem riesigen grauen Ecksofa: Karlheinz wieder im Anzug, diesmal dunkelgrau, Jacqui in knallengem Rock, weißer Bluse mit Riesenausschnitt und Stiefeln, die bis übers Knie gingen, und Frank, der in Jeans und schwarzem Rolli erschienen war. Ich war ebenfalls ganz in Schwarz, und so war Isolde der golden leuchtende Hingucker unserer Gruppe.

»Wegen der Katzenhaare macht euch keine Sorgen«, sagte sie, »ich habe immer jede Menge Flusenroller vorrätig.«

Für einen winzigen Moment sah ich auf Jacquis und Karlheinz' Gesichtern exakt denselben Ausdruck: Ekel. Hatte Isolde es auch bemerkt? Nein, sie war mit dem Aperitif beschäftigt.

»Nun, meine Lieben«, sagte Isolde, »ich möchte euch zu Beginn meines spanischen Abends einen katalanischen Cava servieren. Ich hoffe, euch schmeckt seine füllige, aromatische Blume!« Sie lachte und hob ihr Glas. »Auf einen leichten, spritzigen Abend, meine neuen Freunde.«

Wir prosteten uns zu, dann verabschiedete sie sich in die Küche, und die Kamera wurde abgestellt. Karlheinz neben mir sprang auf und verdrückte sich ans Fenster, während Jacquis gerade noch lebhaftes Gesicht einfror.

Sofort kam Frank zu mir und setzte sich neben mich. »Wie finze? Is Isoldes Glitzerkutte nich der Knaller? Wo hat se die wohl her? Muss ich se unbedingt nach fragen.« Er nippte an seinem Glas. »Hm, lecker, die Prickelbrause.«

Eine Katze kam heran. Sie sprang elegant auf meinen Schoss und rollte sich zusammen. Ihr Schnurrapparat sprang an und knatterte wie ein kleiner Dieselmotor. Ich kraulte sie und seufzte. »Ich wollte immer gern eine Katze haben.«

»Und wieso hasse nich? Is doch Platz genuch bei dir. Ich hätte längs eine, wenn ich nich die meiste Zeit auffe Parzelle wär.«

Er hatte recht – warum hatte ich keine? Tom hatte das nicht gewollt, aber Tom gehörte seit fünf Monaten nicht mehr zu meinem

Leben. Ich nahm mir vor, dieses Thema bei nächster Gelegenheit mit Diana zu besprechen.

Miriam trat zu uns. »Loretta – wir machen mit dir und Karlheinz das Interview zum Thema erster Eindruck. Du kannst sitzen bleiben. Frank, du gehst solange mit Jacqui in Isoldes Arbeitszimmer.«

»Och, kannze dat nich mit Loretta und mir machen? Wir sitzen grad so gemütlich.«

Miriam schüttelte den Kopf. »Wir haben euch heute schon zusammen, jetzt wird gewechselt. Eine Paarung nie zweimal an einem Tag, das wird sonst langweilig.«

Frank stand widerstrebend auf und folgte Jacqui in ein angrenzendes Zimmer. Die Tür schloss sich hinter ihnen.

»Kommt immer darauf an, wer die Beteiligten dieser Paarung sind«, murmelte ich der Katze zu.

»Da magst du recht haben, aber so sind die Regeln«, gab Miriam schmallippig zurück und tippte ungeduldig mit dem Fuß, als Karlheinz sich mit anderthalb Metern Abstand zu mir auf das Sofa setzte. »Näher ran, Karlheinz.«

Er verzog das Gesicht, seufzte demonstrativ und rutschte ungefähr fünf Millimeter in meine Richtung. Miriams Fuß tappte stärker.

»Noch näher bitte, Karlheinz. *Wesentlich* näher. Ihr müsst direkt nebeneinander sitzen, sonst kriegen wir euch nicht zusammen drauf.«

»Wieso?«, fragte Karlheinz. »Hier ist Platz genug. Geht doch einfach ein paar Meter zurück mit der Kamera, dann klappt das schon.«

Nichts wünschte ich mir weniger, als mit diesem Schmierlapp auf Tuchfühlung zu gehen, aber ich wollte es hinter mich bringen.

»Ich habe keine ansteckende Krankheit«, sagte ich bissig.

Er sah mich nicht an. »Loretta vielleicht nicht. Aber …«, er deutete auf die Katze.

Loretta vielleicht nicht? *Vielleicht?* Hallo?

Um die Sache zu beschleunigen, nahm ich die Katze und setzte sie auf den Boden. Sie sah mich vorwurfsvoll an und stelzte hochmütig zu einem Sessel, wo sie sich mit dem Rücken zu mir niederließ. Na klasse – ich hatte es mir mit ihr verdorben. Danke, Karlheinz.

Dieser rutschte endlich näher, achtete aber sorgfältig darauf, dass wir uns nicht berührten, wofür ich ihm dann wirklich dankbar war. »Gut so?«, blaffte er, und Miriam nickte.

Max schulterte die Kamera, und Miriam fragte: »Sagt mal was zu Isoldes Begrüßung.«

»Großartig«, antwortete ich, »eine tolle Überraschung. Ich fühle mich sehr wohl bei ihr. Und sie sieht wunderbar aus. Ich werde sie gleich mal fragen, ob das eine echte Torero-Jacke ist.«

»Und du, Karlheinz?«

Er stieß ein leises Schnauben aus. »Mein Fall ist es nicht. Wir sind doch nicht auf einer Kostümparty.«

Das ist ganz nach deinem Geschmack, Miriam, nicht wahr?, dachte ich, als ich das Aufblitzen ihrer Augen bemerkte.

Karlheinz kam in Fahrt. Die Wohnung sei ihm zu wenig gemütlich, fuhr er fort, und die Katzen gehörten seiner Meinung nach weggesperrt, wenn Gäste empfangen wurden. Diese Haare überall! Er wolle sich lieber nicht vorstellen, ob die Tiere auch in der Küche herumgelaufen seien, während Isolde gekocht hatte. Und er sei mal sehr gespannt, ob wir uns wirklich auf authentische spanische Küche freuen dürften. Der Cava sei ja ganz ordentlich gewesen … nun ja.

Sah ganz so aus, als müsste ich mich heute Abend an Frank halten, wenn ich mich amüsieren wollte – Isolde war ja leider beschäftigt.

Isoldes Tischdekoration bewies Humor und Geschmack – traf jedenfalls *meinen* Humor und Geschmack: blutrotes Tischtuch, in graziöser Pose eingefrorene Flamencopüppchen in schwarzen Rüschen, schwarze Fächer und schwarze Kastagnetten, die goldene Skulptur eines Stieres mit angriffslustig gesenktem Kopf. Dazu weinrote Kerzen, edle Gläser und goldene Platzteller – prachtvoll.

Die Püppchen schrammten haarscharf am Kitsch vorbei – ich war hingerissen. Isolde versorgte uns mit Getränken, Jacke und Kappe hatte sie gegen eine Schürze ausgetauscht.

Als sie das nächste Mal aus der Küche kam, lief die Kamera wieder, und Torero-Isolde servierte jedem von uns ein golden lackiertes Holztablett mit vier kleinen schwarzen Schüsseln: die Tapas.

Als wir alle und sie selbst versorgt waren, setzte sie sich zu uns an den Tisch. »Na, wusste einer von euch, was ihr als Vorspeise bekommen würdet?«

»Selbstverständlich«, erwiderte Karlheinz hoheitsvoll.

»Na, ich hatte jedenfalls kein' blassen Schimmer«, verkündete Frank fröhlich, »erzähl mal, Isolde. Wat hasse uns Schönet gebracht?«

»Bocaditos de Dátiles y de Ciruelas sind Pflaumen und Datteln im Speckmantel, *Gambas de Ajillo* Garnelen in Knoblauchöl, bei *Queso de Cabra al Iado* handelt es sich um eingelegten Schafskäse mit Kräutern und bei *Patatas arrugas con Mojo verde* um Kartoffeln mit Kräutersoße. Lasst es euch schmecken!«

Soweit ich das beurteilen konnte, hatte sie eine sehr authentische Aussprache. »Woher kennst du dich mit spanischer Küche aus?«, fragte ich.

»Als Journalistin habe ich lange in Barcelona gelebt und mich mit der einheimischen Küche vertraut gemacht. Ich bevorzuge einfache Gerichte, Hausmannskost, wenn ihr so wollt.«

»Sag mal, deine Jacke … ist die echt?«, fragte ich weiter.

Sie grinste. »Ja und nein. Man kann zwar von Toreros getragene Jacken und Hosen gebraucht kaufen, aber davon passte mir nichts, ich bin einfach zu groß und breit. Diese hier habe ich mir anfertigen lassen. Von einem Schneider, der für viele bekannte Stierkämpfer arbeitet.«

»Teuer?«

Ihre Antwort war ein vielsagender Blick.

Wir widmeten uns der Vorspeise, die wunderbar schmeckte. Frank und Karlheinz aßen mit Appetit, Isolde sowieso, aber aus dem Augenwinkel bemerkte ich, dass Jacqui wieder ihre affige Pantomime aufführte. Einerseits sagte es mir, dass ihre gestrige Essensverweigerung nicht an meinen Kochkünsten gelegen hatte, andererseits machte ihre dämliche Show mich allmählich wirklich ärgerlich.

Die Kamera filmte abschließend unsere leeren und Jacquis volle Schüsseln, dann wurde kurz unterbrochen, damit wir uns für die Wohnungsbesichtigung neu formieren konnten. Es gab nur noch eine Person, mit der ich heute noch keine Paarung gebildet hatte: Jacqui. Meine Begeisterung hielt sich in Grenzen.

Jacqui und ich wurden ins Schlafzimmer gebeten. Ich hatte mir zuvor keine Gedanken darüber gemacht, aber diesem Raum war anzusehen, dass Isolde nicht allein in der Wohnung lebte. Zwei Nachtkonsolen, zwei Wecker, unter der Tagesdecke aus besticktem grauem Leinen malte sich Bettzeug für zwei Personen ab. Ein offenbar maßgefertigter Kleiderschrank, dessen zahlreiche Spiegeltüren eine ganze Wand einnahmen. Während ich mich im Raum umblickte, bewunderte Jacqui sich ausgiebig im Spiegel und zog ihre Lippen nach. Man hatte uns vorher gesagt, wir sollten uns das Fotoalbum ansehen, das auf dem Bett lag, also setzte ich mich auf die Bettkante und schlug es auf.

Was ich darin fand, waren Porträtaufnahmen von zwei Frauen, allein und zusammen. Die Schwarzweiß-Bilder waren von einem Profi gemacht, das sah man auf den ersten Blick. Isoldes stattliche, herbe Schönheit war wunderbar eingefangen, und die andere Frau, die ich circa zehn Jahre jünger als Isolde einschätzte, war eine überaus attraktive, sehr weibliche Rubensfrau. Die Bilder, die beide zusammen zeigten, sprachen Bände: Sie liebten sich. Ich entdeckte ästhetische Aktaufnahmen, die subtil mit Licht und Schatten spielten.

Auf Miriams pantomimische Aufforderung hin riss Jacqui sich widerwillig von ihrem Spiegelbild los, setzte sich neben mich und warf einen desinteressierten Blick in das Album.

»Isolde ist eine alte Lesbe?«, brach es spontan aus ihr heraus, bevor sie sich bremsen konnte.

Blöde Kuh, dachte ich, musste das unbedingt sein? »Ist das wichtig für dich?«, gab ich angriffslustig zurück.

Sie sah mich mit aufgerissenen Augen an. »Entschuldige mal! Hast du vielleicht Lust, von ihr betatscht zu werden?«

Ich glaubte, mich verhört zu haben – und ich sah, dass Miriam ihr Glück kaum fassen konnte.

»Red nicht so einen Stuss, *Dschäcki.* Du solltest dich was schämen«, fauchte ich sie an.

Sie musterte mich wie ein ekliges Insekt. »Na, *du* musst auch nicht befürchten, von ihr angemacht zu werden.« Demonstrativ streckte sie ihre langen Beine in den hohen Stiefeln aus und warf einen koketten Blick in die Kamera. »Oder bist du auch 'ne Lesbe, Loretta? Du lebst ja wohl auch mit einer Frau zusammen. Jeder weiß, dass Lesben nur deshalb lesbisch sind, weil sie keinen Mann abkriegen.«

Für einen Moment lang war ich sprachlos. Ich war nicht beleidigt – jemand wie Jacqui, der die Dummheit aus allen Poren strömte, konnte mich nicht beleidigen, dazu war sie einfach zu unwichtig für mich. Dennoch hätte ich ihr am liebsten mit dem schweren Album eins übergebraten, denn sie hatte vor laufender Kamera ihre Gastgeberin in den Dreck gezogen.

»Noch ein Wort, und ich platze. Das hat Isolde nicht verdient«, sagte ich zu Miriam und stand auf. »Ich habe dem hier nichts mehr hinzuzufügen.«

Ich wollte nur noch weg von Jacqui. Mir war vollkommen egal, wie das später im Fernsehen wirken würde. Als ich aus dem Schlafzimmer stürmte, sah ich, wie Miriam und Max sich begeistert abklatschten.

Ich hatte keine Gelegenheit, mit Frank zu sprechen, denn er und Karlheinz waren an der Reihe, sich Isoldes Arbeitszimmer anzusehen. Ich setzte mich aufs Sofa zwischen zwei schlafende Katzen und hoffte, eine Runde Synchronkraulen würde mich beruhigen. Jacqui kam aus dem Schlafzimmer und stakste wortlos an mir vorbei zu einem Sessel am Fenster.

Sollte ich sie auf unser Scharmützel ansprechen und versuchen, ihr klarzumachen, was sie dort vor laufender Kamera getan hatte? Ich überlegte hin und her. Vor meinem geistigen Auge sah ich uns streiten, immer wütender werden, bis die Situation eskalierte. Bestimmt fand ich in Isoldes Wohnung einige authentische Stierkampf-Utensilien, mit denen wir uns gegenseitig um den Couchtisch jagen könnten. Das Team hätte ganz sicher nichts dagegen, die Sendung um eine spontane Corrida zu bereichern, die in die Annalen eingehen würde. Lieber nicht. Ich hielt die Klappe.

Als wir wieder am Esstisch saßen und Isolde die Paella servierte, herrschte eine seltsame Stimmung. Nicht nur zwischen Jacqui und mir brannte die Luft – auch zwischen Frank und Karlheinz. Was mochte im Arbeitszimmer vorgefallen sein?

»Jacqui und ich haben uns ein Fotoalbum angesehen«, sagte ich zu Isolde, um das Schweigen am Tisch zu brechen. »Wunderschöne Bilder. Magst du uns von deiner Freundin erzählen?«

Isoldes Gesicht wurde weich. »Maria – ich habe sie in Barcelona kennengelernt. Sie ist eine bekannte Modefotografin. Wir leben seit 15 Jahren zusammen.«

»Modefotografin?«, piepste Jacqui neben mir. »Für Designer? Und die Bilder sind in bekannten Magazinen?«

Ach nee, dachte ich, da sieht man die alten Lesben plötzlich mit ganz anderen Augen …

Isolde nickte. »Sie arbeitet weltweit. Zurzeit ist sie für einen Auftrag in Island. Leider ist sie oft unterwegs. Wann immer wir es einrichten können, begleite ich sie.«

»Oh, du Arme.« Jacqui seufzte mitfühlend. »Du vermisst sie bestimmt sehr.«

Langsam zählte ich innerlich bis 20, sonst hätte ich Jacquis Gesicht in ihren Teller gedrückt und solange festgehalten, bis sie nicht mehr zappelte. Als gerechte Strafe für ihre unglaubliche Verlogenheit.

»Sag mal, Isolde«, fuhr Jacqui fort, »meinst du, Maria könnte mal eine Fotosession mit mir machen?«

»Das kann ich nicht für sie entscheiden«, antwortete Isolde diplomatisch, und ich feixte innerlich. Das war eindeutig ein Code für: Tut mir leid, Schätzchen, auch wenn du glaubst, dass du ein Model bist – no way. Maria arbeitet nicht mit Plastikbarbies.

Aber natürlich kapierte Jacqui nicht. »Dann bringe ich morgen ein paar Bilder von mir mit, und Maria kann sie sich ansehen. Und dann komme ich mal bei euch vorbei, und wir reden darüber.«

»Wir werden sehen«, entgegnete Isolde. Ihr Blick sagte: Das wird niemals passieren. Eher friert die Hölle zu.

Ich war beruhigt – ich hatte schon darüber nachgedacht, ob ich Isolde erzählen sollte, was Jacqui im Schlafzimmer von sich gegeben hatte, um zu verhindern, dass Maria Zeit mit diesem berechnenden kleinen Biest vergeudete.

Karlheinz lenkte plötzlich die allgemeine Aufmerksamkeit auf sich, indem er mit großer Geste ein verirrtes Katzenhaar von der Tischdecke pflückte und mit angeekeltem Gesichtsausdruck anklagend in die Kamera hielt. »Ein Katzenhaar!«, trompetete er theatralisch.

»Karlheinz, hab dich nich so«, pflaumte Frank ihn von der Seite an, »is doch nich schlimm. Reicht doch, watte grad in Isoldes Büro abgezogen has.«

»Das darfst du getrost mir überlassen, was ich schlimm finde und was nicht«, zischte Karlheinz. »Überall diese Katzenhaare! Nichts kann man anfassen, nirgends kann man sich hinsetzen, ohne dass hinterher Haare an einem kleben. Ich würde doch wenigstens putzen, bevor Besuch ins Haus kommt! Das ist schon ekelhaft genug – aber auf dem Esstisch? Widerlich!«

Die arme Isolde schnappte nach Luft und wurde rot. Und ich hatte eine vage Vorstellung davon, was im Arbeitszimmer vorgefallen war.

»Mach mal halblang! Willze wegen ein kleinet Haar hier 'n Fass aufmachen? Musste dat jetz sein?«

Um Himmels willen – Frank kam auf Touren. Ich machte mich innerlich bereit, zur Not einzugreifen.

»Ich … ich kann mich nur entschuldigen«, stammelte Isolde.

Wie bestellt kam eine ihrer Katzen heran und sprang ausgerechnet auf Karlheinz' Schoß, denn er war mit seinem Stuhl etwas vom Tisch abgerückt. Das Tier stand auf seinen Oberschenkeln, wedelte dem vor Entsetzen erstarrten Karlheinz mit seinem Schwanz durchs Gesicht und spähte interessiert auf dem Tisch herum.

»Das gibt null Punkte! Null Punkte!«, schrie Karlheinz mit vor Wut heller Stimme und stieß die Katze von seinem Schoß.

Frank brach in Lachen aus, auch ich konnte mich nicht mehr halten – und selbst Isolde stimmte ein. Jacqui hatte sich zu sehr aufs In-der-Paella-Stochern konzentriert und hinkte der Dynamik der Ereignisse verständnislos wimpernklimpernd hinterher. Karlheinz sprang erbost auf und rannte aus dem Raum, verfolgt von der Kamera. Dann wurde der Dreh unterbrochen.

»Ich muss eine rauchen«, schniefte Isolde schließlich und wischte sich die Lachtränen aus dem Gesicht. »Wer kommt mit auf die Terrasse?«

Kapitel 13

Woher soll ich wissen, was ich denke,
bevor ich höre, was ich sage?

Es war kalt, und unsere Atemluft stieg als kleine weiße Wölkchen in die Dunkelheit der Nacht. Nicht nur Frank und ich hatten Isolde auf die Dachterrasse begleitet, auch Betty, Horst und Marco waren dabei. Isolde bot Zigarillos an. Marco und Betty griffen zu.

Immer wieder kicherte Isolde: »Null Punkte, hihihi, großartig!«

»Bisse sauer auf den Blödmann?«, fragte Frank.

Isolde winkte lässig ab. »Quatsch. Zuerst war es mir peinlich, aber dann …« Sie senkte die Stimme und fuhr fort: »Ich sammle gerade Ideen für einen Krimi. Könnte sein, dass ein Finanzbeamter sterben muss. Durch eine Katze. Ich weiß zwar noch nicht wie, aber mir wird schon was einfallen. Das *Warum* wird mir weniger Schwierigkeiten machen. Der Vollstrecker trifft seinen *Vollstrecker …*« Wieder kicherte sie und sagte zu Marco: »Null Punkte – herrlich! Wehe, ihr schneidet die Szene am Tisch raus. Die bleibt drin, ich bestehe darauf.«

»Das ist mein Mädchen!«, erwiderte Marco anerkennend und grinste breit. »Dann müssen wir das Essen nicht noch einmal drehen. Eigentlich haben wir alles, was wir brauchen.« Er wandte sich Betty zu. »Was meinst du?«

Sie zuckte mit den Schultern. »Wir kommen auch einmal aus, ohne leere Teller auf dem Tisch zu filmen. Wenn Isolde das Rambazamba sowieso drinhaben will, sieht der Zuschauer ja, dass der Hauptgang … nun ja … etwas abrupt zu Ende gegangen ist.«

»Hihihi«, kam es zweistimmig von Isolde und Frank.

Während die anderen weiter darüber berieten, wie es nun weitergehen sollte, blickte ich ins erleuchtete Wohnzimmer. Karlheinz war nirgends zu sehen, vielleicht hatte er sich im Bad eingeschlossen und schmollte. Dass er abgehauen war, glaubte ich nicht – er würde sich auf keinen Fall die Gelegenheit entgehen lassen, Isolde tatsächlich null Punkte für den Abend zu geben.

Jacqui stand mit Miriam und Max im Türrahmen zum Schlafzimmer und redete drängend auf die beiden ein. Ich musste nicht lange überlegen, was sich da gerade abspielte: Jacqui wollte nicht, dass ihre Äußerungen über Lesben gezeigt würden, da sie ja mittlerweile hoffte, dass Isoldes Freundin ihr vielleicht nutzen konnte. Die drei standen im Profil zu mir, und ich konnte bequem in ihren Gesichtern lesen. Jacqui war fertig mit ihrem Monolog und sah die beiden flehend an, erntete aber nur Kopfschütteln. *Aber ihr müsst!*, las ich von Jacquis Lippen ab, was weiteres, sichtlich amüsiertes Kopfschütteln auslöste. Jetzt griff Jacqui nach Miriams Arm, aber diese schüttelte sie grinsend ab und ging in Richtung Küche. Max blieb mit Jacqui zurück, und sofort änderte sie ihre Taktik. Sie setzte das auf, was sie wohl für einen verführerischen Gesichtsausdruck hielt, trat nah an den Kameramann heran und fasste ihm – ich traute meinen Augen kaum – in den Schritt. Sie rieb sich an ihm, dann zog sie ihn ins Schlafzimmer, und die Tür ging zu.

Wenige Minuten später kamen sie wieder heraus. Max wirkte etwas erhitzt, aber Jacqui zog sich gleichmütig in einem Schminkspiegel die Lippen nach.

Oh Mann, Diana würde Bauklötze staunen, was ich ihr heute alles zu erzählen hatte.

Für die Crema Catalana versammelten wir uns wieder um den Esstisch. Karlheinz schwieg verbissen, Jacqui plapperte auf Isolde ein, Frank und ich genossen das vorzügliche Dessert. Danach wurden Karlheinz und ich wieder auf das Sofa im Wohnzimmer gebeten, um unser abschließendes Statement abzugeben, bevor dann später nacheinander mit jedem einzeln vor dem Haus die Punktevergabe gedreht wurde.

»Wie hat euch der Abend bei Isolde gefallen?«, fragte Miriam. »Loretta, fängst du an?«

»Isolde hat fantastisch gekocht und war eine großartige Gastgeberin«, sagte ich. Ich ignorierte Karlheinz' spöttisches Schnauben und fuhr fort: »Ein perfekter Abend. Sehr unterhaltsam.«

»Das klingt nach zehn Punkten.«

»Könnte sein.«

»Zehn Punkte?«, fragte Karlheinz ungläubig. »Du machst Witze.«

Ich sah ihn an. »Du magst das für einen Witz halten, aber sei versichert: Mein Humor ist ein anderer.«

»Dann erzähl doch mal, wie du diesen Abend erlebt hast, Karlheinz«, schaltete Miriam sich ein.

Der Vollstrecker ging in Position: Brust raus, gerader Rücken. Nach einem Räuspern – vermutlich wollte er sichergehen, dass ihm nicht auf halber Strecke die Stimme versagte – legte er los: »Für mich begann der Abend mit unangemessenem Klamauk, als mir ein Pseudo-Torero die Tür öffnete und mit einem schmuddeligen roten Tuch vor dem Gesicht herumwedelte. Das Tuch hat *gerochen.* Ekelhaft.«

»Übertreib mal nicht«, warf ich ein.

Er schleuderte mir einen flammenden Blick zu. »Ich wäre dir dankbar, wenn ich meine Ausführungen beenden dürfte, ohne dass du mich unterbrichst«, fauchte er mich an, dann wandte er sich wieder Miriam zu. »Ich finde es unmöglich, dass Isoldes Haustiere frei herumlaufen, während sie Gäste hat. Überall Katzenhaare!«

»Du hast auch eins auf dem Tisch gefunden?«, fragte Miriam.

»Allerdings! Ich habe mich selten in meinem Leben so geekelt. Wahrscheinlich haben die schmutzigen Viecher in der Küche auf der Arbeitsplatte gelegen, während sie gekocht hat. Mir wird übel, wenn ich es mir nur vorstelle!«

»Dann lass es doch einfach«, schlug ich vor, und er machte eine Bewegung, als wollte er nach mir schlagen. Instinktiv hob ich die geballten Fäuste – bereit, mich zu verteidigen.

Beherzt ging Miriam dazwischen. »Hygiene ist dir also wichtig, Karlheinz?«

»So ist es.« Er hob den Zeigefinger und deklamierte: »Kein Schmutz, kein Lärm …«

»So haben wir es gern!«, hörte ich mich zu meinem grenzenlosen Entsetzen seine Parole vervollständigen, bevor ich es verhindern konnte.

Karlheinz und ich erstarrten synchron.

Meine Gedanken liefen Amok, als mich die Erkenntnis, neben *HerrLehrer98* zu sitzen, wie ein Keulenschlag traf. Deshalb war er mir so seltsam bekannt vorgekommen. Sein penibles Drehbuch erwies sich als Fluch: Die Worte *Kein Schmutz, kein Lärm* waren für mich ein so machtvoller Trigger, dass sie auch außerhalb der Gesprächssituation an der Hotline funktionierten. Mir waren die Worte aus dem Mund gefallen, ehe ich mich stoppen konnte. Frei nach dem Motto: Woher soll ich wissen, was ich denke, bevor ich höre, was ich sage? Und natürlich stand er auf kleine Mädchen – daran war kein Zweifel mehr möglich.

Steif und stumm wie eine Schaufensterpuppe saß ich da, Karlheinz hörte ich nicht einmal mehr atmen.

Die Kamera lief, und Miriam musterte uns neugierig. »Was ist los? Hat es euch die Sprache verschlagen?«

»Ich habe nichts mehr zu sagen«, murmelte Karlheinz gepresst.

»Ich auch nicht«, fügte ich hinzu.

Miriam fuhr sich in der für sie typischen Geste mit der Handkante über die Kehle, und Max setzte die Kamera ab.

»Dann drehen wir jetzt mit Jacqui und Frank. Bis später.«

Sie verschwanden ins Schlafzimmer, wo die beiden bereits warteten. Karlheinz und ich saßen schweigend nebeneinander. Schließlich lüpfte er seinen Hintern vom Polster und setzte sich einen Meter weg von mir.

Plötzlich flüsterte er: »Ein Wort zu irgendwem, und ich werde …«

Ich wartete ab, was er dann würde, aber es kam nichts mehr. Ich sah ihn an. »Ich habe nicht vor, über meinen Job oder über dich zu reden.«

Noch nicht, dachte ich, erst muss ich noch einiges über dich herausfinden.

»Abgesehen davon«, fuhr ich fort, »ist das eine Drohung?«

Karlheinz blickte starr geradeaus, auf seiner Stirn glänzten Schweißperlen. »Leute wie du wollen doch aus allem Kapital schlagen. Ich lasse mich nicht erpressen.«

»*Leute wie ich?* Darf ich fragen, was du damit sagen willst?«

Er zog geringschätzig die Mundwinkel nach unten. »Leute, die im Sexgewerbe arbeiten. Da ist es mit der Moral nicht weit her.«

Na, der traute sich was.

»Ich glaube nicht, dass du das Recht hast, mir Vorträge über Moral zu halten, *Herr Lehrer*«, gab ich zurück. »Wenn es Leute wie mich nicht gäbe, würden Leute wie du wirklich 11-jährige Mädchen betatschen. Aber wer weiß: Vielleicht tust du es ja.«

»Ich dreh dir deine dreckige Gurgel um, du verlogenes Aas«, zischte er, und in seiner Stimme lag blanker Hass.

»Du weißt genau, dass ich nicht lüge. Du wolltest, dass ich eine 11-jährige Schülerin spiele, der du den nackten Hintern versohlst und die dann deinen ...«

»Halt dein Maul! Wenn du es wagen solltest, das öffentlich zu behaupten, dann ...«

»Öffentlich was zu behaupten?«, fragte Marco, der gerade ins Wohnzimmer geschlendert kam.

Karlheinz zuckte zusammen. Dann sprang er auf, baute sich vor Marco auf und verkündete pompös: »Ich steige aus!«

Marco lachte verblüfft. «Wie – du steigst aus? Das geht nicht. Wir sind mitten in einer Produktion.«

»Das ist mir egal. Ich mache nicht weiter. Ihr braucht morgen gar nicht erst bei mir aufzutauchen. Ich bin raus.«

»Was ist denn los, Karlheinz? Isolde ist nicht sauer auf dich. Ich weiß, es ist beim Hauptgang alles ein bisschen aus dem Ruder gelaufen, aber das ist doch kein Grund ...«

»Darum geht es nicht«, fiel Karlheinz ihm brüsk ins Wort. »Ich habe andere Gründe.«

Marcos Blick ging kurz zu mir. Ich zuckte mit den Schultern.

»Also, was ist?«, drängte Karlheinz.

»Pass auf, morgen sieht es schon wieder ganz anders aus.« Marco legte Karlheinz die Hand auf die Schulter. »Du bist aufgeregt, und das verstehe ich. Wenn du eine Nacht drüber geschlafen hast ...«

»... wird sich an meinem Entschluss nichts geändert haben.« Brüsk fegte er Marcos Hand weg.

»Du kannst nicht so ohne Weiteres aussteigen«, sagte Marco. Jetzt klang er genervt. »Du hast einen Vertrag unterschrieben, Karlheinz. Du weißt, was darin steht. Willst du Konventionalstrafe zahlen?«

»Dann habe ich morgen ein ärztliches Attest! Ihr könnt mich mal! Alle!«

»Damit kommst du nicht durch. Ein angekündigtes Attest zerreißt unsere Rechtsabteilung in 1000 kleine Schnipsel.«

»Morgen früh lasse ich als Erstes meinen Anwalt euren windigen Vertrag prüfen!«, ereiferte sich Karlheinz.

»Von mir aus«, erwiderte Marco gelassen. »Er wird dir sagen, dass er hieb- und stichfest ist. Du kannst schon mal deinen Mantel holen. Deine Punktevergabe ist fällig, sobald Miriam und Max mit den beiden anderen durch sind. Danach kannst du nach Hause fahren. Du musst morgen früh raus. Wir werden um acht bei dir vor der Tür stehen.«

Wütend stürmte Karlheinz aus dem Raum. Marco setzte sich zu mir. »Welche Laus ist dem denn über die Leber gelaufen?«, fragte er ratlos.

Ich machte ein möglichst harmloses Gesicht. »Keine Ahnung. Ein Katzenhaar zu viel für unseren Saubermann, vielleicht.«

Marco lehnte sich zurück und seufzte. »Hoffentlich hat er sich bis morgen wieder beruhigt und führt sich nicht mehr wie ein verzogener Bengel auf. Ich bin zu alt für so einen Kindergarten. Wenn er uns vor verschlossener Tür stehen lässt, flippe ich aus. Ich hasse solche Leute. Die machen nichts als Ärger.«

»Wenn du schlau bist, hast du morgen früh einen Schlüsseldienst im Schlepptau«, flachste ich.

Er stieß ein Stöhnen aus. »Mal den Teufel nicht an die Wand. Dem traue ich alles zu.«

Wenn du nur halbwegs ahnen würdest, *was* dem Kerl alles zuzutrauen ist, dachte ich. »Der beruhigt sich wieder. Schon allein, damit Isolde bei der Ausstrahlung sein vernichtendes Urteil über sie sehen kann. Und dass er ihr null Punkte gegeben hat.«

Marco lachte auf. »Wenn der wüsste, wie egal das Isolde ist!«

»Oh, das würde ihn hart treffen. Außerdem will er uns bestimmt beweisen, dass er ein perfekter Gastgeber ist. Ohne Katzenhaare und müffelnde Muleta.«

»Hoffentlich findet ihr irgendwas bei ihm. Spinnweben unter der Zimmerdecke. Oder ein Glas mit Lippenstiftresten dran.«

»Du glaubst doch wohl, dass der Typ vorher mit einer Schwarzlichtlampe und Lupe alles absuchen wird. Oder nein – er ist doch verheiratet, oder?«

Marco nickte.

»Dann wird er sein Frauchen durch die Bude jagen, die ihm alles blitzblank wienert. Und wehe, irgendwo liegt ein Staubkorn. Der überlässt nichts dem Zufall. Karlheinz ist ein zwanghafter Kontrollfreak. Immer alles schön nach Plan.«

Verdammt, Loretta, halt die Klappe, mahnte ich mich selbst. Eine durchdachte psychologische Analyse von jemandem, den du angeblich erst seit gestern kennst, schürt Misstrauen!

»Du weißt genau, was er hat«, sagte Marco. Er musterte mich forschend. »Ihr habt doch gestritten, als ich reingekommen bin.«

Ich riss unschuldig die Augen auf. »Gestritten? Nie im Leben. Du musst dich verhört haben.«

»Nein, nein, nein. Er war wütend auf dich. Er hat gesagt, dass du es nicht wagen sollst, etwas in der Öffentlichkeit zu behaupten. Etwas über ihn.«

»Du musst dich verhört haben«, wiederholte ich. »Es ging nur um die Katzenhaare. Sein Lieblingsthema.«

Jemand rief nach Marco, und er stand auf. »Solange er morgen am Start ist, soll es mir egal sein.«

Er ging aus dem Raum. Ich sah ihm nachdenklich hinterher. Marco war nicht blöd. Was er allerdings nicht ahnte, war, dass Karlheinz auch etwas über mich wusste, von dem ich nicht wollte, dass es bekannt wird.

Karlheinz wurde zur Punktevergabe gebeten. Er verließ grußlos die Wohnung. Nach ihm war Jacqui an der Reihe, und ich saß mit Frank und Isolde am Esstisch, während wir auf unsere Einsätze warteten.

»Was für ein Tag!«, sagte Isolde und schlüpfte stöhnend aus ihren Stiefeletten.

»Hat es dir Spaß gemacht?«, fragte ich, und sie nickte.

»Großartig. Am besten fand ich nicht den Ausraster von Karlheinz, sondern Jacquis Ansinnen, mit Maria Fotos zu machen.« Sie prustete vergnügt. »Vollkommen absurd. Wer sich heutzutage alles Model nennt ...«

»Meinze, die hat noch nie Fottos gemacht?«, fragte Frank.

»Oh doch, das hat sie ganz bestimmt«, erwiderte Isolde. »Ästhetische Akte in Pornostöckeln mit meterhohen Plateausohlen, möchte ich wetten. Oder das, was sie für ästhetische Akte hält. In der Modebranche hast du nicht den Hauch einer Chance, wenn du das mal gemacht hast. Oder so aussiehst wie sie. Aufgespritzte Lippen, Plastikbusen ...«

»Wat? Meinze, die sind nich echt?«, rief Frank und sah sich umgehend mit vier hochgezogenen Augenbrauen konfrontiert.

Isolde und ich warfen uns einen Blick zu und schüttelten den Kopf: Männer, also wirklich.

Marco kam herein und bat mich zur Punktevergabe nach draußen. Ich umarmte Isolde und Frank, dann ging ich los, um meinen Mantel von der Garderobe zu holen. Bülent kam mir entgegen, und ich schnappte einen Blick von ihm auf. Er wandte die Augen sofort wieder ab, aber ich kam ins Grübeln.

Waren die Mikrofone eigentlich abgestellt, wenn mit uns gerade nicht gedreht wurde? Ich zumindest hatte mich so an das kleine Ding an meinem Revers gewöhnt, dass es mir nicht ständig bewusst war, verkabelt zu sein.

Oder zeichnete Bülents kleines Köfferchen alles auf, was wir sagten? Falls ja, hatte unser kleiner Tonmann einige interessante Dinge über uns mitgeschnitten ...

Miriam und Max warteten vor dem Haus. Ein Scheinwerfer leuchtete mir ins Gesicht – so grell, dass ich sie nicht mehr sehen konnte. Zum ersten Mal würde ich einen der hölzernen Kochlöffel aus dem Topf ziehen, die zur Punktevergabe dienten. Im Löffel stand die Zahl, die Stiele hatten die entsprechende Anzahl Ringe aufgemalt. Ein Kochlöffel unterschied sich von den anderen: Er war goldfarben und stand für die Höchstpunktzahl.

»Du kannst beginnen«, sagte Miriams körperlose Stimme aus der gleißenden Helligkeit.

Wie gewünscht, suchte ich die Kochlöffel durch, als würde ich nach wie vor überlegen. Ich ließ sie lautstark klappern und hielt dann den goldenen mit der 10 in die Kamera. »Ich gebe Isolde für den heutigen Abend 10 Punkte. Sie war eine tolle, unterhaltsame Gastgeberin, und das Essen war ebenfalls großartig. Sie hat mir zu 100 Prozent das Gefühl gegeben, an ihrem Tisch eine willkommene Freundin zu sein. Volle Punktzahl für Isolde.«

»Es gab heute aber Gäste an ihrem Tisch, die das anders gesehen haben«, sagte Miriam.

Ich zuckte mit den Achseln. »Die Meinung anderer interessiert mich nicht. Sie haben ihre Wahrnehmung, ich habe meine.«

»Was erwartest du morgen von Karlheinz?«

»Er wird ein formvollendeter Gastgeber sein. Es wird auf jeden Fall anders sein als heute.«

Worauf ich alles verwetten kann, was ich besitze, fügte ich in Gedanken hinzu.

Oh Mann, Diana würde wirklich Bauklötze staunen.

Kapitel 14

Manchmal macht eine kleine Silbe den ganz großen Unterschied, wie Isolde weiß

»Ui.« Doris riss die Augen auf und spitzte den Mund. »Bist du ganz sicher?«

Ich nickte. »Hundertprozentig. Wieso hätte er sonst so wilde Drohungen ausgestoßen?«

»Außerdem will er aussteigen, hat er gesagt«, warf Diana ein, die natürlich bereits umfassend über die Neuigkeiten informiert war.

Doris' bereits riesengroße Augen wurden noch größer. »Wie bitte? Dat soll der sich nich wagen! Ich war extra beim Friseur!«

Wir saßen in Doris' Küche. Sie und Diana würden später gemeinsam zum Callcenter fahren, während auf mich ein Interview wartete. Ich freute mich schon darauf, denn meine Partnerin war Isolde.

»Warum ist der denn so durchgedreht?«, fragte Erwin. »Du hast ihm doch gesagt, dass du nicht über deinen Job reden wirst. Weiß er, dass du ihn vor dem Haus dieses Koslowski-Mädchens gesehen hast?«

Ich zuckte mit den Achseln. »Nein. Es sei denn, die Jungs an der Bude haben gepetzt. Aber warum sollten sie? Tatsache ist: Er hat etwas zu verbergen, so oder so. Ich wusste ja schon vorher, dass er auf minderjährige Mädchen steht. Aber plötzlich bin ich nicht mehr nur die Stimme am Telefon, sondern eine ganz konkrete Person, die sein Geheimnis kennt. Nur: Warum ruft er überhaupt bei der Hotline an, wenn er ein echtes Mädchen zur Verfügung hat?«

»Wahrscheinlich traut er sich nicht, die Kleine anzufassen. Fotos ja – Sex nein. Am Telefon lebt er dann mit dir aus, was er gern mit ihr machen würde.«

Ich schüttelte mich. »Ekelhaft. Wir sollten ihn anzeigen.«

Erwin wiegte den Kopf. »Rechtlich bewegt sich das in einer

Grauzone. Unter Umständen macht er sich nicht einmal strafbar. Zumal, wenn er die Bilder mit Zustimmung der Eltern macht, was ja der Fall zu sein scheint. Interessant würde es, wenn er diese Bilder verbreiten würde, so was in der Art.«

»Und wer schützt das Mädchen?«, fragte Doris.

»Das Jugendamt. Vielleicht. Wenn es davon erfährt«, antwortete Erwin. »Aber die Jugendämter sind hoffnungslos überlastet. Ihr könnt euch nicht vorstellen, wie es in manchen Familien zugeht. Wenn das Mädchen ansonsten in geordneten Verhältnissen lebt und diese Fotos nicht gegen ihren ausdrücklichen Willen gemacht werden ... Und wir haben keine Ahnung, welcher Art die sind.«

»Komm, Erwin«, sagte Diana. »Harmlose Katalogbilder werden es wohl kaum sein. Bei seiner speziellen Vorliebe an der Hotline brauchste dafür nicht viel Fantasie, oder? Er wird sie posieren lassen. Sexy Posen.«

Er zuckte mit den Achseln. »Das wissen wir nicht. Selbst wenn: Frühreife Lolitas mit desinteressierten Eltern gibt es wie Sand am Meer. Traurig, aber wahr.«

»Erwin!«, rief Doris empört aus. »Frühreife Lolitas? Wie kannst du so was sagen?«

»Ach, Täubchen, du hast ja keine Ahnung. Wie oft haben wir nachts 12-jährige aufgegriffen, die angetrunken aus Discos kamen. Und den Eltern war es schnurz, oder sie haben uns sogar angepöbelt, weil wir uns ihrer Ansicht nach in Familienangelegenheiten eingemischt haben.«

»Trotzdem«, sagte ich entschlossen, »ich will ihm die Tour vermasseln. Und ihn auffliegen lassen. Das hat er verdient.«

»Was macht er beruflich?«, fragte Erwin.

»Er ist irgendein hohes Tier beim Finanzamt.« Ich schnaubte. »Er hat Muffensausen, dass ich ihn erpresse oder so was. Weil ich eine unmoralische Person bin, sagt er. Das muss man sich mal vorstellen! Der nennt *mich* unmoralisch! Frechheit!«

Erwin grinste. »Nachname?«

Ich dachte nach. Wir redeten uns ja nur mit Vornamen an, aber ich hatte von der Produktion eine Liste mit den vollständigen Namen, Adressen und Telefonnummern bekommen. Isoldes Nachname – Frankenberg – fiel mir auf Anhieb ein, auch Jacqui Schulz war nicht schwer zu merken gewesen, außerdem hatte ich halbherzig im Internet nach Informationen über sie gesucht. Und nichts gefunden, natürlich. Aber Karlheinz … Da ganz ohne jeden Zweifel feststand, dass ich nach den Dreharbeiten nie mehr mit ihm zu tun haben würde, hatte ich es nicht der Mühe wert gefunden, mir seinen Nachnamen zu merken. Die Liste lag zu Hause auf dem Küchentisch.

»Er heißt Weiss… irgendwas.«

Erwin horchte auf. »Weissner? Karlheinz Weissner?«

»Glaub schon …«

»Wenn es *der* Karlheinz Weissner ist, dann spielt er ziemlich weit oben in der Stadtpolitik mit. Kinderlos, verheiratet mit einer Brauereierbin. Vorstandsmitglied im Golfclub und im Tennisverein, Ehren-Schützenkönig, Sponsor des Stadttheaters, Schirmherr von Benefizaktionen zugunsten minderjähriger Mütter.«

Ausgerechnet! Hätte man sich eigentlich denken können. Nach außen der gutmütige, väterliche Förderer und in Wirklichkeit davon träumen, die Mädchen selbst … gruselig. Aber wahrscheinlich törnte ihn genau dieser Teil seines Lebens derart an, dass er sich als *HerrLehrer98* abreagieren und Fotos von 12-jährigen machen musste. Bestimmt kannte er Mittel und Wege, die Kosten dafür steuerlich abzusetzen.

»Also könnten wir zumindest seinen Ruf ruinieren und ihn in der Öffentlichkeit unmöglich machen«, sagte ich. »Woher weißt du so viel über ihn?«

»Als Polizist hatte ich einige Male mit ihm zu tun, wenn wir Veranstaltungen gesichert haben und so. Dass du ihn nicht erkannt hast, wundert mich – der ist doch ständig in der Zeitung. Überall dabei.«

Zwar blätterte ich morgens die Tageszeitung durch, aber diese Anzugträger aus der Politik sahen für mich alle gleich aus. Den Fotos schenkte ich kaum mehr als einen flüchtigen Blick – und den dazugehörigen Artikeln auch nicht, wie ich zugeben muss.

»Kein Wunder, dat er in Panik ist«, sagte Doris. »Loretta kennt sein schmutziget kleinet Geheimnis. Natürlich will er aussteigen, is doch klar. Würd ich auch wollen.«

»Kann er das denn so einfach?«, fragte Erwin mich.

»Sieht nicht so aus. Er war so dumm, für heute eine ärztliche Bescheinigung anzukündigen, dass er nicht weitermachen kann, der Vollidiot – nachdem Marco ihm klargemacht hat, dass er alle Anwälte der Welt ranholen kann und trotzdem nicht aus dem Vertrag rauskommen wird. Da muss Karlheinz wohl durch.«

»Dat würd ich ihm auch schwer raten«, grollte Doris. »Wenn der mich um meinen Fernsehauftritt bringt, wird der Kerl mich kennenlernen, dat schwör ich.«

Erwin lachte und tätschelte ihre Hand. »Passiert schon nicht, Täubchen.«

»Ich bin schwer gespannt, was heute alles passiert«, sagte Diana, »da brennt es ja an jeder Ecke. Erst will diese Miriam Horst den Job wegnehmen. Jetzt bedroht Karlheinz auch noch Loretta und macht dem Produktionsleiter Stress. Habe ich was vergessen, Loretta?«

»Klar: was Jacqui vor laufender Kamera über Isolde gesagt hat. Jetzt will sie, dass die Aufnahmen verschwinden, weil sie mittlerweile weiß, dass Isoldes Freundin eine berühmte Modefotografin ist. Deshalb war sie ja auch mit dem Kameramann im Schlafzimmer, wenn ihr versteht, was ich meine. Die Dame tut alles für ihre Karriere.«

»Ich wäre zu gern heute Abend dabei. Die Stimmung am Tisch ist bestimmt … hach.« Diana seufzte sehnsüchtig. »Kannst du dir nicht eine Wanze anstecken, damit wir mithören können?«

Ich sah Isolde schon von außen durch das große Fenster des Cafés, denn sie thronte an einem Tisch mit Blick auf die belebte Fußgängerzone. Sie trug einen grasgrünen Filzhut mit gezwirbeltem Zipfel, der an das Dach einer Pagode erinnerte. Eine suppentellergroße Mohnblüte aus Seide schmückte ihren weiten schwarzen Pullover, der mir verdächtig nach Kaschmirwolle aussah – und sich auch so anfühlte, als sie mich zur Begrüßung herzlich umarmte.

»Das Team verspätet sich, die haben vorhin angerufen«, sagte sie.

Ich blickte mich um. Das Café war gut gefüllt. Noch waren wir zwei normale Gäste, die von niemandem beachtet wurden. Ein Kellner kam an den Tisch.

»Einen Milchcafé, bitte. Groß. Mit Espresso«, orderte ich, und er wieselte beflissen von dannen.

»Marco hat mir vorhin am Telefon gesagt, wir können uns bestellen, was wir wollen.« Isolde deutete auf ihr Sektglas und ein halb aufgegessenes Stück Torte.

Aha – sie hatte heute schon mit Marco gesprochen. Das bedeutete: Der Dreh bei Karlheinz fand statt. Oder wollten sie abends unsere überraschten Gesichter filmen, wenn wir ratlos vor verschlossener Tür standen? Das konnte ich mir aber dann doch nicht vorstellen, denn mit Karlheinz' Ausstieg wäre die ganze Woche geplatzt. Oder doch nicht? Zeichneten sie das ganze Drama auf, und er war halt bei Frank und Jacqui nicht mehr dabei? Für die Zuschauer wäre das natürlich einmalig …

»Hm«, sagte ich. »Dann vielleicht doch lieber ein halber Hummer mit Kaviar-Beilage, wenn Marco uns schon so großzügig einlädt?«

Isolde schüttelte lachend den Kopf. »Du doch nicht. Das würde Jacqui bestellen, weil sie glaubt, dass *Promis* den ganzen Tag Champagner trinken und Kaviar essen.«

»Wobei sich ja heutzutage jeder Promi nennen darf. Egal, ob er oder sie wirklich etwas geleistet hat.«

»Ah.« Isolde hob die Augenbrauen. »Wenn ich dich korrigieren darf: Das Wort *Promi* wird grundsätzlich für die Kategorie C und darunter benutzt. Sogenannte It-Girls, ehemalige TV-Container-Bewohner, Ex-Gespielinnen halbwegs bekannter Männer, Boxen- und Besenkammerluder, Beinahe-Gewinner von Castingshows und Konsorten. Andere, die aus gutem Grund in der Öffentlichkeit stehen, sind promi*nent.* Musst du mal drauf achten. Und unsere kleine Jacqui wird – wenn überhaupt – niemals mehr als die ersten beiden Silben kriegen.«

Ich kicherte. »Ob sie heute wirklich Fotos mitbringt?«

»Hör bloß auf. *Model und Schauspielerin.* Allenfalls ist sie in irgendeiner Soap durchs Bild gestöckelt. Ich wette, sie war auch mal Schönheitskönigin. Miss Ballermann 6 oder Miss Bürostuhl, was weiß ich.« Isolde lächelte verlegen. »Welchen Eindruck musst du von mir haben, Loretta. Ich ziehe über Jacqui her … eigentlich tut sie mir sogar leid.«

Sie würde dir nicht mehr leidtun, wenn du wüsstest, wie das kleine Miststück über dich geredet hat, dachte ich.

Ich brauchte nicht zu antworten, denn das Team rückte an. Isolde musterte sie durchs Fenster und sagte: »Die Kleine sieht dir ähnlich. Die Brille, die kurzen Haare …«

»Wer, Miriam? Finde ich nicht. Sie ist nicht nur 15 Jahre jünger, sondern auch mindestens 10 Kilo leichter als ich.« Und ich bin wesentlich netter als sie, fügte ich in Gedanken hinzu.

»Alles fit bei euch?«, fragte Miriam und ließ sich auf den Stuhl neben mir fallen. »Tut mir leid, dass ihr warten musstet, aber der Termin mit Frank und Jacqui …«

Isolde und ich spitzten interessiert die Ohren, aber Miriam enttäuschte uns und gab nicht mehr preis. Wahrscheinlich hatte sie sich mal wieder nach Kräften bemüht, Unfrieden zu stiften. Hoffentlich ohne Erfolg. Bei Jacqui war ich mir nicht so sicher, aber bei Frank hatte sie unter Garantie auf Granit gebissen.

Miriam sah sich um. »Spitze, ihr sitzt schon am Fenster. Reicht das Licht?«

Max kramte ein Lichtmessgerät aus einer Tasche seines Parkas und hielt es prüfend hoch. Dann nickte er. »Bestens.«

»Dann los.«

Sie schälten sich aus ihren Jacken, und Max verkabelte uns. Danach packte er die Kamera aus. Die ersten Umsitzenden wurden aufmerksam.

»Was wird denn hier gedreht?«, fragte eine Frau am Nebentisch.

»›Gib mir den Löffel!‹«, sagte Miriam, und prompt wurden noch ein paar Hälse mehr gereckt.

»Das gucke ich jeden Tag!«, quietschte die Tischnachbarin der Frau, die uns die Frage gestellt hatte. »Dass ich einmal live dabei bin, hätte ich nie gedacht! Das ist ja wahnsinnig spannend!« Isolde und ich wurden einer kritischen Musterung unterzogen. »Sind Sie die Kandidaten?«

Wir nickten.

»Ich würde ja zu gern auch mal mitmachen. Wie ist das denn so?«

»Ich möchte nicht unhöflich sein«, sagte Miriam in – wie ich fand – ziemlich unhöflichem Ton, »aber wir würden gern drehen, wenn Sie nichts dagegen haben.«

»Ist ja schon gut. Man wird ja wohl mal fragen dürfen. Sie sind hier immerhin an einem öffentlichen Ort. Ich weiß nicht, ob Sie mir so einfach den Mund verbieten dürfen, junge Dame.«

Gleichmütig zuckte Miriam mit den Schultern. »Verklagen Sie mich doch.«

Die Frau schnappte nach Luft und drehte sich beleidigt weg, linste aber aus dem Augenwinkel weiterhin zu uns herüber.

Ohne sie weiter zu beachten, platzierte Miriam Isolde und mich nebeneinander an den Tisch. Max und sie setzten sich uns gegenüber.

»Fangen wir an. Isolde – wie war der gestrige Abend für dich?«

Isolde strahlte. »Ganz wunderbar. Alles hat geklappt, wie ich es wollte. Ich hatte den Eindruck, meinen Gästen hat es gut geschmeckt.«

»Auch Jacqui?«, fragte Miriam lauernd. »Sie hat nahezu nichts gegessen.«

»Man kann es nicht jedem recht machen, nicht wahr?«, erwiderte Isolde freundlich. »Wenn es ihr nicht geschmeckt hat, tut es mir leid. Dann kann ich nur hoffen, dass sie heute bei Karlheinz endlich etwas in den Magen bekommt. Das arme Ding muss mittlerweile vollkommen ausgehungert sein.«

»Vielleicht ist sie ja gestern und nach dem Abend bei mir noch in eine Pommesbude gegangen«, warf ich ein. »Lecker Currywurst spachteln.«

»Stichwort Karlheinz«, sagte Miriam und grinste. »Er hat ja schon bei Tisch verkündet, dir null Punkte geben zu wollen, Isolde. Was sagst du dazu?«

»Ist das überhaupt schon einmal vorgekommen?«, fragte Isolde amüsiert. »Falls nicht, wäre ich ja eine Pionierin! Auch nicht schlecht. Das mit dem Katzenhaar bedaure ich natürlich, aber ich kann es nicht rückgängig machen.«

Miriam wandte sich mir zu. »Loretta, was sagst du dazu?«

»Zum Abend bei Isolde oder zu Karlheinz?«

»Zu beidem.«

»Isolde war eine großartige Gastgeberin, das Essen war Spitzenklasse und ich habe mich wie von einer Freundin willkommen geheißen gefühlt.«

»*Freundin*, verstehe. Welche Art von Freundin meinst du genau?«, frage Miriam in einem Tonfall, der mir sofort klarmachte, worauf sie hinauswollte: auf das Interview mit mir und Jacqui in Isoldes Schlafzimmer.

So willst du also Karriere machen, dachte ich angewidert, indem du die Kandidaten gegeneinander auszuspielen versuchst und kleine Feuer schürst, bis sie lichterloh brennen. Aber nicht mit mir, Püppchen.

»Welche Art von Freundin? Ich verstehe deine Frage nicht. Es würde mich sehr stolz machen, wenn Isolde mich als Freundin sähe.«

Ich spürte mehr, als ich sah, dass Isolde neben mir nickte.

Miriam wurde klar, dass sie aus diesem Thema nichts mehr herauskitzeln konnte. Mürrisch zog sie aus ihrer Umhängetasche die zusammengerollte Menükarte und reichte sie mir. »Was erwartet ihr heute vom Abend bei Karlheinz?«

»Gute deutsche Küche«, sagte ich wie aus der Pistole geschossen. »Es gibt Schweinebraten mit Klößen. Klassische Tischdeko.«

Isolde schüttelte den Kopf. »Das glaube ich nicht. Er will uns richtig beeindrucken. Mit Schweinebraten schafft er das nicht, das weiß er.«

Mit einer Handbewegung forderte Miriam uns auf, uns das Motto des Abends anzusehen. Isolde nahm das Menü und rollte das Papier ein paar Zentimeter auf. *»Eine Reise durch Italien«*, las sie vor.

»Was stellt ihr euch darunter vor?«, fragte Miriam.

Isolde und ich sahen uns an. »Bestimmt nicht so etwas Popeliges wie Tomaten mit Mozzarella und danach Saltimbocca und zum Dessert dann Tiramisu«, mutmaßte ich. »Das wäre zu vorhersehbar.«

»Wenn er auch nur den geringsten Funken Humor hätte, läge heute Abend eine rotweiß karierte Decke auf dem Tisch, und es gäbe Kerzen in Chiantiflaschen, an denen das herabgetropfte Wachs klebt. Italienische Kräuter in Terracottatöpfen, alles schön rustikal. Aber das wird er niemals machen.«

»Sondern?«

»Klassische Deko, wie Loretta schon sagte. Stinklangweilig. Dürfen wir uns die Vorspeise ansehen?«

Miriam nickte, und Isolde rollte die Karten ein Stück weiter auf.

»Risotto con Alloro, Pecorino e Spumante«, las sie vor, »nicht schlecht, wirklich nicht schlecht.«

»Was ist das?«, fragte Miriam sofort.

»Pecorino ist ein Käse«, erwiderte ich, »Spumante ist ein Schaumwein. Alloro – keinen Schimmer. Du, Isolde?«

»Nö. Irgendein Kraut vielleicht? Wir werden sehen.«

Den Hauptgang vorzulesen, war meine Aufgabe.

»Ricetta dell' Agnolotto gobbo con tartufata«, radebrechte ich mehr schlecht als recht.

Isolde und ich sahen uns ratlos an. »Tartufata ist irgendwas mit Trüffeln«, sagte sie. »Aber mehr fällt mir dazu nicht ein. Könnte alles sein: Fleisch, Geflügel, Fisch … da müssen wir uns wohl überraschen lassen.«

»Genau wie bei dir gestern«, warf ich ein.

Isolde grinste. »Genau wie bei mir. Sehen wir uns die Nachspeise an. Aha: *Crostata di Limone.* Und *Semifreddo di Basilico.* Crostata ist ein Mürbeteigkuchen, das weiß ich. Uns erwartet ein Zitronenkuchen! Und ein halbgefrorenes Eis mit Basilikum.«

»Uaaah«, entfuhr es mir unwillkürlich.

»Das magst du nicht?«, fragte Miriam sofort nach.

»Mir hat bisher noch kein Eis, das mit Kräutern angereichert war, geschmeckt«, antwortete ich, »aber ich lasse mich gern eines Besseren belehren. Ich werde es auf jeden Fall probieren. Vielleicht mag ich es ja sogar!«

»Was erwartet ihr von Karlheinz als Gastgeber?«

»Keine Katzenhaare«, platzte Isolde kichernd heraus. »Was ich schade finde, denn für mich gehören Katzenhaare *zwingend* zu einem guten Essen. Aber ich bin bereit, darüber hinwegzusehen, solange er als italienischer Olivenpflücker verkleidet ist.«

Ich prustete auch los, und wir erlitten einen Lachanfall, der uns die Augen tränen ließ. Max hielt mit der Kamera unerbittlich drauf, bis wir uns wieder beruhigt hatten.

Miriam hatte keine Miene verzogen. »Und du, Loretta?«

Ich wischte mir schniefend die Tränen aus dem Gesicht. »Karlheinz wird sich große Mühe geben, uns perfekt zu bewirten«, sagte ich dann todernst. »Und wir drücken ihm die Daumen, dass der Abend so läuft, wie er ihn geplant hat. Nicht wahr, Isolde?«

Isolde nickte. »Selbstverständlich. Sogar beide Daumen.« Sie blickte direkt in die Kamera und lächelte diabolisch. »Viel Glück für heute Abend, lieber Karlheinz.«

Klang in meinen Ohren wie 'ne Drohung, um ganz ehrlich zu sein.

Isolde hatte Termine, was mir ganz recht war, denn so konnte ich mich ebenfalls schnell vom Acker machen. Eine Viertelstunde später stand ich vor einer gewissen Haustür in einem gewissen Stadtviertel, in der Nähe einer gewissen Trinkhalle. An ihr vorbeizulaufen, hatte ich allerdings vermieden, um nicht von Kalli und seinen Kumpanen aufgehalten zu werden.

Die Haustür war nur angelehnt. Ich studierte die Klingelschilder, die zum Teil unleserlich oder mit der Hand beschriftet waren. Da – Koslowski. Erster Stock, wie es aussah. Einen Plan, was ich sagen wollte, hatte ich mir auf dem Weg hierher grob zurechtgelegt.

Der Flur roch muffig und war im Erdgeschoss mit Gerümpel vollgestellt: kaputte Kinderwagen, ein rostiges Fahrrad mit zwei platten Reifen, stinkende Mülltüten. Die Türen der Briefkästen standen offen oder waren aufgebogen, auf dem Boden darunter stapelte sich Werbung und anderes Altpapier. Ich stieg die Treppe hinauf: zwei zerkratzte Türen ohne Namensschilder. Hinter der linken dröhnte ein Fernseher, hinter der anderen war es still. Dort klingelte ich zuerst.

Schlurfende Schritte, dann blinzelte ein alter, verwirrt wirkender Mann mich an und grunzte: »Hä?«

»Entschuldigen Sie bitte die Störung. Ich suche die Koslowskis.«

»Gegenüber.«

Bamm. Tür zu.

Ich drehte mich um und klingelte gegenüber. Erst passierte nichts, dann kreischte eine Frau über den Lärm aus dem Fernseher: »Machsse vielleicht ma auf, Pit?«

»Hasse beide Beine gebrochen, oder wat is los?«, brüllte ein Mann zurück. »Ich bin beschäfticht, weisse doch! Schwing deinen fetten Arsch gefällichs ausm Sofa, du faule Kuh!«

Die Tür wurde zögernd einen Spalt weit geöffnet. Eine blondierte, pummelige Frau in fleckigem Sweatshirt glotzte mich an. Sie war ungefähr in meinem Alter und hatte den breitesten Haaransatz, den ich je gesehen hatte.

»Und?«, blaffte sie aggressiv.

»Frau Koslowski? Ich bin wegen Ihrer Tochter hier.«

»Mandy? Hat die wat angestellt?«

Ich schüttelte den Kopf. »Nein, nichts dergleichen. Ich komme von einer Modelagentur.«

»Ach?« Die Tür ging etwas weiter auf. »Wegen unsere Mandy? Wie kommense denn auf die?«

Ich lächelte freundlich und ließ den Versuchsballon steigen. »Karlheinz hat mir den Tipp gegeben. Herr Weissner. Er sagt, sie hätte Potenzial. Darf ich hereinkommen?«

Sie überschlug sich beinahe in dem Bemühen, mich schnellstmöglich in die Wohnung zu kriegen, wo es überwältigend nach Kneipe stank. Sie zog mich ins Wohnzimmer. Es herrschte diffuses Halbdunkel, denn die staubigen Vorhänge waren geschlossen. Die Möbel waren alt und abgewohnt, aber an der Wand hing ein gigantischer, nagelneuer Flachbildfernseher, aus dem eine Krawall-Talkshow plärrte. Auf dem zerkratzten Sideboard darunter stand eine Musikanlage, bei der allein der Name des Herstellers ein paar Hunderter kostete.

»Pit! Pit! Wir ham Besuch!«

Sie hastete an mir vorbei in eine Ecke des Raums, wo ein Bär von einem Mann mit dem Rücken zu uns vor einem hochmodernen Rechner saß und auf einem großen Monitor bunte Bälle zerplatzen ließ.

Sie rüttelte an seiner Schulter, und er fuhr herum. »Watt denn, vaflucht nochma?«

Sie zeigte auf mich und haspelte aufgeregt: »Die is wegen Mandy hier. Die sucht *Models!*«

Sein Drehstuhl quietschte, als er sich zu mir umwandte und mich misstrauisch musterte. Unwillkürlich trat ich einen Schritt zurück, denn er sah aus, als könnte er mir mit einem Hieb seiner Pranken den Schädel spalten. Seine nackten Arme waren mit schlecht gemachten Tätowierungen bedeckt. Er strich sich über das unrasierte Kinn und sagte: »Und wer sind Sie, bitteschön?«

Ups – ein Name wurde gebraucht. »Gloria … Donnersbeck«, improvisierte ich hastig, »von *Gloria Models.*«

Er stand auf und überragte mich um zwei Köpfe, aber locker. Langsam zog er seine ausgeleierte Jogginghose höher, dann zeigte er aufs Sofa. »Setzen Sie sich.« Er wandte sich an seine Frau und fauchte: »Und du steh nich so dusselich rum, Marita. Wo sind deine Manieren? Biete der Dame wat an.«

Marita – er sagte *Maritta* – zuckte zusammen und fragte: »Käffchen? Tee? Bier?«

Ich winkte dankend ab. Musste nicht sein. Im Reingehen hatte ich einen Blick in die Küche erhascht und gesehen, dass sich in der Spüle das dreckige Geschirr türmte. Ich wollte nicht riskieren, Kaffee oder Tee aus einer mit kaltem Wasser nur flüchtig ausgespülten Tasse zu trinken. Musste *echt* nicht sein.

Der Mann fläzte sich breitbeinig in einen Sessel und stellte mit der Fernbedienung den Ton im Fernseher ab, ohne mich aus den Augen zu lassen. Dann klopfte er auffordernd auf die Armlehne, und Marita setzte sich darauf. Mir blieb das speckige Sofa, wo ich mich vorsichtig auf die Kante hockte, nachdem ich einen Stapel Wäsche beiseitegeschoben hatte.

Pit zündete sich eine Zigarette an, die er aus einer zerknautschten Packung gefummelt hatte. Er rauchte zwei Züge und aschte sorgsam in einen überfüllten Aschenbecher. »So«, sagte er schließlich, »Sie woll'n also aus unsere Kleine 'n Topmodel machen oder wat? Wie kommense denn auf uns?«

Ich räusperte mich. »Der Herr Weissner hat mir Fotos gezeigt.«

»Aha. Der Herr Weissner. Sie könn mir ja viel erzähln.«

Verflucht. Recht hatte er – tat ich ja gerade. Innerlich zog ich den Kopf ein und sagte todesmutig: »Sie können ihn ja anrufen und nachfragen.«

Er fixierte mich starr, und ich hoffte, gelassen auszusehen. So wie jemand halt, der die Wahrheit sagt. Endlich winkte er ab. »Wird schon korrekt sein. Und der hat Ihnen Fottos gezeicht?«

»Ja. Sehr schöne, finde ich.«

Er wechselte einen Blick mit seiner Holden. »Aha. So, so. Wat denn genau für Fottos?«

Aufpassen, Loretta! Noch wusste ich nicht, wie viel die beiden von dem mitkriegten, was Karlheinz machte – und welche Art Fotos er überhaupt machte.

»Fotos, auf denen man sehen kann, wie attraktiv Ihre Tochter ist, Herr Koslowski. Sie sind doch der Vater?«

»Stiefvatta. Aber dat is wie mein eigen Fleisch und Blut.« Er legte die Hand auf die Brust und guckte treuherzig aus der Wäsche. »Kein Unterschied. Stimmt doch, Marita?«

Die verlebte Blondine nickte und zuppelte an ihrem Sweatshirt herum. »Und wat für 'ne Fottos woll'n Sie von meine Mandy machen?«, fragte sie dann.

»Nun, so ähnliche wie der Herr Weissner. Ihr Einverständnis vorausgesetzt, Herr und Frau Koslowski.«

Pit musterte mich abschätzend. »In Unterwäsche? Nackich? Allet 'ne Frage von … Sie wissen schon.«

Damit ich auch ganz sicher *wusste,* rieb er Daumen und Zeigefinger der rechten Hand aneinander. Mir wurde übel, aber ich riss mich zusammen.

»Wir werden uns ganz sicher einigen. Mit Herrn Weissner haben Sie sich doch auch geeinigt, nicht wahr?«

»Wir sind beide auf Hartz IV«, sagte Marita, »da muss man sehn, wo die Kohle herkommt.«

Die ihr bestimmt nicht in die Ausbildung eurer Tochter investiert, dachte ich zornig.

»Natürlich. Das verstehe ich. Ist Mandy zufällig zu Hause? Ich würde sie gern kennenlernen.«

Pit gab seiner Frau einen Klaps, und sie flitzte aus dem Zimmer. Sie bollerte gegen eine Tür und keifte: »Mandy! Bewech ma deinen Hintern hierher. Bisse orntlich angezogen?«

Es dauerte einen kleinen Moment, dann schob Marita ein schlankes Mädchen vor sich her in den Raum. Ihre Jeans und ihr Pullover waren knalleng. Ihre kleinen Brüste entwickelten sich gerade erst. Ihr kindliches Gesicht war grell geschminkt – aber sie sah keinen Tag älter als 12 oder 13 aus. Kaugummi kauend musterte sie mich. Desinteresse auf zwei Beinen.

»Dat is die Frau …?« Hilfesuchender Blick von Marita.

»Äh …« Gerade noch rechtzeitig erinnerte ich mich. »Donnersbeck. Gloria Donnersbeck von *Gloria Models.* Du bist Mandy?«

Sie nickte und verschränkte die Arme vor der Brust.

»Wie alt bist du?«

»12. Fast 13.«

»Karlheinz Weissner hat mir von dir erzählt. Ich würde auch gern Fotos von dir machen.«

»Hm.« Zwischen ihren hellrosa bemalten Lippen erschien eine Kaugummiblase, die sie mit einem Knall zerplatzen ließ. »Was'n für Fotos?«, fragte sie mit träger Stimme.

»Wie Herr Weissner.«

Sie grinste spöttisch und murmelte: »Der geile alte Sack.« Sie sah mich ernst an. »Also nackt.«

Er machte tatsächlich Nacktfotos von diesem Kind, und die Eltern ließen es zu. Meine nächsten beiden Fragen stellte ich, ohne darüber nachzudenken. Ich musste es einfach wissen. »Er macht nur Fotos? Er fasst dich nicht an, oder?«

Sie beäugte mich misstrauisch. »Blöde Frage. 'türlich nich. Bin doch keine Schlampe. Oder seh ich aus wie 'ne Schlampe? Dann könnense sich gleich verpissen, wennse dat von mir denken.«

»Mandy!«, zischte der liebende Stiefvater.

Das Mädchen zuckte mit den Schultern. »Is doch wahr. Nur Schlampen lassen sich anpacken von so 'nem geilen alten Sack.«

Ich zog mein Handy heraus und fragte. »Darf ich ein Probebild von dir machen, Mandy?«

Sie nickte und warf sich routiniert in eine aufreizende Pose. »So? Oder soll ich wat ausziehn? Den Pulli, vielleicht?«

»Nein, nein«, wehrte ich eilig ab und machte ein paar Schnappschüsse. Nach jedem Abdrücken wechselte sie die Position, reckte ihren Oberkörper, verschränkte die Arme hinter dem Kopf, lächelte verführerisch, machte einen Schmollmund – stolz beobachtet von Mami und Papi. Als ich fertig war, verschwand sie wieder in ihrem Zimmer, wort- und grußlos.

»Und jetz?«, fragte Marita.

»Ich melde mich bei Ihnen. Bald.« Etwas Besseres fiel mir nicht ein, um ehrlich zu sein.

»Ich hätt ja auch Model werden können. Früher«, sagte Frau Koslowski dann. Ihr Göttergatte Pit stieß ein Prusten aus.

»Dat muss aber verdammt lange her sein! Ziemlich doof, dat dicke Ärsche heutzutage nich angesacht sind! Model! Du! Wenn ich dat anne Bude erzähl!«

Aus diesem Unwetter, das sich hier gerade zusammenbraute, wollte ich schnellstmöglich raus. Ich erneuerte mein Versprechen, mich bald zu melden, und sah zu, dass ich mich vom Acker machte.

Kapitel 15

Ein donnernder Adlerkopf und ein Ritt durchs wilde Kitschistan

Gerade war ich für den Abend umgezogen, als es klingelte: Frank. Wir hatten uns verabredet, gemeinsam zu Karlheinz zu fahren.

Er nickte anerkennend, als ich ihm die Tür öffnete. »Schick siehsse aus.«

»Findest du? Danke«, erwiderte ich. Ich trug eine schwarze Hose im Marlene-Stil, dazu einen engen rot-schwarz geringelten Pullover.

»Lippenstift! Habbich noch nie an dir gesehn. Lass uns mal direkt los, is 'n ganz schöner Weg bis zum Heinzi.«

»Heinzi? Sag das bloß nicht in seinem Beisein.«

»Pfff.« Er grinste wie ein kleiner Junge, fehlte bloß noch die Zahnlücke. »Hab schöne Fottos gemacht gestern.«

»Wann denn? Hab ich überhaupt nicht mitbekommen! Lass dich bloß nicht erwischen.«

Ein noch breiteres Grinsen. »Du weiß' doch – diese schicken kleinen neuen Handys ... siehste nich, hörste nich ... kein Klicken, kein Blitz, nix. Astrein.« Er kicherte. »Hab sogar 'nen kleinen Film davon, wie der Honk am Rumschreien is wegen dat blöde Katzenhaar. Ganz ehrlich – 'n Spitzname musste dir bei mir erssma verdienen, und dat wird der nie schaffen.«

»Erst recht nicht, wenn ich dir erzähle, wo ich vorhin noch war: bei Mandy. Heinzis Model.«

Ich zeigte ihm meine Schnappschüsse von ihr. Franks Augen wurden untertassengroß.

»Dat is doch noch 'n Kind!«

Ich berichtete ihm haarklein von meinen Erlebnissen bei der reizenden Familie Koslowski, und er geriet derart außer sich, dass ich es plötzlich für keine gute Idee mehr hielt, zu Karlheinz zu fahren. Aber er versprach mir, sich zusammenzureißen.

Ich konnte nur hoffen, dass er sich daran hielt.

Es ging in einen weit außerhalb gelegenen Stadtteil, der bis zu seiner Eingemeindung ein eigenständiges Dorf gewesen war. Der ländliche Charakter war erhalten geblieben. Wohlhabende Menschen lebten dort in großen Häusern, zum Teil in Hanglage mit unverbautem Blick in die überraschend hügelige Landschaft, wie ich wusste. Momentan, bei Dunkelheit, war nicht viel zu sehen außer hohen Hecken, die von schmiedeeisernen Toren unterbrochen wurden.

Karlheinz' Adresse erkannten wir daran, dass Isolde, Jacqui, Max und Miriam schon am Tor auf uns warteten.

»Endlich«, quengelte Jacqui, als Frank den Wagen abgestellt und wir uns zu ihnen gesellt hatten.

Dass sie vor Kälte zitterte, wunderte mich nicht. Minirock, Pumps und ein kurzes Jäckchen bei Temperaturen um den Gefrierpunkt, da würde ich auch bibbern. Isolde dagegen war mollig eingepackt und erwartete uns gelassen.

Bülent kam dazu und verkabelte uns, dann erklärte Miriam, wer in welcher Reihenfolge die beeindruckende Einfahrt entlang zur Haustür gehen sollte.

»Lasst doch Jacqui anfangen, schlug ich vor, »sie steht kurz vorm Kältetod.«

»Oh, das tut mir leid. Der Drehplan sieht vor, dass Frank beginnt. Dann Loretta und Isolde zusammen und zum Schluss du.« Sie schenkte Jacqui ein ebenso strahlendes wie falsches Lächeln. »Los geht's, Frank.«

Mir war nicht wohl bei dem Gedanken, dass er mit Karlheinz praktisch allein sein würde – das Team zählte ich nicht mit. Ich hatte Frank schon ausrasten sehen – und dann konnte durchaus Blut fließen. Ich versuchte, telepathische Verbindung zu ihm aufzunehmen, und stierte ihm beschwörend in die Augen. Er spielte brav mit und nickte beruhigend.

Dann marschierte er forsch durchs Tor, Max ging mit der Kamera seitlich neben ihm her. Miriam blieb bei uns und weidete sich sichtlich daran, dass Jacqui mittlerweile buchstäblich mit den Zähnen klapperte.

Als Max zurückkam, nickte sie Isolde und mir zu. Wir hakten uns unter und sahen uns auf dem Weg zur Haustür neugierig um. Gartenlaternen säumten die gepflasterte Auffahrt und beleuchteten die rechts und links gepflanzten Kugeln aus Buchsbaum. Die zweistöckige Villa sah aus, als könnten dort drei bis vier Familien leben, ohne sich jemals über den Weg zu laufen. Schien sich finanziell zu lohnen, in der Lokalpolitik zu sein und eine Brauereierbin geheiratet zu haben.

Wir erreichten die breite Holzkassetten-Tür mit dem bronzenen Türklopfer, der wie ein Adlerkopf geformt war.

Isolde griff danach, und Max rief: »Nicht, der ist nur …«

»Zur Zierde?«, fiel Isolde ihm ins Wort. »Ups.«

Sie ließ den Adlerschädel gegen die Tür donnern, die sofort aufgerissen wurde.

Karlheinz starrte Max wütend an. »Sie sollten denen doch sagen, dass die nicht den Klopfer, sondern die Klingel benutzen sollen!«

Sofort wurde ich sauer. »Entschuldige mal, Karlheinz, *die* stehen hier, direkt vor deiner Nase«, fauchte ich. »Du kannst es *denen* auch selbst sagen.«

Er sah nicht einmal in unsere Richtung.

Horst erschien in unserem Blickfeld. »Wir drehen noch einmal. Nehmt bitte die Klingel, Mädels, okay?«

Die Tür wurde wieder geschlossen. Isolde flüsterte mir zu: »Mich würde interessieren, wie oft wir dieses Spielchen mit ihm treiben können, bis er einen Schlaganfall kriegt.«

Ich hielt den Atem an, aber sie verkniff es sich und drückte auf den Klingelknopf.

Karlheinz öffnete die Tür und hatte sich in einen leutseligen Gastgeber verwandelt, der uns mit offenen Armen in Empfang nahm. Küsschen rechts, Küsschen links. Uaaah. Ekelhaft.

»Willkommen in meinem bescheidenen Häuschen! Kommt doch herein, Frank ist auch schon da.«

Würg.

Ich konnte es außerdem auf den Tod nicht ausstehen, wenn Leute ihre Riesenvilla als *bescheidenes Häuschen* bezeichneten und glaubten, den Stolz auf ihre Protzbude dadurch kaschieren zu können. Genauso gut hätte er einen triumphalen Indianertanz aufführen und uns anpöbeln können, dass er uns für dämliche Versager hält, das wäre wenigstens ehrlich gewesen. *Bescheidenes Häuschen,* also echt. Mit Sicherheit nannte er sich auch *meine Wenigkeit,* wenn er von sich sprach. Noch schlimmer. Obwohl – Wenigkeit war gar nicht so unpassend, denn für mich war er nur noch eine schmierige Amöbe in der Maske des Biedermannes.

Er führte uns über Marmorboden durch die Eingangshalle in ein pompöses Wohnzimmer. Dort verlor Frank sich auf einer mächtigen Ledercouch mit Holzlehnen, die von zwei passenden Sesseln flankiert wurde. Dicke Perserteppiche, Gemälde sowie Spiegel in verschnörkelten Goldrahmen und teurer Nippes wie lebensgroße Windhunde aus Porzellan, wohin man blickte. Isolde neben mir zog scharf die Luft ein, als sie den geschmacklosen, aber mit Sicherheit sündteuren Kristalllüster über dem gläsernen Couchtisch entdeckte.

»Setz euch doch«, sagte Karlheinz. »Aperitif?«

Er schenkte ein und reichte Isolde und mir ein Glas. Als es klingelte, rief er enthusiastisch aus: »Das muss Jacqui sein! Bis gleich, meine Lieben! Bin sofort wieder da.«

Marco erschien und wies uns die Sitzplätze zu, denn er achtete darauf, dass nicht immer die gleichen Leute nebeneinander saßen, wie wir mittlerweile begriffen hatten. Wir hockten stumm in den schwellenden Sitzmöbeln, erschlagen von der Anhäufung von Geschmacklosigkeiten um uns herum. Wenigstens fand *ich* die Einrichtung geschmacklos. Dass Isolde in dieser Frage einer Meinung mit mir war, konnte ich mir vorstellen. Und dass Frank die Hütte am liebsten angezündet hätte, erst recht.

Karlheinz tauchte mit Jacqui im Schlepptau wieder auf, bat sie auf den noch freien Sessel und reichte ihr ebenfalls ein Glas. Er hob das seine. Anstatt allerdings einen Trinkspruch auszusprechen, sagte er: »Das ist ein Schaumwein aus der Franciacorta, der Gegend zwischen Bergamo, Brescia und dem Lago d'Iseo. Eine Chardonnay-Traube, die dort in mineralischem Moränenboden wächst. Der Schaumwein wird nach strengen Ertragsbegrenzungen wie Champagner ausschließlich in Flaschengärung erzeugt. Er sollte bei sechs bis acht Grad getrunken werden.«

Auch ohne Thermometer war ich sicher, dass die perlende Flüssigkeit in meinem Glas exakt sieben Grad hatte. Wir schlürften im Chor, und es schmeckte mir wie jeder andere Sekt, Champagner, Schaumwein, oder wie sie sonst noch hießen, auch: überhaupt nicht. Ich mochte das Zeug einfach nicht. Also wäre ich ganz sicher kein guter *Promi* …

Endlich war Karlheinz in seine Küche verschwunden, und schon wurden wir zu unseren ersten Interviews gebeten.

»Jacqui und Loretta. Nehmt eure Gläser mit«, kommandierte Miriam und ging uns voraus.

»Die sieht ja genauso aus wie du«, konnte Frank mir gerade noch zuflüstern, bevor ich losmusste.

Tatsächlich, Frank hatte recht – sie trug eine weite schwarze Jeans und ein dunkelblau und rot geringeltes T-Shirt. Heute Morgen im Café hatte sie noch einen grünen Rollkragenpullover angehabt.

Wir hatten den Raum, eine Art Clubzimmer, erreicht: wieder schwere Sessel auf dicken Teppichen, dazu Regale mit Büchern in Ledereinbänden und Golddruck sowie eine Eichenholzvitrine mit Gläsern. Prominent platziert an einer ansonsten mit gerahmten Fotografien übersäten Wand stand eine Art hypermoderner Kühlschrank, in dem Unmengen Flaschen lagerten. Sofort steuerte ich auf das Monstrum zu, aber Miriam pfiff mich zurück.

»Dazu kommen wir später beim Stöbern.«

Wir mussten uns vor eines der Regale stellen, und sie nickte Jacqui zu.

»Ihr kennt das ja schon. Euer erster Eindruck.«

»Ich bin total beeindruckt«, flötete Jacqui. »So ein tolles Haus, das hätte ich nie von Karlheinz gedacht.« Sie hob ihr Glas. »Und weiß so viel! Dieser … dieser … äh …« Um davon abzulenken, dass sie den Namen nicht mehr wusste, nippte sie geziert. »Ganz toll, wie Champagner.«

»Und du, Loretta? Wie gefällt dir Karlheinz bisher als Gastgeber?«

Ich rang um diplomatische Worte. »Nun, Karlheinz hat uns sehr freundlich empfangen.«

Nachdem er uns am liebsten geteert, gefedert und vom Hof gejagt hätte, weil wir seinen blöden Türklopfer benutzt haben. Und ich bin sogar hier, obwohl ich es bei diesem Drecksack kaum aushalte, fügte ich in Gedanken hinzu.

»Und das Getränk?«

»Ich mag diese prickelnden Weine nicht so gern. Davon bekomme ich Sodbrennen, um ehrlich zu sein. Damit gelte ich wohl als befangen, was ein objektives Urteil angeht.«

»Wie schrecklich!«, piepste Jacqui und legte mir mitfühlend die Hand auf den Arm. »Wenn ich mir vorstelle, dass ich keinen Champagner vertragen würde …« Sie ließ kokett die Wimpern flattern. »Was sollte ich denn dann trinken?«

Da sie auf eine derart bescheuerte Frage mit Sicherheit keine ernsthafte Antwort erwartete, schwieg ich damenhaft, obwohl mir dazu einiges eingefallen wäre.

»Karlheinz ist ein sehr interessanter Mann«, erzählte Jacqui weiter, »so gebildet. Was er uns alles über den Schaumwein erzählen konnte, hat mich sehr beeindruckt.«

Ich verdrehte innerlich die Augen. Sollte Jacqui in Wirklichkeit eine andere Meinung über Karlheinz haben, so hatte sie aus gestern gelernt: Sie würde die schön für sich behalten. Zumindest, solange die Kamera lief, würden wir ausschließlich dummes Gesülze und Lobhudeleien zu hören bekommen.

Wir durften uns wieder ins Wohnzimmer setzen, während Miriam nun Frank und Isolde aufforderte, ihr zu folgen.

»Willst du meinen Aperitif?«, fragte ich.

Jacqui zögerte zunächst, zierte sich dann aber doch nicht. Sie nahm das Glas, setzte sich in einen Sessel und versank in ihre übliche Starre. Keine Kamera lief, es war niemand anwesend, der ihr für irgendetwas nützlich sein konnte – also gab es für sie im Moment nichts zu sagen oder zu tun. So einfach konnte das Leben sein.

Marco kam von irgendwo aus den geheimnisvollen Tiefen des Hauses und sagte: »Ihr könnt übrigens auf die Terrasse gehen, wenn ihr frische Luft schnappen wollt.«

»Nein danke«, gab Jacqui kiebig zurück. »Ist mir zu kalt.«

Marco grinste mir zu. »Karlheinz lässt sich nicht lumpen, er hat draußen sämtliche Heizstrahler angeworfen. Du kannst dich dort im Bikini hinlegen, wenn du willst, Jacqui.«

Sie ließ sich dennoch nicht bewegen, aber ich stand auf und folgte ihm nach draußen auf die großzügige Terrasse. Etliche nach oben schmaler werdende Säulen von ungefähr 2 Metern mit einer lodernden Flamme auf halber Höhe spendeten nicht nur flackerndes, weiches Licht, sondern auch erstaunlich viel Wärme. Eine Gruppe aus Rattanmöbeln lud zum Entspannen ein, aber ich ging ans Geländer. Ich sah nichts als Finsternis und hier und da ein winziges Licht.

»Schade, dass man nichts von der Umgebung sehen kann«, sagte ich.

»Endloser Weitblick.« Marco war neben mich getreten. »Grandios.«

Ich beugte mich über das Geländer und versuchte zu erkennen, was unterhalb der Terrasse lag.

Marco berührte mich an der Schulter. »Sei vorsichtig. Hier geht es 10 Meter runter. Mindestens. Wie abgeschnitten. Kein Hang – Abgrund.«

Erschrocken fuhr ich zurück. »Im Ernst? Ich hätte da eher mit Golfrasen gerechnet. Und Rosenbögen.«

»Das gibt es alles seitlich vom Haus. Hier hinter ist nix mehr außer Fels.«

»Wahnsinn. Das Grundstück muss ein Vermögen wert sein.«

Er kicherte. »Wie alles in dieser Hütte. Unglaublich. Rate mal, was der Wein-Kühlschrank gekostet hat.«

»Keinen Schimmer.« Ich dachte nach. »Bestimmt ein paar Hunderter.«

»Häng noch ’ne Null dran.«

»Nicht dein Ernst.«

»Aber todsicher. Ich kenne leider den Preis von jedem einzelnen Teil hier im Haus. Karlheinz war beim Casting nicht zu stoppen.«

Du hast es auch nicht leicht, dachte ich, als er wieder ins Haus ging, um nachzusehen, wann gegessen werden konnte.

Der Tisch sah exakt wie erwartet aus. Weißes Tischtuch, runde silberne Platzteller, Silberbesteck, kompliziert gefaltete Stoffservietten, weiße Kerzen in silbernen Haltern, Sarggesteck. Weiße Lilien und Schleierkraut, einfallsloser ging es kaum. Ich konnte den betäubenden Duft voll erblühter weißer Lilien nicht ausstehen, davon wurde mir immer schlecht. Erleichtert registrierte ich, dass erst wenige Blüten geöffnet waren, und das auch nur halb. Schwein gehabt.

Nachdem wir Karlheinz’ ausufernden und gähnend langweiligen Vortrag über den Wein zum ersten Gang endlich überstanden hatten, ging er in die Küche, um die Vorspeise zu holen. In der Mitte der weißen, viereckigen Teller thronte ein rundes, mittels Servierring angerichtetes Portiönchen Risotto, sparsam dekoriert mit Rote-Bete-Sprossen. Wenn Isolde, Frank und ich gedacht hatten, nun essen zu dürfen, so hatten wir uns getäuscht. Für Jacqui war es sowieso egal, aber vielleicht wollte sie bei Karlheinz eine Ausnahme machen, um sich bei ihm einzuschmeicheln.

Wie auch immer: Herr Lehrer hatte uns vorher noch einiges zu erzählen.

»Mein Motto heute Abend ist eine Reise durch Italien, wie ihr wisst. Hier serviere ich euch *Risotto con Alloro, Pecorino e Spumante.* Mit dieser Speise machen wir in der Lombardei Station. Ihr wisst schon: Gardasee, Comer See, Lago Maggiore. Die Reisfelder in der Po-Ebene werden mit Schmelzwasser aus dem Alpen geflutet …«

Laberlaber … Reissorten … laberlaber … Gütesiegel … laberlaber … selbstverständlich Arborio-Reis … laberlaber …

Zum einen Ohr rein und zum anderen gleich wieder raus, während mein Essen langsam, aber sicher kalt wurde. Immerhin schnappte ich auf, dass es sich bei *Alloro* um Lorbeer handelte. Kannze ma sehn, dachte ich, wieder was dazugelernt.

Endlich hatte er zu Ende salbadert, und wir durften essen. Das eckige Porzellan klapperte leise auf den runden Platztellern, weil es darauf keinen festen Stand hatte. Das Geräusch nervte kolossal und veranlasste mich, über Punktabzug nachzudenken. Der Risotto war lauwarm, was ich wirklich sehr schade fand, denn heiß wäre er ein Gedicht gewesen.

Bei der servierten Kinderportion war es keine große Überraschung, dass wir schnell fertig waren.

Zu meiner Freude bildete ich zusammen mit Frank ein Stöberteam, das ins Clubzimmer gebeten wurde. Mit meinem durch Marco frisch erworbenen Wissen sah ich den teuren Kühlschrank mit anderen Augen. Ein paar Tausender, um Weinflaschen auf die richtige Temperatur zu bringen? Pure Dekadenz, fand ich. Aber vielleicht war ich auch nur neidisch, weil er die Möglichkeit hatte, so viel Geld zu verplempern. Aber er gönnte sich halt einiges – sogar ein minderjähriges Privatmodel, wie mir prompt wieder einfiel.

Zur Freude des Filmteams riss Frank natürlich sofort die Kühlschranktür auf, um sich alles näher anzusehen. Prompt erklang ein durchdringender Signalton, und ein Display informierte uns darüber, dass die Temperatur sich zu verändern drohte.

»Ich schnall ab«, sagte Frank beeindruckt. »Dat Ding hier is größer als mein Badezimmer. Wer braucht denn sowat?«

»Weinsammler, schätze ich.«

»Wein sollze nich sammeln, Wein sollze trinken. Wat meinze, soll'n wir uns mal so 'n Pülleken aufmachen und wegschnabuliern?«

»Lieber nicht. Der zeigt uns glatt an.«

Der Warnton stieg eine Oktave höher. Ich zog Frank weg und schloss die Tür.

»Lass uns mal die Fotos angucken. Da, an der Wand.«

Immer wieder Karlheinz mit anderen Kerlen in konservativen Anzügen. Mal erhielt er eine Urkunde, mal eine Medaille, mal hielt er eine Rede vor einer mit einem riesigen Parteilogo geschmückten Wand.

»Du, ich glaub, Karlheinz ist in der Politik«, sagte ich für die Kamera. Ich konnte ja schlecht erzählen, dass ich mit Erwin über Karlheinz geredet hatte. Mir wurde noch einmal viel deutlicher bewusst, dass unser heutiger Gastgeber aus seiner Sicht ein Damoklesschwert namens Loretta über sich hängen hatte. Er hatte nicht nur einen guten Job im Finanzamt zu verlieren – bei ihm ging es um sehr viel mehr. *Sehr* viel mehr. Und wüsste er, was ich heute herausgefunden hatte, würde er mich vermutlich ohne mit der Wimper zu zucken in seinem Keller anketten und verrotten lassen. Gegen Mandy war die Tatsache, dass er mein Telefonsex-Kunde war, gar nichts.

Franks komplett desinteressierter Blick wanderte über die Fotos. »Meinze? Bürgermeister oder sowat?«

Ich zuckte mit den Schultern. »Was weiß ich. Stadtrat, Landrat, Fraktions…irgendwas. Wir können ihn ja mal fragen.«

Ich nahm ein Bild von der Wand, auf dem er, umringt von Zuschauern, einem dicken Mann die Hand schüttelte, wobei beide breit in die Kamera lächelten.

Der Hauptgang war eine konsequente Fortführung des von Karlheinz für diesen Abend geplanten Lehr- und Informationsprogramms. Er beglückte uns mit einer Endlos-Litanei über den nächsten Wein, dann servierte er die Hauptspeise, die sich als Teigtäschchen mit einer Füllung entpuppte, die aus Schweine-, Kalb- und Kaninchenfleisch sowie Salsiccia, also Bratwurst mit Fenchel, bestand. Ravioli in ein bisschen schicker halt. Dazu gab es Trüffelsoße. Wir befanden uns nun im Piemont, wurden wir belehrt, und die Teigtäschchen sollten die dortige Hügellandschaft darstellen. Da ich noch nie im Piemont gewesen war, konnte ich nicht beurteilen, ob ihm dieses Bild gelungen war. Während ich die betörend duftende Speise sehnsüchtig betrachtete, rauschten detaillierte Beschreibungen zur Herstellung von Pastateig und Füllung an mir vorbei.

Ich schnappte einen beredten Blick von Isolde auf und biss mir rasch auf die Innenseiten meiner Wangen, um nicht loszulachen.

Endlich durften wir essen, und auch dieser Gang war erkaltet. Eine Schande.

»Karlheinz, Frank und ich haben uns in deiner Bibliothek umgesehen«, sagte ich.

Frank nickte. »Wat is dat denn für 'n Monsterkühlschrank?«

»Das ist ein Vinidor«, dozierte Karlheinz los, wurde aber zu seinem Unwillen gleich von Frank unterbrochen.

»*Wie* heißt dat Ding?«

»Ein Vinidor. Wie ein Humidor, nur für Weine.«

Meine Güte, bist du ein Arschloch, dachte ich angewidert, du weißt doch genau, dass Frank keine Ahnung hat, wovon du redest.

»Humi … *wat?*«, fragte Frank prompt.

»Eine Zigarrenkiste, nur viel teurer«, erklärte ich.

Karlheinz blähte empört die Nüstern, entschied sich aber, meinen unqualifizierten Gesprächsbeitrag zu ignorieren. »Ein Vinidor dient dazu, Weine zu temperieren. Er verfügt über drei verschiedene Klimazonen, die unabhängig voneinander gradgenau eingestellt werden können. So kann ich sowohl Weiß- als auch Roteweine und Champagner in der optimalen Genusstemperatur aufbewahren.«

Frank stierte ihn fassungslos an, und ich holte rasch das Foto hervor, das ich hinter meinem Rücken versteckt hatte.

»Du hast dort eine Menge Fotos hängen. Wer ist denn zum Beispiel auf diesem zu sehen?«

Karlheinz erglühte vor Stolz. »Der Oberbürgermeister und einige Parteifreunde. Und meine Wenigkeit, natürlich.«

Na bitte. Sag ich doch.

Kapitel 16

Heißt die Sendung »Hau mir die Hucke voll«? – oder: Die Emotionen kochen hoch

»Er ist tatsächlich ein Kochclub-Mann«, sagte Isolde und zog genießerisch an ihrem Zigarillo.

»Wat is dat denn schon widda?«, fragte Frank.

Wir saßen auf der Terrasse unter den Heizstrahlern, da Marco uns mitgeteilt hatte, dass es bis zum Dessert noch ein wenig dauern würde. Die Wie-war-der-Hauptgang-Interviews waren erledigt. Dabei hatte Jacqui sich enthusiastisch über die Teigtäschchen geäußert. Bei der Gelegenheit war mir im Nachhinein aufgefallen, dass sie tatsächlich von ihrem Essen gepickt hatte. Sie hatte gekaut und sogar heruntergeschluckt!

Sie und ich hatten in der Bibliothek zunächst allein, dann in Gesellschaft von Isolde und Frank auf weitere Anweisungen gewartet. Das Team achtete immer sorgfältig darauf, dass wir nichts von den anderen Filmarbeiten mitbekamen, und ich hatte mich mittlerweile daran gewöhnt, einen Teil der Abende in wechselnder, nicht immer angenehmer Gesellschaft in irgendeinem Zimmer eingesperrt zu verbringen. Jetzt saßen wir gemütlich an der frischen Luft und plauderten. Wo Jacqui war, wusste ich nicht. Sollte mich nicht wundern, wenn sie gerade wieder Überzeugungsarbeit bei Max leistete.

»Jacqui und ich mussten uns die Küche ansehen und Karlheinz bei der Herstellung dieser Trüffelsoße bewundern«, erzählte Isolde. »Die Kleine hat wohl in einem ihrer Hochglanzmagazine gelesen, wie teuer Trüffel sind, und war ganz aus dem Häuschen.«

»Und wieso ist Karlheinz ein Kochclub-Mann?«, fragte ich.

»Kann ich dir sagen: lauter Urkunden von Kursen bei berühmten Köchen, Fotos mit Fernsehköchen, signierte Kochbücher. Außerdem Fotos mit seinen Clubkollegen und der dämliche Clubwimpel. Die nennen sich«, sie kicherte, »*Escoffiers Erben,* das muss man sich mal vorstellen.«

»Esskoffer?«, echote Frank erstaunt.

»Escoffier«, sagte Isolde, »muss man nicht kennen. Gilt als Erfinder der französischen Küche.« Wieder kicherte sie. »Der gute Karlheinz war sichtlich enttäuscht, dass ich wusste, wer das war. Da stand er nun mit seiner Kochmütze und seiner weißen Jacke mit aufgesticktem Clubwappen bedröppelt in seiner Küche herum und durfte keinen Vortrag halten – ein Bild für die Götter! Ich freue mich schon darauf, sein blödes Gesicht noch einmal zu sehen, wenn die Sendung ausgestrahlt wird!«

»Und wie ist die Küche ausgestattet?«, fragte ich neugierig.

»Mit allem erdenklichen Schnickschnack. Alles aus dem gehobenen Gastronomiebedarf, versteht sich. Karlheinz muss ein Vermögen dafür ausgegeben haben: Edelstahlmöbel, Profi-Gasherd plus Induktionsplatten, Gastro-Spülmaschine.« Sie machte eine wegwerfende Handbewegung. »Braucht kein Mensch.«

Frank hatte beeindruckt gelauscht. »Da kann ich nich mithalten«, sagte er dann.

»Doch, kannst du«, erwiderte ich. »Du kochst großartig. Du wirst uns vor allem dein wunderbares Menü essen lassen, ohne dass du uns vorher zulaberst, wo welches Reiskorn gewachsen ist.«

»Und außerdem: Wer braucht diese Geräte? Leute, die nicht wirklich kochen können!«, fügte Isolde hinzu. »Ein Herd, ein paar Töpfe, Kochlöffel und Schneebesen – damit sind die Menschen jahrhundertelang ausgekommen. Das ist wahre Kochkunst. Nicht diese hoch technisierten Gerätschaften, denen man alles überlassen kann. Jeder Blödmann ist dazu in der Lage, ein Niedergargerät zu programmieren, eine Profi-Eismaschine für sich arbeiten zu lassen oder ein Thermometer in einen Entenhintern zu stecken. Lass dich davon nicht einschüchtern, Frank, das hat weder mit Talent noch mit Liebe zum Kochen zu tun. Das ist pure Angeberei.«

Marco kam aus dem Haus und setzte sich zu uns. »Geht gleich weiter. Langweilt ihr euch?«

Wir schüttelten die Köpfe.

»Auf keinen Fall«, sagte Isolde. »Dafür ist Karlheinz zuständig. Nichts kann langweiliger sein als seine Vorträge. Da ist es sogar interessanter, gegen eine weiße Wand zu starren. Typisch Lokalpolitiker, die hören sich unheimlich gern reden.«

Oder Lehrer, dachte ich.

»Hat seine Frau ihm heute geholfen?«, fragte ich.

»Darf ich euch nicht sagen«, erwiderte er, »das könnte eure Punktevergabe beeinflussen. Wirst du dann ja sehen, wenn es im Fernsehen läuft.«

Sein Handy klingelte, und er ging ran. »Okay, wir kommen«, sagte er, nachdem er einige Sekunden gelauscht hatte. Er steckte das Telefon wieder in seine Jackentasche und stand auf. »Das war Horst. Es geht weiter. Dieses Haus ist so groß, dass er lieber anruft, statt die 7 Kilometer von der Küche hierher zu laufen.«

Als wir ins Esszimmer kamen, saß Jacqui bereits am Tisch, und Karlheinz füllte gerade den Dessertwein in unsere Gläser. Er trug wieder seinen korrekten Anzug und schien froh, dass der letzte Gang des Abends erreicht war. Während die Kamera lief, würde er sich niemals eine Blöße geben, aber sobald wir nicht mehr gefilmt wurden, fiel die Maske. Dann waren ihm die Anspannung und der Widerwille, uns im Haus zu haben, deutlich anzusehen: Isolde und mich ignorierte er komplett, aber Frank und Jacqui gegenüber bemühte er sich wenigstens um distanzierte Höflichkeit.

Während seiner Ausführungen über den Dessertwein schweiften meine Gedanken ab, und ich überlegte, was Frank uns morgen wohl servieren würde und ob er aufgeregt war. Ich schrak hoch, als Karlheinz das Dessert auf meinem Platzteller absetzte.

Das schmale und flache Stückchen Zitronentorte hatte eine karamellisierte Oberfläche, und in einem Schälchen mit Stiel lag eine hellgrüne Kugel Eis, die mit einem Basilikumblatt dekoriert war.

»*Crostata di Limone* und *Semifreddo di Basilico*«, verkündete er, als ginge es um die Wiederkehr des Erlösers.

»Mit dem letzten Gang befinden wir uns in Sizilien«, fuhr er fort, »die *Crostata di Limone* ist eine typische Spezialität …«

Auch dank der Hilfe der heißen Scheinwerfer änderte das Eis langsam, aber sicher seinen Aggregatzustand von fest zu flüssig. Ich begriff einfach nicht, warum Karlheinz sich selbst ein Bein stellte. War es ihm derart wichtig, mit seinem Wissen zu protzen, dass ihm egal war, ob sein Essen kalt oder – wie in diesem Fall – warm wurde?

Mir fiel seine Bemerkung zu Isoldes Menükarte ein. Er sei mal sehr gespannt, ob wir uns wirklich auf authentische spanische Küche freuen dürften, hatte er gesagt. Es musste ein harter Schlag für ihn gewesen sein, dass Isoldes Essen über jegliche Kritik erhaben war, was die Authentizität anging, denn sie hatte jahrelang in Barcelona gelebt. Ha, Karlheinz – nimm diesen Hieb!

Wes Geistes Kind musste dieser Mann sein, dass er heiß darauf war, bei anderen Fehler zu finden und sie damit zu blamieren? Wenn ich an die Szene mit dem Katzenhaar dachte, kam mir immer noch die Galle hoch. Während ich nach außen hin so tat, als wäre ich ganz im Hier und Jetzt, tüftelte ich schon an einem Plan, Karlheinz auffliegen zu lassen – die Sache mit Mandy ließ mir keine Ruhe. Erwin und Astrid Küpper würden mir hoffentlich weiterhelfen können.

»Ich wünsche euch einen guten Appetit«, trompetete unser Gastgeber endlich.

Die Torte war wirklich köstlich; ihr hatte der ausufernde Vortrag naturgemäß nichts anhaben können, Glück gehabt. Das Eis bestand nur noch aus einem matschigen Häufchen, das in hellgrüner Flüssigkeit dümpelte. Ich probierte ein Löffelchen voll und schüttelte mich innerlich. Furchtbar. Bei einem Speiseeis zum Dessert erwartete ich schlicht etwas Süßes, und das hier schmeckte – Überraschung! – intensiv nach Basilikum. Ich linste zu Frank und sah, dass er unwillkürlich das Gesicht verzog, als er vom Eis kostete.

Nicht dass ich Basilikum nicht mochte, ganz im Gegenteil. Ich gab es pfundweise in Tomatensalat oder Nudelsoßen, und ein Böller von diesem Eis zu einem zünftigen *Insalata Caprese* wäre sicherlich mal einen Versuch wert, zumal im Sommer. Aber bitte nicht im Winter zu einem Stück Zitronentorte, das war eine schreckliche Kombination, fand ich.

Isolde stellte Karlheinz die Frage nach seinem Kochclub und klang dabei ehrlich interessiert, das musste man ihr lassen. Dieser

Club bestand natürlich nur aus der ersten Herrenriege der örtlichen Lokalprominenz, wie wir umgehend erfuhren.

Er schwafelte und schwafelte. Ich fragte mich, wie viel davon später in der Sendung übrigbleiben würde. Auch der größte Fan schaltete mal ab, wenn jemand zu sehr nervte, das würden die Verantwortlichen hoffentlich bedenken.

Als wir zum Wohnzimmer gehen wollten, um dort auf die abschließenden Interviews zu warten, kam Max ins Esszimmer.

»Habt ihr Miriam gesehen?«, fragte er ratlos.

»Klar, die hat die ganze Zeit hier unter dem Tisch gehockt«, gab Horst bissig zurück. »Von mir könnte die junge Dame nämlich noch was lernen, wenn sie nur wollte.« Er bückte sich, schlug das Tischtuch zurück und rief: »Miriam! Du kannst rauskommen!«

»Blödmann«, murmelte Max. Er sah Marco an. »Ich habe keine Ahnung, wo sie ist.«

»Ich hatte gesagt, keiner darf im Haus herumlaufen«, ereiferte Karlheinz sich lautstark. »Wenn die irgendwo oben ist und in meinen Sachen rumschnüffelt, verklage ich euch. Wohnzimmer, Terrasse, Küche, Bibliothek und Esszimmer, alles andere ist meine Privatsphäre!«

Ich horchte auf. Hatte er ein Zimmer mit einem Mandy-Schrein, wo die schönsten Schnappschüsse von dem Mädchen hingen? Hielt er sich womöglich dort auf, wenn er mit mir telefonierte? Aber das konnte eigentlich nicht sein, denn unsere kleinen Telefonsex-Spielchen fanden meist während des Tages statt, wenn er an seinem Arbeitsplatz sein sollte. Andererseits war er als Lokalpolitiker bestimmt viel unterwegs; für so was konnte man sich von seinem Arbeitgeber bestimmt freistellen lassen.

»Dann haben wir ja echt Glück, dass wir dein Gästeklo benutzen durften«, sagte Isolde. »Wirklich großzügig. Dafür gebe ich dir eine goldene Klobürste!«

Karlheinz fuhr herum und starrte sie wütend an. »Halt du dich da raus. Wer weiß, wo du überall Katzenhaare und Dreck von deinen Viechern hinterlassen hast, du … du Lesbe! Ich werde morgen als Erstes einen Putztrupp in Haus holen!«

»Schäms du dich nich? Nimm dat sofort zurück«, schrie Frank entrüstet.

»Wieso? Sie ist doch eine Lesbe. Hat sie doch zugegeben«, warf Jacqui verwundert ein.

»Ich? Zurücknehmen? Wohl kaum«, sagte Karlheinz hochmütig. »Ich bin hier in *meinem* Haus, und da sage ich, was ich will. Isolde ist für mich eine schmuddelige Lesbe. Wenn ich mein Haus nach ihrem Besuch desinfizieren will, dann tu ich das auch.«

»Hast du Angst, deine Frau steckt sich bei mir an? Mit Viren, die lesbisch machen?« Isolde musterte ihn von oben bis unten. »Ah, ich verstehe. Vielleicht fände sie es ja interessanter als das, was du zu bieten hast.«

»Werden Sie nicht unverschämt, Sie … Sie …«, blökte Karlheinz mit mittlerweile hochrotem Kopf.

»Schmuddelige Lesbe«, soufflierte Isolde freundlich.

»Wer is denn hier schmuddelich?«, brüllte Frank gleichzeitig und erhob sich drohend. »Du doch wohl, Karlheinz!«

Ich hielt die Luft an und hoffte inständig, Frank würde nicht mit seinem Wissen über ihn herausplatzen.

Karlheinz erbleichte und wich einen Schritt zurück. »Sie bedrohen mich? In meinem eigenen Haus? Ich werde die Polizei rufen!«

»Frank, setz dich hin«, sagte Isolde gelassen. »Du musst meine Ehre nicht verteidigen. Dieser Typ ist keine einzige Ohrfeige wert. Und erst recht nicht, dass du deswegen Ärger kriegst.«

»Aber du bist es wert! Und andere Frauen auch!«, schnappte Frank, während er sich langsam wieder auf seinen Stuhl sinken ließ, ohne Karlheinz aus den Augen zu lassen.

Es war Zeit, einzugreifen. Wenn das so weiterging und Frank vollends die Nerven verlor, würde alles komplett eskalieren. Und dann müssten sie die Sendung noch in »Hau mir die Hucke voll!« umtaufen. »Leute, beruhigt euch mal«, sagte ich.

Marco warf mir einen dankbaren Blick zu. »Loretta hat recht.« Er wandte sich seinem Team zu, das den Streit fassungslos verfolgt hatte. »Max und Bülent – ihr sucht Miriam. Im ganzen Haus.

Horst und Betty – ihr dreht mit Karlheinz das Abschluss-Interview. Alle anderen gehen ins Wohnzimmer und warten.« Er seufzte und strich sich müde durch die Haare. »Karlheinz? Können wir drehen? Oder möchtest du eine Pause?«

Unser Gastgeber schnaufte noch immer aufgeregt. »Nicht im ganzen Haus. Nur in den Räumen, die ich …« Er stockte. Vermutlich dachte er darüber nach, was bei einem flüchtigen Blick in alle Zimmer entdeckt werden konnte. Schließlich nickte er und straffte mannhaft die Schultern. »Also gut, sie sollen diese Dingsda suchen. Je schneller wir fertig werden, desto besser. Damit dieser Albtraum endlich ein Ende hat.«

Wenn sich je ein Kandidat dafür hätte ohrfeigen können, dass er sich bei der Sendung beworben hatte, dann Karlheinz Weissner.

Wir trotteten ins Wohnzimmer und lümmelten uns in die Sitzmöbel.

»Dat tut mir total leid, wat der Hirni da gerade gesacht hat«, sagte Frank schließlich.

Isolde sah ihn gerührt an. »Du bist süß. Aber so jemand kann mich nicht beleidigen. Das könnte er nur, wenn er mir etwas bedeuten würde.« Sie lächelte. »Wenn du diese Dinge zu mir gesagt hättest, wäre ich schwer beleidigt.«

Frank errötete erfreut.

Plötzlich sprang Jacqui auf und rief: »Ich habe ja extra meine Bilder mitgebracht! Hatte ich total vergessen!« Eilig stöckelte sie aus dem Wohnzimmer.

»Jetzt müssen wir wohl alle ganz tapfer sein.« Isolde grinste in die Runde. »Ich besonders. Drückt mir die Daumen.«

Ehe wir etwas dazu sagen konnten, war Jacqui schon zurück. Sie setzte sich zwischen Isolde und mich und öffnete einen Ordner, prall gefüllt mit Klarsichthüllen, in denen großformatige Fotos steckten.

An dieser Stelle muss ich leider den schon so häufig benutzten Vergleich mit den Verkehrsunfällen bemühen: Man will eigentlich nicht, muss aber hinsehen, magisch angezogen von dem Elend, das sich den Augen darbietet.

Mit unbewegtem Gesicht blätterte Isolde durch die Fotos von Jacqui in allen erdenklichen ... nun ja ... *aufreizenden* Posen. Nennen wir es mal so. Der Begriff *pornografisch* drängte sich mit Macht auf, aber immerhin war sie – wenn auch nur leicht – bekleidet. Kleidung in homöopathischer Dosis, sozusagen. Grell geschminkt, wilde Haare, laszive Posen. Etliche Fotos in freier Natur aufgenommen, und ich fragte mich, wie sie es wohl geschafft hatte, nicht wegen Erregung öffentlichen Ärgernisses verhaftet zu werden. Frank saß mittlerweile neben Isolde auf der Armlehne. Mit versteinertem Gesicht starrte er auf die Bilder. Wahrscheinlich dachte er genau wie ich an die Fotos von Mandy.

»Hast ... äh ... hast du für diese Fotos etwas bezahlt?«, fragte Isolde schließlich.

»Natürlich! Das waren Profi-Fotografen. Die machen Modemagazine und so«, erwiderte Jacqui stolz.

Isolde seufzte. »Jacqui. Schätzchen. Das waren keine Profis.«

»Doch, ehrlich! Die hatten richtig große Kameras und Blitzlichter und so. Und Studios.«

»Studio?« Isolde deutete auf das aufgeschlagene Bild, auf dem Jacqui sich im transparenten Babydoll auf einem Bett wälzte. »So wie dieses Bett hier? Hm. Waren außer dem Fotografen noch andere Leute da? Assistenten, Visagisten?«

Jacqui schüttelte den Kopf. »Schminken kann ich mich alleine. Das mache ich, seit ich 13 bin. Ich finde die Fotos super.« Sie schob angriffslustig das Kinn vor. »Und? Zeigst du sie deiner Freundin, die ja angeblich eine richtige Fotografin ist und mit echten Promis arbeitet?«

»Nicht mit Promis, Schätzchen, mit *Prominenten*«, erklärte Isolde sanft. »Jacqui, die brauche ich ihr nicht zu zeigen. Maria macht ganz andere Sachen, verstehst du? Mit Modellen, die ... die ganz anders aussehen als du. Ich möchte dich nicht kränken, aber du bist einfach nicht der Typ für Modefotografie.«

Jacqui schnellte vom Sofa hoch und riss Isolde den Ordner aus der Hand. »Verstehe. Du bist neidisch, weil ich so gut aussehe. Und du hast Angst, dass deine Freundin sich in mich verliebt.«

Isolde starrte sie einen Moment lang verblüfft an, dann brach sie in Gelächter aus. Jacqui wurde weiß und presste die Lippen zusammen, dann stolzierte sie aus dem Raum. Isolde rang hustend um Luft.

Frank klopfte ihr beruhigend auf den Rücken. »So schlecht waren die Fotos nun auch nicht«, sagte er schließlich lahm.

»Natürlich nicht.« Isolde wischte sich die Lachtränen ab. »Für einen Kalender, der in Spinden von Autowerkstätten hängt, bestens geeignet.«

»Das habe ich gehört!«, keifte Jacqui von der Flurgarderobe her, wo sie ihren Ordner wieder in einer Tasche verstaute. »Du bist ein hässliches altes Weib!«

»Von mir aus auch das«, prustete Isolde, und ich lachte mit, um nicht die Nerven zu verlieren. Wir hörten erst auf, als Marco mit Jacqui hereinkam und neugierig fragte, womit wir einen derartigen Spaß hätten.

»Sie machen sich über mich lustig«, zischte Jacqui.

Sie kam nicht dazu, sich weiter über uns zu beschweren, denn Bülent und Max kehrten von ihrer Suchaktion zurück, ohne Miriam gefunden zu haben.

»Habt ihr im Bus nachgeguckt?«, fragte Marco, und die beiden nickten. Marco runzelte die Stirn. »Na gut. Dann müssen wir improvisieren, ist ja nicht zu ändern. Loretta und Jacqui, wir drehen in der Bibliothek, geht schon mal voraus. Die Fragen werde ich stellen. Parallel drehen Betty und Horst mit Frank und Isolde, sonst dauert das hier noch ewig. Miriam knöpfe ich mir morgen vor.«

Die Atmosphäre zwischen Jacqui und mir war mehr als frostig, als wir uns vor dem Regal in Positur stellten. Marco sah uns bittend an. »Was meint ihr – kriegen wir das hin, ohne dass der Zuschauer merkt, was heute zwischen euch los war? Vergesst nicht: Eure Auseinandersetzungen werden nicht gesendet, die haben wir ja nicht gefilmt. Dass ihr derart aneinandergeraten seid, ist sehr bedauerlich, aber …«

»Wir sind doch Profis«, fiel ich ihm ins Wort. »Klar kriegen wir das hin. Oder, Jacqui?«

Hochmütig nickte sie. »Ich schon. Ob *du* das hinkriegst, weiß ich natürlich nicht. Immerhin bin *ich* Model und Schauspielerin, egal was Isolde sagt. Das interessiert mich nicht. Die ist nur neidisch, weil sie alt und faltig ist. Und keinen Mann abkriegt«, sagte sie.

Klar – du bist Schauspielerin. Und Profi-Model. Hat man ja an den höchst professionellen Bildern gesehen. Und ich bin die verdammte Kaiserin von China, dachte ich.

Marco warf mir einen fragenden Blick zu, der gleichzeitig ungeheuer genervt war.

Dafür hatte ich vollstes Verständnis.

Kapitel 17

Eiszeit … oder ein Abend, der deutlich länger dauert als geplant

Wie am Abend zuvor blinzelte ich ins grelle Licht des Scheinwerfers, während ich vor dem Haus des Gastgebers stand und zwischen den Kochlöffeln herumsuchte, um so zu tun, als wüsste ich noch nicht, wie viele Punkte ich zu verteilen gedachte.

Isolde, Frank und Jacqui waren bereits abgedreht. Sobald ich fertig war, würde man ein Taxi für Jacqui bestellen. Frank war eigentlich schon längst entlassen, weil er morgen dran war, aber er hatte sich bereiterklärt, Isolde und mich nach Hause zu chauffieren. Sie warteten drinnen auf mich.

Ich fummelte also mit den Kochlöffeln herum und sagte: »Karlheinz hat sich mit dem Essen heute große Mühe gegeben.«

Ha – jeder Mensch auf der Welt wusste, was das bedeutete: Viel gewollt, wenig gekonnt.

»So sehr ich Karlheinz' Eifer, uns über den Hintergrund jeder seiner Zutaten umfassend zu informieren, auch wertschätze, so führten seine detaillierten Erläuterungen leider dazu, dass die ersten beiden Gänge kalt wurden und das außergewöhnliche Eis geschmolzen war, bevor wir zum Essen kamen. Darunter hat die Qualität seiner Speisen enorm gelitten. Im Restaurant hätte ich alles zurückgehen lassen. Da ich nicht bewerten möchte, wie die Gänge geschmeckt haben *könnten,* wenn sie heiß beziehungsweise nicht geschmolzen gewesen wären, gebe ich Karlheinz für diesen Abend«, ich hielt den entsprechenden Kochlöffel in die Kamera, »fünf Punkte.«

Und damit bist du noch gut bedient, du Drecksack, dachte ich. Karlheinz würde auch von den anderen nicht wesentlich mehr Punkte bekommen, dessen war ich mir sicher, allenfalls von Jacqui. Ob er danach wohl noch bei *Escoffiers Erben* mitmachen durfte? Bestimmt, denn er würde eine super Erklärung dafür parat haben: Wir waren allesamt ignorante Idioten und sowieso nur neidisch auf seine Kochkunst.

Horst hob die rechte Hand, und ich klatschte ab.

»Das war ein wilder Tag heute«, sagte er und grinste.

»Wir sind ja auch eine wilde Truppe«, erwiderte ich. »Beim nächsten Mal solltet ihr dreimal überlegen, ob ihr noch mal in den Ruhrpott kommt.«

Horst wollte etwas antworten, kam aber nicht mehr dazu.

»Loretta! Lorettaaa!« Frank war in der Haustür aufgetaucht und winkte frenetisch. »Komm rein! Schnell!«

Unwillkürlich rannte ich los, ohne die Alarmsirene in meinem Inneren zu beachten. Das kannte ich, das hatte ich bereits erlebt … und es hatte zu Dingen geführt, die bis heute nicht verarbeitet waren. Ich hätte einfach stur draußen stehenbleiben und den lieben Gott einen guten Mann sein lassen sollen. Aber nein – ich musste ja unbedingt wissen, was los war.

»Terrasse!«, keuchte Frank und zerrte mich hinter sich her.

Sie standen am Geländer und sahen schweigend in die Tiefe, starrten irgendetwas an, das von einem Scheinwerfer beleuchtet wurde. Er war an eine Verlängerungsschnur angeschlossen, die sich über die Terrasse schlängelte. Marco kam uns entgegen. Er sprach in sein Handy und nahm uns überhaupt nicht wahr. *Polizei*, schnappte ich auf, und *Notarzt.* Ich erschrak. Hatte Karlheinz die Nerven verloren und sich in den Abgrund gestürzt? Aber nein, er stand dort bei den anderen.

Ich spähte über das Geländer. Es ging etliche Meter steil hinab. Für einen verrückten Moment lang glaubte ich, mich selbst zu sehen, denn dort unten im Schnee lag eine zierliche, grotesk verdrehte Gestalt in schwarzer Jeans und rot-dunkel geringeltem Pullover, die ziemlich tot wirkte. Um ihren Kopf herum bildete Blut eine verstörend schöne rote Blüte, die mich an die seidene Mohnblume erinnerte, die Isolde vormittags bei unserem gemeinsamen Interview getragen hatte.

Wir hatten Miriam gefunden.

Eine halbe Stunde später tobte auf Karlheinz' Anwesen der Bär. Seine Auffahrt war verstopft mit Einsatzfahrzeugen von Polizei, Feuerwehr und Notarzt. Ein Polizist hatte unsere Namen und

Adressen aufgenommen und uns gebeten, im Wohnzimmer auf das Eintreffen der Kripo zu warten, und so verteilten wir uns auf die Sessel und das Sofa. Die Männer von der Kavallerie standen auf der Terrasse und debattierten darüber, wie man am besten zu Miriams Leiche gelangen könnte. Karlheinz, der verblüffend ruhig war, erklärte ihnen, dass es bei seinem Nachbarn eine Treppe gab, die in die Schlucht führte. Ein Tross, von ihm angeführt und bestehend aus Notarzt, zwei Sanitätern und zwei Feuerwehrmännern, zog durchs Wohnzimmer und verließ das Haus. Zwei Polizisten und drei weitere Feuerwehrleute blieben auf der Terrasse zurück und scharten sich fröstelnd um einen der Gasbrenner.

Marco telefonierte hektisch. Aus dem, was ich hören konnte, entnahm ich, dass er sich für den kommenden Drehtag um Ersatz für Miriam bemühte.

»Sach ma, sind wir verflucht, oder wat?«, flüsterte Frank mir zu, der auf der breiten Armlehne meines Sessels saß.

»Darüber will ich gar nicht erst nachdenken«, raunte ich zurück.

»Meinze, die blasen den Rest der Woche ab?«

Ich zuckte mit den Schultern. »Weiß nicht.« Ich deutete unauffällig mit dem Kinn auf Marco, der mittlerweile jemanden am anderen Ende der Leitung überredete, baldmöglichst anzureisen. »Sieht eher nicht so aus. Er scheint schon Ersatz für sie organisiert zu haben.«

Ich sah mich um. Isolde saß mit Horst, Bülent und Betty auf dem Sofa, sie hatten sich mit Karlheinz' Erlaubnis aus dessen Schnapsbar bedient und kippten schweigend Hochprozentiges in sich hinein. Jacqui stand in einer Ecke des Raums und hantierte mit ihrem Smartphone. Max stierte in einem Sessel mir gegenüber geschockt und blicklos vor sich hin.

Marco ließ sich in den letzten freien Sessel fallen. »Alles klar«, sagte er, »morgen kommt Ersatz. Wir drehen weiter wie geplant.«

Max erwachte aus seiner Starre. »Wie bitte? Du willst weitermachen?«

Marco nickte. »Das ist nicht meine Entscheidung, sondern die der Produktionsfirma, lieber Max. Wir können nicht einfach abbrechen, nur weil ...«

»*Nur weil?*« Max sprang auf. »*Nur weil?* Miriam ist tot! Ist dir das nicht klar?«

»Doch, ist es. Und es tut mir auch leid. Aber wir sind mitten in einer Produktion, Max. Drei Tage sind abgedreht, zwei fehlen noch, wie du weißt. Dass ein Unfall geschehen ist, ist tragisch, aber nicht zu ändern. Bei Filmen kommen auch manchmal Stuntmen ums Leben, aber deshalb wird nicht alles abgeblasen. Wir sind Profis, und wir machen weiter. Wenn du aussteigen willst, dann sag es jetzt und hier.«

»Klar, und dann kriege ich nie wieder einen Job bei euch«, schnappte Max und setzte sich wieder hin.

Marco zuckte mit den Schultern. »Darauf habe ich keinen Einfluss, das weißt du.« Er schlug einen versöhnlichen Ton an. »Max, ich verstehe, dass du geschockt bist – bin ich auch. Aber *the show must go on,* so ist das nun einmal.«

»Darauf trinken wir«, sagte Isolde, und die Sofa-Crew kippte eine weitere Runde Schnaps.

Wir hörten Stimmen und blickten neugierig zur Wohnzimmertür. Ein weiterer Polizist kam herein, in Begleitung einer hochgewachsenen Frau mit praktischem Kurzhaarschnitt, die unausgeschlafen und nicht besonders gut gelaunt wirkte.

»Die kennen wir doch! Dat is doch ...«, flüsterte Frank.

Ich nickte und seufzte. »Kommissarin Küpper.«

»Das sind alle, die heute anwesend waren, als der Unfall passiert ist«, sagte der Polizist und deutete auf uns. »Bis auf den Hausbesitzer. Den haben Sie ja schon unten bei der Leiche gesehen.«

Max schnappte nach Luft. Falls er bisher noch gehofft hatte, dass Miriam nur verletzt war, war diese Hoffnung gerade zerplatzt.

Die Kommissarin ließ den Blick über uns wandern. Als sie Frank und mich sah, stutzte sie. Ich zog unwillkürlich den Kopf ein, aber das nutzte mir natürlich kein bisschen. Ja, ich hätte vorhin losrennen sollen, als Frank nach mir gerufen hatte – aber in die andere Richtung. Zum nächstbesten Taxistand, um mich zum Flughafen und außer Landes bringen zu lassen. Bloß weg von hier.

Sie nickte mir zu. »Frau Luchs. Und natürlich auch Herr …?«

»Kropka«, half Frank strahlend aus. »Tach, Frau Kommissarin. Lange nich gesehn.«

Nicht lange genug, vermeldete ihr Blick einen Wimpernschlag lang, aber dann gab sie sich einen Ruck und sagte: »Sie alle sind hier, weil Sie an Dreharbeiten für diese Kochsendung …«

»›Gib mir den Löffel!‹«, warf Frank hilfsbereit ein.

»Richtig. Und die junge Frau gehörte zur Crew?«

»So ist es.« Marco erhob sich. »Marco Messmer. Ich bin der Produktionsleiter. Miriam ist … war … eine der freien Mitarbeiterinnen. Außer mir sind alle Freelancer.«

Kommissarin Küpper studierte eine handgeschriebene Liste. »Herr Messmer. Kommen Sie bitte mit. Ich habe einige Fragen.«

Sie gingen aus dem Raum. Der Polizist blieb in der Tür stehen.

Frank und ich wechselten einen Blick. Seit dem letzten Sommer waren wir ja alte Hasen, was die Abläufe nach dem Auffinden einer Leiche anging – leider. Erwin würde staunen, wenn ich ihm erzählte, dass ich wieder einmal mit seiner Patentochter zu tun hatte. Und meine Therapeutin erst … erneut ein Todesfall in meiner unmittelbaren Umgebung.

Ich horchte in mich hinein. War ich aufgeregt oder geschockt? Eigentlich nicht besonders, wie ich feststellte. Die ganze Szenerie hatte etwas Unwirkliches, als würde sie zu den Dreharbeiten gehören.

Ich zuckte zusammen, als Frank mich anstieß und in mein Ohr wisperte: »Hömma, wir halten aber schön die Klappe wegen warum wir die Küpper kennen, oder?«

Ich nickte, und schon fragte Isolde neugierig: »Ihr kennt die Kommissarin?«

»Ja … nee … nich wirklich … die war mal …«, stammelte Frank los, während ich gleichzeitig sagte: »Sie ist eine Verwandte von einem gemeinsamen Freund. Wir haben uns mal zufällig auf einer Gartenparty kennengelernt. Flüchtig.«

»Total flüchtich. Dat die sich überhaupt unsere Namen gemerkt hat, echt irre.«

Isolde musterte uns zweifelnd, gab sich aber mit unserer durchsichtigen Erklärung zufrieden. Ich atmete auf.

»Dauert das hier noch lange? Ich bin müde«, quengelte Jacqui, auf die niemand mehr geachtet hatte.

»Die Kommissarin wird einen nach dem anderen kurz befragen, und dann dürfen wir gehen«, sagte ich. Eilig schob ich hinterher: »So stelle ich es mir wenigstens vor. Sieht man doch immer im Fernsehen.«

Jacqui gähnte. »Na hoffentlich. Ich habe keine Lust mehr, hier rumzuhocken. Ich will nach Hause.«

»Das wollen wir alle«, warf Isolde ein. »Keiner hat *Lust*, hier zu sein. Was soll Frank sagen – er ist morgen mit Kochen dran. Oder die Leute vom Team? Die müssen alle früh raus. Niemand hat *Lust*, hier die Nacht zu verbringen.«

»Die ganze Nacht?«, quiekte Jacqui und riss entsetzt die Augen auf.

»Herrje, Jacqui, stell dich doch nicht noch blöder, als du sowieso schon bist«, fauchte Isolde entnervt, »es dauert, solange es dauert. Ende der Diskussion.«

»Was gibt dir das Recht ...«

»Jacqui, bitte«, unterbrach Horst sie sanft, »wir können an dieser Situation nichts ändern. Wir haben es bestimmt bald überstanden, ganz sicher.«

Tatsächlich blieb sie still, verschränkte aber beleidigt die Arme vor der Brust – beziehungsweise unter den Brüsten, um exakt zu sein, wodurch sie diese bis fast unter ihr Kinn anhob. Die Herren in unserer Runde hatten sichtlich Mühe, sie nicht anzugaffen.

Marco kam herein und nickte Horst zu. »Sie ist im Esszimmer.« Auf Horsts fragenden Blick hin fügte er hinzu: »Ist ganz harmlos. Ob du irgendetwas mitbekommen hast, wann du sie zuletzt gesehen hast und so.«

Er nahm den freigewordenen Platz seines Kollegen ein und lehnte mit geschlossenen Augen den Kopf an die Rückenlehne.

»Was wollte sie sonst noch wissen?«, fragte Max.

Marco öffnete widerwillig die Augen und seufzte. »Das Übliche, vermute ich mal. Ob Miriam Depressionen hatte, zum Beispiel.«

»Die denken, dat die Miriam freiwillich gesprungen is?«, rief Frank verblüfft aus.

»Wahrscheinlich wollen sie einfach nur keine Möglichkeit außer Acht lassen«, erwiderte Marco.

Max schüttelte den Kopf. »Das ist Blödsinn. Miriam hatte Pläne. Sie wollte Karriere machen.«

»Das ist uns ja nun mal bekannt«, murmelte Betty und wechselte einen beredten Blick mit Bülent, der sagte: »Eigentlich ironisch, finde ich. Eigentlich war sie diejenige, die über Leichen ging. Vielleicht war es Karma.«

»Wat meinze denn damit?«, fragte Frank.

»Das Karma sorgt dafür, dass du das zurückbekommst, was du gegeben hast«, erklärte Bülent. »Tust du Gutes, kommt Gutes zu dir zurück. Tust du Böses …« Er zog die Augenbrauen hoch. Dann stand er auf und verkündete: »Ich fang schon mal an zu packen. Betty? Max? Macht ihr mit?«

Froh, etwas zu tun zu haben, stimmten sie zu, und auch Marco schloss sich ihnen an.

Die Zeit verging, und einer nach dem anderen vom Team wurde zu Kommissarin Küpper gerufen. Als sie fertig waren, wurde Frank zum Gespräch gebeten. Die Crew belud den Teambus, dann wurden sie von Marco bis zum nächsten Tag entlassen.

Nachdem sie abgefahren waren, kehrte er ins Wohnzimmer zurück. Nur noch Isolde und ich waren übriggeblieben.

Er setzte sich aufs Sofa und rieb sich die Augen. »Draußen ist die Hölle los«, sagte er. »Sie haben Miriam geborgen und abtransportiert. Was für ein Tag.«

Isolde tätschelte seinen Arm. »Fahr doch auch ins Hotel. Loretta und ich sind schon große Mädchen. Du musst nicht auf uns aufpassen.«

Müde schüttelte Marco den Kopf. »Kommt nicht in die Tüte.

Ich bin der Erste, der kommt, und der Letzte, der geht.« Er sah mich an. »Ich lasse euch nicht allein. Ich sorge dafür, dass ihr sicher nach Hause kommt. Wir teilen uns später ein Taxi.«

Unsere Blicke hakten sich aneinander fest.

Mit Isolde ging es schnell. Bei ihrer Rückkehr von der Befragung zeigte sie lässig mit dem Daumen über ihre Schulter. »Fräulein Luchs zum Diktat, bitte.«

Ich ging durch die Eingangshalle ins Esszimmer und sah sofort, dass Kommissarin Küpper nicht weniger müde war als ich.

»Frau Luchs, danke für Ihre Geduld«, sagte sie, als ich mich gesetzt hatte. »Nur ein paar Fragen, wir wollen beide nach Hause.«

Ich nickte, und sie fuhr fort: »Kannten Sie Miriam Schnellinger schon vor den Dreharbeiten?«

»Heißt sie so? Schnellinger? Ich kannte ihren Nachnamen nicht. Ja, sie war dabei, als ich gecastet wurde. Obwohl – kennen ist zu viel gesagt. Sie war halt mit einem Kollegen in meiner Wohnung.«

»Hm. Wie bei den anderen Kandidaten auch«, murmelte die Kommissarin. »Für die Sendung wurde am Montag zuerst bei Ihnen gedreht, nicht wahr?«

»Ja.«

»Herr Messmer hat mir erzählt, er habe Frau Schnellinger heute diverse Male auf dem Geländer der Terrasse sitzen sehen und sie vor der Gefahr gewarnt. Haben Sie das auch irgendwann einmal gesehen?«

»Nein. Das andere Team, also auch Miriam, hatte Pause, während wir das Essen gedreht haben. Keine Ahnung, was sie währenddessen gemacht hat.«

»Hm.« Sie machte sich eine Notiz und klappte ihr Notizbuch zu. »Sie können gehen, Frau Luchs. Tut mir leid, dass es solange gedauert hat.«

»Können Sie ja nix dazu. Wo Sie mich – uns – während der nächsten zwei Tage finden, falls Sie noch Fragen haben, wissen Sie?«

Ein flüchtiges Lächeln huschte über ihr Gesicht. »Morgen Abend bei Herrn Kropka und Freitagabend bei Frau Schulz. Ich gehe aber eher davon aus, dass ich mich – falls notwendig – tagsüber melden werde.«

»Na dann.« Ich stand auf und ging zur Tür.

»Frau Luchs?«

Ich blieb stehen und drehte mich um.

»Wie geht es Ihnen mittlerweile?«

»Viel besser, danke. Die regelmäßige Arbeit mit Frau Müller-Westerholt tut mir gut.«

Astrid Küpper nickte. »Das freut mich zu hören. Wirklich. Ach ja … und schöne Grüße an Onkel Erwin.«

»Werd ich ausrichten.«

Natürlich war Kommissarin Küpper klar, dass ich alles mit ihrem Patenonkel durchhecheln würde …

Marco und ich teilten uns die Rückbank des Taxis, nachdem Isolde darauf bestanden hatte, vorne zu sitzen, da ihr hinten angeblich schlecht wurde. Sie zwinkerte mir zu, als sie diese Räuberpistole zum Besten gab, und in mir keimte der Verdacht, dass sie die Blicke zwischen Marco und mir bemerkt hatte und Amor spielen wollte. Tatsächlich legte er den Arm um meine Schultern und zog mich an sich. Ich ließ es geschehen, denn es fühlte sich gut an.

Isolde stieg aus, und meine Wohnung war das nächste Ziel. Wir schwiegen, aber als wir fast da waren, sagte Marco plötzlich: »Ich fühle mich wohl in deiner Gesellschaft, Loretta. Ich bin überhaupt nicht müde. Du?«

Ich grinste, was er wegen der Dunkelheit nicht sehen konnte. Nicht müde – klar. Es ist 4 Uhr morgens, und du bist nach diesem Horrortag nicht müde. Das kannst du deiner Oma erzählen, Bursche. Dir ist nach ein bisschen Matratzentango, das ist alles.

Zum zweiten Mal an diesem Abend horchte ich in mich hinein. Ich war Single, ich war volljährig, und ich saß hier mit einem attraktiven Mann, der mir ein eindeutig-zweideutiges Angebot gemacht hatte. Warum sollte ich ihn von der Bettkante schubsen?

Mir fiel kein Grund ein.

»Ich bin auch nicht müde«, sagte ich.

Kapitel 18

Ein Frühstück zu dritt und Fragen über Fragen …

»Manchmal hasse ich meinen Job«, sagte Marco, als er in die Küche kam.

Ich ließ meinen Blick wohlgefällig auf ihm verweilen, denn er trug lediglich ein Handtuch um die Hüften. Er stellte sich hinter mich und küsste meinen Nacken.

»Setz dich. Der Kaffee ist gleich fertig«, sagte ich hastig, denn sonst läge ratzfatz sein Handtuch auf dem Boden und er wieder in meinem Bett.

Wir hatten keine Zeit damit verplempert, so zu tun, als wüssten wir nicht, warum er zusammen mit mir aus dem Taxi stieg. Wir wollten Sex. Beide. Also waren wir sofort in mein Schlafzimmer gegangen und hatten uns gegenseitig die Klamotten vom Leib gerissen. Irgendwann hatte ich uns etwas zu trinken geholt, dann hatten wir weitergemacht. Jetzt war es 6 Uhr morgens, und er musste zu seinen Leuten ins Hotel, da in einer Stunde die allmorgendliche Besprechung stattfand. Ich hatte für 6.45 Uhr ein Taxi bestellt, das würde reichen.

Ich stellte zwei Tassen Espresso auf den Tisch und setzte mich ihm gegenüber. »Warum hasst du deinen Job? Wegen der nervigen Kandidaten, mit denen du Ärmster dich jede Woche rumschlagen musst? Streitsüchtige Hysteriker, wie wir es diese Woche sind? Ich würde uns auch hassen.«

Er sah mir tief in die Augen und schüttelte den Kopf. »Nein, weil ich nicht einfach mit dir im Bett bleiben kann.«

Rate mal, wie schade *ich* das finde, dachte ich.

Um mein Bedauern darüber zu verbergen, nippte ich konzentriert an meinem Kaffee. »Das Leben ist kein Wunschkonzert.«

»Nanu – eine Platitüde? Von dir? Erstaunlich.«

»Oh, ich kann auch dämlich. Bisher habe ich mich bloß verstellt, wird aber allmählich anstrengend. Ich fürchte, mein Pulver ist verschossen, lieber Marco. Ich sage dir lieber gleich, dass ich in

Wirklichkeit total langweilig bin, damit du nicht zu geschockt bist, wenn dir langsam, aber brutal die Wahrheit dämmert.«

Er schüttelte lachend den Kopf. »Du bist alles andere als langweilig, Frollein. Du bist meine Lieblingskandidatin, mit großem Abstand. Und ich habe schon Hunderte an mir vorbeiziehen sehen.«

»Du musst mir nicht mehr schmeicheln. Du hast mich schon ins Bett gekriegt«, gab ich zurück.

Er wurde ernst. »Das ist keine Schmeichelei, Loretta. Du bist etwas Besonderes. Erinnerst du dich? Ich habe mich bei dir sofort wohlgefühlt. Beim ersten Besuch in deiner Wohnung.«

Hui – das lief in eine Richtung, die ich nicht geplant oder erhofft hatte. Hier ging es nur um ein bisschen Spaß. Nächste Woche würde er vermutlich eine andere Lieblingskandidatin flachlegen.

»Obwohl du damals kurz gedacht hast, ich hätte dir tatsächlich Haschkekse untergejubelt?«

»Gott, war das ein Schreck!«

»Nett, dass du mich so nennst, Marco, aber Loretta reicht. Wir sind ja ganz unter uns. Und ansonsten: Gött*in*, bitte. Soviel Zeit muss sein. Ich war der Meinung, du hättest bemerkt, dass ich weiblichen Geschlechts bin. Muss mich wohl geirrt haben.«

Er prustete los, und da er gerade trinken wollte, verschluckte er sich und hustete, bis sein Gesicht beinahe blau war. »Du bringst mich um!«, keuchte er schließlich.

»Das würde Kommissarin Küpper aber gar nicht gefallen. Das lasse ich lieber. Du bist also sicher.«

Mit der Erwähnung der Kommissarin war die neckische Stimmung erst mal zum Teufel, das immerhin hatte ich erreicht. Bravo, Loretta. Während der letzten zwei Stunden hatten wir erfolgreich verdrängt, was in der Weissner'schen Villa vorgefallen war. Ja, es war tatsächlich erst zwei Stunden her, dass wir von dort aufgebrochen waren, und doch kam es mir vor, als hätte das alles in einem anderen Leben stattgefunden. Nun saß ich mit einem leckeren Kerl am Frühstückstisch – wie schön wäre es, wenn ich einfach vergessen könnte, was vorher gewesen war …

»Miriam …«, sagte Marco nachdenklich und starrte aus dem Fenster in die Dunkelheit draußen. Ich sah unsere Spiegelung in den Scheiben. Wir hätten ein frisch verliebtes Paar beim ersten gemeinsamen Frühstück sein können, wenn nicht …

»Ich habe ihr gesagt, sie soll nicht auf dem Geländer rumturnen«, fuhr er fort. »Mehrmals.«

»Ich weiß. Das hat die Kommissarin mir erzählt.«

Überrascht sah er mich an. »Tatsächlich?«

»Hm. Sie wollte wissen, ob ich Miriam auch auf dem Geländer sitzen sehen habe. Hab ich aber nicht. Wie auch? Wenn sie Pause hatte, saß ich am Esstisch. Überhaupt sind wir ja ständig irgendwo weggesperrt. Keine Ahnung, was dann im Rest der Wohnung los ist.«

»Heute wird es eng, da sind wir ja bei deinem Kumpel Frank«, sagte er. »Kleine Wohnung. Du hast übrigens merkwürdige Freunde.«

Ach ja? Hatte ich?

»Was oder wen findest du merkwürdig?«

»Na, diesen Frank, zum Beispiel. Und deine Schnibbelhilfe, Doris. Verrücktes Huhn.«

»Ich verstehe nicht, was du an denen merkwürdig findest.«

Ich ging an den Herd und hielt die Espressokanne fragend hoch. Er nickte.

»Ich muss es anders formulieren«, sagte er dann. »Ich finde es erstaunlich, dass jemand wie du mit ihnen befreundet ist.«

Allmählich wurde es spannend. »Und ich finde es erstaunlich, dass du es erstaunlich findest. Jemand wie ich … was soll denn das heißen?«

Endlich merkte er, dass er drauf und dran warf, eine Arschbombe in ein Riesenfettnäpfchen zu machen. »Ihr seid so … unterschiedlich. Das ist ungewöhnlich.«

Ich lehnte an der Arbeitsplatte und sagte nichts. Sollte er ruhig noch ein bisschen rudern.

»Ich mache diese Sendung mittlerweile seit fünf Jahren«, fuhr er fort. »Die Küchenhilfen zum Beispiel sind immer, ich weiß nicht«, er dachte kurz nach, »irgendwie berechenbar. Die beste Freundin oder die Mutter oder ein Kumpel oder so.«

Ich rührte mich nicht. »Und?«

»Wie soll ich sagen? Die allermeisten Leute verlassen bei Freundschaften nicht ihre Altersgruppe, vielleicht ist es das. Oder ihre Komfort-Zone, wie es so schön heißt. Hätte ich euch nicht zusammen erlebt, käme ich niemals auf die Idee, dass ihr so vertraut miteinander seid.«

»Manchmal gibt es andere Gründe für Freundschaft als die vielleicht üblichen, wie gleiche Interessen oder ähnlicher Background. Ich fühle mich nicht bedroht, wenn eine Freundin ein anderes Leben führt als ich. Im Gegenteil – ich empfinde es als Bereicherung.« Ich erinnerte mich an die Tischdecken-Diskussion mit Doris. »Jeder darf sein, wie er ist und wie er will.«

»Und das finde ich so klasse an dir«, beeilte er sich zu versichern.

Er kam zu mir und zog mich in seine Arme. Wäre ich eine Katze, hätte ich laut geschnurrt.

»Du hast da einen Kratzer«, sagte ich und fuhr mit dem Finger vorsichtig über die verschorfte, leicht geschwollene Schramme an seinem Hals.

»Da bin ich nicht der Einzige. Guck dir mal Bülents Arme an, oder Horsts Hände. Das war eine von Isoldes Katzen. Sie fand es überhaupt nicht toll, von ihrem Lieblingsplatz auf dem Sofa entfernt zu werden. Musste aber sein. Sie ist jedes Mal ausgerastet, wenn wir sie hochgehoben haben.«

»So schön es ist, von einem netten Mann auf Händen getragen zu werden – wir Frauen mögen es nicht immer. Da reagieren wir zuweilen kratzbürstig«, murmelte ich und küsste seine nackte Schulter.

»Ihr seid merkwürdige Wesen.« Er hielt mich auf Armeslänge von sich weg. »Du bist so sanft und lustig. Ich kann mir nicht vorstellen, dass irgendjemand dich nicht mag. Und trotzdem stimmt da was zwischen Karlheinz und dir nicht.«

Du hast ja keinen Schimmer, dachte ich und zwang mich zu einem Lächeln. »Genau. Aber das ist streng geheim. Karlheinz ist sexy und spannend, genau meine Kragenweite. Wir fahren total aufeinander ab.«

Marco lachte auf. »Ja, bei euch hat es eindeutig gefunkt.« Er dachte einen Moment nach. »Irgendwas ist da zwischen euch«, wiederholte er dann.

Die Espressokanne vermeldete röchelnd, dass der Kaffee fertig war, und ich machte mich von ihm los.

»Er ist ein streitsüchtiger, zwanghafter Blödmann«, sagte ich, während ich unsere Tassen füllte. »Du hast ihn doch selbst erlebt. Bei Isolde, zum Beispiel. Oder gestern, als er dachte, Miriam ist im Haus unterwegs. Wer weiß, welche Leichen er im Keller hat.«

Vielleicht einen Computer mit Tausenden Bildern von der nackten, 12-jährigen Mandy? Mit denen er womöglich einen regen Tausch gegen andere nackte Mädchen betrieb? Ich wollte es mir nicht ausmalen.

Marco nickte langsam. »Das habe ich mich bei seiner Reaktion gestern tatsächlich auch gefragt. Während des Interviews nach dem Essen war er ziemlich nervös. Er verhaspelte sich ständig und konnte sich kaum konzentrieren.«

Betont desinteressiert fragte ich: »War er das?«

Marco nickte. »Wahrscheinlich, weil Max und Bülent unbeaufsichtigt im Haus unterwegs waren. Es ging ihm alles nicht schnell genug. Er wurde ziemlich unhöflich.«

»Sag ich doch: null Selbstkontrolle. Rastet sofort aus.«

»Schon. Aber zwischen euch beiden ist es anders. Er … es ist, als hätte er Angst vor dir.«

Warum kannst du nicht einfach aufhören, darauf herumzureiten, dachte ich entnervt, mach uns doch nicht alles kaputt.

Ich lachte, und es klang künstlich. Jedenfalls in meinen Ohren.

»Unsinn. Wieso sollte er vor mir Angst haben? Ich bin doch nur ein Mädchen im Ringelpulli. Ich tu niemandem was.«

Wir setzten uns wieder, und er musterte mich lange. Dann sagte er langsam: »Miriam sah gestern genauso aus wie du. Ich habe sie sogar einmal mit deinem Namen angesprochen.«

»Ich bitte dich. Miriam war 15 Jahre jünger als ich.«

»Schon. Aber in der Dunkelheit, von hinten …«

»Pass auf, was du sagst«, drohte ich bemüht scherzhaft. Ich war kurz davor, ihn achtkantig rauszuwerfen. Nicht wegen der Tatsache, dass man die erheblich jüngere Miriam *im Dunklen* und *von hinten* mit mir verwechseln könnte, sondern weil er einfach nicht lockerließ.

Abwehrend hob er die Hände. »So meinte ich es nicht. Aber man konnte euch verwechseln, das steht fest.«

Was sollte das? Wollte er mir Angst machen? Innerlich stockte mir der Atem. Was, wenn er, ohne es zu ahnen, auf der richtigen Fährte war? Hatten die Koslowskis doch noch bei Karlheinz angerufen und von meinem Besuch bei ihnen erzählt? Wenn sie mich beschrieben hatten, könnte selbst der größte Schwachkopf eins und eins zusammenzählen … Ich versuchte, mich an jeden Moment des vergangenen Abends zu erinnern. Hatte Karlheinz sich mir gegenüber irgendwie anders verhalten? Er war unhöflich gewesen, beleidigend, aufbrausend. Wie immer, also. Blöderweise hatte ich seine Reaktion nicht miterlebt, als Miriam gefunden worden war.

»Willst du damit sagen, Miriams Tod war kein Unfall, sondern ein Versehen? Du denkst, eigentlich sollte es mich treffen?«

Wieder hob er die Hände, sagte aber nichts.

»Ich glaube, dein Schlafmangel macht sich allmählich bemerkbar, mein Lieber«, sagte ich und gab mich amüsiert. »Deine Theorie ist also, Karlheinz – der ja deiner Meinung nach Angst vor mir hat – wollte mich loswerden, indem er mich von seiner Terrasse schubst.«

»Wer schubst wen von der Terrasse?«, murmelte es verschlafen von der Küchentür, und wir fuhren herum.

Diana stand dort und starrte uns an. In ihrem mit rosa Kaninchen bedruckten Flanellpyjama und der goldenen Wolke aus zerzausten Haaren um ihren Kopf sah sie aus wie ein kleines Mädchen. Fehlte nur noch, dass sie am Daumen nuckelte.

Heute Morgen die goldene Wolke, gestern Nacht die blutige Mohnblüte, dachte ich. War Miriams Tod tatsächlich ein fehlgeschlagener Mordanschlag auf mich? Weil Karlheinz seine Panik, ich könnte sein schönes Leben zerstören, nicht anders zu kanalisieren wusste?

»Hey, Marco. Du heißt doch Marco?«, sagte Diana, drehte sich um und schlurfte ins Bad.

Marco blickte auf die Wanduhr und sprang erschrocken auf. »Ich muss los.«

Er raste aus der Küche und stand zwei Minuten später vollständig angezogen wieder vor mir. Kein Sekunde zu früh, denn es klingelte – Marcos Taxi wartete unten.

In der Wohnungstür küsste er mich flüchtig. »Wir sehen uns später beim Interview mit deiner neuen besten Freundin.«

Genau – heute hatte ich das Vergnügen, zusammen mit Jacqui die Speisekarte zu kommentieren.

Für den Fall, dass Diana einen Tee wollte, warf ich den Wasserkocher an. In einen dicken Bademantel gehüllt, kam sie wieder in die Küche und stutzte.

»Hab ich den nackten Kerl vorhin am Tisch geträumt?«

»Er war nicht nackt. Er hatte ein Handtuch um.«

Sie zuckte mit den Schultern. »Sah aber nackt aus. Wieso bist du überhaupt schon wach?« Sie musterte mich durchdringend. »Warst du überhaupt im Bett? Du siehst aus, als hättest du keine Minute geschlafen.«

»Im Bett: ja. Geschlafen: nein. Tee?«

»Hm. Earl Grey, bitte. Moment – soll das heißen …«

»Na, was wohl?«

»Ihr hattet *Sex?*«

»Sex? Wie kommst du denn darauf? Ich hab ihm einen Zehner dafür bezahlt, mir halbnackt Gesellschaft zu leisten.«

»Ist ja gut, ist ja gut. Kein Grund, die Krallen auszufahren, meine Liebe.«

Sie nahm den dampfenden Tee entgegen und setzte sich an den Tisch. »Sex. So, so«, murmelte sie dann und nahm einen vorsichtigen Schluck. »Bist du in ihn verliebt?«

»Nee. Hat sich so ergeben.«

»Verstehe. Worüber habt ihr gesprochen, als ich reingekommen bin? Von der Terrasse schubsen?«

Ich erzählte ihr, was gestern alles passiert war, und ihr Tee wurde kalt.

Auf dem Weg zur Arbeit setzte sie mich bei Frau Müller-Westerholts Praxis ab, und mir fiel auf, dass sie heute keinen Scherz mit dem Namen meiner Therapeutin trieb. Dafür schätzte ich meine Freundin, die sonst keinem Gag aus dem Weg ging: Sie spürte, wenn ich nicht dazu aufgelegt war. Sie wusste, ich brauchte gerade etwas Zeit, um mich mental auf die Therapiestunde vorzubereiten.

Frau Müller-Westerholt machte sich lediglich Notizen und unterbrach mich nicht, während ich ihr den Abend bei Karlheinz schilderte.

»Und dann guckte ich über das Terrassengeländer und sah mich tot unten im Schnee liegen. Mit einer riesigen Blutlache um meinen Kopf herum«, schloss ich meinen Bericht.

Ihre Augenbrauen sprinteten hoch zum Haaransatz. »Wie meinen Sie das, Frau Luchs?«

»Natürlich war mir die ganze Zeit bewusst, dass es sich um Miriam handelte und nicht um mich. Ich stand ja höchst lebendig oben auf der Terrasse. Aber sie sah exakt genauso aus wie ich. Wir waren gestern sehr ähnlich gekleidet. Es heißt doch, dass man seinen Körper verlässt und dann über sich schwebt und sich selbst von oben sieht.«

»Sie sprechen von diesen Nahtod-Erfahrungen. Gab es einen – wenn auch kurzen – Moment, in dem Sie wirklich dachten, gestorben zu sein?«

»Nicht wirklich. Es war trotzdem ein extrem verrückter Moment.«

»Beängstigend?«

Es hatte noch keine Gelegenheit gegeben, das gestrige Geschehen wirklich sacken zu lassen, fiel mir auf. So viel hatte ich im Laufe des Tages erlebt: den Besuch bei den Koslowskis, das Essen bei Karlheinz, Miriams Tod, den unerwarteten Sex mit Marco. Wann, bitteschön, hätte ich nachdenken sollen? Oder in mich hineinhorchen, was all das bei mir auslöste? Konnte gut sein, dass mich irgendwann ein verzögerter Schock ereilte und ich wie vom Blitz getroffen umkippte.

Ich schüttelte den Kopf. »Nein, überhaupt nicht. Verrückt, das trifft es am besten.«

»Interessant.« Sie kritzelte etwas auf den Block. »Weiß man, ob es ein Unfall war?«

»Davon habe ich nichts mitbekommen. Wir waren im Haus, während die Polizei und der Notarzt draußen zugange waren.«

Aber das werde ich auf jeden Fall noch herausfinden – wozu gibt es Erwin?, dachte ich.

»Wie ist es für Sie, heute Abend die Menschen zu sehen, die das Erlebnis mit Ihnen geteilt haben?«

»Ich verstehe die Frage nicht.«

Natürlich versuchte ich, Zeit zu gewinnen, denn meine Einstellung zu den diversen Menschen, denen ich heute Abend begegnen würde, war höchst unterschiedlich. Ich überlegte, ob ich ihr von Marco erzählen sollte.

»Empfinden Sie diese Menschen eher als Bedrohung, oder haben Sie das Gefühl, das gemeinsame Erlebnis verbindet Sie?«

Toll, dachte ich, glaubst du, wir hocken uns einmal im Jahr an Miriams Todestag zusammen, um unsere besondere Verbindung und das gemeinsame Erlebnis zu zelebrieren – oder was sollte die Frage? Das wüsste ich aber. Jacqui würde ich in meinem Leben nicht mehr freiwillig treffen, das stand fest. Und von Karlheinz wollte ich nur noch Zeitungsfotos sehen, wie er zwischen zwei Polizisten aus seiner Villa kam und sich eine Jacke über den Kopf zog, um nicht erkannt zu werden. Oder wenigstens mindestens einen Artikel lesen, in dem sein Ruf als Saubermann für alle Zeiten ruiniert wurde. Selbst wenn die Mandy-Sache wegen der elterlichen Zustimmung keine rechtlichen Konsequenzen für ihn haben sollte, war er als Lokalpolitiker und Unterstützer minderjähriger Mütter schlicht nicht mehr tragbar.

»Eine Solidargemeinschaft? Geteilter Schock ist halber Schock?« Ich schüttelte den Kopf. »Das ist von Mensch zu Mensch verschieden. Einige sind mir egal, andere mag ich. Von den albernen Streitigkeiten habe ich Ihnen ja erzählt. Es dürfte Sie nicht überraschen, dass Karlheinz und Jacqui in Zukunft nicht zu meinem Freundeskreis gehören werden. Dass Frank dabei ist, freut mich natürlich sehr. Gerade angesichts des Todesfalls, weil ... Sie wissen schon.«

Sie nickte: Natürlich wusste sie – deshalb saß ich ja schließlich regelmäßig in ihrer Praxis.

»Isolde hoffe ich nach den Dreharbeiten wiederzutreffen«, fuhr ich fort, »sie ist wirklich klasse. Ganz nach meinem Geschmack. Und Marco ...«

Ups. Jetzt war mir der Name doch aus dem Mund gefallen. Mein Gesicht wurde heiß, bestimmt war ich rot geworden. Ich konnte Frank buchstäblich hören: *»Mönsch, Loretta, du has 'n Kopp wie 'n Himbeerlolli!«* Na, danke schön. Dass ich nicht weiterredete, machte Frau Müller-Westerholt aufmerksam.

»Marco? Wer ist das?«

»Der Produktionsleiter. Er kümmert sich um uns, regelt alles rund um die Dreharbeiten.« Ich gab mir einen Ruck. »Ich ... wir haben die letzte Nacht zusammen verbracht.«

Sie verzog keine Miene. »Warum?«

»Warum? Weil wir Lust aufeinander hatten«, fauchte ich. »Wenn Sie glauben, ich schäme mich deswegen, haben Sie sich getäuscht.«

Sie hob beschwichtigend die Hand. »Ich be- oder verurteile nichts von dem, das Sie tun, Frau Luchs. Aber ich muss mich entschuldigen, denn ich habe meine Frage falsch formuliert. Mich interessiert, wie Sie in einer solchen Situation zusammengekommen sind. Einer Situation, die ja durchaus das Potenzial hatte, bei Ihnen existenzielle Ängste auszulösen.«

Ich war nicht der Meinung, dass sie es geschickter formuliert hatte, aber ich beherrschte mich. »Offensichtlich löst die Konfrontation mit dem Tod bei mir sexuellen Appetit aus«, sagte ich, »das war im letzten Sommer ähnlich. Daran sollten wir vielleicht auch einmal arbeiten.«

Sie schüttelte lächelnd den Kopf. »Wenn Sie wollen, können wir das tun. Aber ich kann Sie beruhigen: Das beweist im Gegenteil, dass Ihr Gefühlsleben gesunde, normale Reaktionen zeigt. Sind Sie in den Mann verliebt, Frau Luchs?«

»Da würde ich lügen, wenn ich das behaupten würde.«

Würde ich? Ich mochte ihn, fand ihn attraktiv – aber er schmierte mir ja auch Honig um den Mund und raspelte bei jeder Gelegenheit mächtig Süßholz. Fand ich ihn deshalb so attraktiv? Konnte ich sicher sein, dass er das beispielsweise bei Jacqui nicht machte? Oder vielleicht griff er ja wirklich regelmäßig zu, wenn unter den Kandidatinnen der Woche halbwegs nette Singlefrauen waren. Jacqui war in festen Händen. Konnte ja sein, dass Marco eine Antenne für liebebedürftige Damen hatte. Er besuchte die Wohnungen, fand keine Anzeichen männlicher Anwesenheit …

Sie sah mich nach wie vor abwartend an.

»Ich bin nicht in ihn verliebt«, bekräftigte ich. »Ich habe unser Zusammensein genossen, und wenn es zu einem weiteren kommt, werde ich auch das genießen. Aber am Freitag wird er aus meinem Leben verschwinden. Mich in ihn zu verlieben, ist keine Option. Und hätte sowieso keine Zukunft.«

»Würden Sie sich gern in ihn verlieben, Frau Luchs?«

»Ja, ich würde mich gern mal wieder verlieben, aber nicht in einen Mann, der permanent quer durch Deutschland reist. Wie soll das gehen?«

Verdammt, das Gespräch nahm eine Richtung, auf die ich keine Lust hatte. Was sollte das? Ich wusste ja noch nicht einmal, wie ich mich heute fühlen würde, wenn er und ich uns später wiederbegegneten – wie sollte ich auch? Vielleicht würde er einfach so tun, als hätte der Sex niemals stattgefunden. Besser, ich würde auf alle Eventualitäten gefasst sein. Umso schwerer fiel es mir, zu analysieren, was zwischen uns vorgefallen war. Und außerdem – ich hatte heute Nacht nicht geschlafen, also bitte!

Ich linste zur Wanduhr und sah erleichtert, dass unsere Zeit beinahe um war. Frau Müller-Westerholt hatte meinen Blick bemerkt und lächelte.

»Gibt es noch etwas, über das Sie reden wollen?«

Oh ja, da gab es eine ganze Menge, aber das konnte ich zu diesem Zeitpunkt noch nicht einmal vor mir selbst zugeben. Alles schwirrte mir vollkommen unsortiert durch den Kopf, kaum einen Gedanken konnte ich zu Ende denken. Kein Wunder – ohne Schlaf. Es war geradezu unheimlich, dass ich kaum Gefühle zu Miriams Tod entwickelt hatte. Ich sollte mich heulend an meine Therapeutin klammern, *das* wäre normal. Beruhigungsmittel in mich reinstopfen und mich unter meiner Bettdecke verkriechen.

Ich schüttelte den Kopf. »Nein, im Moment nicht.«

In ihrem Blick lag dezenter Zweifel, aber was sollte sie machen? Sie klappte den Block zu, stand auf und streckte mir die Hand hin. »Dann wünsche ich Ihnen noch zwei schöne Abende. Und natürlich eine gute Zeit bis zu unserem nächsten Termin.«

»Danke«, murmelte ich und floh aus der Praxis.

Kaum draußen, nestelte ich mein Handy aus der Tasche und rief Erwin an.

Kapitel 19

'ne Curry geht immer, aber bitte ohne totes Mädchen zum Dessert

Erwin und ich verabredeten uns in einem Frühstückscafé, denn allmählich machte mein leerer Magen ordentlich Rabatz. Ich war vor ihm da und wählte für uns eine abgelegene Nische hinter einem Wald von künstlichen Pflanzen mit dichtem Blattwerk. Aus verborgenen Lautsprechern dudelte seichte Fahrstuhlmusik, die mich einzuschläfern drohte. Unter anderen Umständen hätte ich einen Fensterplatz gewählt, denn es machte Spaß, die Passanten in der Einkaufszone zu beobachten. Schräg gegenüber an der Bratwurstbude bildete sich die erste Schlange des Tages. Die einen kamen von der Nachtschicht und wollten vorm Schlafengehen noch einen herzhaften Happen essen, für die anderen bedeutete eine knusprige Brat- oder Currywurst das beste Frühstück der Welt. »'ne Curry geht immer«, pflegten die Leute hier zu sagen, vor dem Essen, nach dem Essen und gern schnell mal zwischendurch.

Zu dieser Stunde war ansonsten noch nicht viel los, aber mit dem Öffnen der Geschäfte würde sich auch das noch fast leere Café schnell füllen. Ich wollte mit ihm reden, ohne dass wir gesehen oder belauscht werden konnten.

Als ich die Karte zur Hand nahm, knurrte mein Magen so laut, dass die Kellnerin mich erstaunt ansah.

»Haben Sie verstanden, was er bestellt hat?«, fragte ich sie, und ihre Augen wurden noch größer.

»Das hieß: Ein englisches Frühstück bitte, und zwar mit allem Zipp und Zapp. Dazu bekomme ich einen großen Milchkaffee mit Espresso.«

Sie nickte nur und verschwand. Ich hörte die große Kaffeemaschine schnorcheln, und schon wenig später servierte sie mein Getränk.

»Gleich kommt ein älterer Herr mit Minipli und Schnäuzer. Das ist Herr Schneider. Sagen Sie ihm bitte, wo ich sitze?«, bat ich sie.

»Sehr gern«, flötete sie. »Das Frühstück dauert noch einen Moment, Sie wissen ja …«

Klar wusste ich. Ein englisches Frühstück bestand aus diversen Komponenten wie gegrillten Tomaten und Champignons, gebratenen Würstchen und Speck, Eiern, Baked Beans sowie Toast und Orangenmarmelade, das machte sich nicht mal eben in drei Minuten. Ich löffelte den Schaum von meinem Milchkaffee und trank vorsichtig. Dann zog ich den Block aus der Tasche, den ich stets dabeihatte, und listete für Erwin die Personen und ihre Funktionen auf, damit ich nicht bei jedem endlos erklären musste, wer das war. Mein Frühstück ließ noch immer auf sich warten, also holte ich mir die Tageszeitung an den Tisch, blätterte sie durch – und siehe da: Von einem Foto im Lokalteil grinste mir Karlheinz entgegen, umringt von sehr jung wirkenden, schwangeren Mädchen. Aus dem dazugehörigen Artikel erfuhr ich, dass er zwei Tage zuvor einem örtlichen Mutter-Kind-Heim mal wieder eine größere Spendensumme überbracht hatte, den Erlös einer Tombola seines Golfclubs. Toll. War das wohl, bevor oder nachdem er mit seinem Fotokoffer die Koslowskis besucht hatte?

»Drecksack«, murmelte ich. Beinahe hätte es mir den Appetit verschlagen. Ich fuhr zusammen, als Erwin plötzlich neben dem Tisch auftauchte.

Er setzte sich und nickte anerkennend, als gleich darauf die Kellnerin erschien und mein Frühstück servierte. »Das nehme ich auch, junge Dame. Und ein Kännchen Kaffee.«

Sie ging wieder, und ich sagte: »Du willst doch wohl nicht behaupten, dass du noch nicht gefrühstückt hast.«

»Das ist drei Stunden her. Für mich ist quasi Mittagszeit. Und so ’n Miniwürstchen passt immer rein.« Er lachte und patschte sich auf den stattlichen Bauch.

Ich verkniff mir die Bemerkung, dass die Miniwürstchen nur ungefähr ein Zehntel des Frühstücks ausmachten, und stürzte mich mit Heißhunger auf die würzig duftenden Köstlichkeiten auf meinem Teller.

Wohlwollend beobachtete er mich dabei. Dann sagte er: »Heute

Nacht gab's beim guten Karlheinz Weissner also ein totes Mädchen zum Dessert, hm?«

Meine Gabel landete klirrend auf dem Teller, so verdutzt war ich.

Fassungslos glotzte ich ihn an.

Er wartete mit seiner Antwort, bis die Kellnerin seinen Kaffee abgestellt hatte und wieder verschwunden war. Dann beugte er sich zu mir. »Der kleine Dienstweg, Schätzchen: Diana hat es gleich meinem Täubchen erzählt, und die hat mich natürlich sofort informiert. Ich saß gestiefelt und gespornt bereit, als dein Anruf kam.«

Stimmt – er hatte gar nicht nach dem Grund unseres Treffens gefragt!

»Was weißt du?«

»Nur Stichpunkte: eine tote junge Frau von der Crew ... Miriam, richtig?«

Ich nickte mit vollem Mund.

»Sie soll von der Terrasse gefallen sein. Ich kenne die Häuser da am Hang. Geht dahinter ganz schön steil runter. Natürlich habe ich sofort bei Astrid angerufen.«

Ich nickte wieder. Wie praktisch, wenn ein Freund gleichzeitig der Patenonkel der ermittelnden Kommissarin war.

»Sie sagt, dass bisher keine Fremdeinwirkung feststellbar war, aber natürlich ist die Untersuchung noch nicht abgeschlossen.«

»Logisch, ist ja erst ein paar Stunden her. Hat sie sonst noch etwas gesagt?«

»Allerdings.« Er grinste. »Ich soll dich grüßen. Du sollst dich nicht einmischen, denn manchmal ...«

»... sind Unfälle nur Unfälle, ich weiß«, fiel ich ihm ins Wort. »Und weiter?«

»Sie sagt, niemandem sei etwas Ungewöhnliches aufgefallen, außer, dass diese Miriam irgendwann verschwunden war.«

»Genau. Das war nach dem Dessert, als die abschließenden Interviews gedreht werden sollten. Karlheinz ist bei der Vorstellung, sie könnte allein im Haus herumschnüffeln – so drückte er sich aus –, total ausgerastet. Das ist doch höchst verdächtig, oder?«

»Keine Frage. Wir wissen ja, dass er etwas zu verbergen hat. Aber uns fehlen Beweise«, sagte Erwin. Dann fragte er: »Weißt du, wer die Tote entdeckt hat?«

»Nein. Ich war mit zwei anderen Leuten von der Crew vor dem Haus, als Frank uns hereinrief. Als ich auf die Terrasse kam, war alles taghell erleuchtet. Wahrscheinlich haben sie den Scheinwerfer benutzt, um noch mal unterhalb der Terrasse nachzusehen. Irgendwo musste sie ja sein. Vielleicht war das Marcos Idee.«

Er sah mich fragend an.

»Marco ist der Produktionsleiter«, erklärte ich. »Er hat später erzählt, sie hätte nachmittags auf dem Geländer gehockt.«

»Du meinst …«

Erwin unterbrach sich, weil sein Frühstück kam. Ich ließ meinen mittlerweile leeren Teller abräumen und gab ihm die Namensliste, die er so auf den Tisch legte, dass er sie beim Essen im Blick hatte.

»War sie denn schon seit nachmittags verschwunden?«, fragte er dann. »Ich dachte, erst abends.«

Ich schüttelte den Kopf und schilderte ihm einen groben Ablauf der Ereignisse des Abends bei Karlheinz, während er sich auf Speck und Würstchen stürzte.

»Nach dem Hauptgang war sie noch da«, schloss ich, »da haben wir die Interviews gedreht. Danach waren wir Kandidaten – außer Karlheinz – in der Bibliothek kaserniert und warteten aufs Dessert. Und danach, wie gesagt …«

»Laut Aussage von diesem Marco hat er sie gewarnt, sie solle sich nicht aufs Geländer setzen, das sei zu gefährlich, sagt Astrid. Aber Miriam habe ihn ausgelacht.«

Ich zuckte mit den Schultern. »Kann schon sein, keine Ahnung. Ich habe sie nicht dort sitzen sehen. Aber …«

Er sah neugierig von seinem Essen auf, als ich nicht weitersprach. »Aber was?«

»Marco hat mich darauf aufmerksam gemacht, dass man Miriam und mich gestern bei wenig Licht leicht hätte verwechseln können. Wir waren fast identisch gekleidet. Dunkle Oberteile mit roten Ringeln, schwarze Hose. Sie hat auch kurze Haare, ist Brillenträgerin und so klein wie ich.«

»Was du nicht sagst. Was genau wollte er denn damit andeuten? Dass jemand diese Miriam für dich hielt und ihr einen Schubs gab?«

Ich stöhnte. »Hör bloß auf, Mensch. Wer sollte das denn gewesen sein? Der Einzige, der mir dazu einfällt, ist Karlheinz. Vielleicht hat er schon vom Besuch der Dame von der Model-Agentur bei den Koslowskis gehört und sofort kapiert, dass ich das war. Aber der wird kaum sein eigenes Nest durch einen Mord beschmutzen und sich die Polizei ins Haus holen. Da wäre er ja blöd.«

Erwin war beim Toastbrot angelangt und biss krachend hinein. »Ich wüsste nicht, seit wann Mord etwas mit Klugheit zu tun hätte. Wenn jemand die Kontrolle über sich verliert, weil er sich bedroht fühlt … Und dein Wissen über ihn ist eine starke Bedrohung. Nicht zu unterschätzen.«

»Nie im Leben. So besorgt, wie er um seinen Ruf ist? Wie sähe das denn aus: In seinem Haus passiert ein Mord. Polizei, Presse … nie im Leben.«

»Wenn jemand in Panik ist, weil seine Reputation, also sein Leben, in Gefahr ist, muss er sich schließlich wehren. Heißt: Für ihn ist es Notwehr, denn er will sich schützen. Du würdest nicht glauben, wie oft ich dieser Begründung in meinem Berufsleben begegnet bin, meine liebe Loretta. Ihr hattet doch auch persönlich Streit, oder?«

»Aber *alle* hatten Streit!«, rief ich aus und sprach erschrocken mit gedämpfter Stimme weiter, weil man um uns herum aufmerksam wurde und neugierig herüberspähte. »Nicht nur Karlheinz mit mir, sondern auch Jacqui mit Miriam, Horst mit Miriam, Jacqui mit Isolde, Karlheinz mit Isolde, wahrscheinlich auch Max mit Miriam, wegen der Aufnahmen, die Jacqui gelöscht haben wollte … das ist wie in einem Kindergarten, wenn sich alle untereinander zanken. Nur Betty scheint mit niemandem Zoff zu haben, aber wer weiß, was noch alles passiert ist, das ich nicht mitgekriegt habe! Wir werden ja zwischendurch immer schön voneinander getrennt, damit wir die Interviews der anderen nicht mitkriegen.«

Er sah mich stirnrunzelnd an. »Warum sollte sich dieser Max wegen Jacqui mit Miriam an die Köppe kriegen?«

»Ich hab euch doch erzählt, was ich bei Isolde zwischen Jacqui und ihm beobachtet habe. Kann sein, dass er Jacqui für ihre Dienste an ihm versprochen hat, die Aufnahmen zu löschen. Oder Jacqui hat ihm gedroht, sie würde ihn der Belästigung bezichtigen, wenn er nicht dafür sorgt. Und Miriam hat sich geweigert, mitzuspielen. Allerdings hat Isolde Jacqui gestern den Zahn gezogen, dass es irgendeine Chance für sie gibt, von Maria fotografiert zu werden.«

Er suchte die Liste nach dem Namen ab. »Maria ...?«

»Isoldes Lebensgefährtin. Die Modefotografin. Gestern hatte Jacqui eine Mappe mit Fotos dabei, die Isolde sich ansehen musste. Und danach war ziemlich klar, dass es für Jacqui keinen Grund mehr gab, sich bei Isolde einzuschmeicheln. Damit kann ihr auch egal sein, ob die Aufnahme gelöscht wird oder nicht.«

»War Miriam zu diesem Zeitpunkt schon verschwunden?«

Ich überlegte einen Moment und nickte dann. »Nach dem Dessert wurde nach ihr gesucht – und nach dem Dessert hat Jacqui die Bilder angeschleppt. Sie wurde dann ziemlich pampig, weil Isolde nicht vor Begeisterung applaudiert hat.«

»Hm, hm. Klingt ja alles ganz schön wild. Sag mal, tragt ihr die ganze Zeit die Mikrofone?«

»Gute Frage, Herr Polizist. Wir haben sie den ganzen Abend lang angesteckt, aber ob sie aktiv sind, weiß ich nicht. Wir werden nur abgekoppelt, wenn wir aufs Klo müssen. Dann nimmt der Tonmann, Bülent, uns den Sender ab, der am Hosenbund befestigt ist. Ansonsten: Eigentlich sollten wir abgeschaltet werden, wenn nicht mit uns gedreht wird.« Ich kicherte. »Wenn das nicht passiert ist, hätte der kleine, unauffällige Bülent eine ganze Menge brisantes Material aufgenommen. Und da spreche ich nur für mich. Wenn ich an meine Auseinandersetzung mit Karlheinz denke – au weia. Er hat dann natürlich auch mitgehört, was zwischen Jacqui und Max abgegangen ist. Gott allein weiß, was sonst noch alles.«

»*Sehr* brisantes Material. Diese Filmleute müssen vertrauenswürdig sein, immerhin erfahren sie eine Menge Dinge über die Leute, bei denen gedreht wird.«

»Was sollten sie damit anfangen?«

Erwin zuckte mit den Schultern. »Man weiß es nicht. Mit der nötigen kriminellen Energie …«

»Aber das kann die Produktionsfirma sich doch nicht leisten. Ein Handwerksbetrieb wäre auch weg vom Fenster, wenn er mit einem Wohnungsschlüssel Schindluder treiben würde.«

»Und doch kommt es vor. Während meiner Dienstzeit stellte sich nicht nur einmal heraus, dass der Fliesenleger oder der Maler zugegriffen hatte. Gelegenheit macht Diebe.«

»Du meinst, die von der Crew kriegen irgendwas mit, und dann erpressen sie diejenigen?« Dann hätten sie bei uns einiges an Munition, dachte ich.

»Muss ja nicht die gesamte Crew sein. Ein schwarzes Schaf reicht vollkommen aus. Miriam war bei den anderen nicht sehr beliebt, oder?«

»Kann man nicht behaupten. Sie war halt jung und ehrgeizig. Und bereit, provokant zu sein, um Erfolg zu haben.«

»Provokant? Wie meinst du das?«

»Interviews ohne Weichzeichner«, erklärte ich. »Völliges Desinteresse an Harmonie. Um beruflich etwas zu erreichen, wollte sie sich profilieren, indem sie bereit war, die Stimmung unter den Kandidaten anzuheizen. Horst ist da ganz anders.«

»Vielleicht das, was man alte Schule nennt?«

»Genau. Respektvoller als sie, das auf jeden Fall. Und er weiß, dass er mit dieser Art mittlerweile ein Fossil ist.«

»Und Miriam wusste es ebenfalls«, sagte Erwin nachdenklich.

»Das ganz sicher. Das könnte natürlich ein Motiv sein – falls sie nicht einfach heruntergefallen ist, weil sie das Gleichgewicht verloren hat. Denk an die Worte deiner Patentochter: Unfälle sind manchmal nur Unfälle.«

Erwin grinste und widmete sich wieder seinem Frühstück. Ich zappelte auf meinem Stuhl herum, und er sah schließlich auf. »Was ist?«

»Was unternehmen wir wegen Karlheinz?«

»Was meinst du?«

»Sollten wir nicht nach Beweisen suchen?«

Er legte sein Besteck auf den Teller und wischte sich den Mund mit der Serviette ab. »Beweise suchen, ja«, sagte er dann. »Schon eine Idee, wie wir das anstellen sollen?«

Hatte ich nicht. *Noch* nicht.

Kapitel 20

Jacqui macht sich unbeliebt –
und eine Verwechslung unter Brauereierbinnen

Mein Herz begann aufgeregt zu klopfen, als ich den vereinbarten Treffpunkt erreichte. Sie hatten für das Interview wieder einen gastronomischen Betrieb ausgesucht – diesmal war es ein Szene-Restaurant. Da wir für den frühen Nachmittag verabredet waren, hatte ich mir nach dem Treffen mit Erwin noch zwei Stunden Schlaf genehmigt.

Ich entdeckte Jacqui und das Team sofort – Marco war zu meiner Enttäuschung nicht dabei. Aber es gab ein neues Gesicht im Team: ein pummeliges, aufgeregtes junges Ding mit streichholzkurzen Haaren.

»Tach, du bist Loretta, nicht wahr? Ich bin die Susi. Ich springe ein, weil die Miriam … äh … ausgefallen ist.«

Ausgefallen. Schöne Umschreibung für eine unschöne Tatsache. Meine Kopfhaut kribbelte, mein Magen drohte zu revoltieren. Miriam lag tot im Leichenschauhaus; mehr ›ausfallen‹ ging wohl nicht. Ich spürte, dass diese Formulierung mich wütend machte. Bemüht, mir nichts anmerken zu lassen, wandte ich mich rasch ab und zog den Mantel aus. Max begann sofort mit der Verkabelung, während ich bei der Kellnerin ein Mineralwasser bestellte.

Die Susi wartete, bis ich mein Getränk hatte, dann sagte sie: »Lasst uns gleich anfangen. Loretta, du setzt dich bitte neben Jacqui. Wir beginnen mit dem gestrigen Abend.« Sie räusperte sich. »Bitte beschränkt euch auf das Essen. Über Miriams Unfall reden wir nicht vor der Kamera. In Ordnung?«

Jacqui und ich nickten.

»Wunderbar. Wer möchte beginnen?«

Jacqui knipste ein 1000-Watt-Lächeln an und säuselte los: »Also, der Abend bei Karlheinz war toll. Es gab Trüffel und andere ganz tolle Sachen. Ich habe noch nie zuvor Schnittlaucheis gegessen …«

»Basilikum«, warf ich ein. »Das war Basilikumeis.«

Jacqui lachte glockenhell und warf ihre weißblonde Mähne zurück. »Ist doch egal, Loretta. Irgendein Gemüse halt. Hat irre geschmeckt. Und das Haus – wie ein Schloss. Da würde ich gern wohnen.«

Kann ich mir lebhaft vorstellen, dachte ich, und ich wette, du hättest kein Problem damit, dafür vor ihm auf die Knie zu gehen.

»Loretta?«

Ich schrak aus meinen Gedanken auf.

»Was sagst du zum gestrigen Abend bei Karlheinz?«, fragte die Susi.

Also, Loretta – raus damit. »Ich war enttäuscht. Ich hatte hohe Erwartungen an seine Kochkunst, konnte aber leider nicht genießen, was auf den Tisch kam.«

»Warum war das so?«

Die Susi runzelte warnend die Stirn. Befürchtete sie, ich würde doch von Miriam anfangen?

»Er hat zu jedem Gang ellenlange Erklärungen abgegeben. Sehr informativ, zugegeben, aber das ging zu Lasten der Qualität. Vorspeise und Hauptgang waren nur noch lauwarm, als wir endlich essen durften. Das Eis vom Dessert war geschmolzen.«

»Aber das war doch total interessant, was er erzählt hat«, sagte Jacqui entrüstet.

»Das habe ich ja auch nicht abgestritten, Jacqui. Von mir aus hätte er sein eigenes Essen gern kalt werden lassen können, wenn er unbedingt Vorträge darüber halten muss, dass die Teigtaschen wie eine Hügelkette aussehen. Er hätte uns zugestehen können, währenddessen schon anzufangen. Aber nein – wie ein strenger Lehrer verlangte er die unbedingte Aufmerksamkeit seiner Schüler.«

Diese Spitze hatte ich mir nicht verkneifen können. Wenn er die Sendung in ein paar Wochen sah, würde ihn glatt der Schlag treffen. Aber hoffentlich war die Tatsache, dass ich ihn Lehrer nannte und damit auf seine Telefonsex-Aktivitäten anspielte, bis dahin sein allergeringstes Problem. Das wünschte ich mir.

»Und das hat dich genervt?«, fragte die Susi nach.

»Allerdings. Wie schmeckt kalter Risotto? Oder kalte Nudeln? Was soll ich denn bewerten? Im Restaurant hätte ich den Kellner dafür strammstehen lassen und neues Essen verlangt.«

Eilig reichte die Susi uns die Karte. »Was erwartet ihr heute von Frank?«

Jacqui kicherte. »Currywurst, Pommes.«

Blöde Kuh, dachte ich. Sollte mich wundern, wenn du unfallfrei mehr zustande kriegst als Knäckebrot mit Magermargarine.

»Wie du weißt, kenne ich Frank schon länger. Er kocht exzellent. Ich erwarte von ihm bodenständige Küche, und zwar von hervorragender Qualität. Abgesehen davon – hier im Ruhrgebiet solltest du dich nicht abfällig über unsere geliebte Mantaplatte äußern, Jacqui. Ganz schön riskant für deine Beliebtheitswerte, wenn du die regionale Küche beleidigst.«

Die Susi hakte sofort nach. »Mantaplatte?«

»Currywurst und Pommes Schranke.« Auf ihr verständnisloses Gesicht hin fügte ich hinzu: »Pommes frites mit Ketchup und Mayonnaise. Rotweiß. Schranke eben.«

Die Susi war entzückt und bedeutete mir, die Karte zu entrollen. Als ich das Motto las, lachte ich auf: *Schmackofatz* stand dort.

»Was bedeutet dieses Wort, Loretta?«

»Das ist ein Ruhrgebiets-Ausdruck für etwas, das besonders lecker ist. Passt zu Frank.«

»Du darfst mit der Vorspeise weitermachen, Jacqui.«

»Reibeplätzchen mit Apfelkompott«, las diese vor und verzog geringschätzig den Mund. »Sag ich doch: Pommesbude. Ein Glas mit Apfelkompott aufmachen kann jeder. Und Reibeplätzchen sind eklig und fettig.«

»Frank wird das Apfelkompott selbstverständlich selbst machen«, sagte ich. »Und ein perfektes Reibeplätzchen, das außen knusprig und innen saftig sein muss, ist große Kunst. Er wird es aus rohen Kartoffeln zubereiten. Ich bin sicher, das kriegt er hin.«

Ich hatte bei ihm schon einmal Reibeplätzchen gegessen und wusste, wie köstlich seine Vorspeise sein würde.

»Dann mach mal gleich mit der Hauptspeise weiter, Loretta.«

Ich rollte die Karte ein Stück weiter auf. »*Pfefferpotthast!* Hm, lecker.«

»Jacqui, weiß du, was das ist?«, fragte die Susi.

Diese zuckte desinteressiert mit den Schultern. »Keine Ahnung. Klingt aber fettig.«

»Und eklig, vermute ich mal«, murmelte ich. Allmählich musste ich ernsthaft um Beherrschung ringen, um das Püppchen neben mir nicht zu schütteln und anzuschreien.

Die Susi grinste flüchtig. »Du weißt sicher, was Pfefferpotthast ist, Loretta?«

Ich nickte. »Ein traditioneller Eintopf. Ein Schmorgericht mit Rindfleisch und Zwiebeln, manchmal auch mit Rüben oder Rote Bete. Ähnlich wie Gulasch. Dazu gibt es Salzkartoffeln. «

»Jacqui, liest du uns das Dessert vor?«

»*Arme Ritter* … was soll das denn sein? Pfefferpotthast, Arme Ritter … kann der nicht was kochen, das wir kennen?«

»So wie Karlheinz?«, flüsterte ich ihr zu. »Sei doch froh. Das hier kannst du immerhin fehlerfrei aussprechen!«

Jacquis Reaktion war ein hasserfüllter Blick.

»Das haben wir nicht verstanden, Loretta«, mahnte die Susi. »Kannst du es noch einmal wiederholen?«

Ich lächelte strahlend. »Aber gern! Ich dachte, Jacqui kennt es vielleicht unter einem anderen Namen, deshalb habe ich geflüstert. Arme Ritter sind Weißbrotscheiben vom Vortag, getränkt in einer Mischung aus Milch, Eiern und Zucker, dann paniert und in der Pfanne ausgebacken«, dozierte ich mit wachsender Begeisterung, während mir das Wasser im Mund zusammenlief. »Vor dem Servieren werden sie noch mit Zimtzucker bestreut. Franks Menü ist für mich eine einzige Kindheitserinnerung. Ich freue mich sehr. Ganz großes Kino. Wenn ihm alles gelingt – und das wird es –, gebe ich ihm den goldenen Löffel.«

»Denkt ihr, er wird Hilfe beim Kochen haben?«, fragte die Susi.

»Bestimmt«, sagte Jacqui, »ich kann mir einfach nicht vorstellen, dass er gut kochen kann. Auch wenn Loretta das behauptet. Bestimmt will sie nur, dass ihr Kumpel viele Punkte kriegt.«

Für diese Frechheit hätte sie eigentlich eine Ohrfeige verdient – und die Susi blickte mich auch ziemlich erwartungsvoll an. Aber ich riss mich zusammen.

»Dann wirst du eine große Überraschung erleben, Jacqui«, erwiderte ich, »spätestens, wenn du die Ausstrahlung siehst. Vielleicht wird seine Lebensgefährtin ihm bei den Vorbereitungen helfen. Und bei der Deko.« Ich lächelte. »Deko ist tatsächlich nicht so sein Ding, fürchte ich.«

Ich warf einen Blick auf meine Uhr. Früher Nachmittag mittlerweile. Statt meine Zeit hier zu verplempern, hätte ich viel lieber in Ruhe darüber nachgedacht, woher ich Beweise gegen Karlheinz kriegte. Ich konnte mir nicht vorstellen, dass die Koslowskis zu einer Aussage gegen ihn zu bewegen waren. Der großzügige Herr Weissner brauchte lediglich ein paar Hunderter oder Tausender mehr auf den gekachelten Couchtisch blättern, und schon drohte aus der Ecke keine Gefahr mehr. Dazu kam, dass die Fotosessions nicht hinter ihrem Rücken, sondern mit ihrer ausdrücklichen Zustimmung stattfanden. Natürlich handelte es sich dabei in Wirklichkeit um Gier, gepaart mit Desinteresse, aber das war reine Wortklauberei. Sie wussten es und verbaten es nicht, basta. Galt das als Kindesmissbrauch? Machte Karlheinz sich dadurch strafbar?

Was hatte Erwin noch dazu gesagt? Man müsste ihm nachweisen, dass er die Bilder zum Beispiel weiterverkaufte oder tauschte.

Plötzlich wusste ich, was ich zu tun hatte.

Einen Versuch war es immerhin wert.

Ich zappelte mich ungeduldig durch den Rest des Interviews und konnte es kaum erwarten, abgekabelt zu werden.

Ich raste hinaus und versuchte im Rennen, Erwin zu erreichen – erfolglos. Bei Frank brauchte ich es gar nicht erst zu versuchen, der kochte gerade vor laufender Kamera. Am nächstbesten Taxistand sprang ich in einen Wagen und nannte Karlheinz' Adresse.

Mit klopfendem Herzen ging ich die Auffahrt zur Villa hoch. Bei Tageslicht wirkte sie noch überwältigender als in der Dunkelheit. Dass Karlheinz nicht zu Hause sein konnte, wusste ich, denn er wurde momentan interviewt. Blieb die Frage, ob überhaupt jemand da war – und wer.

Die Antwort bekam ich schnell, denn auf mein Klingeln hin öffnete eine Frau mittleren Alters die Tür. Sie trug eine Baumwollschürze und Gummihandschuhe – Uschi, die Hausfrau. Ich war baff. So sah also Karlheinz' Brauereierbin aus: wie ein Muttchen.

»Ja bitte?«, fragte sie mich freundlich, und ich spulte den Text ab, den ich mir auf dem Weg hierher zurechtgelegt hatte.

»Guten Tag, Frau Weissner, ich bin Loretta Luchs. Ich bin eine der anderen Kandidaten. Gestern habe ich hier mein Handy liegengelassen, und ich kann Karl… Herrn Weissner nicht erreichen. Dürfte ich rasch hereinkommen und danach suchen?«

Sie sah mich an und lächelte, sagte aber nichts.

Ääääääh … Warum sagte sie nichts? Ich war mehr als irritiert. Allmählich wurde es bizarr.

Ich versuchte es erneut. »Mein Handy ist irgendwo im Haus. Ich brauche es dringend. Dürfte ich …?«

»Dorota, wer ist denn da?«, rief eine scharfe Frauenstimme aus dem Inneren des Hauses.

»Weiß nicht, Frau Weissner. Fremde Frau«, rief mein Gegenüber über ihre Schulter nach hinten. Mit osteuropäischem Akzent. Aha – Dorota, die Hausangestellte, stand vor mir.

Aus den Tiefen der marmornen Wandelhallen erschien die echte Frau Weissner und sah *deutlich* mehr nach Brauereierbin aus. Sie war überschlank und trug zu einem eleganten Bleistiftrock ein rehbraunes Kaschmir-Twinset, aufgepeppt mit üppigem Goldschmuck. Hochhackige Pumps vervollständigten ihr perfektes Outfit. Ihr honigblond getöntes Haar war sorgfältig frisiert. Sofort unterstellte ich ihr, dass sie jeden Morgen jemanden zum Schminken und Haaremachen antanzen ließ. Aber vielleicht wurde das auch von Dorota erledigt, vor dem Hausputz.

Soweit zu meinen Vorurteilen.

»Machen Sie im Wohnzimmer weiter«, sagte sie barsch zu Dorota, die umgehend davonwieselte, dann wandte sie sich mir zu. »Sie wünschen?«

Na, freundlich war anders. Kein Lächeln verunzierte ihre ebenmäßigen, aber strengen Züge, während sie mich kühl musterte. Sie schüchterte mich ein. Schlagartig war mir klar, wer im Hause Weissner die Hosen anhatte.

»Guten Tag, Frau Weissner. Entschuldigen Sie bitte die Störung. Ich mache wie Ihr Mann bei der Sendung mit und habe gestern mein Handy hier vergessen.«

Ihre Stirn umwölkte sich. Stichworte wie *Sendung* und *gestern* lösten bei ihr sichtliches Missvergnügen aus. Kein Wunder: eine Leiche unterhalb der Terrasse, die Polizei im Haus – wer würde da wohl Luftsprünge vor Begeisterung machen? Da war ich ganz bei ihr.

»Muss das sein? Das passt mir gerade überhaupt nicht. Mein Mann kann es Ihnen doch morgen mitbringen.«

»Das geht nicht«, erwiderte ich, während ich fieberhaft nach einem guten Argument kramte. »Ich weiß ja nicht einmal, wo ich es verloren habe. Und ich brauche es dringend, denn …«, da war er, der Geistesblitz: »meine Mutter liegt im Krankenhaus, ich muss jederzeit erreichbar sein.«

»Und da tauchen Sie jetzt erst auf?«, fragte sie misstrauisch.

»Sie wissen ja, wie das ist. Ich hatte einen Termin nach dem anderen. Und Karl… Ihren Mann habe ich nicht erreicht. Sein Handy war abgeschaltet.« Ich konnte nur beten, dass sie heute nicht schon mehrfach mit ihm telefoniert hatte.

»Typisch. Wozu hat der das Ding überhaupt, wenn es ständig abgestellt ist?«, murmelte sie. Dann machte sie eine nur mit viel gutem Willen als einladend zu verstehende Handbewegung und sagte: »Also gut. Kommen Sie herein.«

Sie ging mir voraus ins Wohnzimmer. Dorota stand auf einer kleinen Stufenleiter und schrubbte verbissen mit einer Zahnbürste den verschnörkelten Goldrahmen eines Spiegels. Mit einer *Zahnbürste.* Klar, wie sollte man die Dinger auch sonst sauber halten. Reine Staubfänger, diese Schnörkel.

Frau Weissner sah ihrer Hausperle ein paar Sekunden lang kritisch auf die Finger, dann wandte sie sich mir zu und verschränkte die Arme vor der Brust. »Hier hat Dorota heute bereits geputzt und nichts gefunden.«

»Vielleicht zwischen den Sitzpolstern der Sofas? Ich darf doch?« Ohne ihre Antwort abzuwarten, klapperte ich ein Sitzmöbel nach dem anderen ab und schob meine Hände zwischen die schwellenden Kissen. Währenddessen überlegte ich fieberhaft, wie ich sie loswerden konnte. Sie machte nicht den Eindruck, als würde sie mich freiwillig unbeaufsichtigt in ihrem Haus herumschnüffeln lassen.

»Hier ist es nicht«, sagte ich schließlich. »Wo überall waren wir denn noch? Auf der Terrasse …«

»Dort ist es ganz sicher nicht«, fiel sie mir scharf ins Wort. »Die Polizei hat dort jeden Millimeter untersucht.«

»Dann waren wir noch in dem Raum mit dem Vinidor.«

Ohne ein Wort stöckelte sie los, ich hinterher. Wir kamen an einer halboffenen Tür vorbei, die offensichtlich zu Karlheinz' Arbeitszimmer führte. Dort hinein musste ich. Unbedingt.

Im Herrenzimmer begann ich wieder mit meiner Show, dass ich jeden einzelnen Sessel sorgfältig absuchte. Ich ließ mir Zeit dabei. Sie stand im Türrahmen und beobachtete mich, während ich so tat, als würde ich es nicht bemerken.

Plötzlich erklang lautes Klirren, gefolgt von Dorotas schmerzerfülltem Jammern. Frau Weissner fuhr herum. »Was hat dieses ungeschickte Trampeltier denn jetzt schon wieder …?«

Ich konnte mein Glück kaum fassen, als sie losrannte, um nachzusehen, was passiert war.

»Dorota!«, schrie sie dann. »Großer Gott – der kostbare Spiegel! Musste das sein? Passen Sie doch auf, Sie bluten alles voll! Kommen Sie ins Bad, schnell!«

Dorotas Jammern wurde leiser, Frau Weissners Schimpftirade ebenfalls. Das war die Gelegenheit.

Ich flitzte ins Arbeitszimmer, so schnell ich konnte. Auf dem Schreibtisch stand ein hypermoderner Laptop. Ich klappte ihn auf und drückte den Startknopf, woraufhin er in Blitzgeschwindigkeit hochfuhr. Ich hielt inne und lauschte. Alles klar. Solange im Badezimmer von Dorota gejammert und von Frau Weissner gezetert wurde, war ich sicher. Mit fliegenden Händen aktivierte ich das Internet und gab www ein, damit der Verlauf der Seiten, die er besucht hatte, aufklappte. Da – ich las etwas mit *Junge Knospen* und wusste, dass ich es gefunden hatte. Nachdem ich den Link angeklickt hatte, erschien eine Seite mit harmlosem Blumenmuster; in der Mitte ein Feld, in das man ein Passwort eingeben musste.

Ein Passwort – natürlich. Schließlich wollten die Herren nicht, dass jeder sie dort finden konnte. Und ganz bestimmt agierten sie dort nicht unter ihren richtigen Namen, so dumm waren sie nicht. Aber welchen Nickname benutzte Karlheinz? Viel Fantasie traute ich ihm wirklich nicht zu, also versuchte ich es mi*t HerrLehrer98.*

Bingo.

Eine weitere Seite baute sich auf: *Nabokovs Freunde.* Würg.

Plötzlich fiel mir auf, dass ich seit einigen Sekunden nichts mehr hörte. Schnell loggte ich mich aus, fuhr den Rechner herunter und klappte ihn zu. Hastig nestelte ich mein Handy aus der Tasche und trat aus dem Zimmer. Ich hörte Frau Weissners Absätze auf dem Marmor klackern, als sie zu mir zurückeilte.

Sie runzelte die Stirn, als sie sah, woher ich kam.

Strahlend zeigte ich mein Handy. »Ich habe es gefunden!

Sofort strebte ich in Richtung Haustür.

»Waren Sie denn gestern auch im Büro meines Mannes?«, fragte sie verblüfft.

»Wissen Sie – wir mussten ständig irgendwo warten, bis wir wieder dran waren«, sagte ich vage. »Vielen Dank jedenfalls. Und ich hoffe, es geht Ihrer Angestellten gut. Das hörte sich ja böse an vorhin …«

Zack – ehe sie reagieren konnte, war ich schon zur Tür hinaus und hatte sie hinter mir zugezogen. Und die aus mehreren Gründen bedauernswerte Dorota lag vermutlich im Wohnzimmer auf den Knien und wischte ihr eigenes Blut auf.

Ich bestellte mir ein Taxi und rief danach Erwin an. Diesmal erreichte ich ihn, und er flippte fast aus, als ich ihm sagte, woher ich gerade kam.

»Bist du verrückt geworden? Das ist Hausfriedensbruch!«, blaffte er, beruhigte sich aber wieder, als er vom Ergebnis meiner Recherchen erfuhr. Ich diktierte ihm die Adresse der Website und Karlheinz' Passwort.

»Ich konnte mir diese Homepage nicht genauer ansehen, das musst du machen«, sagte ich. »Es sieht aus wie ein Forum für ... na ja ... Männer mit bestimmten Vorlieben. Logg dich ein und gib dich als Karlheinz aus – er ist während der nächsten paar Stunden garantiert nicht online.«

Er seufzte. »Und wieder mal in der Grauzone unterwegs. Selbst wenn ich etwas herausfinde, Loretta: Das wird als Beweis nicht zulässig sein.«

»Mag ja alles sein. Aber wenn du herausfindest, dass Mandys Fotos dort verkauft oder getauscht werden, ist das strafbar. Und dann können wir doch Dinge in die Wege leiten!«

Wieder seufzte er. »Mach ich. Bin ja selbst neugierig. Hoffentlich kommt mein Täubchen nicht im falschen Augenblick ins Zimmer. Dann habe ich eine Menge zu erklären.«

Kapitel 21

Karlheinz kann den Mund nicht halten
(Loretta aber auch nicht)

Frank umarmte mich nicht nur zur Begrüßung, er klammerte sich geradezu an mir fest. Ich konnte spüren, wie erhitzt und aufgeregt er war. Ich wünschte ihm inständig, dass sein Abend trotz Miriams Tod leicht und heiter sein würde. Insgeheim bedauerte ich ihn, ausgerechnet heute dran zu sein, aber beglückwünschte mich gleichzeitig ein weiteres Mal dazu, als Erste gekocht zu haben. Davon, den Rest der Woche unbeschwert zu genießen, konnte zwar angesichts des dramatischen Ereignisses bei Karlheinz nicht mehr die Rede sein, aber immerhin war ich nun nur noch Zuschauerin.

Leider hatten Frank und ich an diesem Tag nicht telefonieren können, um die Vorgänge der vergangenen Nacht zu besprechen – die bei Karlheinz, natürlich, nicht die in meinem Schlafzimmer –, da er als Gastgeber unter ständiger Beobachtung durch das Filmteam stand.

»Bin ich froh, dat du da bis«, wisperte er in mein Ohr, »ich könnte ausflippen, dat ich den miesen Schmierlapp heute an mein Tisch sitzen hab!«

Ich wusste genau, was er meinte, und drückte kurz seine Hand.

Sehr laut und enthusiastisch sagte er dann: »Willkommen! Jacqui und Isolde sind schon da.«

Wir gingen in sein Wohnzimmer, und ich gab mir alle Mühe, nicht allzu auffällig nach Marco Ausschau zu halten. Isolde thronte gelassen in einer Ecke von Franks altem, zerknautschtem Ledersofa. Jacqui saß so weit wie möglich von ihr entfernt am anderen Ende. In diesem Leben würden die beiden keine Freundinnen mehr werden, das stand mal fest.

Jacqui nickte mir hochmütig zu, aber von Isolde bekam ich eine warme, beinahe mütterliche Umarmung, bevor sie mich neben sich aufs Polster zog.

Es klingelte, und Frank wetzte wieder zur Tür, gefolgt von Horst und Betty. Jetzt sah ich auch Marco: Er stand neben der Wohnzimmertür und zwinkerte mir zu.

Frank kehrte mit einem angespannt und übernächtigt wirkenden Karlheinz wieder zurück und bat ihn, Platz zu nehmen. Karlheinz blickte sich naserümpfend in Franks Wohnzimmer um, nickte Jacqui zu, wobei er Isolde und mich gekonnt ignorierte, und setzte sich zögernd in einen Sessel. Betty und Horst drängten sich noch in den Raum – und damit war die Bude voll. Knallvoll.

Franks Hände zitterten vor Nervosität, als er uns den Aperitif servierte, der auf dem Couchtisch bereitstand. Am liebsten hätte ich gesagt, er solle sich hinsetzen und mich machen lassen, aber da musste er durch.

»Campari Orange«, sagte Frank und reichte jedem von uns ein Longdrinkglas.

»Frisch gepresster Orangensaft?«, fragte Karlheinz lauernd.

»Natürlich«, antworteten Frank und ich gleichzeitig.

»Der gute, alte Campari-O!«, jubilierte Isolde. »Hab ich seit Ewigkeiten nicht getrunken! Super Idee, Frank.« Sie hob ihr Glas. »Auf unseren reizenden Gastgeber. Und auf einen schönen Abend. Möge dir heute alles perfekt gelingen!«

»Auf unseren Gastgeber«, wiederholte ich, während Karlheinz und Jacqui lediglich mürrisch an ihren Strohhalmen saugten.

»Alles klar«, kommandierte Marco.

Betty setzte die Kamera ab, nickte Frank zu, und sie zogen ab in die Küche, gefolgt von Horst.

Marco zog sich einen Fußhocker an den Couchtisch und setzte sich. »Leute«, sagte er ernst, »ich weiß, dass es heute und morgen nicht leicht sein wird. Die Sache mit Miriam hat uns alle schwer getroffen, aber …«

Den einen mehr, den anderen weniger, dachte ich, während ich ihn beobachtete. Er sprach eindringlich, denn schließlich wollte er diese Woche so zu Ende bringen, dass eine vernünftige Sendung dabei herauskam. Dazu musste er uns motivieren. Keine leichte Aufgabe, hatte er sowieso schon damit zu kämpfen, dass Karlheinz auf Krawall gebürstet war und eigentlich nicht mehr mitmachen wollte.

Prompt keifte dieser los: »Ist das überhaupt rechtens, dass die Dreharbeiten fortgeführt werden? In einer solchen Situation ... Jeder Arzt würde mir ein Attest ausstellen, dass die seelische Belastung nicht zumutbar ist.«

»Das mit dem Attest hatten wir doch bereits, Karlheinz«, erwiderte Marco freundlich. »Ich dachte, es sei im Sinne aller, dass wir weitermachen. Ihr wolltet bei diesem Format dabei sein, sonst hättet ihr euch nicht beworben und diese Woche für die Dreharbeiten freigehalten. Ihr habt euch alle darauf vorbereitet, habt eingekauft und geübt, habt euch auf den Tag gefreut, euren Freunden Bescheid gesagt ...«

Nicht schlecht argumentiert, dachte ich, kein Wort von den bereits entstandenen Produktionskosten, sehr clever. Aber allmählich fragte ich mich tatsächlich, ob wir hier nicht gerade unsere Zeit vergeudeten. Ich hatte auf jeden Fall vor, mein Wissen über Karlheinz weiterzugeben, spätestens nächste Woche, wenn die Dreharbeiten vorbei waren. Heute und morgen wollte ich noch gute Miene zum bösen Spiel machen, aber dann ... Vollkommen egal, was Erwin heute noch herausfand: Es würde auf jeden Fall einen Riesenskandal um Karlheinz geben. Und dann würde die zauberhafte Woche im Ruhrgebiet ohnehin im Giftschrank des Senders landen, dessen war ich mir sicher.

»Und wer hatte den meisten Ärger und den Dreck im Haus? Ich!«, giftete Karlheinz.

»Dreck im Haus?«, fragte Isolde. »Was oder wen genau meinst du damit? Deine Mitkandidaten, die unter deinem Niveau sind, oder diese überaus lästige Leiche? Miriam hätte wirklich so rücksichtsvoll sein können, von *meiner* Dachterrasse zu fallen, da hast du natürlich nicht ganz unrecht.«

»Mit Ihnen rede ich nicht«, tat Karlheinz kund, ohne Isolde anzusehen.

Aha – außerhalb der Kamera siezte er uns also, wie schon gestern Abend. Langsam wurde es lächerlich.

»Ich will auf jeden Fall weitermachen«, meldete Jacqui sich plötzlich zu Wort.

Natürlich wollte sie das, weil ja bekanntlich berühmte Hollywood-Regisseure und Fotografen auf der Suche nach Talenten nicht an dieser Sendung vorbeikamen …

»Vielen Dank, Jacqui«, Marco sah in die Runde. »Nur noch dieser Abend und morgen, dann haben wir es geschafft.«

»Ich möchte vor allem Frank den Abend nicht verderben«, sagte ich, und Isolde neben mir nickte bekräftigend. »Er hat unsere Unterstützung verdient. Wir alle haben heute Nacht nicht viel Schlaf bekommen«, fuhr ich fort, wobei mir nicht entging, dass ein Grinsen über Marcos Gesicht huschte, »aber wir konnten uns wenigstens tagsüber ein wenig erholen. Frank steht in der Küche und dreht seit heute Morgen um acht.«

»Also, dann sind wir uns einig.« Marco blickte auf sein Klemmbrett und fuhr fort: »Heute machen die Interviews Jacqui und Karlheinz sowie Isolde und Loretta. Beim Stöbern Partnertausch, wie üblich. Jacqui, Karlheinz, ihr fangt an. Max und Susi sind schon im Schlafzimmer.«

Karlheinz schnaufte genervt. »Und wo ist das bitte?«

»Mir nach.« Marco stand auf, und die beiden folgten ihm aus dem Wohnzimmer.

Als wir endlich allein waren, stieß Isolde ein Stöhnen aus. »Ich könnte dieses widerliche Ekelpaket umbringen!«

»Wen – Marco?«

»Das könnte ich dir doch nicht antun, meine Liebe! Es knistert ganz schön zwischen euch. Ihr zwei Hübschen habt gestern doch bestimmt noch …?« Sie schnalzte anzüglich mit der Zunge.

»Isolde!«, zischte ich, konnte aber nicht verhindern, dass ich lachen musste.

»Was denn?«, fragte sie und guckte harmlos aus der Wäsche. »Ist doch super, wenn ihr Spaß miteinander habt.« Sie musterte mich. »Keine Sekunde Schlaf gekriegt, hm?«

Ich konnte nur den Kopf schütteln, während mein Grinsen noch breiter wurde.

»Hab ich sofort gesehen. Du strahlst wie eine Frau, die guten Sex hatte.«

»Hör bitte auf«, flüsterte ich, »das ist sehr privat, das muss nicht jeder mitkriegen!«

Keine Sekunde zu früh, denn Marco kam zurück und warf sich in den Sessel. »Ihr zwei Mädels seid meine Rettung. « Er stöhnte. »Das ist die anstrengendste Woche, die ich je erlebt habe. Dieser Karlheinz bringt mich noch um.«

»Oder du ihn«, feixte Isolde.

»Oder ich ihn«, murmelte Marco abwesend, dann straffte er die Schultern und sah uns bittend an. »Wir ziehen das heute durch, richtig? Ich kann mich doch auf euch verlassen, dass ihr für gute Stimmung sorgt?«

»Natürlich«, erwiderte ich. »Frank ist mein Freund, und ich werde alles tun, damit er einen schönen Abend hat. Er war sehr nervös, als er uns begrüßt hat.«

»Ist ja auch kein Wunder«, sagte Isolde. »Ich möchte nicht mit ihm tauschen. Nach der ganzen Aufregung bei Karlheinz heute am Herd stehen und Gäste bewirten zu müssen – Hut ab. Ich weiß nicht, ob ich Lust dazu hätte.« Sie legte den Arm um mich und zog mich an ihre Schulter. »Wir zwei sind die Glückskinder der Woche: Wir hatten unsere Abende schon hinter uns, als das Unglück passiert ist.«

Der Blick, den Marco mir zuwarf, bevor er sich erhob, ließ hoffen, dass es heute Nacht tatsächlich eine Fortsetzung geben würde, wenn ich das wollte. Ich nickte unmerklich und spürte, dass ich rot wurde.

Ehe es peinlich werden konnte, kamen die Susi und Max herein.

»Wir sind im Schlafzimmer fertig und können mit euch weitermachen«, sagte die Susi. »Wir gehen auf den Balkon. Wollt ihr eure Jacken holen? Es ist kalt.«

Isolde sah in schwarzem Cape mit Pelzbesatz und eng anliegender schwarzer Filzkappe wie ein Stummfilmstar aus, während ich mit geringelter Pudelmütze und eisblauem Anorak neben ihr eher burschikos daherkam. Unser Atem stand in weißen Wolken vor unseren Mündern, als wir die Fragen beantworteten.

»Ich freue mich sehr auf Franks Menü«, sagte Isolde, »es erinnert mich an meine Kindheit und die Köstlichkeiten, die meine Mutter gekocht hat. Wunderbar.«

»Genau das habe ich auch gesagt, als ich die Karte heute Nachmittag gelesen habe«, fügte ich hinzu.

»Findet ihr nicht, dass sein Menü ein bisschen zu einfach ist?«, fragte die Susi. »Klingt ja nicht sehr kompliziert: Reibekuchen, Eintopf …«

Isolde und ich sahen uns an und schüttelten synchron die Köpfe.

»Auf keinen Fall!«, rief Isolde entrüstet. »Ist es etwa komplizierter, ein Risotto zusammenzurühren? Oder mein Menü oder Lorettas? Ein guter Kartoffelpuffer, eine saftige, würzige Frikadelle – das ist wesentlich schwieriger, als zum Beispiel einen Braten in den Herd zu schieben und alles vom Thermometer erledigen zu lassen. Wenn Frank in der Küche ein guter Handwerker ist, wird es heute wunderbar schmecken.«

»Aber wenn man Gäste bewirtet? Da erwartet man als Gast doch etwas Besonderes.«

»Quatsch«, gab ich heftig zurück. »In netter Atmosphäre unter Freunden reicht ein Teller Nudeln mit Tomatensoße. Oder eine Schmalzstulle.«

Isolde nickte. »Ein Menü wie seins ist mir hundertmal lieber als alle affigen Süppchen, Schäumchen und Kinderportiönchen der Welt. Dieser Klecks Risotto gestern, diese vier … oder waren es fünf? … Teigtäschchen – was soll das? Wir sind erwachsene Menschen, die erwachsenen Hunger haben! Niemand muss mich mit pseudo-kulinarischem Firlefanz beeindrucken. Frank hat es genau richtig gemacht.«

»Kann er heute die volle Punktzahl erreichen?«, fragte die Susi weiter.

»Auf jeden Fall«, antworteten Isolde und ich gleichzeitig, sahen uns an und lachten uns kaputt.

Jedenfalls von uns beiden, dachte ich, als ich mich an Jacquis Reaktion erinnerte. Und dass Karlheinz mit Punkten um sich werfen würde, konnte ich mir auch nicht vorstellen. Unwahrscheinlich, dass Frank vorhatte, mit seinen Kartoffelpuffern die sächsische Schweiz oder die typischen Halden des Ruhrgebiets nachzubilden.

Der Esstisch trug eindeutig Bärbels Handschrift. Zartgrüne Tischsets auf hölzerner Tischplatte, altmodisches Geschirr in elfenbeinfarbenem Porzellan mit Goldrand, Kristallgläser, Moos und Schneeglöckchen in einem flachen Glashafen. Das Silberbesteck hatte verschnörkelte Griffe und war in elfenbeinfarbene Stoffservietten gewickelt. Isolde und ich nahmen Franks Angebot an, Bier zu trinken, während Jacqui und Karlheinz den Wein wollten.

»Was kannst du uns über den Wein erzählen, Frank?«, fragte Karlheinz prompt.

»Jede Menge!«

Ich applaudierte innerlich, als Frank die Flasche holte und völlig unbefangen vorlas, was auf dem Etikett stand. Isoldes Grinsen zeigte mir, dass sie so dachte wie ich.

Frank servierte jedem von uns zwei kleine, perfekt gewürzte Kartoffelpuffer: außen kross und innen saftig. Dazu gab es für jeden ein Schälchen mit Apfelkompott mit genau der richtigen süßsauren Note, abgeschmeckt mit ein wenig Zimt. Es war so lecker, dass ich mich damit bis zur Besinnungslosigkeit hätte vollstopfen können, um ehrlich zu sein.

Jacqui zerteilte eins der Kartoffelplätzchen und schob die Teile mit kreischender Gabel auf ihrem Teller von rechts nach links und wieder zurück. Dann tunkte sie die Zinken ins Kompott und benetzte ihre Lippen damit. Karlheinz dagegen langte ordentlich zu.

Isolde und ich plapperten um die Wette, wie gut es uns schmeckte und wie nett der Tisch gedeckt sei. Frank erzählte mit leuchtenden Augen von seiner Bärbel, die weder Zeitaufwand noch lange Wege gescheut hatte, um die Schneeglöckchen aufzutreiben. Und selbstverständlich hatte sie den Glashafen selbst dekoriert.

»Da sind einklich die Wasserschildkröten vonne Blagen drin«, berichtete er, »die wohnen jetz solange bei meine Perle inne Badewanne.«

Drei Leute am Tisch lachten sich schlapp, und zwei verzogen keine Miene. Ich muss hier wohl nicht extra erwähnen, um wen es sich handelte.

Wir waren mit der Vorspeise fertig, und Marco kam an den Tisch.

»Wir sind alle von gestern noch müde, deshalb straffen wir heute ein wenig, damit der Abend nicht ganz so lange dauert«, verkündete er und vermied angestrengt, mich anzusehen.

Ich bildete mir nicht ein, dass er uns beiden heute Nacht ein wenig mehr Zeit verschaffen wollte, aber wenn das dabei raussprang, würde ich ihn auf keinen Fall davon abhalten. Tatsächlich war ich sogar geneigt, ihn in die Karlheinz-Situation einzuweihen. Marco war ein netter Kerl. Ich fand, er hatte es verdient, auf das Unwetter vorbereitet zu sein, das sich zusammenbraute. Und darauf, dass wir hier vielleicht gerade für die Tonne drehten.

»Loretta und Karlheinz fangen mit dem Stöbern an«, sagte Marco. »Die Interviews über das Essen drehen wir heute ganz zum Schluss, nach dem Dessert.«

Schade, dachte ich, während ich vor Karlheinz her ins Schlafzimmer ging, dann kann ich heute nicht viel Zeit mit Isolde verbringen.

Auf Franks Bett lag ein Fotoalbum, das wir uns ansehen sollten. Ich setzte mich auf die Bettkante, während Karlheinz stehenblieb und den Raum mit geringschätzig heruntergezogenen Mundwinkeln musterte.

Ja, Karlheinz, dachte ich genervt, ich weiß, es ist klein und vollgestopft, aber nicht jeder auf der Welt wohnt wie du im Buckingham Palace. Bei den Koslowskis scheint dich das ja auch nicht zu stören.

Trotz dieses Gedankens musste ich kichern, als mir die Porzellan-Windhunde in seiner Villa in den Sinn kamen. Eigentlich fand ich sie sogar ganz witzig, aber nicht in dieser überladenen Umgebung, die sie in puren Kitsch verwandelten. Das hatten sie nicht verdient, die armen Viecher, aber vielleicht würde seine Hausangestellte ja dafür sorgen, dass sie einen ehrenvollen Tod starben.

»Darf ich fragen, was Sie so witzig finden?«, schnappte Karlheinz.

»Geht dich mal so gar nichts an«, schnappte ich zurück. »Und jetzt schaff deinen Hintern hierhin, damit wir endlich anfangen können. Einfach ein bisschen Interesse heucheln, daran bist du als Politiker doch gewöhnt. Umso schneller haben wir es hinter uns.«

Ich hatte einfach keine Lust mehr, höflich zu ihm zu sein. Ehrlich gesagt wusste ich nicht, ob ich mich darauf freuen oder mich davor fürchten sollte, was Erwin heute als *HerrLehrer98* herausfand.

Die Susi und Max hielten die Luft an, entspannten sich aber wieder, als Karlheinz sich tatsächlich neben mich setzte. Max kletterte aufs Bett und kniete sich hinter uns, um über unsere Schulter zu filmen, wie wir uns die Fotos ansahen.

Nach einigen Aufnahmen aus seinem Schrebergarten, die Franks innige Liebe zu schrillfarbener Kleidung eindrucksvoll dokumentierten, folgten etliche Aufnahmen von seinem noch recht frischen Liebesglück und seiner neuen Familie.

»Das ist seine Lebensgefährtin, Bärbel, mit ihren Kindern. Timo, Kevin und Lea.« Beim Gedanken an die muntere Rasselbande musste ich unwillkürlich lächeln.

»Drei Kinder von drei Vätern, vermute ich mal«, ätzte Karlheinz sofort.

Warum hielt dieser Kerl nicht einfach mal die Klappe, wenn er nichts Konstruktives beizusteuern hatte? Dass er nicht zu befürchten schien, mit seiner Häme seinem Image zu schaden – immerhin setzte er sich für junge, ledige Mütter ein –, begriff ich einfach nicht. Entweder hatte er vergessen, dass die Kamera lief oder ein Heer von Anwälten arbeitete bereits mit Hochdruck an einer einstweiligen Verfügung, um die Ausstrahlung zu verhindern. Aber vielleicht war es auch nur das alte *Ist-der-Ruf-erst-ruiniert*-Ding: Er hatte vor uns schon so oft die Nerven verloren und war beleidigend geworden, dass es ihm mittlerweile schnuppe war.

Ich beschloss, seinen unqualifizierten Einwurf mit keiner Entgegnung zu würdigen.

»Ich bin die Ehrentante der drei und habe von Zeit zu Zeit das Vergnügen, auf sie aufzupassen. Meine Damen und Herren, wenn ich vorstellen darf«, ich deutete mit großer Geste auf mich, »Tante Lolo. So dürfen mich natürlich nur die Kids nennen. Und meine Mitbewohnerin Diana ist Tante Didi.« Ehrlich erschrocken schlug ich die Hand vor den Mund. »Ach du Schande, habe ich das etwa laut gesagt? Diana wird mich umbringen.« Mich ritt der Teufel, und ich wandte mich Karlheinz zu. »Manchmal kann ich einfach nicht den Mund halten. Schrecklich, oder?«

Er wurde kreideweiß.

Wenn Blicke töten könnten, wäre ich in dieser Sekunde schnurstracks zur Hölle gefahren.

Kapitel 22

… wie einer der unheimlich coolen Jungs, die auf der Kirmes am Autoscooter arbeiten

Die Stimmung am Tisch war angespannt. Karlheinz brütete vor sich hin, wenn ich ihn nicht gerade dabei ertappte, wie er mich anstarrte. So ganz allmählich keimte in mir der Verdacht, dass er mittlerweile von meinem Auftritt bei den Koslowskis erfahren hatte. Oder von meinem Besuch bei ihm zu Hause. Ich beruhigte mich damit, dass sein Handy abgestellt war und er von nichts wusste. Jacqui hatte sich wieder in eine Schaufensterpuppe verwandelt, die teilnahmslos abwartete, dass es weitergehen würde. Nur Isolde summte gelöst vor sich hin und zwinkerte mir zu. Wirklich schade, dass Marco unsere gemeinsame Interview-Zeit gekappt hatte.

Frank kam aus seiner Küche und servierte den Hauptgang: Pfefferpotthast, heiß und würzig duftend.

»Hmmm …«, machte Isolde genießerisch, beugte sich zum Teller und schnupperte ausgiebig. »Das ist jetzt genau das Richtige. Ich bin von gestern noch völlig ausgehungert.«

Diese Bemerkung war natürlich auf Karlheinz gemünzt, aber er reagierte nicht.

Endlich saß auch Frank, und wir konnten beginnen. Es schmeckte – wie erwartet – himmlisch.

»Karlheinz und ich haben uns ein Fotoalbum angesehen«, begann ich schließlich die Konversation, nachdem Horst mich mit einer Handbewegung dazu aufgefordert hatte.

»Mein Schrebbagarten und meine Liebsten«, sagte Frank strahlend.

Das Tischgespräch geriet wieder ins Stocken. Es wäre ja blöd gewesen, wenn ich Frank weitere Fragen gestellt hätte – immerhin war bekannt, dass wir Freunde waren.

Isolde sprang mir zur Seite. »Wie lange bist du mit deiner Freundin zusammen?«

»Paar Monate erss. Bärbel hat die Parzelle neben meiner. Wir kennen uns schon lange, aber erss im Sommer, als ...« Er stockte und sah mich hilfesuchend an. Nichts über die Morde, das war die Vereinbarung.

»Da war doch dieses Sommerfest«, soufflierte ich eilig.

»Genau! Genau! Ihr kennt dat ja: Da kennt man sich schon tausend Jahre übern Gartenzaun, und auf einma merksse, dat dieser Mensch total wichtich für dich is. Genau. So war dat.« Er lächelte. »Und plötzlich habbich drei süße Köttel.«

»Köttel?«, fragte Isolde erstaunt.

»Na: Kinder, Blagen, Kurze ... ganz wie de willz. Total süß.« Er deutete auf mich. »Tante Lolo ist ihre Lieblings-Babysitterin.«

Um ein Haar hätte Isolde sich verschluckt. »Tante Lolo???«

»Machste nix«, sagte ich und zuckte mit den Schultern. »Kinder nennen dich, wie sie wollen.«

»Darf ich dich auch so nennen?«, fragte Isolde augenzwinkernd.

»Untersteh dich! Nicht, wenn wir Freunde bleiben wollen!«

Deutlich hörbar wurde neben mir geschnaubt – Karlheinz schaltete sich also doch noch ins Gespräch ein.

»Du hast also einen Schrebergarten, Frank«, fuhr Isolde unverdrossen fort. »Schade, dass wir Winter haben, sonst hättest du doch bestimmt Obst und Gemüse aus deinem Garten benutzt, um für uns zu kochen. Verbringst du dort viel Zeit?«

Frank nickte eifrig. »Dat is mein kleinet Paradies. Biste immer schön draußen, frischet Obst und Gemüse – herrlich.«

»Das wäre mir zu spießig«, meldete Jacqui sich plötzlich zu Wort. Wahrscheinlich war ihr siedendheiß eingefallen, dass sie wertvolle Minuten potenzieller Bildschirmpräsenz verschleuderte, wenn sie sich nicht beteiligte. Aber natürlich musste sich das dumme Mädchen abwertend äußern – irgendwer müsste ihr mal sagen, dass dies nicht der richtige Weg war, um cooler zu wirken als andere.

»Meine Mitbewohnerin hat dort auch eine Parzelle«, sagte ich. »Es ist wunderschön da.«

»Kann ich mir nicht vorstellen«, gab Jacqui zurück. »Dazu bin ich einfach zu jung. Kann man da überhaupt Party machen? Mit diesen Spießern?«

»Ach, Jacqui.« Isolde lächelte milde. »Du bist noch jung und verbringst deine Zeit lieber in einer Szene-Bar als unter Freunden. Später wirst du auch anders darüber denken.«

»Das werde ich niemals!«, ereiferte Jacqui sich. »Ich werde immer so bleiben, wie ich bin!«

Isolde und ich wechselten einen Blick, dann fragte sie: »Das war doch nicht zufällig die Kolonie, in der im letzten Jahr diese Morde passiert sind?«

»Morde? Welche Morde?«, erwiderten Frank und ich gleichzeitig.

Während unser Gastgeber vier leere und einen vollen Teller abräumte, wurden wir ins Wohnzimmer gescheucht, damit das Interview mit ihm ohne ungebetene Lauscher gedreht werden konnte. Ich musste mal ins Bad, und Bülent kabelte mich vom Sender ab.

Beinahe prallte ich rückwärts wieder zur Badezimmertür hinaus, denn in der Badewanne türmten sich das Equipment und die Gerätekoffer des Teams buchstäblich bis hoch zur Decke. Klar, wo sollte das Zeug in Franks kleiner Wohnung sonst auch hin?

Als ich das Bad verließ, wartete Marco vor der Tür. Rasch vergewisserte er sich, dass wir unbeobachtet waren, dann zog er mich in seine Arme.

»Endlich«, murmelte er, »darauf freue ich mich schon den ganzen Tag. Sein Mund suchte meine Lippen und fand sie. Schlagartig wurde mir sehr warm, und ich wand mich aus seinen Armen.

»Nicht«, flüsterte ich, »nicht hier.«

»Bei dir? Später?«

Ich nickte und ging zu den anderen ins Wohnzimmer.

Wenn die Stimmung am Tisch lediglich angespannt gewesen war, so brannte jetzt die Luft.

»Du bist wirklich das schlimmste Ekelpaket, das mir jemals begegnet ist«, zischte Isolde gerade Karlheinz an, als ich den Raum betrat.

»Jemand wie ich würde jemanden wie dich normalerweise sowieso ignorieren. Was haben wir schon gemeinsam?«, höhnte Karlheinz.

Isolde lachte auf. »Nichts, will ich doch schwer hoffen. Sonst würde mit mir was nicht stimmen.«

»Da fällt mir einiges ein, was mit dir nicht stimmt ...«

Ich konnte es kaum noch ertragen. Das Schlimmste daran war, dass Karlheinz uns irgendwie dazu brachte, auf sein Niveau herabzusteigen, und das passte mir überhaupt nicht. Zu gern hätte ich mich vor allen Leuten über seine Aktivitäten als Hobbyfotograf ausgelassen oder irgendeine Bemerkung über knospende Blüten fallenlassen, um ihm das Maul zu stopfen.

Nicht hier, Loretta, nicht jetzt, beschwor ich mich innerlich.

»Hat einer Bülent gesehen?«, rief ich also dazwischen, um die beiden Kampfhähne zu trennen. »Ich brauche meinen Sender zurück.«

»Er ist mit Max und Susi auf dem Balkon«, sagte Isolde, sichtlich erleichtert über die Unterbrechung.

Die drei dicht zusammengesteckten Köpfe der Teammitglieder fuhren auseinander, als ich den Balkon betrat.

»Mein Sender?«, fragte ich knapp.

»Kommt sofort.« Bülent flitzte in die Wohnung, und ich wollte ihm gerade folgen, als die Susi mich aufhielt.

»Bei euch geht es ja ganz schön zur Sache«, sagte sie.

»Kann euch doch nur recht sein«, erwiderte ich. »Deine Vorgängerin sagte, zu viel Harmonie sei langweilig.«

Die Susi grinste. »Und damit hatte Miriam absolut recht. Blöderweise zankt ihr euch nur so richtig, wenn die Kameras aus sind.«

»Hm. Stimmt nicht so ganz. Frag Max doch mal, was Jacqui am Dienstag vor laufender Kamera über Isolde gesagt hat. Und über mich, ganz nebenbei bemerkt – während ich neben ihr saß.« Ich sah den jungen Kameramann durchdringend an. »Du erinnerst dich doch?«

Max wich meinem Blick aus und murmelte: »Kann schon sein.«

»Siehst du, Susi? Und die Sache mit Karlheinz und dem Katzenhaar? Das ist doch schon eine Menge tolles Material für euch.«

»Genau«, sagte die Susi aufgeräumt. »Das ist schon nicht schlecht. Aber super wäre noch so eine richtige Schreierei am Tisch, so jeder gegen jeden, verstehst du?«

Mir blieb fast die Spucke weg – noch so ein karrieregeiles kleines Biest.

Ich ging zurück ins Warme und ließ mir von Bülent den Sender wieder hinten an den Hosenbund stecken, dann setzte ich mich zu Isolde aufs Sofa.

»Marco war gerade hier. Geht gleich weiter«, raunte sie. »Die geben heute ganz schön Gas.«

»Ich bin froh, wenn ich dieses Menü aus fettigen Kohlehydraten endlich überstanden habe«, sagte Jacqui empört. »Da wirst du ja schon fett, wenn du nur auf den Teller guckst.«

Fettige Kohlehydrate? Interessant …

»Gönn dir doch mal was, Mädchen«, schlug Isolde vor, um eine versöhnliche Stimmung zu schaffen. »Es ist Futter für die Seele, mal so richtig zu schlemmen.«

»Das kann ich immer noch machen, wenn ich mal so alt bin wie du«, zischte Jacqui prompt. »Offensichtlich ist es dann egal, wie man aussieht.«

»Hehehe«, kam es von Karlheinz.

Meine Güte – diese Woche hatte ich mir wahrlich anders vorgestellt. Ich war umgeben von Auseinandersetzungen auf Kleinkind-Niveau, Intrigen, maßlosem Ehrgeiz, Häme und Neid, war von Karlheinz, der einiges zu verbergen hatte, massiv bedroht worden, hatte mal wieder einen Mord in meinem unmittelbaren Umfeld … Moment mal – hatte ich gerade *Mord* gedacht? Kein Wunder, bei dieser boshaften Stimmung um mich herum. Was, wenn es Mord gewesen war? Aber wer sollte es gewesen sein? Horst, der um seinen Job fürchtete? Jacqui, weil Miriam sich weigerte, das Band zu löschen? Max – aus dem gleichen Grund? Karlheinz, weil er dachte, Miriam wäre ich?

Mich schauderte. Ich schrak aus meinen bösen Gedanken hoch, als Marco hereinkam und in die Hände klatschte.

»Es geht weiter, Herrschaften.«

Ich blickte auf die Wanduhr. Es war noch weit vor Mitternacht. Isolde hatte recht: Der Mann gab wirklich Gas heute.

Angeekelt starrte Jacqui auf ihren Teller, während wir anderen das knusprige Dessert genossen. Frank hatte das heiße Gericht mit einer dicken, sahnigen Vanillesoße aufgepeppt, die hervorragend dazu passte. Karlheinz verschlang seine Portion mit beinahe wütender Gier, als würde er sich darüber ärgern, dass es ihm schmeckte. Sollte mich nicht wundern, wenn es tatsächlich so wäre. Dennoch war ich sicher, dass er Frank nicht viele Punkte geben würde. So sehr ich Frank die Urkunde gönnte – er brauchte sie nicht, zumal ihm Anerkennung und Bestätigung von Jacqui und Karlheinz mit Sicherheit ebenso wenig bedeutete wie Isolde oder mir.

Isolde plapperte munter über Franks Kochbuch-Sammlung, die sie sich zusammen mit Jacqui angesehen hatte. Jacquis Beitrag bestand darin, die schönen bunten Fotos in den Büchern zu loben, nur um überhaupt etwas zu sagen. Ich war tatsächlich gespannt auf den Abend bei ihr. Was sie wohl für uns kochen würde?

Wir hatten kaum den letzten Tropfen Soße vom Teller gekratzt, als Marco auch schon zur Eile mahnte.

»Isolde und Loretta – ihr könnt schon mal eure Jacken holen. Es geht wieder auf den Balkon. Max und Susi warten im Wohnzimmer auf euch. Frank, Betty und Horst – ihr geht in die Küche und erledigt das Abschluss-Statement. Karlheinz und Jacqui – ihr könnt hier warten, bis ihr dran seid. Habe ich noch irgendwas vergessen?« Er blickte stirnrunzelnd auf sein Klemmbrett. »Ach so: Bei der Punktevergabe ist Jacqui die Erste, weil sie morgen die Gastgeberin ist.«

Isolde und ich packten uns wieder dick ein, und sie verzog sich diskret, als sie Marco auftauchen sah.

»Du siehst ganz schön frech aus«, flüsterte er und zupfte am Bommel meiner Strickmütze. »Dass eine Frau in diesem Outfit so sexy sein kann, unfassbar.« Er gab mir einen kleinen Klaps auf den Hintern. »Ich freu mich auf später.«

Er drehte sich um und ging wieder ins Esszimmer, während ich Isolde auf den Balkon folgte.

»Was sagt ihr zur Vorspeise?«, fragte die Susi. »Isolde?«

»Fantastisch – ein perfekter Kartoffelpuffer. Lecker gewürzt, außen kross, innen kartoffelig. Genau, wie es sein muss. So habe ich sie als Kind schon geliebt, wenn meine Oma sie machte. Abends gab es sie dann kalt auf Schwarzbrot ...«

Wir gingen jeden Gang nacheinander durch. Isolde und ich überboten uns gegenseitig in hymnischen Lobhudeleien für Franks Menü und seine Qualitäten als Gastgeber.

Danach mussten wir in Franks Schlafzimmer, während irgendwo anders in der Wohnung mit Karlheinz und Jacqui gedreht wurde. Sofort schnappte Isolde sich das Fotoalbum und blätterte es durch.

»Die sind ja entzückend!«, rief sie aus und deutete auf ein Foto von Bärbels Kindern. Dann sah sie mich an und grinste. »Tante Lolo, hm?«

Ich zuckte mit den Schultern. »Wie schon gesagt – da machste nix. Es gibt weiß Gott Schlimmeres, als *Tante Lolo* zu sein.«

»Da sprichst du ein großes Wort gelassen aus. Karlheinz zu sein, zum Beispiel. Oder Jacqui. Oder Miriam. Wir sind immerhin am Leben.«

Sollte ich? Sollte ich lieber nicht?

Ich rang mit mir, gab mir dann aber einen Ruck. »Sag mal, denkst du, da ist alles mit rechten Dingen zugegangen?«

»Mit Miriam? Wieso – denkst du, da hat jemand nachgeholfen?« Sie musterte mich neugierig. »Kann es sein, dass du zu viele Krimis liest, Frollein? Das arme, dumme Ding hat die Gefahr unterschätzt und ist abgestürzt, das ist alles. Kein Grund, Gespenster zu sehen.«

Zu gern hätte ich ihr davon erzählt, dass man Morde sehr wohl so aussehen lassen konnte, als seien die Opfer einfach unachtsam gewesen. Als hätten sie eine Gefahr unterschätzt. Aber jetzt war nicht der richtige Moment, das würde ich vielleicht später mal machen.

»Ja, wenn Karlheinz versucht hätte, mich über die Brüstung zu wuchten«, fuhr sie fort, »*das* allerdings hätte mich nicht gewundert! Einige Male dachte ich wirklich, er geht auf mich los. Oder unser zauberhaftes Nachwuchs-Model …« Sie lachte dröhnend. »Die beiden hassen mich mit Sicherheit mittlerweile.«

»Ach, nimm die nicht so ernst. Das sind Narzissten. Wenn die auf jemanden treffen, der sich nicht von ihnen beeindrucken lässt, werden sie aggressiv.«

»Kleine Angstbeißer.« Sie nickte zustimmend. »Mir egal wie nur was. Wenn alles abgedreht ist, sehe ich die nie wieder. Aber ich werde meinen Freunden noch lange was zu erzählen haben.«

Mir fiel auf, dass ich den Grund für ihre Teilnahme überhaupt nicht kannte. »Warum hast du dich eigentlich hier beworben?«, fragte ich also.

Isolde lächelte liebevoll. »Das war ich nicht. Das war Maria. Als die Produktionsfirma sich dann bei mir meldete, hab ich halt mitgemacht. Hörte sich nach einer lustigen Woche an. Und ich war einfach gespannt, wen ich kennenlernen würde. Im Optimalfall vier nette Leute, die nicht zum letzten Mal bei mir zu Gast waren.«

»Und? Was sagst du jetzt?«

Isolde zwinkerte mir zu. »50 Prozent sind doch auch nicht schlecht, oder? Und du hast sogar einen schicken Lover ergattert – wer hätte das gedacht.«

»Ein bisschen Unterhaltung, mehr nicht.«

»Mehr nicht?«

Ich schüttelte den Kopf. »Marco ist wie einer der unheimlich coolen Jungs, die auf der Kirmes am Autoscooter arbeiten. Ein paar Tage in deiner Stadt, du findest ihn cool, weil er so lässig hinten auf den Karren mitfährt, und knutschst ein bisschen mit ihm rum … Und dann, am Montag, sind die Fahrgeschäfte weg – und mit ihnen auch er. Aber das wusstest du vorher, und deshalb ist es auch nicht schlimm.«

Sie musterte mich forschend. »Du gibst dich zwar gelassen, aber ich spüre, dass es unter der Oberfläche brodelt. Du vibrierst regelrecht. Was ist los?«

Ich lachte und hoffte, dass nur ich merkte, wie unecht es klang. »Es ist nichts, wirklich. Jedenfalls hat es rein gar nichts mit Marco zu tun. Es … Miriams Tod, weißt du … das macht mir zu schaffen. Ich versuche, mir nichts anmerken zu lassen.«

Sie zog mich in eine Umarmung. »Und ich bohre auch noch rum, entschuldige. Genieße die Zeit mit Marco. Das ist genau die Art von Entspannung, die du brauchst.«

Kapitel 23

Viele Motive für Mord
und ein Kavalier mit hohen Erwartungen

Diana lümmelte auf der Couch vor dem Fernseher und stopfte sich mit Chips voll. Sie starrte mich entgeistert an, als ich plötzlich vor ihr stand. »Was willst du denn schon hier?«

»Vielen Dank. Ich freue mich auch, dich zu sehen. Du wärst garantiert deutlich freundlicher, wenn du wüsstest, was in dieser Tasche ist.«

Ich hielt den Stoffbeutel hoch, in dem sich die Plastikdosen abzeichneten, die Frank mir eingepackt hatte.

»Was ist das?«

»Lecker Essen.«

Sie folgte mir wie hypnotisiert auf dem Weg in die Küche. Oder nein: wie ein Hündchen, dem ein Leckerli versprochen worden war. Diana konnte gutem Essen einfach nicht widerstehen, da war sie ihren Trieben hilflos ausgeliefert. Dass sie nicht vor freudiger Erwartung auf und ab hüpfte und aufgeregt in die Hände klatschte, während ich auspackte, wunderte mich beinahe.

Ich öffnete nacheinander die Deckel.

»Ich nehme alles«, sagte sie, »und segne Frank dafür, dass er immer Unmengen kocht. Du hast ja schon gegessen.«

Da hatte sie natürlich recht, aber ich hatte schon wieder Appetit, um ehrlich zu sein. Der Eintopf und die Kartoffeln kamen in die Mikrowelle, die Reibeplätzchen wurden bei geringer Hitze in der Pfanne noch einmal kross gebraten. Großzügig überließ ich ihr den Löwenanteil vom Pfefferpotthast.

»Das schmeckt göttlich«, schnaufte sie begeistert und schielte begehrlich auf den Teller zwischen uns auf dem Tisch, auf dem die Reibeplätzchen lagen. »Du bist im Vorteil, weil deine Portion kleiner ist.«

»Keine Sorge, du kriegst genug ab. Übrigens, ich bekomme gleich noch Besuch.«

Abrupt hörte sie auf zu essen und lehnte sich im Stuhl zurück. »Sieh mal an. Marco?«

Ich nickte und versuchte, souverän zu wirken. In Wirklichkeit klopfte mein Herz schon vor Spannung. »Könntest du gleich … ich meine, würdest du …«

»Mich unauffällig zurückziehen, wenn dein Kavalier aufkreuzt? Klar. Wann kommt er denn?«

»Wenn sie bei Frank alles eingepackt haben und er sich abseilen kann.«

»Hm. Stehst du auf ihn?«

Ich zuckte mit den Schultern. »Wie man halt auf jemanden stehen kann, der in zwei Tagen wieder aus deinem Leben verschwindet. Er ist nett …«

»… und er ist gut im Bett …«

»Diana!«

Sie lachte, und ich ließ mich anstecken. Und – machen wir uns nichts vor – sie hatte recht.

Diana wurde wieder ernst. »Wie war die Stimmung denn heute? Ich habe oft an den armen Frank denken müssen. Er hat sich bestimmt total auf heute gefreut. Und dann passiert ausgerechnet in der Nacht davor dieser schreckliche Unglücksfall. Hätte diese Miriam nicht am Samstag vor einen Bus laufen können, wenn sie unbedingt sterben wollte? Frank hat es echt nicht verdient, dass ihm der Abend verdorben wird.«

»Ich glaube nicht, dass sie gestern nach dem Aufwachen spontan beschlossen hat, zu sterben, um Frank den Abend zu versauen.«

Diana hob beide Hände. »Ist ja schon gut. Aber blöd ist es trotzdem. Doris sagt, du hast dich heute mit Erwin getroffen. Das klingt, als hättest du einen Verdacht, es könnte nicht mit rechten Dingen zugehen.«

»Nichts dergleichen. Ich war nur neugierig, ob die Kommissarin irgendwelche Informationen hatte.«

»Die darauf hindeuten, dass es nicht mit rechten Dingen zugegangen ist«, bohrte Diana unbarmherzig weiter.

»Du tust gerade so, als würde ich mir das *wünschen*«, sagte ich entrüstet. »Aber man hat schon Pferde kotzen sehen.«

»Trotzdem. Wer sollte die Trine denn bitteschön umbringen wollen? Vor allen Leuten? Der Mörder – wenn es einen gab – musste doch theoretisch damit rechnen, beobachtet zu werden.«

»Aber *praktisch* hat's keiner gesehen!«, rief ich triumphierend. »Egal, ob es Mord, Selbstmord oder Unfall war.«

»Doch, wenn es Mord war, hat es der Mörder gesehen«, korrigierte sie mich kleinlich.

»Herrje – du weißt doch, was ich meine. Kann ja im Affekt passiert sein. Welche Motive für Mord gibt es? Neid, Eifersucht, Gier, Hass und Wut. Und vielleicht noch Angst. That's it.« Ich machte eine dramatische Pause. »Und Karlheinz hat Angst vor mir.«

»Der spießige, verklemmte Herr Lehrer? Der seine Triebe heimlich am Telefon auslebt? Den guckst du einmal böse an, und er macht sich in die Hose!«

»Glaub mir, er wird noch mehr Angst vor mir kriegen, wenn er erfährt, was ich mittlerweile alles weiß.«

»Nämlich?«

Sie klang nur mäßig interessiert, aber das änderte sich rasch. Ihre Augen wurden immer größer, je mehr ich erzählte.

»Noch wissen wir nicht, was er dort in diesem Forum treibt«, schloss ich, »aber Erwin war dort heute Abend aktiv.«

»Was sagt er?«

»Hab noch nicht wieder mit ihm gesprochen. Wir treffen uns morgen nach meinem Interview, das ich ausgerechnet mit Karlheinz zusammen machen muss. Ich könnte mich übergeben, wenn ich nur an ihn denke.«

Sie nickte. »Kein Wunder, ginge mir genauso.«

»Und er wird morgen bestimmt wissen, dass ich bei ihm war. In seinem Büro. Ich habe ihn schon ausrasten sehen. Für viel weniger als Schnüffelei in seinem Haus. Es hat nicht viel gefehlt, und Frank hätte Karlheinz eine reingehauen, weil der Isolde vor allen Leuten dermaßen mit Dreck beworfen hat, dass ich mich zutiefst geschämt habe!«

»Für wen? Für Frank?«, fragte sie ironisch.

Zu ironisch für meinen Geschmack, denn mir war es verdammt ernst.

»Mittlerweile glaube ich, dass der zu allem fähig ist. Der hat den blanken Hass in den Augen, wenn er mich anguckt. Jetzt schon. Und er hat viel zu verlieren.«

»Verdammt, hör auf damit, Loretta! Du steigerst dich da in was rein, und das macht mir Angst. Du bist nicht tot, sondern sitzt hier quicklebendig mit mir am Küchentisch, verstehst du? Diese Miriam hat das Gleichgewicht verloren und ist vom Geländer gefallen. Oder hat sich in den Abgrund gestürzt, was weiß ich. Das hatte absolut nichts mit dir zu tun.«

»Marco sagt auch, dass man mich an dem Tag mit Miriam verwechseln konnte.«

»*Marco sagt auch*«, äffte sie mich nach und schnitt eine Grimasse. »Lass dir von dem bloß keinen Floh ins Ohr setzen und dich noch hysterischer machen, als du sowieso schon bist.« Sie langte über den Tisch und nahm meine Hand. »Loretta, sei vernünftig, bitte. Dieser schmierige kleine Lokalpolitiker wollte dich nicht in seinem eigenen Haus killen, mit zig potenziellen Zeugen im Genick. Dazu ist er viel zu feige, glaub mir.«

»Aber …«

Es klingelte, und ich hopste vom Stuhl hoch, als hätte ich einen elektrischen Schlag bekommen. Ich beugte mich über den Tisch zu Diana und zischte: »Kein Wort darüber zu Marco!«, dann eierte ich mit wackligen Knien zur Tür und drückte auf.

Mein Zufalls-Kurzzeit-Lover kam die Treppe hoch und grinste von einem Ohr zum anderen. Er pellte sich aus dicker Jacke, Schal und Handschuhen, dann zog er mich an sich und küsste mich, als wäre das ganz normal, als wären wir seit Urzeiten zusammen. Es fühlte sich besser an, als mir lieb war.

»Diana ist noch wach«, flüsterte ich, »wir sitzen in der Küche.«

»Kein Problem für mich. Ich habe einen Riesenhunger. Kann ich mir eine Stulle machen?«

»Ich weiß was Besseres.«

Er folgte mir in die Küche, begrüßte Diana wie eine alte Bekannte und pflanzte sich umstandslos zu ihr an den Tisch.

»Hei, Marco«, sagte sie, »wie war dein Tag?«

Müde rieb er sich die Augen. »Anstrengend. Diese Woche ist … speziell. Aber Loretta hält dich ja bestimmt auf dem Laufenden.«

»Da kannst du deinen kleinen Arsch drauf verwetten«, gab sie zurück, und ich hielt kurz den Atem an, aber sie beließ es dabei.

Marco zeigte auf den Teller mit den Reibeplätzchen und sah mich bittend an. »Darf ich? Ich bin völlig ausgehungert!«

»Habe ich nicht zu entscheiden. Die gehören Diana, fürchte ich, und sie bewacht ihr Essen eifersüchtiger als ein Löwenrudel. Aber mit wütenden Katzen kennst du dich ja aus.«

Seine Augen weiteten sich überrascht, und ich deutete auf den Kratzer an seinem Hals. Seine Hand fuhr unwillkürlich hoch zu der Schramme, und er lächelte verlegen. »Ach so. Stimmt. Isoldes Stubentiger.«

Gönnerhaft schob Diana den Teller ein Stück in seine Richtung. »Ich will mal nicht so sein. Hau rein.«

Nach unauffälliger – nicht zu kurzer und nicht zu langer – Zeitspanne gähnte Diana. »Zeit fürs Bett, ich muss morgen früh raus. Man sieht sich.«

Weder Marco noch ich reagierten nennenswert, als sie die Küche verließ und diskret die Tür hinter sich schloss.

»Und was fangen wir zwei Hübschen mit der angebrochenen Nacht an?«, fragte Marco.

Nicht nur wissend, dass er keine ernsthafte Antwort von mir erwartete, sondern auch, dass der Rest der Nacht ziemlich klasse zu werden versprach, ignorierte ich großzügig, dass er damit einen reichlich bescheuerten Spruch rausgehauen hatte.

Runde eins in meinem Schlafzimmer (ich ging fest davon aus, dass es mindestens eine weitere geben würde) war äußerst zufriedenstellend. Ich hatte den Rest des Weins und eine Tafel Schokolade aus der Küche geholt, um für ein wenig Stärkung zu sorgen. Wir lagen bei Kerzenlicht nebeneinander auf meinem Bett – er auf dem Rücken, ich auf dem Bauch – und hingen unseren Gedanken nach, als Marco plötzlich sagte: »Das war schön.«

Da ich noch nie der Ansicht war, dass man Dinge wie gerade praktizierten, für beide Seiten zweifellos befriedigenden Sex kommentieren sollte, beschränkte sich meine Antwort auf: »Hm.«

Er rollte sich auf die Seite und stützte sich auf. Seine freie Hand strich über meinen Rücken und blieb auf meinem Hintern liegen. »Ich könnte noch mal. Was meinst du?«

»Ich meine, du redest zu viel.«

Er lachte leise und gab mir einen kleinen Klaps. Dann beugte er sich zu mir, und wir knutschten ein bisschen. Schließlich sagte er: »Und du redest zu wenig.«

»Tu ich das?«

Worauf wollte er hinaus? Pflegte der Mann im Bett zwischendurch existenzphilosophische Grundsatzdiskussionen zu führen? Oder erwartete er von mir, dass ich Schwänke aus meiner Jugend erzählte?

Danach stand mir wahrlich nicht der Sinn. Nicht mit seiner Hand auf meinem Hintern.

»Jaaa …« Er schmiegte sich an mich und flüsterte: »Ich mag es, wenn die Frau … du weißt schon.«

Nee, ich wusste nicht. Und ich wusste vor allen Dingen nicht, warum dieser Kerl in Rätseln sprach. Warum er überhaupt quatschte, statt einfach die nächste Runde einzuläuten.

»Du weißt schon«, wiederholte er.

Ich stützte mich auf die Ellbogen und sah ihn an. »Was weiß ich?«

»Na ja, ich dachte, du könntest dich mal etwas … gehenlassen, wenn du verstehst, was ich meine. Ein bisschen dreckig reden, ein bisschen nuttig sein halt.«

Nuttig? *Entschuldigung?*

Während er meinen Hintern tätschelte, fuhr er fort: »Das hast du doch drauf, oder?«

Allmählich wurde es spannend. Immer weniger sexy, zugegeben, aber immer spannender. »*Was* habe ich drauf, Marco?«

Tätscheltätschelfummel. »Du bist doch in der Branche, oder etwa nicht?«

Abrupt rutschte ich weg von ihm. Seine Hand, plötzlich meines Hinterns und somit ihrer Beschäftigung beraubt, fiel arbeitslos aufs Betttuch. Ich setzte mich auf und zog instinktiv die Bettdecke bis zum Hals hoch. Auf einmal wollte ich nicht mehr nackt vor ihm sitzen.

»Wie kommst du darauf?«, fragte ich so ruhig, wie es mir möglich war, nachdem ich meine Fassung einigermaßen zurückerlangt hatte.

»Das hat Karlheinz mir erzählt«, erwiderte er und grinste. Er griff nach mir, aber ich wich seiner Hand aus.

Für einen mir endlos erscheinenden Moment konnte ich ihn nur offenen Mundes anglotzen, während meine Gedanken wild durchs Hirn rasten, kollidierten, voneinander abprallten, immer neue Richtungen einschlugen wie der silberne Ball in einem Flipper, doing, doing, hin und her und alles wieder von vorne.

Der Typ in meinem Bett glaubte, dass ich eine *Nutte* war.

Das muss man erst mal verpacken.

Ich beherrschte mich und sagte: »Du lügst. Warum sollte Karlheinz das behaupten?«

Marco zuckte mit den Achseln. »Weil er unbedingt aus dem Vertrag rauswollte, darum. Da hat er ausgepackt. Er hat befürchtet, du könntest vor laufender Kamera seinen guten Ruf ruinieren.«

»Sein guter Ruf? Was ist mit *meinem* guten Ruf, wenn er so etwas behauptet?«

Er sah mich treuherzig an. »Ist doch nicht schlimm, Loretta. Ich bin doch kein Spießer. Entspann dich. Ich habe damit überhaupt kein Problem.«

Aber ich hatte damit ein riesiges Problem, dass dieser Typ – in meinen Gedanken war er nicht mehr Marco, sondern nur noch *dieser Typ* – mich für eine Professionelle hielt und offenbar hoffte, ich würde für ihn ein brillantes Höhenfeuerwerk sexueller Raffinessen abbrennen. Und das vermutlich auch noch umsonst.

Kaum vorstellbar, dass dieser Heiopei, den ich sekündlich weniger leiden konnte, vorhatte, für meine Dienstleistung zu bezahlen und mir ein paar Scheine auf den Nachttisch zu blättern. Ich hätte nicht sagen können, was mich mehr empörte: dass er mich für eine Nutte hielt oder dass er glaubte, alles umsonst zu kriegen. Von Karlheinz' Indiskretion ganz zu schweigen – um den würde ich mich morgen kümmern.

Marco schien mein Schweigen misszuverstehen, denn zu meinem Entsetzen kroch seine Hand fröhlich unter die Bettdecke, die ich noch immer krampfhaft unter dem Kinn festhielt.

»Eigentlich macht mich das sogar ziemlich scharf«, murmelte er heiser. »Ich steh auf Experimente. Zeig mir doch mal was Neues. Ich bin für alles aufgeschlossen …«

Ich saß wie aus Stein gemeißelt, während seine Hand an meinem Bein höher und höher wanderte, ganz langsam, Zentimeter für Zentimeter. Vermutlich hielt er das für ungeheuer erotisch, ich gerade eher weniger, wie man sich vorstellen kann. Ich hätte mich übergeben, wenn ich nicht so erstarrt gewesen wäre.

Endlich konnte ich zumindest meinen Mund wieder bewegen: »Hör damit auf.«

Krabbelkrabbelkrabbel.

»Sofort.«

Die Hand hielt inne.

»Was ist denn los mit dir?«, fragte er, ehrlich erstaunt.

»Raus aus meinem Bett. Raus aus meiner Wohnung.«

»Was ist denn auf einmal los mit dir? Ich verstehe dich nicht.«

»Das merke ich«, sagte ich eisig. »Hau einfach ab.«

Er stand auf und suchte seine Klamotten zusammen. Während er sich anzog, blickte ich starr in die andere Richtung.

»Ich verstehe dich nicht«, wiederholte er. »Gestern warst du nicht so prüde, als du mich in dein Bett geschleppt hast.«

Mir blieb die Spucke weg. Ich ihn in mein Bett geschleppt? So konnte man es natürlich auch sehen, wenn man wollte. Zorn kroch in mir hoch, heiß kochend und überwältigend stark. Wollte er, dass ich mich billig fühlte? Was passierte hier gerade?

Und alles nur, weil Karlheinz sein dummes Maul nicht hatte halten können?

Ich schloss die Augen und hörte, wie er das Zimmer verließ, dann fiel die Wohnungstür ins Schloss.

Endlich kamen die Tränen.

Kapitel 24

Loretta ist verwirrt,
denn manchmal entstehen neue Rätsel,
wenn eine Frage wahrheitsgemäß beantwortet wird ...

Bevor ich am nächsten Morgen aufstand, vergewisserte ich mich mit einem Blick auf die Uhr, dass Diana bereits aus dem Haus war. Natürlich würde ich ihr alles erzählen – aber erst, wenn Marco die Stadt verlassen hatte und sie ihm nicht mehr den Hals umdrehen konnte. Ich konnte noch immer nicht recht begreifen, was letzte Nacht passiert war und wie sich ein leidenschaftliches Zusammensein mit einem netten Mann ohne Vorwarnung in einen Albtraum verwandeln konnte. Mein Gesicht war rot und verquollen. Keine Ahnung, wie lange ich geheult hatte – irgendwann war ich erschöpft eingeschlafen.

Bis zum Vormittagsinterview mit Karlheinz hatte ich noch zwei Stunden Zeit, mein Gesicht wieder normal aussehen zu lassen. Meine Laune war miserabel. Zur Not würde ich aus ihm rausprügeln, warum er Marco diesen Mist erzählt hatte. Und er war mit Sicherheit sauer über meinen Besuch. Innerlich rieb ich mir die Hände. Ich war in der genau richtigen Stimmung für einen Streit mit ihm.

Ich füllte Wasser in eine Schüssel und reicherte es mit allen Eiswürfeln an, die ich in den Tiefkühlabteilung des Kühlschranks finden konnte. Damit setzte ich mich an den Küchentisch und tauchte mein Gesicht hinein. Fast eine halbe Stunde machte ich diese Rosskur, bis mein Gesicht vollkommen gefühllos war. Dann ging ich ins Bad und stellte mich vor den Spiegel: frisch und rosig wie der junge Morgen. Unter der Dusche justierte ich den Regler, bis das Wasser so heiß war, dass ich es gerade noch aushalten konnte. Dreimal seifte ich mich ein und spülte mich ab – erst dann hatte ich das Gefühl, sauber zu sein.

Dass Marco mich soweit gebracht hatte, mich schmutzig zu fühlen, ärgerte mich maßlos.

Dass er geglaubt hatte, so mit mir reden zu können, machte mich wahnsinnig.

Dabei spielte es überhaupt keine Rolle, dass ich nicht war, wofür er mich hielt. Jemand sollte ihm mal sagen, dass auch Huren Gefühle haben und gekränkt werden können, damit er beim nächsten Mal, wenn er sich einer Dame des Gewerbes gegenüber derart aufführte, nicht einen Plateaustöckel in die Weichteile gerammt bekam.

Bei einer Tasse Kaffee blätterte ich die Tageszeitung durch und zuckte zusammen, als Karlheinz mich von einem Foto angrinste, auf dem er irgendeinem genau so dämlich grinsenden Anzugträger die Hand schüttelte.

Ich konnte es kaum erwarten, ihn zu treffen.

Ich traf frühzeitig an unserem vereinbarten Treffpunkt ein, einer italienischen Espresso-Bar im größten Einkaufszentrum der Stadt, einem dieser modernen Gebäudekomplexe, die in Amerika Shopping-Mall heißen. Zweistöckig und offene Galerie im Obergeschoss, Geschäfte und gastronomische Betriebe rechts und links der Flanierzone in der Mitte, Springbrunnen, Ruhezonen mit Sitzgelegenheiten und Pflanzen, Rolltreppen. Wenn man mich mit verbundenen Augen in einem dieser Albträume pseudomoderner Architektur ausgesetzt hätte – ich wäre nicht imstande gewesen, zu erkennen, in welcher Stadt ich mich aufhielt. Doch – die Auslage der jeweiligen Fanartikel-Shops für Fußballenthusiasten würde es verraten. Fan kommt von fanatisch, und das traf im Ruhrpott zu 100 Prozent zu. Hier war Fußball Religion, egal ob gelb-schwarz, rot-weiß oder blau-weiß.

In der Vorweihnachtszeit war es hier zugegangen wie auf dem Rummelplatz am Familientag: Menschenmassen hatten sich dicht gedrängt von Geschäft zu Geschäft gewälzt, berieselt von nervtötenden Weihnachtsliedern, eingehüllt in den allgegenwärtigen Gestank von Glühwein und gebrannten Mandeln aus den zusätzlich aufgebauten Holzbuden. Diese waren verschwenderisch geschmückt und sollten einen romantischen Weihnachtsmarkt simulieren, nahmen aber in Wirklichkeit nur dringend benötigten Platz weg. Als ich für meine Tischdeko eingekauft hatte, war ich versehentlich in dieses Inferno geraten, war ohne nachzudenken in diese blinkende, dudelnde Glitzerhölle gestolpert und hatte mich panisch wieder hinausgekämpft. Danach wusste ich wieder, warum ich solche Orte normalerweise mied, zumal während dieser Jahreszeit.

Aber an diesem frühen Januarvormittag war es relativ menschenleer. Die Espresso-Bar hatte ihre ganze Front zur Flaniermeile geöffnet, also sah ich Max und die Susi schon, bevor ich die Bar betreten hatte. Sie saßen mit dem Rücken zu mir am Tresen und unterhielten sich, während aus einem Lautsprecher über ihren Köpfen italienische Schlagermusik der gleichermaßen süßlichsten wie unerträglichsten Sorte schnulzte. Sie bemerkten nicht, dass ich hinter ihnen stand – und ich machte nicht auf mich aufmerksam, als ich hörte, worüber sie sprachen.

»Max, sie ist *tot*«, sagte die Susi gerade, »begreif das endlich.«

»Sie hat es nicht verdient, so zu sterben«, erwiderte Max.

»Niemand hat das verdient. Aber sie war ein Biest, das weißt du ganz genau. Hast du wirklich gedacht, du kannst sie eifersüchtig machen, wenn du dir von dieser Schlampe Jacqui einen blasen lässt?«

»Wenn ich nur noch ein bisschen mehr Zeit gehabt hätte …«

»… hätte sie dich noch länger gequält und zappeln lassen«, fiel die Susi ihm brüsk ins Wort. »Sie hat mit dem Chef gevögelt, du armer Trottel. Du hattest nie den Hauch einer Chance bei ihr, denn du konntest ihr nicht nutzen, kapierst du das nicht? Ich habe mit ihr telefoniert, bevor ihr zu dieser Produktionswoche aufgebrochen seid. Sie hat mir anvertraut, dass sie schw… «

Sie entdeckte mich im Spiegel hinter der Theke und biss sich auf die Unterlippe. Dann drehte sie sich um und sagte betont munter: »Guten Morgen, Loretta! Ausgeschlafen?«

Ich musterte sie misstrauisch. Klang ihre Stimme ironisch? Wusste sie etwa, was gestern Nacht zwischen Marco und mir passiert war? Aber in ihrem Gesicht fand ich darauf keine Antwort.

Sie spähte über meine Schulter und rief: »Da ist ja auch Karlheinz. Wunderbar, dann können wir ja gleich beginnen.«

Ich drehte mich zu ihm um. Dass er mich keines Grußes würdigte, war nicht ungewöhnlich. Aus seinem Gesichtsausdruck konnte ich nicht schließen, ob seine Frau ihm von meinem Besuch erzählt hatte. Er war unergründlich. Das musste erst mal nichts heißen, aber vielleicht hatten sie getrennte Schlafzimmer, und er wusste tatsächlich nichts?

Sie verkabelten uns und platzierten uns auf eine Lederbank in Barhockerhöhe mit einem Tisch davor. Nachdem unsere Getränke serviert waren, ging es mit dem Rückblick auf den Abend bei Frank los, den ich ein weiteres Mal lobte. Als Karlheinz seine kleinliche Kritik vom Stapel ließ, hielt ich mir nach ein paar Sätzen mental die Ohren zu und konzentrierte mich auf die Passanten vor der Bar.

»Was erwartet ihr heute Abend bei Jacqui? Loretta?«

»Das weiß ich wirklich nicht«, sagte ich zögernd. »Ich habe keine Vorstellung, was sie gern isst, denn sie hat von unserem Essen kaum etwas angerührt. Sie mag kein fettiges Essen, soviel habe ich mitbekommen.«

Die Susi reichte uns die zusammengerollte Karte und forderte Karlheinz auf, mit der Vorspeise zu beginnen.

»*Carpaccio vom Thunfisch mit Zitronengrasmarinade, Wasabischaum und gebratenen Algen*«, las er mit zunehmend ungläubiger klingender Stimme vor. »Ich … ich bin tatsächlich erstaunt. Damit hätte ich nicht gerechnet.«

»Was sagst du dazu, Loretta?«

»Ich muss Karlheinz zustimmen. Auch ich bin sehr erstaunt. Ich liebe rohen Fisch. Wenn sie das gut macht, ist das eine glatte Eins. Eins plus mit Sternchen.«

»Willst du mit dem Hauptgericht weitermachen?«

Ich nickte und las vor: »*Geschmorte Rinderbacke in Barolojus, Rosmarin-Kartoffelstampf und karamellisierte Karotten.* Wow. Mir läuft gerade das Wasser im Mund zusammen. Hammer. Tut mir leid, ich bin derart verblüfft, dass ich nur dummes Zeug stammeln kann. Ich freue mich sehr auf dieses Menü.«

»Ich auch«, beeilte sich Karlheinz, zu versichern. »Damit beeindruckt Jacqui mich wirklich, das ist beinahe Sterne-Niveau. Wenn sie hochwertige Produkte benutzt, wird das ein denkwürdiger Abend. Dann lesen wir gerade das Siegermenü.«

Das aus deinem Mund, dachte ich, denn du hattest mit Sicherheit schon damit gerechnet, den Sieg bereits in der Tasche zu haben: Eine weitere Urkunde für deine Wall of Fame … und jetzt haute Jacqui uns mit diesem Menü vom Hocker. Noch vor fünf Minuten hätte ich alles darauf gesetzt, dass Jacqui von der Hälfte der Worte auf ihrer Speisenkarte noch nicht einmal die Bedeutung kannte.

»Die Nachspeise«, zwitscherte die Susi, die sich diebisch über unsere Verblüffung freute. »Karlheinz, du bist wieder dran.«

»*New York Cheesecake mit Erdbeer-Rhabarber-Gazpacho* … sehr schön. Eine Gazpacho ist eine kalte, sämige Suppe aus ungekochtem Gemüse wie Tomaten, Gurken, Zwiebeln und Paprika, das mit Weißbrot, Wasser und Olivenöl püriert wird. Als Einlage gibt es fein gewürfeltes Gemüse.«

»Wirklich interessant, Karlheinz«, sagte ich, »aber höchst unwahrscheinlich, dass die Erdbeer-Rhabarber-Gazpacho uns mit einer Einlage aus Zwiebeln überraschen wird.«

Die Susi grinste, dann fragte sie knapp: »Deko?«

Ich grinste zurück. »Zur Vorspeise asiatisch mit schwarzem Porzellan und Bonsais auf dem Tisch, zum nächsten Gang Teller mit Goldrand und Silberbesteck und zur Nachspeise wird noch einmal umdekoriert: kleine Freiheitsstatuen und amerikanische Flaggen. Das wäre doch mal der Knaller: drei verschiedene Dekorationen. Gab es das schon einmal? Nicht, dass ich wüsste, oder? Für den Fall werde ich heute Abend vorsorglich einen zusätzlichen goldenen Kochlöffel in der Tasche haben.«

Als wir mit dem Interview fertig waren, wollte Karlheinz sich schnell vom Acker machen, aber ich rannte ihm nach.

»Karlheinz! Warte mal bitte!«

Unbeirrt lief er weiter, beschleunigte sogar seine Schritte, obwohl er mich garantiert gehört hatte.

Also hob ich die Stimme und schrie: »Karlheinz Weissner!«

Er blieb stehen, als wäre er vor eine unsichtbare Wand geknallt. Für einen Moment rührte er sich nicht, stand da wie festgefroren, dann drehte er sich um und schnauzte: »Was willst du von mir?«

Einige Passanten gafften uns an und vergaßen völlig, dass sie irgendwohin unterwegs waren.

»Ich möchte dich kurz sprechen.«

»Sie belästigen mich.« Hektisch nestelte er sein Handy aus der Manteltasche, als wollte er die Polizei rufen.

Herrje – ging *das* wieder los. Diese Siezerei zwischendurch war wirklich ätzend. »Es ist wichtig. Ich werde dich verfolgen, bis du mit mir redest. Willst du das wirklich?«

Er schnaufte genervt und überlegte. Dann sagte er: »Fünf Minuten. Ich habe Termine.«

Ach ja? Eine kleine Fotosession bei den Koslowskis vielleicht?

Er packte mich am Arm und zerrte mich zurück in die Espresso-Bar, wo wir uns – unbemerkt von der Susi und Max, die ihren Kram zusammenpackten – in eine Nische setzten.

Finster starrte er mich an. »Was ist los? Wollen Sie mich erpressen? Ist es das? Legen Sie sich nicht mit mir an. Das würden Sie bereuen.«

Spontan rauschte mir das Blut in den Ohren. Was wollte er damit sagen? Dass er mir finstere Gestalten auf den Hals hetzen würde, die mir beide Beine brachen? Allmählich reichte es mir wirklich.

»Du traust dich was«, fauchte ich ihn an. »Du bist doch derjenige, der sein Maul nicht halten konnte! Ich will sofort wissen, was du Marco über mich erzählt hast. Und warum du Arsch das getan hast.«

Seine Verblüffung war echt, das sah ich sofort. Er war derart verdutzt, dass er glatt vergaß, mich zu siezen.

»Was faselst du da? Was soll ich Marco erzählt haben?«

Ich war extrem irritiert, das muss ich zugeben. Seine Reaktion nahm mir jeglichen Wind aus den Segeln. Ganz offenbar hatte Marco mich belogen.

»Dass ich … na ja …dass ich in der Sexbranche arbeite. Und zwar nicht nur am Telefon.«

»Das ist eine Lüge! Ich habe nichts dergleichen getan! Den schnappe ich mir.«

Ach du Schande – nur das nicht. Vermutlich würde Marco sowieso alles leugnen – und dann ging alles wieder von vorne los. Außerdem war es meine Privatsache, alles mit Marco zu klären. Sehr privat.

»Tu das nicht. Vielleicht habe ich etwas falsch verstanden«, sagte ich hastig. »Er kam doch dazu, als wir uns bei Isolde gestritten haben, erinnerst du dich? Gestern hat er so eine Andeutung gemacht, und da bin ich natürlich automatisch davon ausgegangen, dass du ihm etwas gesagt hast.«

»Das sieht dir ähnlich.« Er schnaubte verächtlich. »Selbstverständlich habe ich ihm nichts erzählt, ich bin ja nicht doof.«

Sein Handy klingelte. Mit unwilligem Stirnrunzeln zog er es heraus und nahm das Gespräch an. Er lauschte wortlos einer Frauenstimme, dann blaffte er »Bis später!« und legte auf. Umständlich verstaute er das Handy wieder in der Innentasche seines Mantels. Dabei sagte er fast beiläufig: »Das war meine Frau. Ich soll dafür sorgen, dass sie nicht mehr von meinen Mitkandidaten belästigt wird.«

Ach du Schande. Spontan brach mir der Schweiß aus.

»Was hattest du in meinem Haus zu suchen?«, fragte er beherrscht. Ich hörte seiner Stimme die Mühe an, die es ihn kostete, mir nicht in aller Öffentlichkeit an die Gurgel zu gehen.

»Ich hatte mein Handy bei dir verloren«, antwortete ich. Wohl besser, bei der Geschichte zu bleiben, die ich auch seiner Frau aufgetischt hatte.

»In meinem Arbeitszimmer? Ihr wart an dem Abend nicht in diesem Raum, der war nicht freigegeben.«

»Nicht?«, gab ich zurück. »Ich hätte schwören können …«

Er beugte sich weit über den Tisch und sagte leise: »Pass mal gut auf: Du wirst mir mein Leben nicht ruinieren – du nicht. Überlege gut, mit wem du dich anlegst. Wem würde man wohl glauben?

Dir oder mir? Der Sexhotline-Schlampe oder Karlheinz Weissner?«

Es reichte mir. Ich beugte mich ebenfalls vor, bis meine Nase beinahe an seine stieß, und zischte: »Und wenn du Leumundszeugen brauchst, kannst du ja die Koslowskis fragen. Die sind ganz begeistert von dir.«

Er fuhr zurück, als hätte ich ihm Salzsäure ins Gesicht gekippt. Sein Gesicht war aschgrau. Einen Moment lang machte ich mir beinahe Sorgen um ihn. Erlitt er gerade einen Herzinfarkt? Nach und nach kehrte Farbe in sein Gesicht zurück.

»Entschuldige mich bitte«, sagte er und stand auf.

Er verließ die Bar, während ich verwirrt sitzenblieb. Ein Kellner erschien, und ich bestellte ein Mineralwasser, nur um nicht gehen zu müssen. Ich brauchte Zeit, um nachzudenken, um die verwirrenden Puzzleteile zu sortieren.

Ich hatte bei Karlheinz mit der Erwähnung der Koslowskis einen Tiefschlag gelandet, das war klar. Blieb abzuwarten, was er als Nächstes tun würde – oder ich. Noch wusste ich nicht, ob und was Erwin herausgefunden hatte. Und was steckte hinter Marcos Behauptung heute Nacht? Warum wollte er mich gegen Karlheinz aufhetzen? Aber wenn er es nicht von ihm wusste – woher dann? Hatte er doch mehr vom Streit zwischen Karlheinz und mir mitbekommen? Oder jemand anderer vom Team, der es dann an Marco weitergetratscht hatte? War durchaus möglich – erklärte aber nicht, warum er es unbedingt so aussehen lassen wollte, als ob Karlheinz sich von mir bedroht fühlte.

Was hatte Marco davon?

Ich versuchte, mich an die Situation bei Isolde zu erinnern. Ja, das Wort ›Sexgewerbe‹ war gefallen, da war ich mir ganz sicher, und dass Leute wie ich, die in dieser Branche arbeiten, keine Moral hätten. Es war noch weitergegangen, und plötzlich hatte Marco im Raum gestanden und so getan, als hätte er nur den allerletzten Satz mitbekommen.

Vor meinem geistigen Auge sah ich ihn am Morgen nach Miriams Tod am Tisch in meiner Küche sitzen und sagen: *Miriam sah gestern genauso aus wie du.* Meine Kopfhaut kribbelte plötzlich. Allmählich begann ich zu glauben, dass hinter allem, was Marco tat, Berechnung steckte: Er war nicht zufällig oder spontan mit mir im Bett gelandet, er hatte die Situation bewusst herbeigeführt, und zwar keineswegs, weil er mich so toll fand, sondern weil es ihm nutzte. Oder war ich tatsächlich paranoid und hysterisch, wie Diana befürchtete? Und dann hörte ich wieder Susis Stimme, wie sie zu Max gesagt hatte: *Sie hat mit dem Chef gevögelt, du Idiot.*

Unwillkürlich drehte ich mich zu den beiden um, aber sie waren noch immer damit beschäftigt, ihr Equipment zusammenzupacken. Sie hatten Zeit, denn das Interview mit Frank und Isolde war bereits abgedreht. Der Kellner brachte mein Mineralwasser. Ich bedankte mich geistesabwesend. Mein Mund war pulvertrocken. Ich trank gierig, während ich weitergrübelte. Der Chef … wer war damit gemeint? Ich zog scharf die Luft ein, als es mir dämmerte: Marco! Sie hatte von Marco gesprochen. Und Miriam hatte Susi bei einem Telefonat etwas anvertraut. Etwas, das mit schw… begann. Hatte sie Schwierigkeiten? Arbeitete sie schwarz? War sie schwermütig? Nein, alles Blödsinn – sie war … schwanger! Von Marco! Das musste es sein.

Während all der Tage hatte ich nie eine vertraute Geste zwischen den beiden bemerkt. Sie hatten nicht den Eindruck gemacht, ein Paar zu sein. Wenn das mit der Schwangerschaft überhaupt stimmte – ob sie ihn bei Karlheinz damit überrascht hatte? Wenn ja – wie hatte er reagiert? Irgendwie konnte ich mir nicht vorstellen, dass er vor Begeisterung Luftsprünge gemacht hatte.

Vielleicht hatte sie ihn damit konfrontiert, und sie waren in Streit geraten. Sie saß auf dem Terrassengeländer, er stand vor ihr. Dann lag sie unten im Schnee und war tot.

Das alles ließ aus meiner Sicht nur einen Schluss zu: Marco hatte Miriam von der Terrasse gestoßen, und jetzt wollte er es so aussehen lassen, als hätte Karlheinz sie mit mir verwechselt.

»Du bist ja immer noch hier!«

Ich fiel vor Schreck beinahe vom Stuhl, als die Susi plötzlich neben mir stand.

»Ich … äh … ja«, stammelte ich überrumpelt. Aus irgendeinem Grund fühlte ich mich ertappt. »Ihr ja auch«, fügte ich lahm hinzu.

Sie warf einen flüchtigen Blick hinüber zu ihrem Kollegen. »Kein Druck heute. Ihr seid abgedreht, also können wir es entspannt angehen lassen.«

Sie stand unschlüssig neben meinem Tisch herum. Was wollte sie von mir? Kurz entschlossen stand ich auf. »Na dann … wir sehen uns später bei Jacqui.«

Als ich gehen wollte, hielt sie mich am Ärmel fest. »Pass auf bei Marco«, sagte sie.

»Wie meinst du das?«

Sie schüttelte den Kopf. »Ich will nichts gesagt haben.«

»Hast du aber, Susi. Wie hast du das gemeint? Worauf soll ich aufpassen? Oder wobei?«

Ihrem Gesicht nach ärgerte sie sich bereits, nicht den Mund gehalten zu haben. Sie rang mit sich, dann murmelte sie: »Miriam hat auch nicht aufgepasst.«

Ehe ich reagieren konnte, war sie weg. Und ich stand blöde rum und kapierte gar nichts mehr.

Ich nahm die U-Bahn. Sie war voll und überhitzt. Feuchte Winterjacken müffelten nach nassem Hundefell, Kinder lärmten, ein paar Punks machten auf dicke Hose und grölten angesoffen vor sich hin. Die vielen Menschen um mich herum schienen sich durch die Spiegelung in den Fenstern noch zu vervielfältigen. Ich fühlte mich eingeengt und gefangen. Nach zwei Stationen im Stehen ergatterte ich einen Platz neben einer Frau. Die beiden streitenden Kinder in der Sitzreihe vor uns gehörten zu ihr, wie ich rasch feststellte.

»Schakira, lass deine kleine Schwester in Ruhe!«, keifte die Frau, als eins der Mädchen das andere an den Haaren zog.

»Die Schanett hat mich getreten!«, verteidigte sich *Schakira* empört und setzte zu einem weiteren Angriff an. Ihre Hand fuhr durch das Gesicht ihrer Schwester und hinterließ dort einen langen Kratzer. Prompt stimmte *Schanett* ohrenbetäubendes Geheul an.

»Beide ohne Aambrot ins Bett! Jetz hab ich aba die Faxen dicke mit euch! Wenn ich dat euerm Vatta …«

Ich blendete das Geschrei aus und verfiel wieder ins Grübeln. Falls Marco Miriam im Streit gestoßen hatte, hätte er es immer noch wie einen Unfall aussehen lassen können. Wenn er einfach um Hilfe gerufen und uns erzählt hätte, dass sie das Gleichgewicht verloren hatte – er wäre niemandem verdächtig erschienen.

Was war an diesem Abend wirklich passiert?

Die Frau neben mir beugte sich vor und tupfte mit einem Papiertaschentuch etwas Blut von *Schanetts* Wange – und plötzlich wusste ich es: der Kratzer an seinem Hals! War er wirklich von Isoldes Katze? Oder hatte Miriam sich gewehrt? Aber auch das erklärte noch immer nicht viel. Es bestand immer noch die Möglichkeit, dass sie im Fallen versucht hatte, sich an ihm festzuhalten, und ihn dabei verletzt hatte. Trotzdem. Wenn ich herausfinden könnte, wann er sich die Schramme eingefangen hatte, wäre dies ein weiteres Puzzleteilchen.

Falls das alles keine Spinnerei von mir war, blieb das Rätsel, warum er nicht sofort Hilfe geholt hatte.

Leider glaubte ich die Antwort zu kennen: seine Angst, Miriam könnte noch leben und ihn verraten. Und dieses ganze Theater mit mir und Karlheinz diente nur dazu, von ihm abzulenken, sollte die Polizei zu dem Schluss kommen, dass Miriams Tod kein Unglücksfall war.

Als meine Haltestelle kam, drängte ich mich zur Tür. So schnell ich konnte, rannte ich die Treppen hinauf. Ich brauchte Tageslicht. Ich hatte das Gefühl, zu ersticken. Alles war zu viel, zu heftig, zu verwirrend. Es war nicht allein die schlechte Luft in der U-Bahn, die mich draußen tief durchatmen ließ.

Ich rief Erwin an und sagte ihm Bescheid, dass er vorbeikommen konnte.

Kapitel 25

Die Frage des Tages:
Wann ist ein Mord eigentlich ein Mord?

»Und?«, fragte ich schon, während ich die Wohnungstür öffnete.

»Dat wurde ja auch Zeit, dat du da bis«, rief Frank, der zu meiner Überraschung neben Erwin stand. »Du glaubs doch wohl nich, dat ich euch zwei hier alleine rumkaspern lasse, wenn et spannend wird.«

Natürlich nicht – das hatte ich mir denken können.

»Kriegsrat«, sagte ich und ging vor ihnen her in die Küche.

»Du könntest uns wat Heißet zu trinken machen, Schätzchen, ist ganz schön kalt draußen«, sagte Erwin, und Frank nickte.

»Kaffee, Tee, Kakao?«

»Kakao«, antworteten beide wie aus der Pistole geschossen.

»Mit viel Sahne«, fügte Erwin hinzu. »Und Plätzchen.«

Während ich alles herrichtete, dachte ich nach. Ich würde über Marco und mich auspacken müssen, auch wenn es mir peinlich war. Aber wenn ich nicht jedes Detail erzählte, blieben unweigerlich offene Fragen.

Ich stellte drei Riesentassen mit Kakao, eine Schüssel Schlagsahne und einen Teller mit Schokoladenplätzchen auf den Tisch. Dann setzte ich mich und sah Erwin erwartungsvoll an.

»Also, Neues zu unserem Saubermann«, sagte er. »Ich hab mich gestern Abend bei den Knospen eingeloggt und mich als Karlheinz ausgegeben.«

»Und?«

»Dort treffen sich Herren mit besonderen Vorlieben.«

Ich wedelte ungeduldig mit der Hand. »Ja, ja. Keine Überraschung, oder? Was treiben die da?«

Erwin rührte in seinem Kakao und seufzte. »In alle Bereiche bin ich nicht reingekommen. Immer wieder Passwörter. Auf dieser Ebene floriert jedenfalls der Tausch mit Lolita-Fotos. Alles noch relativ harmlos.«

»Harmlos?«, fragte Frank entrüstet. »Dat seh ich aber anders!«

»Harmlos im Vergleich zu dem, was ich in meiner Berufslaufbahn alles gesehen habe. Sehen *musste*«, sagte Erwin. »Das wollt ihr nicht wissen, glaubt mir.«

Nein, wollte ich nicht. Ganz sicher nicht. Aber wenn wir Beweise dafür fanden, dass Karlheinz die Bilder nicht nur für sich machte … »Können wir davon ausgehen, dass er die Fotos von Mandy weitergibt?«

Erwin sah mich streng an. »*Wir* gehen erst einmal von überhaupt nichts aus. Wir geben unsere Informationen an die zuständigen Stellen weiter, und die können dann ermitteln. Immerhin lockt Karlheinz die Kleine nicht mit Lollis in einen Keller und zwingt sie zu irgendwas, das sie nicht will. Mandy macht freiwillig mit, ihre Eltern wissen Bescheid …«

»Dat Kind is zwölf!« Frank stand kurz vorm Hyperventilieren.

»Ja – und es kann gut sein, dass das Jugendamt einschreitet und Mandy aus der Familie holt. Karlheinz' Ruf ist auf jeden Fall ruiniert, wenn das an die Öffentlichkeit kommt. Wie es scheint, fasst er das Mädchen nicht an. Dazu passt ja auch, dass er bei der Sexhotline anruft, um seine Fantasien abzureagieren. Das müsste er nicht, wenn er Sex mit Mandy hätte.«

»Als würde dat irgendwat besser machen«, brummelte Frank.

Sie debattierten weiter, aber ich hörte nicht mehr zu. Plötzlich hatte ich die Nase voll vom Thema Karlheinz. Er war ein Drecksack, und ich würde jubeln, wenn er seine Strafe bekam. Höchststrafe für ihn: Verlust seines guten Rufs, Verlust seiner Ämter, öffentliche Bloßstellung. Würde er hoffentlich kriegen. Basta.

Nächste Baustelle: die tote Miriam.

»Jungs«, sagte ich. »Anderes Thema: Ich bin fast sicher, dass Marco etwas mit Miriams Tod zu tun hat.«

Umgehend hatte ich ihre volle Aufmerksamkeit, und ich erzählte alles, was passiert war. Sie unterbrachen mich nicht, sondern hörten aufmerksam zu, wofür ich dankbar war. Es fiel mir nicht leicht, darüber zu reden, dass ich mit Marco geschlafen hatte, aber sie zuckten nicht mit der Wimper. Danke, Jungs.

Als ich meinen Bericht damit schloss, dass Karlheinz nichts an Marco verraten hatte, schnaubte Frank und verdrehte die Augen.

»Dat glaubste dem doch wohl nich?«

Aber ja: Karlheinz war ehrlich verblüfft gewesen, ganz spontan und authentisch. Ich hatte keinen Grund, daran zu zweifeln, auch wenn ich ihn verabscheute.

»Doch, ich glaube ihm. Absolut. Dass Marco uns belauscht hat, ist viel wahrscheinlicher. Als Karlheinz und ich uns bei Isolde gestritten haben, wurde der Telefonsex nicht erwähnt, ganz sicher. Er hat davon gesprochen, dass Leute wie ich, die im Sexgewerbe arbeiten, keine Moral hätten.«

»Wat? Dat sacht ausgerechnet der? Wir wissen doch, wat der allet macht! Dem gehört der Schniedel abgezwackt, am besten mit 'ne Rosenschere, dem Drecksack!«

Ich lächelte flüchtig. »Ja, vielleicht, aber darum geht es jetzt nicht.«

»Und woraus schließt du, dass Marco euch belauscht haben muss?«, fragte Erwin.

»Hätte Karlheinz ihm wirklich die Wahrheit über mich gesagt, wüsste Marco, dass ich nur bei einer Sexhotline arbeite und keine Prostituierte bin.«

»Und was ist mit euren Mikrofonen?«

Ich winkte ab. »Das kam mir auch noch mal in den Sinn, aber nicht ernsthaft. Die können sich nicht leisten, uns zu belauschen oder womöglich mit brisanten Informationen zu erpressen, das ist Quatsch. Natürlich wäre das auch eine Möglichkeit gewesen: Bülent hat etwas belauscht, hat Miriam davon erzählt, sie hat versucht, Karlheinz zu erpressen, der hat die Nerven verloren. Oder: Gleiches Szenario, aber Karlheinz hat Marco von Miriams Erpressungsversuch erzählt und Streit mit ihr bekommen.«

»Was spricht dagegen?«, fragte Erwin.

»Zwei Dinge. Erstens das, was ich heute zufällig gehört habe: Miriam hatte was mit Marco. Ich habe Grund zu der Annahme, dass sie von ihm schwanger war. Und zweitens war es Marco, der darauf herumgeritten hat, dass man Miriam am Tag ihres Todes mit mir hätte verwechseln können. Und dass Karlheinz sich angeblich von mir bedroht fühlte. Erst hat er behauptet, es sei nur so ein Eindruck von ihm. In der nächsten Nacht kam er dann damit um die Ecke, dass Karlheinz ihm alles über mich erzählt hätte.«

Erwin nickte langsam. »Das klingt alles sehr schlüssig. Wir müssen Astrid unbedingt fragen, ob die Obduktion eine Schwangerschaft ergeben hat.«

»Und deshalb sollten wir die Fotos angucken, die Frank heimlich gemacht hat«, fuhr ich fort.

Frank, der konzentriert die Sahneschüssel auskratzte, sah auf. »Da is keins dabei, wat die Miriam aufm Geländer zeicht, dat kann ich dir jetz schon sagen.«

»Darum geht es mir auch nicht«, sagte ich. »Ich will herausfinden, seit wann Marco diesen Kratzer am Hals hat. Er sagt, der ist von Isoldes Katzen, also von Dienstag. Ich habe die Schramme in den frühen Morgenstunden des Donnerstags bei ihm bemerkt, da wirkte sie relativ frisch. Vielleicht ist sie ja in Wirklichkeit von Miriam.«

Frank setzte sich an meinen Schreibtisch und lud die Daten von seinem Handy in einen Ordner auf meinen Rechner. Der Ordner öffnete sich und präsentierte uns 256 Miniaturabbildungen. Frank klickte die erste an, und das Foto erschien groß auf dem Monitor: Es war von meinem Abend und zeigte das Team bei einer Besprechung, hier in diesem Raum, in meinem Wohnzimmer.

»Da, dat is die Miriam«, sagte Frank zu Erwin und deutete auf ihre zierliche Gestalt, die von seitlich hinten aufgenommen war. Man erkannte gut ihre kurzen, dunklen Haare und dass sie eine schwarze Brille trug.

Erwin warf mir einen vergleichenden Blick zu. »Na ja … mit viel gutem Willen vielleicht. Ich würde euch beide jedenfalls nicht verwechseln.«

»Warte den Mittwoch ab«, sagte ich.

»Wer ist Marco?«

»Der blonde Lulatsch mit den affigen 10-Tage-Bart«, ätzte Frank sofort. »Der so unheimlich wichtich aussieht.«

Wir konzentrierten uns auf die Bilder mit Marco und klickten die anderen schnell weiter. Auf einem von Dienstag begutachtete er mit Bülent dessen lange Kratzer auf den Unterarmen. Marcos Hals war unverletzt, aber das musste nichts heißen.

»Weißt du noch, wann du das gemacht hast?«, fragte ich.

»Dat kann ich nachkucken.«

Er machte einen Rechtsklick in das Bild, und ein kleines Fenster mit allen technischen Daten des Fotos erschien, unter anderem mit der Uhrzeit: 20.39 Uhr. Aha. Da die Interviews mit uns in Isoldes Wohnzimmer bis tief in die Nacht hinein an Plätzen stattfanden, die sich als bevorzugte Kuschelecken ihrer Miezen herausstellten, mussten noch viele Katzen hochgehoben werden, die sich an viele Kissen krallten. Oder in die Hände, Unterarme oder Hälse derjenigen, von denen sie sich gestört fühlten. Und das fühlten sie sich meistens, denn die Stubentiger betrachteten alle Sitzflächen sämtlicher Sitzmöbel als ihr Hoheitsgebiet.

»Die bei Isolde bringen nichts«, sagte ich, »wir müssen uns die Fotos von Karlheinz' Abend ansehen. Die sind relevant.«

Frank ging wieder in die Gesamtübersicht zurück und scrollte weiter. Die kleinen Bilder, immer sechs nebeneinander in einer Reihe, flogen so rasend schnell nach oben zum Bildschirmrand und verschwanden, dass mir leicht übel und schwindelig wurde, weil meine Augen automatisch versuchten, sie festzuhalten. Oder vielleicht auch, zu erkennen, was auf ihnen zu sehen war. Auf jeden Fall musste ich weggucken, weil mein Kreislauf protestierte.

»Da«, sagte Frank plötzlich.

»Kannst du das noch vergrößern?«, fragte Erwin.

»Klaro.«

Klick, klick, klick, klick, klick, klick, klick, klick.

»Hm«, machte Erwin.

Ich sah hin, in der Annahme, dass es sich um ein Foto von Marco handelte, aber weit gefehlt.

»*Das* hast du auch aufgenommen?«, kreischte ich entsetzt, denn auf dem Monitor war Miriams Leiche zu sehen. Um die Wahrheit zu sagen: Sie füllte den Bildschirm komplett aus.

»Klaro«, sagte Frank wieder. »Wat meinze, wat da los war. Glaubste, die ham auf mich geachtet? Keiner von denen. Nur Isolde hat wat mitgekricht. Die andern ham alle da runtergegafft.«

Da lag sie, in ihrem geringelten T-Shirt und mit der Blume aus Blut um ihren Kopf herum. So nah hatte ich sie an diesem Abend nicht gesehen. Jetzt konnte ich erkennen, dass eine hauchdünne Schicht Schnee sie bedeckte. Eine Hand war unter ihrem Körper verborgen, die andere war bis zum Handgelenk in einer kleinen Schneeverwehung verschwunden. Dieser Schneehaufen wirkte etwas zerwühlt – ob sie nicht sofort tot gewesen war? Die Vorstellung, dass sie dort unten gestorben war, weil wir nichts von ihrem Todeskampf ahnten, war schrecklich.

»Wer kam auf die Idee, mit einem Scheinwerfer nach unten zu leuchten?«, fragte Erwin.

»Habbich nich mitgekricht«, erwiderte Frank. »Isolde und ich warn im Esszimmer, wir ham auf Loretta gewartet.«

»Genau, ich war draußen vor dem Haus bei der Punktevergabe. Mit Betty und Horst.«

»So, und dann war plötzlich ein Riesengeschrei inne Bude, allet raste auffe Terrasse raus. Als ich dazukam, warn da der Marco, der Karlheinz und der Max. Und die Jacqui. Ach so, und der Bülent. Und dann habbich die Loretta und die andern geholt.«

»Aber vorher hast du noch Fotos gemacht.«

Meine Stimme klang vorwurfsvoller, als ich es beabsichtigt hatte. Es kam mir plötzlich so pietätlos vor, dass er alles fotografiert hatte, als wäre er ein sensationslüsterner Paparazzo.

Er zuckte zusammen und guckte wie ein geprügelter Hund. »Ich weiß … aber sonz hätten wir jetz nich die hier.«

Er deutete auf den Monitor und klickte weiter. Plötzlich sah ich mich dort mit den anderen am Geländer stehen und in die Tiefe starren. Schwarzer Pulli mit roten Ringeln, schwarze Hose.

»Alter Schwede«, entfuhr es Erwin. »Du siehst ja wirklich aus wie dieses tote Mädchen, Loretta.«

»Sach ich doch!«, rief Frank.

Allmählich hatte ich genug davon. Es rückte mich in eine Nähe zur Leiche, die mir zutiefst unangenehm war. »Nur, weil wir zufällig gleich angezogen sind.«

»Warum auch immer – es ist jedenfalls verblüffend. Gleiche Kleidung, gleiche Statur, ähnliche Haare und Brille. Wenn es wirklich jemand auf dich abgesehen hätte, könnte Miriam tatsächlich zur falschen Zeit am falschen Ort gewesen sein.«

»Das hatten wir bereits ausgeschlossen«, sagte ich gallig.

»Ich sehe Marco nirgends«, stellte Erwin fest.

»Er kam uns entgegen, als ich hinter Frank her durchs Wohnzimmer auf die Terrasse rannte. Er telefonierte, aber ich weiß nicht, mit wem. Kurze Zeit später rückte jedenfalls alles an: Polizei, Feuerwehr, Notarzt.«

»Hast du auch Fotos von den Leuten am Geländer, bevor du Loretta dazugeholt hast?«

Frank warf mir einen schnellen, entschuldigenden Blick zu und nickte verlegen. Er klickte auf den nach links zeigenden Pfeil, mit dem man rückwärts durch den Ordner blättern konnte. Miriams Leiche, insgesamt drei Mal, dann folgte ein Foto mit all denen, die er vorhin aufgezählt hatte: Max, Bülent, Jacqui, Karlheinz und Marco, außerdem Isolde, die ja zusammen mit Frank im Esszimmer auf mich gewartet hatte.

Franks Zufallstreffer sah aus wie das sorgfältig inszenierte Motiv eines Profis, denn jeder war deutlich zu erkennen. Frank musste halb über dem Geländer gelehnt haben, um sie aus dieser Perspektive zu erwischen. Sie standen nebeneinander und starrten in den Abgrund. Allerdings nicht jeder von ihnen – es gab zwei Ausnahmen. Isolde war Frank zugewandt und blickte entsetzt in die Kamera, eine Hand vor den Mund geschlagen. Alle anderen waren im Profil aufgenommen. Max umklammerte das Geländer mit beiden Händen und beugte sich weit vor. Sein Mund war geöffnet, als würde er schreien oder etwas rufen. In Jacquis stark geschminktem Gesicht vermochte ich nichts zu lesen, und Karlheinz schien stocksauer darüber nachzudenken, wen er für diesen Mist verklagen konnte. Bülent war kreidebleich und wirkte total schockiert, und Marco sah nachdenklich Karlheinz an. Verstohlen von der Seite, aus dem Augenwinkel. Die Schramme an seinem Hals war deutlich zu erkennen.

»Da ist der Kratzer«, sagte Erwin. »Aber seit wann hat er den?«

Frank klickte weiter zurück, Bild für Bild, und wir beugten uns nah zum Bildschirm, um mehr zu erkennen.

Marco war auf vielen Fotos zu sehen, aber nicht immer aus der richtigen Perspektive. Mal von der falschen Seite, mal war er durch andere verdeckt, da Frank die Aufnahmen ja heimlich gemacht hatte, oft buchstäblich aus der Hüfte geschossen.

»Da!«, brüllte Frank so plötzlich, dass ich vor Schreck fast vom Stuhl fiel. »Kein Kratzer! Die Sau! Kein Kratzer!«

Erwin sah mich fragend an.

»Das war noch vor dem Essen«, sagte ich langsam.

Das Foto war schräg von unten aufgenommen und zeigte uns im Wohnzimmer, gleich nach dem Aperitif, denn Isolde und ich saßen auf dem Sofa und hielten die Gläser in der Hand. Karlheinz war zu dem Zeitpunkt in der Küche gewesen. Jacqui war aus der Perspektive nicht zu sehen, aber Marco stand mit seinem Klemmbrett vor uns, um zu erklären, wer mit wem und wo drehen würde.

Sein Hals war unverletzt.

»Beweist dat jetz, dat Marco die Miriam vonne Terrasse geworfen hat?«, fragte Frank.

Wir waren wieder in der Küche. Ich hatte uns eine Kanne Kaffee gekocht.

»Zunächst mal beweist es lediglich, dass er mich wegen des Kratzers belogen hat«, sagte ich.

Erwin nickte düster. »Das sagt noch nichts über einen eventuellen vorsätzlichen Mord aus. Das halte ich sowieso für unwahrscheinlich. Er wird nicht geplant haben, sie von der Terrasse zu werfen. Vermutlich gab es Streit, und die Situation ist eskaliert. Das ist kein Mord.«

»Wat? Die liecht da unten, und der macht nix und lässt die einfach krepiern! Für mich is dat Mord, aber glasklar!«

»Ich kann den Paragraphen 211 aus dem Strafgesetzbuch auswendig runterbeten«, sagte Erwin und fuhr fort: »Ein Mörder ist, wer aus Mordlust, zur Befriedigung des Geschlechtstriebs, aus Habgier oder sonst aus niedrigen Beweggründen, heimtückisch oder grausam oder mit gemeingefährlichen Mitteln oder um eine andere Straftat zu ermöglichen oder zu verdecken, einen Menschen tötet. Und das muss dem Täter bewiesen werden.«

»Na und?«, blaffte Frank angriffslustig. »Am Ende is einer tot. Dat reicht doch wohl.«

»Selbst Totschlag bedingt noch einen Vorsatz«, erklärte Erwin geduldig. »Geschieht die Tat im Affekt, also zum Beispiel aus Zorn, nennt das Strafgesetzbuch das ›einen minderschweren Fall des Totschlags‹. Freiheitsstrafe: ein bis zehn Jahre.« Er hob die Hände, weil Frank wieder aufbrausen wollte. »Ich habe die Gesetze nicht gemacht, und das ist jetzt sehr vereinfacht erklärt, trifft es aber im Großen und Ganzen. Nur – das wissen die meisten Menschen natürlich nicht. Eine Situation eskaliert, einer wird getötet, ohne dass eine Absicht vorliegt. Der Verursacher denkt, er muss jetzt sein Leben lang in den Knast. Er versucht, alles zu vertuschen, und hofft, unentdeckt und ungeschoren davonzukommen.«

»Das heißt«, sagte ich, »wenn er, direkt nachdem Miriam abgestürzt ist, Hilfe geholt hätte, hätte er mit reiner Weste aus der Sache rauskommen können.«

Erwin nickte. »Genau. Zumal er hätte angeben können, dass es ein Unfall war. Wer wollte das Gegenteil beweisen? Sie sitzt auf dem Geländer und plötzlich fängt sie an, mit den Armen zu rudern. Sie will sich an ihm festhalten, kratzt ihn dabei ... Selbst wenn Miriam überlebt hätte und das Gegenteil behaupten würde ...«, er zuckte mit den Schultern, »Aussage gegen Aussage. Keine Zeugen.«

»Und warum lücht der dann? Macht Loretta Angst wegen Karlheinz und so?«

»Das ist rational nicht zu erklären. Die meisten Menschen geraten in so einer Situation in Panik und versuchen zum Beispiel, den Verdacht auf andere zu lenken.«

»Aber das fliegt doch auf«, warf ich ein. »Überleg doch mal, wie schnell ich raushatte, dass Karlheinz Marco nichts erzählt hat.«

»Darum geht es nicht, Loretta. Davon ausgehend, dass wir mit allem recht haben, hält Marco sich für einen Mörder.«

»Für mich isser das auch«, murmelte Frank.

»Also handelt Marco zurzeit nicht rational«, fuhr Erwin fort. »Er hat natürlich gehofft, es wäre dir zu peinlich, Karlheinz darauf anzusprechen. Ihn zu überführen, macht Miriam nicht wieder lebendig, und Marco wird vielleicht nicht einmal ins Gefängnis müssen. Aber wir sind es dem armen Mädchen schuldig, herauszufinden, wie und warum es sterben musste. Und deshalb werde ich jetzt Astrid anrufen.«

Er stand auf und ging aus dem Zimmer.

Frank brütete vor sich hin und platzte plötzlich heraus: »Weisste, wat mich an deiner Stelle unheimlich sauer machen würde? Dat der Typ dich da mit reingezogen und total verarscht hat. So ein Arsch, dem würd ich am liebsten …« Er ballte wütend die Fäuste.

»Warten wir ab, was Kommissarin Küpper sagt. Wenn wir ihn kriegen wollen, müssen wir heute so tun, als wüssten wir von nichts.«

Sein Gesicht veränderte sich. »Ach Loretta, dat tut mir so leid für dich. Dat wär so schön, wenn dat echt ’n netten Kerl wär, der dich wirklich gern mach.«

Ja, das wäre wirklich schön gewesen. Es würde mich wieder einige Stunden mehr bei Frau Müller-Westerholt kosten, um damit fertig zu werden, so benutzt worden zu sein. Eine leidenschaftliche 3-Tages-Affäre – damit hätte ich leben können, das wäre eine schöne Erinnerung gewesen. Aber so … ich dachte daran, wie schmutzig ich mich gefühlt hatte.

Erwin kam wieder in die Küche. »Die Obduktion hat ergeben, dass Miriam tatsächlich schwanger war. In der neunten Woche. Ein DNA-Test wird beweisen, ob Marco der Vater ist.«

»Haben sie irgendwas unter ihren Fingernägeln gefunden?«, fragte ich hoffnungsvoll.

Er schüttelte den Kopf. »Wenn da etwas war, ist es durch den

Schnee vernichtet beziehungsweise weggewaschen worden. Aber das weiß Marco ja nicht. Du sollst Astrid übrigens anrufen, Loretta.«

Er gab mir sein Handy, und ich drückte die Wiederwahltaste.

»Küpper.«

»Hier ist Loretta Luchs.«

»Frau Luchs, danke, dass Sie sich melden. Onkel Erw… äh … ich habe gerade einige interessante Informationen über die Vorkommnisse am Mittwoch erhalten. Ich möchte das Bildmaterial sichten.«

Innerlich amüsierte ich mich darüber, dass sie nicht wusste, wie sie ihren Patenonkel mir gegenüber nennen sollte. Onkel Erwin? Dafür waren sie und ich nicht vertraut genug. Herr Schneider? Auch blöd – denn das war er weder für sie noch für mich. Schöne Zwickmühle für die Frau Kommissarin.

Dennoch blieb ich ernst. »Natürlich, gerne.«

»Können Sie mir die Daten auf einen Stick ziehen oder eine CD brennen?«

»Klar.«

Ich fragte mich, warum ich sie anrufen sollte und nicht Frank – immerhin hatte er die Fotos gemacht. Aber vermutlich befürchtete sie einen seiner unendlichen Monologe, die sie, wie ich wusste, nur mühsam aushielt.

»Wo sind Sie und die Filmcrew heute Abend? Heute ist doch Ihr letzter Drehtag?«

»Ich weiß die Adresse nicht auswendig, aber ich werde sie Erwin aufschreiben.«

»Vielen Dank. Wie lange werden Sie dort sein?«

»Mindestens bis Mitternacht, wahrscheinlich länger.«

»In Ordnung. Frau Luchs, wir sehen uns später.«

Ehe ich antworten konnte, hatte sie schon aufgelegt. Verschwendete keinen Atem mit unnützem Gelaber, die Dame.

Kapitel 26

Die graue Welt der Jacqui S.:
Barollo-Schuss und Burj-Khalifa-Pumps

Als Frank und ich bei Jacqui ankamen, warteten Max und die Susi schon ungeduldig vor dem schicken Bungalow, in dem der heutige Abend stattfinden sollte. Um die Kälte zu vertreiben, hüpfte Max auf und ab. Kein Wunder, dass er fror – er trug keine Jacke über seinem Kapuzen-Sweatshirt, selbst schuld. Bevor sie uns verkabelte, guckte die Susi demonstrativ auf ihre Armbanduhr.

»Karlheinz und Isolde sind schon drin«, informierte sie uns mit strenger Gouvernantenstimme, »die waren pünktlich.«

Hab dich mal nicht so, dachte ich, wir haben in dieser Woche stundenlang auf euch gewartet, also werden die paar Minuten wohl nicht dramatisch sein. Und ein etwas höflicherer Ton wäre auch hübsch, Schätzchen.

»Ging nicht früher«, sagte ich fröhlich.

Sollte sie auf eine Entschuldigung oder eine Erklärung gehofft haben, musste ich sie leider enttäuschen. Schließlich ging es sie nichts an, dass Frank und ich noch gemeinsam mit Erwin bei Kommissarin Küpper vorbeigeschaut hatten, weil Erwin sich nicht mehr sicher war, ob er alles behalten hatte. Er hielt es für besser, wenn ich ihr die zeitlichen und sonstigen Zusammenhänge persönlich schilderte. Als ich ihr von Karlheinz' Hobby erzählte, verwies sie uns an einem Kollegen in einem anderen Kommissariat. Diese Angelegenheit musste noch bis Montag warten.

Aber jetzt waren wir ja da.

»Ich bin total gespannt, wie dat Essen bei die Tschakkie wohl schmeckt, ich hab gedacht, wat is dat denn, geht die mit uns in ein Resto mit jede Menge Sterne oder hat die 'n Koch eingeschmuggelt oder wat is los?«, plapperte Frank vor sich hin, während er das Mikrofon angesteckt bekam. »Wasabi is doch dat scharfe Zeuch, dat nach Senf schmeckt, oder? Ich hab da ma so Erdnüsse gefuttert, die warn mit Wasabi, da hat die Zunge aba gebrannt, mein lieber Scholli. Da konnt ich immer nur 'ne Handvoll verputzen, dann war erssma Pause angesacht. Weisse noch, Loretta? Letztet Jahr auffe Parzelle? Hatte die Bärbel angeschleppt, dat Zeuch.«

Ich nickte kichernd und zappelte herum, als ich mit dem Mikro an der Reihe war. Frank und ich vibrierten vor mühsam unterdrückter Euphorie und Spannung, da wir wussten, dass Kommissarin Küpper später am Abend die Party sprengen würde.

Wir mussten wieder raus aus dem Vorgarten und ein Stück die Straße runter, damit wir so tun konnten, als kämen wir gerade an und würden nach Jacquis Domizil Ausschau halten. Frank und ich hakten uns unter und spazierten los, eskortiert von Max plus Kamera. Da von uns jetzt ein wenig schlechte Schauspielerei gepaart mit gestelztem Dialog erwartet wurde, legten wir los.

Zunächst schauten wir besonders auffällig nach rechts und links, als würden wir die richtige Hausnummer suchen. Dann zeigte ich auf Jacquis Haus. »Schau mal, Frank, das muss es sein. Sieht so aus, als wären wir da.«

»Stimmt, dat muss et sein«, erwiderte Frank. »Und? Freuste dich auch so auf den Abend?«

»Ja, das tue ich. Jacquis Speisekarte ist ja sehr vielversprechend. Ob sie Hilfe beim Kochen hatte?«

»Ich würd mir für so 'n Menü jedenfalls Hilfe holn. Alleine würd ich mich an so 'n Barollo-Schuss nich rantraun.«

Innerlich bog ich mich vor Lachen. Frank würde jeden »Schuss« mit links hinkriegen, und er wusste haargenau, dass *Barolojus* lediglich ein affiges Speisekartenwort für Rotweinsoße war. Die machte er mit geschlossenen Augen und auf den Rücken gefesselten Händen, wenn es sein musste. Wie jede andere Soße auch. Béarnaise, Hollandaise, Béchamel, Mayonnaise, Vinaigrette – für ihn das kleine Soßen-Einmaleins.

Munteren Schrittes – wie Dorothy und ihre Freunde im Wizard of Oz, wenn sie auf der gelben Ziegelsteinstraße dahinwanderten – marschierten wir auf die Haustür zu.

»Wir sind da!«, verkündete ich für den Fall, dass es irgendwer später vor dem Fernseher noch immer nicht geschnallt haben sollte. »Was meinst du, ob Jacqui aufgeregt ist?«

»Bestimmt ist die Tschakkie aufgereecht«, antwortete er ernsthaft, dann deutete er auf die Klingel. »Dann werd ich ma klingeln.«

Ding Dong!

Max seufzte und nahm die Kamera von der Schulter. »Endlich wieder ins Warme«, nölte er vorwurfsvoll in meine Richtung, und ich schenkte ihm zur Belohnung ein strahlendes Lächeln.

Die Haustür ging einen Spalt auf, und Horst lugte heraus. »Alles klar. Noch mal klingeln, bitte.«

Ding Dong!

Die Tür wurde aufgerissen, und Jacqui stand da, aufgedonnert zu einer Mischung aus Las-Vegas-Showgirl und Zirkuspferd. Mit der Schminke in ihrem Gesicht würde ich locker mein Leben lang auskommen. Ihre weißblonden Haare waren zu einem absurden Gebilde aus Locken, dem Inhalt diverser Flaschen Haarspray und Glitzerspangen aufgetürmt. Ich unterdrückte den Impuls, hineinzugreifen, obwohl mich sehr interessierte, ob es sich wohl wie ein Topfkratzschwamm anfühlen würde.

Wow.

»Da seid ihr ja! Wir haben uns schon Sorgen gemacht!«, zwitscherte sie schrill vor Aufregung, dann bat sie uns mit einer theatralischen Geste hinein, wie die bizarre Parodie einer guten Hausfrau und Gastgeberin.

Ihr Outfit obenrum wirkte, als hätte sie zwischendurch die Lust verloren, sich anzuziehen. Das Kleid war jedenfalls so kurz, dass es allenfalls ein Pullover sein konnte. Ich fragte mich, ob es einen Begriff für ihre Schuhe gab, neben denen normale High Heels zwangsläufig wie vernünftige Gesundheitslatschen aussehen mussten. *Burj-Khalifa-Pumps,* vielleicht, nach dem momentan höchsten Wolkenkratzer der Welt? Wenn sie damit umfiel, würde es bestimmt lange Sekunden dauern, bis ihr Kopf auf dem Boden aufschlug.

Sie stöckelte vor uns her in ihr Wohnzimmer, das sie uns stolz präsentierte. Sie sah uns erwartungsvoll an, als müsste uns der Mund offenstehen, weil wir so beeindruckt waren.

Alles war grau in grau, nur die ultramodernen Sitzmöbel strahlten blendend weiß. Es war so gemütlich wie in einer Tiefgarage: graue Wände, der Fußboden aus poliertem Beton, Chromlampen, schwarze Sofakissen, anthrazitfarbene Lamellenvorhänge. Alles wirkte irgendwie … *scharfkantig,* selbst die Kissen. Isoldes pinkfarbene Seidenstola über dem rauchgrauen Leinenensemble irritierte das Auge des Betrachters ungemein. Ich setzte mit meinem kanariengelben Pulli zur schwarzen Hose einen weiteren auffälligen Farbklecks in die monochrome Kulisse. Karlheinz' grauer Anzug passte perfekt, auch Frank war zufällig ganz in Schwarz.

Auf dem Couchtisch aus gebürstetem Stahl stand ein Tablett mit fünf Cocktails. Die Flüssigkeit in den Gläsern war grellgrün, eine Kiwischeibe klemmte am Glasrand, und es gab einen kurzen schwarzen Strohhalm.

Jacqui verteilte die Gläser und sagte: »Das ist ein *Cairo.* Wodka, Zitronensaft, Mandelsirup, Orangensaft, Blue Curaçao.«

Das erklärte zumindest die merkwürdige Farbe. Ich nuckelte am Strohhalm und nickte anerkennend. »Der ist aber lecker.«

Sie ging nicht darauf ein, sondern sagte: »Ich gehe dann mal in die Küche und mache die Vorspeise. Bis später.«

Sie stelzte aus dem Raum, gefolgt von Betty und Horst.

»Ob sie wohl in dem Aufzug gekocht hat?«, raunte Isolde von links in mein Ohr. »Oder doch in Strapsen und mit einem transparenten Spitzenschürzchen?«

Gerade wollte ich etwas Geistreiches antworten, als mir die Worte im Mund gefroren, weil Marco den Raum betrat. So sehr ich mir auch vorgenommen hatte, überaus gelassen bis überhaupt nicht auf ihn zu reagieren – mein Körper hatte sich anders entschieden und beglückte mich mit einem spontanen Schweißausbruch.

Marco sah mich nicht ein einziges Mal an, als er uns über den weiteren Ablauf des Abends informierte. »Isolde, du stöberst später zusammen mit Loretta«, sagte er, und: »Frank, du hast die Interviews mit Loretta.«

Kein Blick in meine Richtung.

War mir nur recht.

»Was ist los mit euch beiden?«, wisperte Isolde.

»Nicht hier«, wisperte ich zurück. Und nicht heute, fügte ich in Gedanken hinzu.

Ich zuckte zusammen, als Frank mich von der anderen Seite anstupste. »Wir sind dran, Loretta.«

Wir gingen hinter Max und der Susi her durch eine Glastür und betraten eine grau gekachelte Halle mit einem Swimmingpool von beachtlicher Größe, dessen Unterwasserlampen Türkis schimmerndes Licht verbreiteten. Neben dem Becken standen schwarze Loungemöbel mit grauen Leinenkissen.

»Boah!«, rief Frank begeistert. »Hätt ich dat gewusst, hätt ich meine Badehose mitgebracht!«

»Kein Mensch will dich im Tanga sehen«, flachste ich, und er kicherte, was von den gekachelten Wänden widerhallte.

Wir setzten uns, und ich sah mich um. In einer Ecke des großen Raums stand eine Sauna, daneben entdeckte ich eine halbrunde, offenbar aus Kieseln gemauerte Dusche mit einem Duschkopf von der Größe eines Klodeckels. Die Wand zum Garten war eine einzige Glasfront, in der Dunkelheit dahinter beleuchteten moderne Gartenlaternen eine große Holzterrasse und streng formal gestutztes, immergrünes Buschwerk. Hm. Wer's mochte …

Max hievte die Kamera auf die Schulter.

»Wie ist euer erster Eindruck von Jacqui als Gastgeberin?«, fragte die Susi.

Frank und ich sahen uns an.

»Jacqui wirkt aufgeregt«, sagte ich schließlich. »Das ist aber auch kein Wunder, denn sie hat sich für heute viel vorgenommen.«

»Wie gefällt euch das Haus?«

»Ich find dat nich gemütlich, dat is nich mein Geschmack. Dat is allet so kalt. Hat die Tschakkie überhaupt irgendwo 'ne Pflanze stehn? Oder 'n Bild anne Wand? Dat würd hier doch schick aussehn, oder nich?«

»Und du, Loretta?«

»Wenn Jacqui das so schön findet ... was soll ich sagen?«, erwiderte ich. »Aber mir persönlich fehlt auch Gemütlichkeit.«

Wir eierten noch eine Zeit lang herum und vermieden krampfhaft, zu sagen, dass wir die Hütte potthässlich fanden, dann war die Susi endlich zufrieden. Obwohl – das traf es nicht so ganz. Sagen wir besser: Sie fand sich damit ab, dass aus uns auch bei weiterem Nachbohren nicht mehr rauszuholen war als halbdiplomatisches Rumgegurke.

Wir kehrten in die Tiefgarage zurück und setzten uns aufs Sofa, während Isolde und Karlheinz in einem anderen Raum interviewt wurden.

»Hihihi«, machte Frank und warf mir schelmische Blicke zu.

»Was?«

»Hihihi.« Kicherkicherprust.

»*Was?*«

»Hihihi. Dein Pullover. Zieh den ma aus und lech den dahin, dann sieht die Couch aus wie 'n riesiget viereckiget Spiegelei mit Metallbeine drunter!«

»Kindskopf«, zischte ich, aber dann musste ich doch lachen.

Wir versanken in Schweigen. Ich war mit dem beschäftigt, was an diesem Abend noch passieren würde, und Frank dürfte es ähnlich gehen. Wir hatten vereinbart, darüber nicht zu sprechen, da wir nicht hundertprozentig sicher sein konnten, dass die Mikrofone zwischendurch abgeschaltet wurden. Franks Handy war auf Vibrationsalarm gestellt, und Erwin sollte ihm eine Nachricht schicken, wenn es losging.

Ich kämpfte mit dem Bedürfnis, Marco zur Rede zu stellen, ihn damit zu konfrontieren, dass ich die Wahrheit kannte. Na ja – zu kennen glaubte. Noch konnte sich alles als Zufall oder was weiß ich herausstellen – aber diese Möglichkeit war allenfalls vage.

Horst kam und rief uns ins Esszimmer. Ich sprang auf, erleichtert, dass es endlich weiterging.

Das Grau setzte sich auch hier fort – sogar in der Dekoration: Ein längliches Gesteck aus silbrigen, wie Stacheldraht aussehenden

Zweigen einer mir unbekannten Pflanze dominierte die Tischmitte. Sarggesteck, mal anders. Der Tisch hatte eine Glasplatte, was ich immer unangenehm fand, denn ich mochte es nicht, beim Essen die Beine der anderen Leute zu sehen. Die grauen, leinenen Tischsets und Servietten sahen aus, als hätte die Schneiderin von Isoldes wunderschönem Outfit aus weiter Hose und Tunika noch ein wenig Stoff übriggehabt. Auch hier waren mein dottergelber Pulli und Isoldes grelle Stola die einzigen Farbflecke im Raum.

Auf rechteckigem hellgrauem Porzellan servierte Jacqui die Vorspeise, leicht schwankend auf ihren schwindelerregend hohen Pinnen. Hauchzarte Scheiben von rohem Thunfisch, beträufelt mit Marinade, hellgrüner Wasabischaum, ein kleines Gekräusel gebratener oder frittierter schwarzer Algen. Sah super aus und schmeckte auch so, wie ich rasch feststellte.

»Das schmeckt wunderbar«, sagte Isolde anerkennend. »Hast du alleine gekocht, oder hattest du Hilfe?«

»Eine Freundin …«, sagte Jacqui langsam, »sie hat Gemüse geschnitten und so.«

Isolde nickte. »Natürlich braucht man für ein derartiges Menü Unterstützung. Jeder von uns. Wie hast du den Wasabischaum gemacht?«

Jacquis Blick verlor sich für einen Moment im Nirgendwo, dann leierte sie wie auswendig gelernt los: »Zuerst Eiweiß steif schlagen und zur Seite stellen. Dann Sahne anschlagen, Frischkäse und Wasabipaste hineinrühren. Den Eischnee vorsichtig unterheben.«

»Du hast keinen Espumabereiter benutzt?«, fragte Karlheinz.

Jacqui plinkerte verdutzt mit den Augenlidern, und Frank prustete.

»Ist dat auch sowat wie dein Vini*dingsbums*, dat den Schaum auf *optimaler Genusstemperatur* halten soll?«

Prompt setzte Karlheinz zu einem Vortrag an. »Nein, das ist …«

»Ich weiß, wat dat is«, unterbrach Frank ihn sofort. »Ein' stinknormalen Sahnesprüher, den hatte schon meine Omma im Schrank stehn. Hat bloß 'n annern Namen gekricht, um Idioten zweimal Knete ausse Tasche zu leiern. Wie viele haste von so 'ne

Teile, Karlheinz? Ein für warm, ein für kalt oder mehr? Ein für Sahne, drei für *Espuma?*«

Frank, halt dich zurück, dachte ich, verliere jetzt nicht die Nerven.

Karlheinz presste wütend die Lippen zusammen, und Jacqui zwitscherte: »Ich freue mich, dass es euch geschmeckt hat. Ich gehe jetzt in die Küche und mache mich an die Hauptspeise. Dafür habe ich noch einiges zu tun, wie ihr euch denken könnt. Ihr könnt in der Zwischenzeit ein wenig stöbern, wenn ihr wollt. Fühlt euch wie zu Hause.«

Unwillkürlich sah ich mich um. Ernsthaft – hier musste irgendwer, den niemand außer ihr sehen konnte, Papptafeln hochhalten, von denen sie ihren Text ablas.

Isolde und ich bekamen das Schlafzimmer zugeteilt. Noch eine Tiefgarage. Immerhin zog sich das Farbkonzept konsequent durch die gesamte Wohnung. Das war der Moment, in dem sich meine Anspannung unbarmherzig Bahn brach.

»Isolde, du bist nur noch Kopf und Stola«, kreischte ich hysterisch, denn sie verschmolz mit der Umgebung bis zur Beinahe-Unsichtbarkeit.

Der Raum war groß, Glaswand zum Garten, graues Lederbett, graue Tagesdecke, dicker grauer Teppichboden, graugraugrau. An den Wänden hingen riesige gerahmte Fotos in Schwarzweiß, die allesamt Jacqui und einen Mann zeigten, der aussah wie eine zu fest aufgepumpte Luftmatratze und deutlich älter war als sie. Beide waren nackt und eingeölt, und der Typ hielt seine üppig beringten Schaufelhände immer geschickt vor Jacquis delikateste Körperpartien. Sein Kopf war rasiert, aber was dadurch an natürlichem Körperschmuck fehlte, machte er durch künstlichen dreimal wett: großflächige Tattoos auf schwellenden Bodybuilder-Muskeln sowie gefühlt 20 Piercings – und das waren nur die sichtbaren. Außerdem hatte er diese ekelhaften Röhren in den Ohren, die seine Ohrläppchen bereits zu Löchern gedehnt hatten, durch die man locker einen Golfball spielen könnte.

»Da«, sagte ich und zeigte auf eins der Porträts. »Fleischtunnel.«

»Wohl eher Fleischgebirge«, entgegnete Isolde süffisant. »Oder Fleisch-Hüpfburg.«

Ich kicherte und schüttelte den Kopf. »Ich meine diese Dinger in seinen Ohren. Die heißen Fleischtunnel.«

»Klingt exakt so widerlich, wie es aussieht. Ist mir ein Rätsel, warum das als schön gilt.«

»Ist halt modern bei den jungen Leuten.«

Sie musterte mich amüsiert von der Seite. »Der Typ ist mindestens so alt wie du. Wenn nicht älter.«

»Ja, aber ich *weiß*, dass ich keine 25 mehr bin.«

Isolde blickte sich in dem Raum um und zog die Stola enger um sich, als würde sie frieren. »Ich frage mich, wie hier romantische Stimmung aufkommen soll. Ich komme mir vor, als würde ich durch eine Reportage in einem Hochglanzmagazin über modernes Wohnen laufen. Was wollen die machen, wenn sie Kinder bekommen? Gibt es überhaupt Babykleidung und Spielzeug in Steingrau?«

»Die kriegen einen eigenen Anbau, den sie nie verlassen dürfen. Da darf es dann ruhig bunt sein.«

Kapitel 27

Ein heimliches Helferlein und späte Überraschungsgäste

Auch heute sollten die Interviews, in denen wir die einzelnen Gänge kommentierten, erst nach dem Dessert in einem Rutsch gedreht werden. Wie man sich denken kann, war der Grund diesmal allerdings nicht, dass Marco etwas mehr Zeit für Sex mit mir haben wollte, sondern die Tatsache, dass zum Abschluss des Abends der Gewinner gekürt wurde.

Der Hauptgang, die Rinderbacken in »Barollo-Schuss«, schmeckte betörend gut. Das Fleisch war zart, die Soße perfekt, das Rosmarin-Kartoffelpüree über jede Kritik erhaben. Die karamellisierten Möhren rundeten das Menü vortrefflich ab.

In absoluter Verzückung aßen wir schweigend, bis Jacqui plötzlich nervös piepste: »Schmeckt es euch nicht?«

»Wunderbar, Jacqui«, sagte Karlheinz, den ich damit – nach der Sache mit der blöden Espumamaschine – erst zum zweiten Mal an diesem Abend sprechen hörte. Genau wie Marco mied er meine Nähe und Blickkontakt. Ich fragte mich, wie es in ihm aussehen mochte. Immerhin wusste er, dass ich sein Geheimnis kannte.

Isolde lächelte Jacqui freundlich an. »Kindchen, es kann für einen Koch kein größeres Kompliment geben als sprachlose, glücklich schnaufende Gäste am Tisch.«

Jacqui atmete aus, als hätte Isoldes Bemerkung ihr das Leben gerettet oder so. Vielleicht würde die Luftmatratze auf zwei Beinen mit ihr schimpfen, wenn sie patzte? Apropos …

»Isolde und ich haben uns dein Schlafzimmer angesehen. Dort haben wir spektakuläre Fotos entdeckt. Wer ist denn der junge Mann?«

Sie streifte Isolde mit einem Jetzt-ärgerst-du-dich-bestimmt-dass-du-meine-Fotos-nicht-mochtest-Blick, dann sagte sie stolz: »Das ist mein Freund Dino. Ihm gehört die Szene-Bar, in der ich arbeite.«

»Und ’n paar schicke Karren«, schaltete Frank sich ein. »Und ’ne Harley, natürlich.«

»Zwei«, korrigierte Jacqui noch stolzer.

»Wir warn in der Garage«, erklärte Frank.

Knaller – die Tiefgarage hatte eine eigene Garage! Dino, die Hüpfburg, hatte also einen ganzen Fuhrpark unterzubringen … Ich spürte wieder, wie meine Freundin, die Hysterie, sich leise in mir regte, kriegte sie aber diesmal gerade noch so unterdrückt.

»Und neben der Garage war ’ne Muckibude, mit allem Zipp und Zapp. Und von da aus geht eine Tür direkt innet Hallenbad und inne Sauna. Echt astrein.«

»Wie praktisch!«, flötete ich und versuchte, nicht allzu neidisch zu klingen. »Trainiert ihr viel?«

»Dino trainiert jeden Tag. Deshalb hat er ja auch so einen tollen Body. Mein Ding ist das nicht – ich lasse mich operieren«, antwortete Jacqui todernst.

Hätte Isolde das gesagt, wäre klar gewesen, dass sie einen Scherz macht – und ich wäre grölend vor Lachen vom Stuhl gekippt (was – nebenbei bemerkt – in meinem Zustand durchaus eine Erleichterung gewesen wäre).

»Was … Wie meinst du das?«, fragte Isolde entgeistert.

Jacqui lächelte strahlend. »Na ja – Fett absaugen und so. Außerdem neue Nase, die Lippen, zweimal mein Busen, Botox … was man so macht. Hat alles mein Dino bezahlt.«

»Was man so macht«, echote Isolde beinahe tonlos und widmete sich wieder ihrem Essen. Vermutlich wollte sie sich damit ablenken und so die arme Jacqui vor einer Kanonade bissiger Kommentare schützen.

Wir folgten ihrem Beispiel und aßen weiter, während Jacqui, wie üblich, lediglich die entsprechende Pantomime aufführte, an die wir uns mittlerweile gewöhnt hatten. Vielleicht ließ sie sich Nahrung in den Magen operieren, wenn es mit der Unterversorgung an Nährstoffen kritisch wurde?

Man wusste es nicht.

Und man wollte es auch nicht wissen.

Nach dem Hauptgang wurden wir wieder ins Wohnzimmer geschickt und hatten Pause. Mir fiel auf, dass sich Marco wirklich rarmachte. Sonst hatte er immer mal mit im Esszimmer gestanden und zugeschaut oder sich zu uns gesetzt, wenn wir Drehpause hatten. Heute sah ich ihn allenfalls ab und zu mal durchs Zimmer huschen, und wenn er uns etwas zu sagen hatte, behielt er die Taktik bei, so zu tun, als sei ich überhaupt nicht da.

»Ich muss eine rauchen«, sagte Isolde zu mir. »Kommst du mit nach draußen?«

Frank nickte mir zu und klopfte unauffällig auf seine Hosentasche: Er wollte die Stellung halten und nicht verpassen, wenn Erwin sich meldete.

Isolde und ich holten unsere Jacken von der Garderobe und gingen durch die Terrassentür hinaus.

»Ich lasse mich operieren?«, zischte sie, kaum dass wir die Glastür hinter uns wieder zugeschoben hatten. »Mit wem haben wir es hier zu tun – der Braut von Frankensteins Monster? Gibt es an dieser Frau überhaupt noch Originalteile? Ich hatte ja gehört, dass es so etwas geben soll, aber so von Angesicht zu Angesicht?!« Sie ließ den Deckel einer eleganten Zigarettendose aufschnicken und hielt sie mir hin. »Auch eine?«

Ich schüttelte den Kopf, dann deutete ich auf das Mikrofon am Ausschnitt meines Pullovers und legte den Finger an die Lippen.

Isolde winkte ab und schnippte ihr Benzinfeuerzeug an. Als ihr Zigarillo brannte, inhalierte sie tief. »Scheiß auf das Mikro«, sagte sie, während Rauch aus ihrem Mund quoll. »Sollen sie halt mithören. Wird eh nicht gesendet. Was ich über unsere kleine Plastikbarbie denke, darf ruhig jeder wissen. Schließlich hat sie ja mit ihrer Meinung über mich auch nicht hinterm Berg gehalten. Also, was soll's. Lass uns ein paar Schritte gehen. Ich muss mich abkühlen.«

Wir verließen die Terrasse und kamen zu dem langgestreckten, erleuchteten Anbaukomplex, in dem sich die Garage und der Fitnessraum befanden. Als wir durch ein Fenster spähten, entdeckten wir zwei Sport- und einen großen Geländewagen, außerdem das Motorrad und einen kleinen, pinkfarbenen Stadtflitzer, der vermutlich Jacqui gehörte. Jedenfalls konnte ich mir kaum vorstellen, dass der aufgepumpte Dino mit diesem Elefantenrollschuh herumfuhr – er musste den Innenraum des Autos komplett ausfüllen, wenn er drinsaß.

»Ob es dahinter noch weitergeht?«, fragte Isolde. »Teepavillons? Weitere Pools, vielleicht? Ein privater Operationssaal für unsere kleine Monsterbraut?«

Neugierig folgte ich ihr um den Anbau herum, der sich als ausgedehnter Komplex entpuppte. Die Anbindung ans Wohnhaus bestand nicht nur über den Fitnessraum und das Schwimmbad, sondern auf der anderen Seite zusätzlich über die Küche, vermutlich mit einem Hauswirtschaftsraum dazwischen. Ich prallte in Isolde hinein, als sie urplötzlich stehen blieb.

»Scht!«, machte sie leise, tastete nach hinten, zog mich neben sich und flüsterte: »Guck dir das an!«

Von der Straße nicht zu sehen, parkte dort ein kleiner Lieferwagen, beschriftet mit den Kontaktdaten einer Köchin, die man mieten konnte. *»Ich koche –Sie genießen!«* lautete der Slogan in geschwungener Schrift. Jedes »I« war durch eine Möhre mit einem lustigen grünen Büschel auf dem Kopf ersetzt.

»Da biste platt«, hauchte Isolde und zündete sich auf diese Entdeckung gleich noch ein Zigarillo an. »Oder auch nicht. Ich hab der Göre sowieso keine Sekunde lang abgekauft, dass sie kochen kann. Diese Sorte Mädchen kann allenfalls Fertigessen in die Mikrowelle schieben.«

Wir schlichen weiter und schauten aus sicherer Entfernung ins Küchenfenster. Jacqui saß mit gelangweilter Miene am Tisch und studierte einen beschriebenen Zettel, während eine schmale junge Frau mit Schürze vor dem Bauch emsig durch die Küche flitzte. Sie holte ein Glas mit cremigem Inhalt und zwei Schüsseln aus dem Kühlschrank. Dann richtete sie – offenbar zu Demonstrationszwecken für Jacqui – eine Portion an, die sie danach in den Raum zwischen Garage und Küche trug.

»Jacqui lernt das Rezept auswendig, falls wir ihr Fragen dazu stellen«, flüsterte ich.

»Die Kleine soll sich warm anziehen«, murmelte Isolde grimmig.

In diesem Moment kamen Betty und Horst herein. Jacqui sprang wie von der Tarantel gestochen auf. Betty schulterte die Kamera, und Jacqui holte die vorbereiteten Gläser mit dem Cheesecake aus dem Kühlschrank, schöpfte die rote, sämige Frucht-Gazpacho in kleine Schälchen und kopierte exakt die Dekoration der Köchin, die sich diskret in den Hintergrund zurückgezogen hatte.

»Meinst du, das Team weiß Bescheid?«

Isolde zuckte mit den Schultern. »Sie hatte bestimmt Gelegenheit genug, die vorbereiteten Sachen reinzuschmuggeln. Außerdem braucht sie nur idiotensichere Rezepte mit exakten Angaben und eine Freundin«, sie schnaubte verächtlich, »die den ganzen Tag danebensteht und unauffällig eingreift. Selbst wenn sie Bescheid wüssten, würden sie es uns nicht sagen, das weißt du doch. Wir erfahren die Wahrheit erst am Tag der Ausstrahlung, so sind die Regeln.«

Jacqui war mit dem Dessert fertig und präsentierte es der Kamera wie ein Model einen Sportwagen: gezierte Pose, strahlendes Lächeln, ausgestreckte Arme – ta-daaah!

»Wir müssen wieder rein«, flüsterte ich, und wir zogen uns leise von unserem Beobachtungsposten zurück.

Zuerst war Isolde ganz ruhig, aber ich ahnte, dass sie etwas ausbrütete.

»Was ist das hier Hübsches?«, konnte ich mir zu fragen nicht verkneifen und deutete auf die Blättchen Zitronenmelisse, mit denen die Gazpacho dekoriert war.

Jetzt, da ich Bescheid wusste, erkannte ich an Jacquis konzentriert gerunzelter Stirn deutlich, wie sie in Gedanken das Rezept durchging, um eine Antwort auf meine Frage zu finden.

»Salbei«, sagte sie schließlich zögernd. Es klang eher wie eine Frage als wie eine Antwort.

»Salbei hatten wir doch beim letzten Gang, meine Liebe«, säuselte Isolde, »die grünen Stippen an den Möhren, das war Salbei. Das hier ist Zitronenmelisse.« Sie lächelte Jacqui an, und ich wappnete mich innerlich für das, was jetzt kommen würde.

Und richtig – es ging weiter.

»Aber sag mal«, fuhr Isolde fort, »worin unterscheidet sich dein fantastischer New York Cheesecake eigentlich vom deutschen?« Sie riss die Augen unschuldig auf. »Mit Kuchen kenne ich mich überhaupt nicht aus, musst du wissen. Ich backe so ungern.«

»Also, der Boden besteht aus Kekskrümeln und Butter, und die Masse ist aus Frischkäse, Quark, Sahne und Zitrone«, referierte Jacqui.

Leider ist knapp daneben immer noch vorbei, und sie hatte Isoldes Frage damit nicht beantwortet.

»Hm, hm«, machte Isolde und löffelte scheinbar gedankenverloren das Dessert aus dem Glas, »interessant. So einfach und doch so lecker. Muss ich unbedingt mal ausprobieren. Und der deutsche Käsekuchen, Jacqui? Wie wird der gemacht? Irgendeinen Unterschied muss es doch geben, sonst hättest du ja nicht explizit *New York Cheesecake* auf deine Karte geschrieben, nicht wahr?«

Jacqui starrte sie an wie ein Reh, das in die Flinte eines Jägers blickt. Fast tat sie mir leid, aber nur fast. Sie hatte während der gesamten Woche das Essen entweder bemäkelt oder nicht angerührt – meist sogar beides –, und jetzt wurden wir hier von ihr verarscht. Nach allen Regeln der Verarschungskunst.

Sie sollte ruhig noch ein wenig zappeln, fand ich.

Karlheinz räusperte sich. »Deutscher Käsekuchen ...«, begann er, aber Isolde stoppte ihn mit einer Handbewegung.

»Nein, nein, nein, diesmal nicht, Karlheinz.« Sie drohte ihm neckisch mit dem Zeigefinger. »Sei ein Gentleman, Jacqui zuliebe. Heute ist sie die Hauptperson des Abends. Heute hören wir *ihr* zu.«

»Ist doch egal«, piepste Jacqui panisch, »von mir aus kann Karlheinz gern ...«

Isolde warf ihm einen warnenden Blick zu.

»Nein, heute stiehlt dir niemand die Show«, sagte sie dann zu

Jacqui. »So genial, wie du kochst, verstehst du eine ganze Menge davon. Ist doch eine ganz einfache Frage für so eine klasse Köchin wie dich. Ich will ja nicht wissen, worin der Unterschied zwischen Cheesecakes aus New York und … sagen wir mal … San Francisco besteht«, bohrte sie unerbittlich weiter. »Obwohl du mir sicher auch den erklären könntest.«

Jacqui rastete aus. Sie sprang so heftig auf, dass ihr Stuhl umfiel. »Du blöde alte Kuh!«, kreischte sie wütend. »Das machst du extra! Ich hasse dich! Ich hasse euch alle!« Mit zitterndem Finger zeigte sie auf mich. »Und du brauchst gar nicht so blöd zu grinsen!«

Tatsächlich – grinste ich? War mir überhaupt nicht aufgefallen. Musste von ganz allein passiert sein.

»Ihr beiden hässlichen Lesben habt euch gegen mich verschworen! Denkt ihr, ich merke nicht, dass ihr unter einer Decke steckt? Ich hab keine Lust mehr!«, heulte Jacqui schrill. Mittlerweile strömten Tränen. »Ich will, dass ihr abhaut! Alle! Lasst mich in Ruhe!«

Karlheinz stand auf und wollte sie in den Arm nehmen, aber sie fuhr vor ihm zurück, als wäre er ein Zombie, der sich gerade in seine stinkenden Bestandteile auflöste.

»Fass mich nicht an, du widerlicher alter Sack!«, brüllte sie, vollkommen außer sich. »Das hättest du wohl gern, mich zu betatschen!«

Wahrscheinlich war Karlheinz kaum älter als der alte Sack Dino in ihrem Bett, aber Schönheit und Jugend lagen wohl tatsächlich im Auge des Betrachters. Davon, dass viel Geld, dicke Autos und eine Szene-Bar durchaus starke Aphrodisiaka sein konnten, will ich gar nicht erst anfangen. Dieses Wissen ist so alt wie die Welt.

Mittlerweile standen alle – inklusive Marco – um Jacqui herum und redeten beruhigend auf sie ein. Nur Frank und ich saßen noch am Tisch und genossen die prima Show. Uns war jede Ablenkung recht. Plötzlich zuckte er zusammen und griff sich an die Hosentasche.

»Erwin«, flüsterte er.

Da sowieso niemand auf uns achtete, zog er das Handy heraus

und öffnete die Textnachricht. »Die Kommissarin ist unterwegs hierher, schreibt Erwin.«

Jemand hatte Jacquis Stuhl aufgehoben, und sie hockte schluchzend darauf. Horst saß neben ihr in der Hocke und tätschelte ihre zitternden Hände. Das übrige Team saß auf dem Sofa zusammen und debattierte über Strategien, wie man jetzt Jacqui dazu kriegen könnte, weiterzumachen. Tenor: Nur noch irgendwie diese verdammte Sendung in den Kasten kriegen und dann nichts wie weg von hier. Sie gaben sich keine Mühe, leise zu sprechen. Isolde hatte verkündet, falls man sie suche, sie sei auf der Terrasse, und Karlheinz war nirgends zu sehen.

Alle paar Sekunden schielte ich auf meine Armbanduhr – seit der Textnachricht waren mittlerweile knapp 10 quälend lange Minuten vergangen.

Als es an der Tür klingelte, fiel ich vor Schreck beinahe vom Stuhl.

»Was ist denn jetzt schon wieder?«, schnauzte Marco genervt. Er sprang vom Sofa hoch und stürmte wütend auf Jacqui zu. »Wer ist das?«

»Woher soll ich das wissen?«, rief sie sichtlich erschrocken, »Dino kann das nicht sein, der hat schließlich einen Schlüssel.«

Betty ging hinaus, um nachzusehen, und meine Hand krallte sich wie von selbst in Franks Arm.

Alle waren verstummt und blickten neugierig zur Tür. Wir hörten einen kurzen Wortwechsel, dann kam Betty mit ratlosem Gesicht ins Esszimmer, gefolgt von Kommissarin Küpper und zwei uniformierten Beamten.

»Guten Abend«, sagte die Kommissarin, »wie schön, dass ich Sie alle zusammen antreffe. Ich habe noch ein paar Fragen.« Sie sah sich suchend um. »Sie sind nicht vollzählig, oder? Ich vermisse zum Beispiel Herrn Weissner.«

»Ich gehe sie holen«, sagte Betty.

Kommissarin Küpper inspizierte den Tisch und die nur halb gegessenen Desserts. »Das sieht aber lecker aus. Zu lecker, um es stehen zu lassen.«

Sie blickte in die Runde und nickte uns beruhigend zu. »Dauert nicht lange, versprochen. Nur ein paar kleine Unklarheiten. In ein paar Minuten bin ich wieder verschwunden, und Sie können weitermachen.«

Tatsächlich entspannte sich die Atmosphäre zusehends, und ich fragte mich, ob niemandem auffiel, dass sie mit zwei Beamten hier aufgekreuzt war. Nicht einmal Marco wirkte misstrauisch. Ein schnelles Grinsen war über sein Gesicht gehuscht, als die Kommissarin nach Karlheinz gefragt hatte. Glaubte Marco wirklich, es würde Karlheinz an den Kragen gehen?

Betty kam mit Isolde und Karlheinz herein, die sich wieder an den Tisch setzten.

»Sie kenne ich aber noch nicht, oder?«, sagte Kommissarin Küpper zu Susi.

»Das ist die Ersatzkraft für Miriam«, erklärte Marco. »Susi Brenner. Sie ist am Morgen nach Miriams Unfall angereist, damit die Aufzeichnung ohne Unterbrechung fortgesetzt werden konnte.«

»Ja, das war wichtig, nicht wahr, Herr Messmer? Dass es keine Unterbrechung gab«, sagte Kommissarin Küpper. »Aber Sie haben mir ein gutes Stichwort genannt. Wir gehen nämlich nicht mehr davon aus, dass Frau Schnellinger allein war, als sie abgestürzt ist. Wir haben unter ihren Fingernägeln Blut und Hautfetzen gefunden, die nicht von ihr stammen. Deshalb nehmen wir an, dass jemand bei ihr war, den sie vermutlich gekratzt hat. Ich bin hier, um von Ihnen allen DNA-Proben zu nehmen.«

Ich behielt während ihres Monologs Marco im Auge. Er versuchte krampfhaft, ruhig zu bleiben, aber beim Stichwort DNA wich jegliche Farbe aus seinem Gesicht.

Er warf sich herum und rannte in die Küche, die Kommissarin – deren flinke Reaktion mich zutiefst beeindruckte – auf den Fersen. In der Tür blieb sie abrupt stehen, während aus der Küche ein schriller Schrei ertönte. Kommissarin Küpper hob beide Hände und wich einen Schritt zurück.

Kapitel 28

Die Elitetruppe greift ein

Es hielt mich nicht mehr auf dem Stuhl. Über ihre Schulter konnte ich sehen, dass Marco die bedauernswerte Köchin im Schwitzkasten hatte. Er hielt ihr ein riesiges Messer an die Kehle, dessen blank polierte Schneide – ja, Köche pflegen ihr Werkzeug! – im Licht der Neonröhre über ihnen gefährlich blitzte. Ich hätte jede Wette darauf abgeschlossen, dass man mit diesem Messer eine in der Luft schwebende Daune sauber zerteilen konnte.

»Keiner rührt sich vom Fleck«, kommandierte Kommissarin Küpper über ihre Schulter nach hinten zu uns, aber ich war bereits unterwegs nach draußen.

Einen genauen Plan hatte ich nicht. *Schleich dich von hinten an,* das war mir durch den Kopf geschossen. Um dann was genau zu tun? Keine Ahnung. Dem Kerl den Fluchtweg abzuschneiden, vielleicht. Oder ihm eine Bratpfanne über den Scheitel zu ziehen. Vermutlich hatte er vor, mit der Köchin als Geisel in ihrem Transporter abzuhauen.

»Wat haste vor?«, hörte ich Frank dicht hinter mir fragen.

»Weiß noch nicht«, keuchte ich, während ich geduckt – warum eigentlich? – um den Anbau herumrannte. Aber Winnetou und Old Shatterhand hatten das schließlich auch immer so gemacht – geduckt anschleichen, meine ich. »Kümmere dich um …« Ich deutete auf den Transporter. »Luft aus den Reifen lassen, am besten.«

»Wat? Die Tschakkie hatte 'ne Köchin …?«, hörte ich ihn noch sagen, dann war ich schon in die hell erleuchtete Garage geschlüpft. Ich sah mich um. Eines dieser Fahrzeuge würde er nicht nehmen wollen, es war viel zu kompliziert, an die Schlüssel zu gelangen.

Hier mussten sie längs, wenn sie zum Auto der Köchin wollten. Oder hatte die Küche noch einen dritten Ausgang? Je länger ich über diese Möglichkeit nachdachte, desto wahrscheinlicher erschien sie mir. In dieser Hütte konnte man von jedem Zimmer aus nach draußen gehen.

Ich öffnete behutsam eine Tür links von mir und gelangte – wie erwartet – in eine Kombination aus Vorrats- und Hauswirtschaftsraum. Aus der Küche hörte ich Marco sagen: »Lassen Sie mich gehen, dann wird ihr nichts passieren!«

Auf Zehenspitzen schlich ich näher an die halb geöffnete Tür zur Küche heran. Keine drei Meter von mir entfernt stand er mit dem Rücken zu mir, die schmale Köchin – aus meiner Perspektive kaum zu sehen – vor sich, das Messer nach wie vor an ihrem Hals. Er war vollkommen auf Kommissarin Küpper konzentriert, die ihre Position bisher nicht verändert hatte. Sie hatte ihre Hände auf Brusthöhe, die Handflächen ihm zugewandt. Sie wollte wohl nicht, dass er noch nervöser wurde und seine Geisel verletzte.

Tja, jetzt stand ich da und wusste nicht mehr weiter. Ratlos sah ich mich um. Waschmaschine, Trockner, Getränkekisten, Regale mit Vorräten, Konservendosen. Ein Sack Zwiebeln, ein Sack Kartoffeln. Was nun? Ich konnte ihn kaum mit Konservendosen bewerfen – obwohl, wenn ich ihn richtig am Kopf traf …

Beinahe hätte ich aufgeschrien, als ich sachte angestupst wurde: Frank hatte sich angeschlichen.

»Seien Sie vernünftig, Herr Messmer«, sagte die Kommissarin mit ruhiger Stimme und ging einen winzigen Schritt vorwärts.

Sofort krampfte sich Marcos Hand um das Messer. »Keinen Schritt weiter!«

Kommissarin Küpper wich wieder zurück. »Schon gut. Lassen Sie uns reden, Herr Messmer. Wir können alles klären, da bin ich sicher.«

Er antwortete nicht, und sie fuhr fort: »Was ist denn an dem Abend passiert?«

Nach längerem Schweigen schrie er plötzlich: »Es war ein Unfall, verdammt!«

Sie nickte, als hätte sie sich das sowieso schon gedacht. »Sehen Sie. Niemand kann etwas dazu, wenn ein Unfall passiert, Herr Messmer. Unfälle geschehen jeden Tag. Legen Sie das Messer weg, und dann unterhalten wir uns ganz in Ruhe.«

Für einen kurzen Moment dachte ich, er würde das tatsächlich tun, aber ich täuschte mich. Er verstärkte seinen Griff um die Köchin und schüttelte den Kopf. »Oh nein, so blöd bin ich nicht.«

Doch, das bist du, dachte ich, plötzlich irrsinnig wütend, du bist ein saublödes Arschloch, und ich werde alles tun, was in meiner Macht steht, damit du jetzt nicht abhaust. Du wirst die arme Frau nicht noch mehr traumatisieren, indem du sie zwingst, dich herumzufahren, während sie ein Messer am Hals hat!

»Sie hat mich erpresst«, sagte er mit unheimlich ruhiger Stimme. »Angeblich war sie von mir schwanger, na ja, wahrscheinlich stimmte das sogar, aber ich sagte, das solle sie mir erst einmal beweisen. Da ist sie sauer geworden, die dumme Kuh. Sie hat gedroht, sie würde dafür sorgen, dass ich meinen Job verliere. Sie wollte meinem Chef sagen, dass ich ihr den Job nur gegeben habe, weil sie mit mir schlafen sollte, wann immer ich es wollte.« Höhnisch lachte er auf. »Das muss man sich mal vorstellen. Als hätte ich das nötig!«

Das versetzte mir einen kleinen Stich, nebenbei bemerkt.

»Aber das reichte ihr natürlich nicht.« Er schnaubte. »Nein, sie wollte meiner Frau erzählen, dass wir ein Verhältnis hatten. Und dass ich Vater werde.«

Frau? Der Kerl war *verheiratet?*

»Das hätte sie nicht tun sollen«, fuhr er fort, »das mit der Schwangerschaft, das hat sie absichtlich gemacht, damit sie mich in der Hand hat. Ich wusste einfach nicht mehr, was ich …«

Er verstummte. Nach einer Weile fragte die Kommissarin: »Und dann? Was ist auf der Terrasse weiter passiert?«

»Sie … sie hat mich so *wütend* gemacht. Ich wollte ihr eine kleben, nur damit sie endlich ihren Mund hält. Dieses Gerede von wegen sie würde mein Leben zerstören, wenn ich nicht täte, was sie von mir wollte. Sie saß auf dem Geländer und lachte mich aus. Ich ging einen Schritt auf sie zu, mit erhobener Hand. Sie verlor das Gleichgewicht und griff nach mir. Sie erwischte mich am Hals, kratzte mich, wollte sich festkrallen, aber ich schlug ihre Hand weg. Ich habe gar nicht darüber nachgedacht, das war einfach im Affekt. Dann war sie weg. Und wissen Sie was? Ich war froh, dass sie weg war. Ich war froh, dass endlich Ruhe war.«

Mir fiel ein, dass Erwin mal davon erzählt hatte, wie viele Täter, die im Affekt gehandelt hatten, diesen Satz sagten: *Endlich war Ruhe.* Besonders nach Beziehungstaten, wenn heftiger Streit vorausgegangen war, vielleicht schon über Wochen, Monate oder sogar Jahre. Der ständig nörgelnde Mann, die unerträglich eifersüchtige Partnerin … *endlich war Ruhe.* Und häufig gingen die Täter danach zur Tagesordnung über, als wenn überhaupt nichts gewesen wäre. Ganz entspannt. Und niemand merkte ihnen an, was sie getan hatten.

Ich zog Frank von der Tür weg und deutete auf den 5-Kilo-Sack mit Zwiebeln. Ich wartete, bis die Kommissarin wieder redete, und wisperte: »Ich lenke ihn ab, und du schlägst damit zu. Wenn wir ihn erst mal auf dem Boden haben …«

Frank nickte und hob den Daumen. »Da kommt jemand«, flüsterte er und deutete in Richtung Garage. »Bestimmt einer von den Bullen. Oder beide.«

»Dann los. Sofort.«

Er nahm den Zwiebelsack, und wir schlichen wieder zur Tür.

»Ich werde nicht aufgeben! Niemals!«, brüllte Marco, als wäre er Bonny und Clyde in einer Person und umzingelt von Hunderten Polizisten mit Maschinengewehren im Anschlag. »Ich will, dass Sie mich gehen lassen!«

»Und dann? Was wollen Sie machen?«, fragte die Kommissarin. »Wir werden Sie zur Fahndung ausschreiben, das ist Ihnen doch wohl klar, Herr Messmer. Durch Flucht machen Sie alles sehr viel schlimmer, als es jetzt ist.«

Frank und ich betraten lautlos die Küche. Ich hielt mich schräg rechts hinter Marco, Frank links. Kommissarin Küpper redete unbeirrt weiter, ohne Marcos Blick loszulassen.

»Alle Bahnhöfe, alle Flughäfen – Sie können nirgends hin, Herr Messmer. Wir werden Ihre Wohnung bewachen, Ihr Auto verfolgen, Ihr Telefon abhören. Sie haben keine …«

»Hey, Arschloch!«, schrie ich.

Marco fuhr herum. Dabei ließ er die Köchin los, die sofort in Richtung Esszimmertür stolperte.

Gleichzeitig holte Frank mit dem Zwiebelsack aus und ließ ihn in Marcos Kniekehlen donnern.

Wie ein gefällter Baum ging Marco rückwärts zu Boden. Sofort warf Frank sich auf ihn.

»Au, verdammt! Du Sau!«, brüllte Frank, denn Marco hatte noch immer das Messer und verletzte Frank damit am Arm. Dann drehte er sich rasend schnell um, rang seinen überrumpelten Angreifer zu Boden und hielt ihm das blutige Messer an die Kehle.

»Na, was sagst du jetzt, du Penner?«, zischte er.

»Nix«, erwiderte Frank, »wat soll ich auch sagen? Du hörss doch sowieso nich zu, du bekloppten Heiopei.«

Das verblüffte Marco derart, dass er unaufmerksam wurde. Leider bemerkte er den Zwiebelsack nicht, den ich mir geschnappt hatte und der sich nun unaufhaltsam wie eine Abrissbirne auf seinen Kopf zubewegte.

»Lass deine dreckigen Pfoten von meinem Freund!«, brüllte ich und prügelte Marco von Frank herunter.

Kommissarin Küpper huschte blitzschnell von der Tür heran und hielt Marco, der benommen auf dem Rücken lag, die gezückte Waffe unter die Nase. Das Messer klirrte auf den Fliesenboden, und alles war vorbei.

»Sie sind ein sehr dummer Mann, Herr Messmer«, sagte die Kommissarin, »Sie haben eine Geisel genommen und Herrn Kropka mit dem Messer angegriffen. Also kommen auch noch Freiheitsberaubung und schwere Körperverletzung dazu.«

Plötzlich standen die beiden Uniformierten neben uns, zerrten Marco vom Boden hoch und legten ihm Handschellen an. Ich half Frank auf die Beine, der sich den Arm hielt. Zwischen seinen Fingern quoll Blut hervor.

Kommissarin Küpper musterte uns ernst. »Mit Ihnen beiden unterhalte ich mich noch. Sie kennen das ja bereits«, sagte sie. Dann wandte sie sich Marco zu. »Herr Messmer, Sie sind festgenommen.«

Es überkam mich völlig unerwartet. Offenbar reichte der Zwiebelsack mir noch nicht. Beinahe verwundert registrierte ich, dass ich zwei schnelle Schritte auf Marco zumachte, als wäre ich ferngesteuert. Ich wollte ihm dabei in die Augen blicken. Er sollte es kommen sehen, das war mir wichtig.

Ich holte aus und knallte ihm eine.

So fest ich konnte.

Die Kommissarin hielt mich nicht auf.

»Hey, was …?«, protestierte er.

»Du weißt, wofür das war«, sagte ich. »Arschloch.«

Der rote, scharf umrissene Abdruck meiner Hand auf seiner Wange befriedigte mich zutiefst.

»Er ist verhaftet«, sagte ich ins Telefon, neugierig belauscht von Isolde.

Wir saßen alle in Jacquis Wohnzimmer, und ich gab Erwin eine kurze Zusammenfassung der Ereignisse, seit Kommissarin Küpper eingetroffen war. Die lange Version musste für den Moment warten, bis Bärbel, Diana und sein Täubchen dabei waren. Er schimpfte mit mir, weil Frank und ich uns eingemischt hatten, aber ich glaube, eigentlich war er stolz auf uns.

Franks Verletzung hatte sich als oberflächlicher Schnitt herausgestellt und war vom herbeigerufenen Notarzt verbunden worden. Die geschockte Köchin nahm er zur Beobachtung mit ins Krankenhaus. Auch die Polizei – samt Marco – war abgerückt. Die allgemeine Aufregung hatte sich wieder gelegt.

Während Frank verarztet wurde, war ich von den anderen umringt und wurde ausgefragt – schließlich hatten sie von dem Tumult in der Küche nichts mitbekommen und waren von der Verhaftung Marcos vollkommen überrascht. Dass er mit Miriams Sturz von der Terrasse zu tun hatte, traf sie natürlich unvorbereitet. Falls das nicht so war, ließ sich zumindest keiner von ihnen etwas davon anmerken. Zumindest Susi hatte ja gewusst, dass Miriam ein Verhältnis mit Marco hatte.

Horst, der sich danach etwas abseits von uns mit seinen Kollegen beraten hatte, kam zu uns herüber. »Also, wenn ihr mitmacht – wir würden weiterdrehen. Was meint ihr?«

»Sowieso«, rief Frank, der seinen Verband wie einen Orden trug. »Der Arsch verdirbt uns doch nich die Woche, oder, Leute?«

Jeder von uns hatte seine ganz persönlichen Gründe, ihm zuzustimmen, also machten wir weiter.

Frank und ich wurden zum Interview gebeten, und wir gingen ins graugraugraue Gästezimmer. Max positionierte uns so, dass weder Franks zerschnittener Pulloverärmel noch der Verband zu sehen waren.

»Ihr beide seid der Wahnsinn«, sagte die Susi plötzlich. »Schleicht euch einfach hintenrum an und … Wie kommt man denn bloß auf so was? Ich hab überhaupt nicht gerafft, was da ablief!«

»Wir auch nicht«, sagten Frank und ich gleichzeitig.

»Ich kuck zu viele Krimmis«, fügte Frank hinzu, »und so konnte ich mal innen echten Krimmi mitmachen.«

Die Susi schüttelte den Kopf. »Hattet ihr denn überhaupt keine Angst? Ich wäre *gestorben!*«

Die Angst kommt immer erst hinterher, Schätzchen, dachte ich, aber darüber rede ich nur mit meiner Therapeutin.

Dann lobten Frank und ich Jacquis Kochkünste in den Himmel und taten so, als wüssten wir nichts von der Köchin. Das hatten Isolde, er und ich heimlich so abgesprochen. Keiner von uns legte Wert darauf, diese Runde zu gewinnen – wichtig war uns nur, dass Karlheinz nicht als Sieger aus der Woche ging.

Die Subtilität von Jacquis ungewöhnlicher Vorspeise – wir gaben uns hingerissen.

Die geschmorten Rinderbacken und ihre Beilagen – ein Fest für Zunge und Gaumen.

Der Cheesecake im Glas mit der wundervoll säuerlichen Gazpacho aus Erdbeeren und Rhabarber – ein Gedicht.

Alles unter zehn Punkten sei eine Beleidigung für die überaus talentierte Köchin dieses Menüs, verkündeten wir enthusiastisch und spendierten fröhlich den goldenen Kochlöffel, wohl wissend, dass auch Isolde ihr zehn Punkte geben würde.

Wenn Jacqui es mit ihrem Gewissen vereinbaren konnte, uns derart zu hintergehen – bitte sehr.

Dafür, dass ihre Küchenhilfe angeblich ihre Freundin war, hatte sie erstaunlich gelassen auf das Messer an deren Hals reagiert. Ich konnte mich auch nicht entsinnen, gesehen oder gehört zu haben, dass Jacqui sich nach dem Befinden der jungen Frau erkundigt hatte.

Und noch einmal: bitte sehr.

Jeder muss für sich selbst entscheiden, wie hoch oder wie niedrig er die Messlatte für die moralischen Standards legt, nach denen er oder sie leben will. Dass unter Jacquis persönlicher Messlatte nicht einmal der allergelenkigste Limbotänzer des Universums hindurchpassen würde, wussten wir jetzt alle.

Nur sie selbst vermutlich nicht.

Zum großen Finale versammelten wir uns noch einmal um den Esszimmertisch. Es war weit nach Mitternacht, aber niemand von den Anwesenden war müde – zu groß war die Aufregung an diesem Abend gewesen. Susi und Max packten ihr Equipment bereits zusammen, während wir den letzten Akt drehten.

Jeder am Tisch bekam ein zusammengerolltes Blatt, ähnlich den Speisekarten. Allerdings war um dieses eine Kordel mit einer kleinen Troddel geschlungen, wohl um den offiziellen Charakter zu unterstreichen. Die gerahmte Urkunde mit dem Namen des Siegers stand, mit einem Tuch verhüllt, auf einer Staffelei neben dem Tisch, wie wir es aus unzähligen Sendungen, die wir gesehen hatten, kannten. Horst hatte uns verraten, dass sie dazu eine Buchstabenschablone benutzten, damit die Urkunden immer gleich aussahen – und amüsierte uns mit der Anekdote, wie ihnen diese Schablone einmal freitagnachts zerbrochen war und sie zig Urkunden mit ihrer Sauklaue verdorben hatten, bis der handgeschriebene Name einigermaßen akzeptabel aussah. Seither hatten sie bei Dreharbeiten stets zwei Ersatzschablonen im Gepäck. Auf der schmalen Pinselablage der Staffelei wartete der begehrte goldene Kochlöffel auf den Sieger.

Wir sollten unsere Punkte in der Reihenfolge unserer Abende präsentieren, also fing ich an. Ich streifte die Kordel ab, entrollte das Papier und zeigte es den anderen am Tisch: »30!«

Isolde als zweite Gastgeberin sah als Nächste nach, grinste in die Runde und verkündete strahlend: »25 hart verdiente Punkte!«

Jetzt war Karlheinz an der Reihe, der sich krampfhaft um Lässigkeit bemühte. Sein Gesicht versteinerte, als er die Zahl auf seinem Zettel sah. Er drehte ihn schweigend zu uns um und ließ ihn dann auf den Tisch fallen. Dort lag sie dann, die 24.

»Jetz ich!«, rief Frank aufgeregt und rollte langsam auf. »30!«, trompetete er dann fröhlich in die Runde und hob den unverletzten Arm. »Loretta! Gleiche Punktzahl!«

Wir klatschten ab, und dann richteten sich aller Augen auf Jacqui. Sie konnte ihre Aufregung nicht verbergen, als sie die Kordel mit bebenden Händen abstreifte. Sie traute sich kaum, hinzusehen, aber dann hellte sich ihr Gesicht auf – denn sie hatte 39 Punkte von uns bekommen.

Sie musste sich eigentlich denken können, dass zumindest Frank und ich den Transporter der Köchin gesehen hatten, da wir hinter dem Anbau herumgeschlichen waren. Sie starrte nachdenklich auf die Zahl, und ich hielt den Atem an. Würde sie uns positiv überraschen und Größe zeigen, indem sie uns die Wahrheit gestand und die Urkunde ablehnte?

»Ich hab gewonnen!«, quietschte sie dann und nahm strahlend Urkunde und Kochlöffel entgegen.

Ich musste wohl doch einsehen, dass das einzig Große an ihr das absurde Vogelnest auf ihrem Kopf und ihre Titten waren.

Zwei Monate später

Ein inoffizielles Public Viewing *und Urlaubspläne*

Pünktlich um 14.30 Uhr surrten Diana und ich mit dem Aufzug hoch zum Penthouse. Als Isolde öffnete, drang vergnügtes Kindergeschrei aus der Wohnung. Eine ihrer Katzen flitzte mit angelegten Ohren und einem Schwanz wie eine Flaschenbürste von links nach rechts durchs Bild, gefolgt von Bärbels Tochter Lea. Sie trug eine weitere der Katzen unter den Achseln um die Brust gepackt und schleppte das stoische Tier stolz herum.

Isolde breitete einladend die Arme aus. »Kommt rein, ihr Süßen! Hier ist schon ordentlich was los, wie ihr seht.«

Küsschen rechts, Küsschen links.

»Das Essen ist gleich fertig. Frank und Maria kochen zusammen.«

»Tante Lolo und Tante Didi sind da!«, quiekte Lea. Die Katze auf ihrem Arm begann hektisch zu strampeln und wollte runter. Das war nun auch für sie zu viel des Guten, so angebrüllt zu werden. Als Lea sie losließ, plumpste die Mieze unelegant zu Boden und machte sich flott vom Acker.

»Tante Lolo! Tante Didi!«, kreischten Timo und Kevin im Chor, die herangetobt kamen und sich an uns klammerten.

»Tante Lolo kommt gleich im Fernsehn!« – »Und Tante Dodo und Tante Isi auch!« – »Und Frank auch!«, schrien die drei hysterisch durcheinander und tanzten um uns herum wie Indianer um den Marterpfahl.

Der Tantenanteil im Leben von Bärbels Kindern war seit dem letzten Sommer und erst recht seit den Dreharbeiten sprunghaft angestiegen, was sie natürlich klasse fanden, weil wir sie nach allen Regeln der Kunst verwöhnten. Außer Tante Lolo und Tante Didi gab es noch Tante Dodo, Tante Isi und Tante Maria – deren Name sich nicht so für eine kindliche Verkürzung anbot.

»Aber erst müssen die alten Tanten noch essen«, sagte Isolde, und die Kinder rasten johlend davon.

Dass wir einige der Tanten gleich auf dem Bildschirm sehen würden, stimmte zwar, aber die Sendung war tatsächlich nie ausgestrahlt worden. Doris war stinksauer deswegen. Die Tatsache, dass es Erwin gelungen war, Kommissarin Küpper eine selbstverständlich illegal angefertigte Kopie der bereits geschnittenen Sendung für unseren privaten Fernsehnachmittag abzuschmeicheln, freute sie zwar, konnte aber kein echter Trost sein.

Die Produktionsfirma hatte schnell gearbeitet. Als die Kommissarin sie aufforderte, das Material als Beweismittel zur Verfügung zu stellen, rückte sie nur die fertigen Folgen raus – der Rest war angeblich gelöscht worden. Das war nur wenige Tage nach den Dreharbeiten.

Wie ich es vorhergesehen hatte, flog unsere Runde sofort aus dem Programm, als die Sache mit Karlheinz an die Öffentlichkeit kam. Ein Teilnehmer, der nach allen Regeln der Medienkunst demontiert wurde, machte sich einfach nicht gut – und dass es um Nacktfotos eines minderjährigen Mädchens ging, erst recht nicht. Seine angetraute Brauereierbin erklärte die Ehe vor laufender Kamera für beendet, und Karlheinz trat eilig von sämtlichen Ämtern zurück. Eine Zeit lang versuchte er noch, den Skandal als Rufmord durch politische Gegner zu erklären oder wahlweise als Erpressungsversuch einer geldgierigen Unterschichtenfamilie. Aber spätestens, als sämtliche Mitglieder der Familie Koslowski sich von einem großen Boulevardblatt für detailreiches Auspacken unter Überschriften wie »Mandy Koslowski – jetzt redet das Opfer (12)« bezahlen ließen, gab er auf. Dass dadurch die Geldgier der reizenden Familie bewiesen wurde, half Karlheinz allerdings kein Stück. Mittlerweile war er vollkommen von der Bildfläche verschwunden, aber wir wussten von Astrid Küpper, dass die Kollegen von der Sitte gegen ihn ermittelten. Ob er die Fotos von Mandy tatsächlich verkauft oder getauscht hatte, stand nach wie vor nicht einwandfrei fest.

Ehrlich gesagt reichte mir vollkommen, dass er erledigt war.

Wir gingen ins Esszimmer. Erwin, Doris und Bärbel saßen bereits am Tisch.

Ich zählte die Gedecke durch – zu wenige.

»Und die Kids?«, fragte ich.

»Die haben vorhin Fischstäbchen und Pommes gekriegt und sind vollauf damit beschäftigt, das Katzenvolk zu terrorisieren«, sagte Bärbel.

»Fischstäbchen? Und Pommes?«

Entschuldigung – aber da konnte ich nicht anders, als vorwurfsvoll die Stirn zu runzeln.

Bärbel grinste. »Ausnahmsweise, Loretta, nur zur Feier des Tages. Die gute Tante Lolo. Macht sich immer Sorgen um die Kleinen.«

»Außerdem«, sagte Frank, der die ersten beiden gefüllten Teller brachte, »is Paella nich wirklich wat für die Kids. Dat gibt nur Geschrei, sach ich euch: *Iiiiih – die ham ja noch Augen!* Dat Gute an Fischstäbchen is, dat die keine Augen haben.«

Maria folgte ihm auf dem Fuß und servierte weiter. »Und diesse kleine deutsse *hombre* wollte mir erssälle, wie Paëlla gemacht wird! Mir!«

Unnötig, zu erwähnen, dass Frank Pa-ella sagte und Maria es natürlich korrekt aussprach: Paeija. Wie auch immer es ausgesprochen wird: Dieses Gericht hatte Isoldes kleine Umfrage, was wir an diesem Tag essen wollten, haushoch gewonnen.

Isolde verdrehte die Augen. »Wenn ihr glaubt, die Kids machen Krach, dann habt ihr euch getäuscht. Ich dachte schon, ich muss die Blauhelme alarmieren, so haben sich die beiden in der Küche in die Wolle gekriegt.«

»Es ist aber auch reichlich frech von dir, einer Spanierin erklären zu wollen, wie ihr Nationalgericht gekocht wird«, sagte ich zu Frank, aber er zuckte nur mit den Schultern.

»Wichtich is, wat bei rumkommt«, war sein einziger Kommentar, und er hatte absolut recht damit.

Wir genossen das Essen, aus dem uns jede Menge Garnelen-Augen anguckten. Das hätte ich als Kind wohl auch gruselig gefunden. Und als Erwachsene auch, das ist ja bekannt – ich seufzte einmal tief auf. Trotzdem schmeckte es natürlich fantastisch.

Nach viel Hin und Her saßen wir endlich alle im Wohnzimmer, und Isolde hielt die Fernbedienung auf den Fernseher gerichtet.

»Countdown!«, kommandierte sie.

Wir zählten im Chor von zehn rückwärts, bei unserem gebrüllten »NULL!!!« drückte sie den Knopf, und schon erklangen die vertraute Titelmelodie und die Stimme des Sprechers: »›Gib mir den Löffel!‹« in dieser Woche zu Gast im Ruhrgebiet! Die erste Gastgeberin ist Loretta …«

Der Rest des Satzes ging in unserem Gekreische unter, als ich die Wohnungstür öffnete und das Team hereinbat.

»Das ist super! Unsere Wohnung! Im Fernsehen!«, schrie Diana begeistert und umarmte mich. »Und du siehst super aus!«

Staunend sah ich mir selbst zu, wie ich das Team durch die Wohnung führte, wie ich redete und wie ich danach einkaufen ging. Wie seltsam, mich auf dem Bildschirm zu sehen – nicht so schlimm, wie ich es mir ausgemalt hatte, aber eindeutig *seltsam.*

Das nächste akustische Inferno brach aus, als Frank und Isolde die Bühne betraten und – immer abwechselnd mit Szenen von meinem Einkauf – meine Speisekarte kommentierten. Das Erscheinen von Karlheinz und Jacqui löste dagegen leidenschaftliche Buhrufe aus, an denen sich die Kinder begeistert beteiligten.

Dann trat Doris auf. Ihr Comedy-Programm brachte uns an den Rand der Hysterie. Erwin glühte vor Stolz über sein Täubchen, das bei uns einen Lachsturm nach dem anderen auslöste – immer wieder mussten wir anhalten und zurückspulen, weil wir derart außer Rand und Band gerieten, dass wir Dialoge und Kommentare übertönten.

Es ging weiter mit Jacqui: Sie stöckelte mit schwingenden Hüften auf meinen Hauseingang zu.

»Was isse das denn?«, fragte Maria mit großen Augen.

»Model und Schauspielerin«, erwiderte Isolde. »Ich hab dir von ihr erzählt.«

Maria schwieg ergriffen, zu keinem weiteren Kommentar fähig, während Isolde in unstillbarer Heiterkeit – und vermutlich in Erinnerung an Jacquis Fotoalbum – vor sich hin kicherte.

»Da ist der Mann, der meine Fernsehkarriere zerstört hat«, grollte Doris, als Karlheinz die Szene betrat. »Dieser verdammte Kinder…« Frank stoppte sie mit einem warnenden Blick. »Kinder*freund*«, sagte er und deutet auf die drei Kleinen, die auf einem weichen Teppich vor dem Fernseher lagerten.

»Der Onkel mag Kinder?«, piepste Lea. »Dann mag ich ihn auch.«

»Nur über meine Leiche«, knurrte Frank.

Als wir uns bei meiner Kartoffelsuppe sahen, fragte Doris fassungslos: »Was *macht* die denn da?«, als Jacquis Bemühungen, so zu tun, als würde sie essen, offensichtlich wurden. »Was soll denn das *darstellen?*«

»Dat hat die jeden Tach so gemacht«, erklärte Frank, »kein Bissen runtergeschluckt, wennde mich frachs. Kein einzigen. Immer nur mitte Gabel rauf und runter, rauf und runter. Oder mitte Zinken aufm Teller am rumkreischen, dat ich 'ne Gänsehaut gekricht hab, aber hallo.«

»Dat hätte ich mir nicht fünf Tage lang bieten lassen«, sagte Doris kategorisch. »Dat ist unhöflich. Was wollte die in der Sendung? Euch auf den Keks gehen?«

»Ihr hübsches Gesicht in die Kamera halten, Täubchen.« Erwin zog seine Liebste zärtlich an sich. »Oder das, was sie für ein hübsches Gesicht hält. Sie weiß nicht, dass sie vollkommen austauschbar aussieht.«

Während Isolde beim Stöbern in der Wohnung meine Fotos an den Wänden bewunderte, rümpfte Karlheinz die Nase, als hätte ich Bilder aus Zeitschriften gerissen und dann mit Klebeband an die Tapete gepappt.

Die Punktevergabe überraschte mich nicht. Isolde und Frank lobten mein Essen und meine Gastgeberqualitäten und gaben mir neun beziehungsweise zehn Punkte.

Karlheinz: sechs Punkte. »Das Essen war viel zu einfach für einen Abend mit Gästen. Wirsing und Frikadellen bekomme ich in jeder gutbürgerlichen Kneipe.«

Jacqui: fünf Punkte. »Viel zu fettig. Ich mag so fettiges Essen nicht.«

»Buuuuh!«, schrie Frank. »Die ham doch keine Ahnung! Dat hat echt supi geschmeckt!«

»Darüber regst du dich jetzt nicht ernsthaft auf, oder?«, fragte ich ihn überrascht. »Das ist sowas von egal. Und zwei Monate her.«

»Trotzdem«, brummte er unversöhnlich. »Dat war scheiße von denen. Dat ham die nur gemacht, weil se selbs gewinnen wollten.«

Auf dem Bildschirm begann Tag 2: Isolde öffnete die Tür.

»Oh, *mi amor*«, hauchte Maria mit Tränen in den Augen. Sie sah uns an und deutete auf den Bildschirm. »*Aquí! Realmente una mujer muy bonita!* Nich diesse … diesse … *maniquí* … wie heisse das? Puppe, die nur steht in Fenster und guckt dumm.«

Ich grinste innerlich, denn ich kannte Maria mittlerweile gut genug, um zu wissen, dass ihre Deutschkenntnisse rapide abnahmen, je wütender sie war.

Abgesehen davon hatte sie recht: Neben Isoldes altersloser Schönheit wirkte Jacqui wie eine Schaufensterpuppe aus Plastik, leblos und flach.

Ich freute mich schon auf die Gesichter unsere Freunde, wenn sie Karlheinz' Ausraster am Tisch sehen würden – und richtig: Die geneigten Zuschauer grölten geschlossen los, als die Katze auf seinen Schoß sprang, mit dem Schwanz über seinen Teller wedelte, und Karlheinz brüllte: »Das gibt null Punkte! Null Punkte!«

»Unser Herr Lehrer«, spottete Diana und stieß mich an, »kein Schmutz, kein Lärm, hm?«

»Was hat der Mann denn gegen die Muschi?«, fragte Kevin.

»Zu viele Haare«, sagte Doris.

Abgefeuert von unserem Gelächter zog Kevin die Katze auf seinem Schoß in eine derart stürmische Umarmung, dass sie buchstäblich schielte – und ich mir ernsthafte Sorgen um ihre Versorgung mit Sauerstoff machte. Aber gerade, als sie leise zu röcheln begann und ich eingreifen wollte, ließ er sie los – und das Tier rollte sich wieder schnurrend auf seinen im Schneidersitz gekreuzten Beinen zusammen, als wäre nichts gewesen.

»Das war ein schöner Abend«, sagte Isolde zufrieden, gänzlich unberührt von Jacquis hämischen Bemerkungen, die sie nun zum ersten Mal mit eigenen Ohren hörte. Sie blickte liebevoll in die Runde. »Ich verdanke der Sendung, dass ich euch alle kennengelernt habe. Das können mir weder Karlheinz noch Jacqui zerstören.«

Karlheinz gab ihr einen Punkt, Jacqui immerhin fünf, bei Frank waren es neun, ich zog natürlich die Zehn.

Karlheinz' Vorträge und sein Haus wurden im Detail kommentiert, und es hagelte Buhrufe, als er durch seinen Palast stolzierte und seine Besitztümer präsentierte. Wir wurden still, als wir uns beim Hauptgang zusahen und Frank sagte: »Als wir seine doofen italienischen Hügel gegessen haben, oder wat dat sein sollte, hat Marco die arme Miriam vonne Terrasse geschmissen. Und wir ham von nix geahnt ...«

Die Stimmung war deutlich ernster, als wir die beiden letzten Folgen sahen. Aber trotzdem wurde auch Frank von uns gebührend gefeiert, der von Jacqui ganze drei Punkte kassierte – für seine »fettigen Kohlehydrate«.

»Wat hat die Tschakki bloß immer mit diese Kohlehydrate?«, sagte Frank verwundert. »Ich versteh dat immer noch nich. Wat is denn falsch an eine ordentliche Kartoffel? Kann mir dat bitte ma einer erklärn?«

Bärbel gab ihm einen Kuss. »Das musst du nicht verstehen, Schatzi. Das ist so ein Model-Ding. Kartoffeln sind völlig in Ordnung, und deine Kartoffelpuffer sind direkt im Himmel gemacht! Wer sich die entgehen lässt, ist selbst schuld.«

»Ach, dat is mir doch egal, ob die meine Puffer mach oder nich – ich *versteh* dat bloß nich!« Er grinste. »Aber jetz, Freunde, kommt der große Abend! Loretta und Frank in geheimer Mission!«

Der letzten Folge war nichts von den Vorgängen hinter den Kulissen anzusehen, die sich zwischen Dessert und Siegerehrung abgespielt hatten. Franks verbundener Arm war nicht ein einziges Mal im Bild. Nur wenn man ganz genau darauf achtete, sah man uns winzige Anzeichen von Aufregung an, die wir bei der letzten Punktevergabe der Woche zeigten, als Marco sich bereits im Gewahrsam der Polizei befand.

»Wird Marco wegen Mordes angeklagt?«, fragte Isolde.

Erwin schüttelte den Kopf. »Es war kein Mord. Dazu gehören gewisse …«, er zögerte und sah zu den Kindern, die ganz mit sich und den Katzen beschäftigt waren, »*Begleitumstände*, die hier nicht zutreffen. Er hätte sogar davonkommen können, wenn er nicht mehrere überaus dumme Fehler begangen hätte. Die Geiselnahme, der Angriff mit dem Messer auf Frank … das reitet ihn viel tiefer in die Scheiße, als die Sache mit Miriam es je gekonnt hätte.« Er sah mich an. »Dein Einsatz mit dem Zwiebelsack hat Astrid schwer beeindruckt.«

»Ach, Unsinn. Die Kommissarin fand es unsagbar dämlich von Frank und mir, dass wir uns derart in Gefahr gebracht haben. Sie nannte es zwar höflich ›ein unnötiges Risiko eingehen‹, aber genau das hat sie gemeint. Dämlich.«

»Quatsch, das war wahnsinnig mutig von euch«, rief Isolde. »Ihr wolltet das Leben dieser bedauernswerten Köchin retten!«

Erwin hob die Augenbrauen. »Eben. Sie haben spontan und instinktiv gehandelt. Manchmal geht das in die Hose. Und wenn dieser Mann nur etwas geschickter mit dem Messer gewesen wäre, hätte Frank nicht nur eine Narbe, sondern würde vielleicht nicht mehr unter uns sitzen.«

»Dat hab ich gleich gesehn, dat der Heiopei 'n Dillitant mittem Messer ist«, verkündete Frank und ließ die Narbe blitzen, indem er unauffällig den Ärmel seines Pullovers hochschob.

»Eine Narbe iste wie Orden«, sagte Maria, »eine Torero iste sso sstolz auf sseine Narbe von eine *corrida de toros.* Und Frank hatte eine *corrida* mit eine *asesino!* Ssehr mutige Mann!«

Frank grinste geschmeichelt und schob den Ärmel gleich noch ein Stückchen höher, obwohl wir alle jeden Millimeter seiner Narbe aus dem Effeff kannten.

»Ich hatte heute einen Anruf«, sagte ich. »Von der Produktionsfirma. Sie wollen wissen, ob ich mitmachen möchte, wenn sie wieder im Ruhrgebiet drehen.«

»Ich auch«, kam es synchron von Isolde und Frank.

»Und?«, fragte Doris hoffnungsvoll.

Ich schüttelte den Kopf. »Ich habe abgelehnt. Muss nicht sein. Echt nicht.«

»Seh ich genauso«, sagte Frank.

»Ich ebenfalls. Ich würde die ganze Zeit darauf warten, dass irgendeine Katastrophe passiert.« Isolde nickte, als wollte sie das noch bekräftigen. »Aber dafür haben Maria und ich eine tolle Neuigkeit für euch: Ihr kommt alle in eine Ausstellung!«

Vor einigen Wochen hatte Maria mit uns Fotos gemacht, einen ganzen Tag lang. Schwarzweiß-Porträts unserer ungeschminkten Gesichter – aber von einer Ausstellung war nie die Rede gewesen. Bis jetzt jedenfalls.

»Ausstellung?«, echoten wir im Chor, und Isolde nickte stolz.

»Ein Galerist hat angefragt. *Menschen* wird die Ausstellung heißen, nur Porträts. Und wir sind dabei.«

»Oooooooh …«, machten wir alle und sahen uns begeistert an.

»Wann? Wo?«, fragte Doris aufgeregt.

»Im Sommer. An der Nordsee. Wo genau, steht noch nicht fest. Entweder in einer Galerie an der Küste oder auf einer der ostfriesischen Inseln. Und wisst ihr was?« Sie legte den Arm um ihre Maria und strahlte uns an. »Wir mieten uns ein riesengroßes Haus und fahren alle zusammen hin!«

Und das taten wir auch – aber das ist eine andere Geschichte.

Lorettas Leider-nicht-Gewinner-Menü

Alle Rezepte für 4 Personen

Vorspeise:

Kartoffel-Cremesuppe mit gebratenen Garnelen

Zutaten:

2 Stangen Lauch
2 große Möhren
1 mittelgroße Sellerieknolle
4 EL Butterschmalz
1 kg mehlig kochende Kartoffeln
2 l Gemüsebrühe
1 Schuss Sahne
8 Garnelen
Knoblauch nach Belieben
Glatte Petersilie
Salz und Pfeffer

Zubereitung:

Gemüse in Würfel bzw. Ringe schneiden und in einem großen Topf bei mittlerer Hitze in 2 EL Butterschmalz anrösten. Großzügig salzen. Kartoffeln schälen und würfeln. Gemüse mit der heißen (!) Brühe aufgießen, Kartoffelwürfel dazugeben und eine halbe Stunde köcheln lassen. Danach die Sahne hinzugeben und die Suppe pürieren. Abschmecken, nach Geschmack pfeffern.
Direkt vor dem Servieren die entdarmten Garnelen ohne Schale im restlichen Butterschmalz bei mittlerer Hitze in einer Pfanne anbraten. Wer mag, gibt frischen Knoblauch dazu.
Pro Teller Suppe 2 Garnelen hinzufügen, mit gehackter Petersilie garnieren.

Hauptspeise:

Lammbratlinge mit Kartoffelgratin und Wirsingspalten in Gorgonzolasoße

Zutaten:

Für die Lammbratlinge:
2 mittelgroße Zwiebeln
1 EL Butter
500 g Lammhackfleisch
1 Ei
2 TL Senf
1 trockenes Weizenbrötchen (in lauwarmem Wasser mit einem Schuss Milch aufweichen)
Paniermehl
Salz und Pfeffer

Für die Wirsingspalten in Gorgonzolasoße:
1 mittelgroßer Wirsingkopf
400 ml Sahne
200 g Gorgonzola
Salz

Für das Kartoffelgratin:
800 g große, vorwiegend festkochende Kartoffeln
250 ml Sahne
250 ml Milch
1 bis 2 Knoblauchzehen
Salz und Pfeffer

Zubereitung:
Zwiebeln fein würfeln, in der Pfanne mit der Butter glasig dünsten und abkühlen lassen. Das Hackfleisch mit Salz, Pfeffer, dem Ei, Senf und den Zwiebeln gut vermengen. Das aufgeweichte Brötchen ausdrücken, dazugeben und alles gut durchkneten. Wenn die Hackmasse zu weich ist, ein wenig Paniermehl hinzufügen. Lockere Bratlinge formen, in Paniermehl wälzen und bei nicht zu großer Hitze in der Pfanne ausbraten. Die Menge reicht für 8 mittelgroße Frikadellen.
Die losen äußeren Blätter vom Wirsing entfernen und den Kopf in reichlich Salzwasser etwa 45 Minuten kochen. In der Zwischenzeit für die Soße Sahne in einen kleinen Topf geben und erhitzen. Den Gorgonzola in Stücken hinzufügen und rühren, bis er geschmolzen ist.
Zum Servieren den abgeschütteten Wirsing halbieren und mit einem scharfen Messer in Spalten schneiden. 1 bis 2 Wirsingspalten auf jeden Teller legen und zur Hälfte mit Gorgonzolasoße übergießen.
Für das Kartoffelgratin die Kartoffeln schälen und der Länge nach halbieren. Mit der Schnittfläche nach unten aufs Schneidebrett legen und in sehr feine Scheiben schneiden. In dieser Form (also als Kartoffelhälfte, Endstücke weglassen) in eine Auflaufform geben, soass die Scheiben hochkant stehen. Währenddessen separat die Soße zubereiten: Sahne und Milch mit Salz und Pfeffer würzen, zusammen mit 1 bis 2 Knoblauchzehen in einem Topf aufkochen und etwas reduzieren lassen. Durch ein Sieb über die Kartoffeln in der Auflaufform geben – die Kartoffeln sollten komplett bedeckt sein.
Bei 200 °C (Umluft 180 °C) auf mittlerer Schiene im Backofen etwa 50 Minuten garen. Das Gratin ist fertig, wenn die Flüssigkeit aufgesogen ist und sich auf den Kartoffeln eine hellbraune Kruste gebildet hat.

Dessert:
Trifle mit Erdbeeren

Zutaten:
100 g Mascarpone
200 g Quark (Magerstufe)
2 Orangen, gepresst
Zucker
500 g Erdbeeren
2 TL Zitronensaft
Pfefferminzblätter
120 g Mandelkekse

Zubereitung:
Die Mascarpone mit dem Quark und dem Saft von den Orangen sehr gut verrühren und nach Geschmack zuckern. Die Erdbeeren putzen und würfeln, dann mit etwas Zucker und dem frischen Zitronensaft marinieren. Nach Geschmack Pfefferminzblätter in sehr dünne Streifen schneiden und mit den Erdbeerwürfeln vermischen. Die Mandelkekse zerbröseln. Erst kurz vor dem Servieren die drei Komponenten immer abwechselnd in ein hohes Glas schichten und mit einigen Pfefferminzblättern garnieren. Mit einem langstieligen Löffel servieren.

Tipp:
Dieses Rezept lässt sich unendlich variieren, aber ein Trifle besteht traditionell aus drei Komponenten: Creme, Obst und zerbröselten Plätzchen. Sie haben allerdings nicht nur bei den Obstsorten die freie Wahl, sondern auch bei den Plätzchen: Von Amarettini über Spekulatius bis hin zu Löffelbiskuits ist – je nach Geschmack und Jahreszeit – alles möglich. Alle Komponenten sind gut vorzubereiten, aber es ist wichtig, das Dessert erst unmittelbar vor dem Servieren anzurichten, damit die Plätzchenschicht knusprig bleibt. Natürlich können Sie das Obst auch mit Alkohol marinieren. Lassen Sie bei der Creme Ihrer Fantasie ebenfalls freien Lauf: Versuchen Sie es mal mit Vanillepudding, geschlagener Sahne oder Honig-Sahnejoghurt.

Lotte Minck.

Die Meisterin der Ruhrpott-Krimödie

Radieschen von unten
ISBN 978-3-7700-1489-7

Einer gibt den Löffel ab
ISBN 978-3-7700-1491-0

An der Mordseeküste
ISBN 978-3-7700-1513-9

Wenn der Postmann nicht mal klingelt
ISBN 978-3-7700-1514-6

Tote Hippe an der Strippe
ISBN 978-3-7700-1525-2

Cool im Pool
ISBN 978-3-7700-1526-9